Lene Hansen
Liebe schmeckt wie Karamell

Besuchen Sie uns auch auf www.instagram.com/blanvalet.verlag
und www.facebook.com/blanvalet

Lene Hansen

Liebe schmeckt wie Karamell

Roman

blanvalet

Sollte diese Publikation Links auf Webseiten Dritter enthalten,
so übernehmen wir für deren Inhalte keine Haftung,
da wir uns diese nicht zu eigen machen, sondern lediglich auf
deren Stand zum Zeitpunkt der Erstveröffentlichung verweisen.

Penguin Random House Verlagsgruppe FSC® N001967

1. Auflage
Deutsche Erstveröffentlichung 2021
by Blanvalet in der Penguin Random House Verlagsgruppe GmbH,
Neumarkter Str. 28, 81673 München
Copyright © 2021 by Lene Hansen
Dieses Werk wurde vermittelt
durch die Literarische Agentur Michael Gaeb
Redaktion: René Stein
Umschlaggestaltung und -motiv: www.buerosued.de
DN · Herstellung: sam
Satz: Uhl + Massopust, Aalen
Druck und Bindung: GGP Media GmbH, Pößneck
Printed in Germany
ISBN 978-3-7341-0917-1

www.blanvalet.de

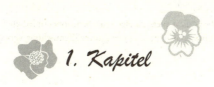

1. Kapitel

Natürlich kann man auf Süßigkeiten ausrutschen, war Lilas erster Gedanke, als sie von Frau Nipperts Unfall erfuhr. In allen Farben malte sie sich aus, wie Frau Nippert auf halbflüssiger Weingummimasse das Gleichgewicht verloren haben oder auf ausgestreutem Zucker ausgeglitten sein könnte, denn schließlich arbeiteten sie gemeinsam in einer Süßwarenfabrik. Doch in Wirklichkeit hatte sich etwas ganz anderes, deutlich weniger Spektakuläres ereignet. Denn während Lila im Sekretariat des Juniorchefs darauf gewartet hatte, die Testergebnisse der letzten Schokoladenchargen abzugeben, rutschte Frau Nippert mit ihren einhundertdreiundvierzig Kilogramm auf einem schnöden Aufkleber mit Glitzerverzierung aus, der aus unerfindlichen Gründen auf dem Boden des Süßigkeiten-Testlabors gelegen hatte. Die Folgen davon waren ein gebrochener Knöchel und ein verstauchter Ellenbogen, ein Notruf, ein Bandscheibenvorfall bei einem der beiden Rettungsassistenten, die Frau Nippert hochheben wollten, ein zweiter Rettungswageneinsatz, eine gebrochene Schraube an dem Röntgentisch, der nur bis zu einhundertfünfundzwanzig Kilogramm zugelassen war, und schließlich die Verlegung von Frau Nippert ins Klinikum nach Hamburg. Natürlich gehörte auch das Personalchaos, das daraufhin ausbrach, zu den Folgen des tragischen Sturzes, schließlich waren Lila und Frau Nippert die einzigen beiden Mitarbeiterinnen im Süßigkeiten-Labor, und Lila konnte die Arbeit beim besten Willen nicht alleine stemmen. Daher war sie zunächst auch ganz froh, als sie Unterstützung bekam, das änderte sich jedoch rasch, als sie Frau Ellenhagen kennenlernte, denn die war das genaue Gegenteil von Frau Nippert: spindeldürr, humorlos, unsympathisch. Vom ersten Augenblick an fühlte sich Lila kritisch von ihr beäugt, und Frau Ellenhagen ließ keine Gelegenheit ungenutzt, um sie spüren zu lassen, dass sie sich überlegen fühlte. »Ich bin Marketing-Expertin und Spezialistin für Firmenentwicklung, Sie hingegen sind nur eine einfache Angestellte der Abteilung für Produktentwicklung und -testung«, liebte sie auszuführen.

Lila bogen sich die Zehennägel hoch, wenn sie nur an diese eine Bemerkung dachte. In Frau Ellenhagens Anwesenheit wurde Lila, die fast immer gute Laune hatte und über jede Menge Humor verfügte, still und stiller. Sie ertappte sich regelmäßig dabei, wie sie komplett abschaltete, wenn Frau Ellenhagen zu sprechen ansetzte, und dann überhaupt nichts mehr mitbekam. Stumm hoffte sie in diesen Momenten auf eine schnelle Heilung von Frau Nipperts Bein und eine noch schnellere Rückkehr in die Normalität. Doch leider schien sich – trotz der vielen Schokolade und der Gute-Besserung-Karten, die Lila fast täglich ins Krankenhaus schickte – Frau Nipperts Knöchel Zeit mit der Genesung lassen zu wollen, und Lila blieb nichts anderes übrig, als sich mit der unangenehmen Situation zu arrangieren. Gerade als sie das Gefühl hatte, dass es ihr so leidlich gelang, bat Frau Ellenhagen sie mit eisiger Miene zum Gespräch.

»Frau Wolkenschön-Schmidt, wie stellen Sie sich Ihre weitere Arbeit in diesem Unternehmen vor?«, begann sie, nachdem sie sich einander gegenüber an den runden weißen Tisch in der Ecke des Süßigkeiten-Labors gesetzt hatten.

Lila, die eine gewöhnliche Freitagsbesprechung erwartet hatte, zuckte zurück. Warum klang Frau Ellenhagen so streng, und vor allem, warum wollte sie mit ihr ausgerechnet über ihre Zukunft sprechen?

Dass Frau Ellenhagen auch noch ihren Namen vermasselt hatte, fiel ihr erst im zweiten Moment auf, schließlich war sie an Schwierigkeiten in dieser Hinsicht gewöhnt. Warum ihre Mutter sie mit zweitem Vornamen ausgerechnet Wolkenschön genannt hatte, konnte sie sich genauso wenig erklären wie die Tatsache, warum die Dame vom Amt diese exzentrische Wahl erlaubt hatte. Vielleicht wollte ihre Mutter damit ihren wenig klangvollen Nachnamen »Schmidt« kompensieren, denn wenn es nach ihr gegangen wäre, hieße Lila auch noch »Gold« mit Nachnamen, wie ihre Großmutter. Doch wenigstens in diesem Punkt hatte sich die Standesbeamtin nicht erweichen lassen.

»Ich heiße nur Schmidt«, versuchte Lila zu erklären und die Situation gleichzeitig mit einem Lächeln aufzulockern. Dann zog sie ihre hellbraunen Haare im schon halb gelösten Zopf fest, was in der Produktionshalle eine Todsünde gewesen wäre, hier im Süßigkeiten-Testlabor aber geduldet wurde – zumindest von Frau Nippert. Frau Ellenhagen warf ihr einen unangenehm stechenden Blick zu, und Lila nahm schnell die Hände aus den Haaren.

»Aber hier steht Lila Wolkenschön Schmidt«, beharrte Frau Ellenhagen und hielt Lilas Personalbogen hoch.

»Das ist mein Vorname«, erwiderte Lila und unterdrückte einen Seufzer.

»Wie, Sie heißen Schmidt mit Vornamen?«

Normalerweise hätte Lila über diese Aussage gelacht, aber gerade fühlte sie sich von Frau Ellenhagens Tonfall merkwürdig in die Ecke gedrängt. Ihre unangenehm hohe Stimme passte so gar nicht zu Schokolade und Bonbons, und für eine Sekunde schloss Lila ihre fröhlichen blauen Augen, bevor sie sie wieder öffnete und Frau Ellenhagens stechendem Blick direkt begegnete.

»Nein«, antwortete sie geduldig. »Lila Wolkenschön sind die Vornamen, und Schmidt ist der Nachname.«

»Ach so.« Frau Ellenhagen sah nicht gerade so aus, als fände sie diese Erklärung hilfreich.

»Meine Mutter hat einen Sinn für Schokolade, Eis und ungewöhnliche Namen«, versuchte Lila zu erklären, bereute es aber sofort, denn Frau Ellenhagen schaute sie nur noch verächtlicher an. Sie schlug die Augen nieder.

Frau Ellenhagen setzte sich so aufrecht hin, als habe sie einen Stock verschluckt, schob ein paar Zettel auf dem Tisch zur Seite, bevor sie ihre volle Aufmerksamkeit dann wieder Lila zuwandte. »Frau Schmidt, wir haben uns hier zusammengesetzt, um über Ihre Zukunft zu sprechen.«

Da fiel schon wieder das Wort »Zukunft«, und Lila stutzte erneut. Wie kam Frau Ellenhagen nur darauf?

Habe ich etwas verpasst?, fragte sich Lila unsicher. Dunkel erinnerte sie sich an Frau Ellenhagens Monolog vor zwei Tagen, bei dem sie nach einer Minute abgeschaltet hatte und nur noch ab und zu höflich genickt hatte. Hatte Frau Ellenhagen ihr etwa da so ein Zukunftsgespräch angekündigt?

»Ich dachte, es geht um die Testergebnisse der letzten Bonbonproduktion?«, fragte Lila vorsichtig und versuchte dabei, auf die Unterlagen zu schielen, die Frau Ellenhagen vor sich auf dem Tisch ausgebreitet hatte. Doch sie enthielten nur viele Zahlen und Grafiken, die Lila von ihrer Seite aus nicht entziffern konnte.

»Nein, es geht um Ihre Zukunft in diesem Unternehmen«, widersprach Frau Ellenhagen kühl und geradezu bedrohlich. »Wie ich Ihnen ja bereits erklärt hatte, möchte ich sehen, wie Sie sich Ihre Zukunft in dieser Branche vorstellen und wie Sie sich zum Gewinn der ganzen Firma einbringen können.«

Lila sah sie an, und ein ungewohntes Gefühl von Panik machte sich in ihrem Magen breit. Wovon sprach diese grässliche Person nur?

»Gut, dann können Sie jetzt Ihre Präsentation starten.« Beim letzten Wort machte Frau Ellenhagens Stimme einen spitzen Ausschlag nach oben, und Lila wich unwillkürlich nach hinten aus.

»Meine was?« Präsentation? Um Himmels willen, seit dem Abschluss ihrer Ausbildung arbeitete sie in dieser mittelständischen Süßwarenfabrik auf dem platten Lande als Süßwarentesterin. Das war eine angenehme, fröhliche und süße Tätigkeit, aber keine Weltraumforschung. Mit einer Präsentation oder Ähnlichem hatte sie hier im Labor noch nie zu tun gehabt. Unsicher rutschte Lila auf der Stuhlkante etwas nach vorn und wäre um ein Haar von der Sitzfläche gefallen. Mit Frau Nippert hätte sie sich darüber amüsiert, aber mit Frau Ellenhagen gab es wenig zu lachen.

»Nun, ich dachte, Sie würden mir Ihre Vorschläge für eine neue Kreation mit einer Präsentation präsentieren, aber natürlich sind auch Skizzen, Zeichnungen oder Ähnliches willkommen.«

Präsentation präsentieren? Rasch warf Lila einen Blick umher, um wenigstens irgendeinen Hinweis zu erhaschen, aber auf dem Tisch vor ihr lagen nur Frau Ellenhagens Unterlagen neben ihrem zugeklappten Laptop.

»Welche Kreation?«, fragte Lila ganz vorsichtig nach.

»Na die, die Sie mir heute vorstellen sollen«, erwiderte Frau Ellenhagen kryptisch.

Verunsichert blickte Lila in ihr Gesicht. Aber dort war, wahrscheinlich dank Botox, keine menschliche Regung auszumachen. Allerdings fiel Lila auf, dass Frau Ellenhagen ungewöhnlich selten blinzelte, doch das war wohl kaum etwas, das sie jetzt anbringen konnte.

Ich muss etwas verpasst haben, dachte Lila, ja, es gab einfach keine andere Erklärung. Jetzt musste sie irgendwie schauen, wie sie heil aus dieser Situation kam. Für einen Augenblick erwog sie, sich zur Seite fallen zu lassen und dabei möglichst unauffällig den Feueralarm an der Wand neben dem Tisch auszulösen. Doch dann wurde ihr bewusst, dass das unter Frau Ellenhagens stechendem Blick kaum möglich sein würde. Also musste es anders gehen.

»Eine neue Kreation, ja genau«, begann sie ihre Ahnungslosigkeit zu überspielen, schließlich hatte sie gemeinsam mit Frau Nippert schon so manche Süßigkeit weiterentwickelt.

»Fangen Sie mit der Bonbonsparte an«, soufflierte Frau Ellenhagen.

»Bonbons sind etwas Wunderbares und für jeden Kunden ein wohlschmeckendes Produkt«, schwadronierte Lila, um Zeit zu gewinnen. »Wir stellen hier ehrliche Schokolade und einfache, aber wohlschmeckende Bonbons her.«

»Wie bitte? Ehrliche Schokolade, was soll denn das sein? Wer würde so etwas kaufen?«, empörte sich Frau Ellenhagen, und Lila ruderte mit einer besänftigenden Handbewegung sofort zurück.

»Nun, das ist die gute, einfache Schokolade aus unserem Hause für unsere Kunden«, versuchte sie, wahrheitsgemäß zu erklären. Schließlich war es in der Firma immer um simple, aber gute Produkte gegangen – zumindest unter dem Seniorchef. Bei dem Juniorchef war es eine andere Sache, denn der wollte hoch hinaus und hantierte mit Begriffen wie Design statt Verpackung und Marketing statt Werbung.

»Nun, ich denke an unsere werten Abnehmer, die die Qualitätsprodukte aus unserem Hause schätzen«, versuchte Lila es noch einmal etwas geschliffener.

Doch anscheinend war das auch nicht die richtige Herangehensweise, denn Frau Ellenhagen begann auf einmal mit ihrer Hand zu wedeln, als ob sie eine Fliege verscheuchen wollte. »Bitte vergeuden Sie nicht meine Zeit.«

»Ja, also…« Eine Haarsträhne nutzte just diesen Augenblick, um aus Lilas Zopf zu rutschen, und sie strich sie rasch hinter ihr nicht ganz anliegendes Ohr. Bisher hatte sie eher das Gefühl gehabt, dass Frau Ellenhagen *ihre* Zeit verschwendete, denn in dieser Woche hatte sie nur einen Bruchteil der Produkttestungen durchführen können, die sie normalerweise erledigte. Aber wenn Frau Ellenhagen nun dieses Gespräch nur als Zeitverschwendung empfand… Lila sah einen Silberstreifen am Horizont auftauchen.

»Kann ich dann jetzt gehen?«, erkundigte sie sich hoffnungsvoll mit Gedanken an die Testbatterie Zitronenbonbons, die sie noch vor Feierabend fertigstellen musste.

»Frau Schmidt, Ihnen ist offenkundig der Ernst der Lage

nicht bewusst.« Frau Ellenhagen betonte jedes einzelne Wort und zog damit den ganzen Satz absurd in die Länge, was Lila automatisch wieder an Zeitverschwendung denken ließ. Trotzdem legte sie höflich die Hände vor sich auf den Tisch und versuchte, Frau Ellenhagen möglichst freundlich anzusehen.

»Doch«, bekräftigte sie und versuchte, sich nicht davon aus der Ruhe bringen zu lassen, dass jetzt auch noch auf der anderen Seite ihre glatten Haare ins Rutschen kamen. »Frau Nippert hat sich den Fuß gebrochen, und Sie und ich sollen jetzt zusammenarbeiten, bis sie wieder gesund ist.«

Frau Ellenhagen blickte sie an, als sei Lila verrückt geworden. »Wir arbeiten nicht zusammen.«

»Ach so?« Lila war sehr erleichtert, dass sie und Frau Ellenhagen wenigstens in diesem einen Punkt einer Meinung zu sein schienen.

»Meine Aufgabe ist es, für diesen Betrieb hier ein neues Portfolio aufzubauen und sicherzustellen, dass jede einzelne Arbeitskraft ihr Potenzial voll ausschöpft. Dass ich gerade jetzt im Süßigkeiten-Testlabor bin, ist ein rein logistischer Zufall«, führte Frau Ellenhagen aus, und Lila erinnerte sich vage, dass sie tatsächlich mal irgend so etwas erwähnt hatte. Doch da hatte sie selbst noch von Frau Nipperts Unfall unter Schock gestanden und anscheinend nicht gut hingehört.

Überhaupt nicht zugehört, korrigierte sie sich im Stillen. Sie wagte einen Vorstoß und lächelte vorsichtig, aber ihr Versuch kam sofort ins Stocken, als Frau Ellenhagen schmallippig und kühl zurückschaute.

»Wenn das so weitergeht, sind Sie bald keine Angestellte dieses Unternehmens mehr«, drohte Frau Ellenhagen aus dem Nichts und klappte mit Nachdruck den vor ihr liegenden Laptop auf, sodass es quietschte.

Lila runzelte die Stirn. »Was?«, fragte sie überrumpelt und erinnerte sich zu spät daran, dass ihre Tante ihr schon als kleinem Kind beigebracht hatte, »wie bitte« zu sagen.

»Es ist genau so, wie ich es gerade gesagt habe. Entweder Sie präsentieren mir jetzt eine vielversprechende neue Produktlinie, oder Sie werden hier nicht weiter beschäftigt werden.«

Lila fühlte sich, als wäre sie mit einem harten Rumms auf der Erde gelandet. »Aber ich arbeite seit Jahren hier, Sie können mir doch nicht einfach kündigen.«

Doch Frau Ellenhagen blinzelte nicht einmal, und in Lilas Bauch begann sich ein unangenehmes Gefühl auszubreiten. Automatisch legte sie ihre Hände dorthin, wo es drückte. Vollkommen ungerührt hielt Frau Ellenhagen Lila etwas unter die Nase, das wie ein offizielles Schreiben aussah. »Dies ist eine Vollmacht der Geschäftsleitung, die mir bescheinigt, dass ich alle notwenigen Personalentscheidungen für das Unternehmen treffen darf.«

»Aber ich habe einen Arbeitsvertrag.« Lila fand die Entwicklung, die das ganze Gespräch nahm, geradezu verrückt. Natürlich war die Zusammenarbeit mit Frau Ellenhagen alles andere als perfekt gewesen, und sie hatte auch keine *zukunftsträchtige* neue Produktlinie präsentiert, aber das war doch noch lange kein Grund, gefeuert zu werden.

Frau Ellenhagen schnaubte. »Selbstverständlich haben Sie einen Arbeitsvertrag, Schwarzarbeit gibt es in dieser Firma nicht. Dennoch gibt es immer Gründe, die eine weitere Beschäftigung unmöglich machen, das sollten Sie wissen.«

Der ungute Druck in Lilas Bauch nahm zu, während das Lächeln, das sonst eigentlich immer auf ihren Lippen lag, vollständig verschwand.

»Möchten Sie mir jetzt also Ihre Präsentation präsentieren?« Frau Ellenhagen tat so, als wäre sie besonders geduldig.

Mit einem Stirnrunzeln dachte Lila an die verschiedenen süßen Geschmäcker, mit denen sie zu Hause in ihrer Küche experimentierte. Dort entwickelte sie Dinge wie salzige Erdnuss oder Vergissmeinnicht, aber das war nichts für diesen Betrieb. Hier gab es nicht einmal die Möglichkeit, solche ausgefallenen Sorten herzustellen. Also saß sie ganz still und sah Frau Ellenhagen stumm an. Dann hob sie in einer Geste der Hilflosigkeit beide Hände.

»Also nicht?«, fragte Frau Ellenhagen scharf.

Der unangenehme Druck in Lilas Bauch nahm noch weiter zu, sodass sie am liebsten aufgesprungen und weggelaufen wäre.

»Dann stelle ich hiermit fest, dass Ihre Zeit in diesem Unternehmen abgelaufen ist«, verkündete Frau Ellenhagen. Dabei klang sie so, als hätte das Ergebnis schon vor dem ganzen Gespräch festgestanden.

»Aber...«, hielt Lila dagegen, die immer noch nicht glauben konnte, dass Frau Ellenhagen sie einfach an die Luft setzen würde. »Es muss doch eine Alternative geben!«

Frau Ellenhagen überlegte kurz. »Also gut, Sie können auch in die Produktion wechseln«, erklärte sie dann vollkommen unbewegt.

»Wie bitte?«, japste Lila. Schokolade und Bonbons abzupacken war nicht gerade das, wovon sie je geträumt hatte.

»Oder Sie nehmen zwei Monate Übergangszeit und scheiden dann freiwillig aus dem Unternehmen aus.«

»Kann ich nicht einfach hierbleiben, bis Frau Nippert zurückkommt?«, schlug Lila vor, denn das erschien ihr als die simpelste und beste Lösung.

»Frau Nippert wird nicht zurückkommen«, entgegnete Frau Ellenhagen schnippisch. »Diese Abteilung wird in der bestehenden Form nicht weiterexistieren.«

Jetzt fühlte Lila sich, als habe sie einen Schlag in die Magengrube erhalten.

»Was ist mit den Kolleginnen in der Entwicklung?«, fragte sie schwach und dachte an ihre gutgelaunten Freundinnen in der Testküche nebenan.

»Sie wurden bereits über die Umstrukturierung ihres Bereichs in Kenntnis gesetzt und haben sich für die weitere Tätigkeit in der Firmenreinigung entschieden«, erwiderte Frau Ellenhagen ungerührt. Dann legte sie mit einer großen Geste einen Zettel vor Lila hin. »Unterschreiben Sie hier, und Sie bekommen zwei Monate lang noch Ihre vollen Bezüge.«

Kurz schaute Lila auf das Papier und blickte dann in das kalte, unfreundliche Gesicht ihr gegenüber. Unwillkürlich spürte sie, wie sich ihr Hals zuzog und sie feuchte Augen bekam.

»Nein«, sagte sie mehr zu sich selbst.

»In Ordnung, Sie bekommen drei Monate lang Ihre vollen Bezüge, das ist eine großzügige Abfindung und unser letztes Angebot.« Frau Ellenhagen strich etwas auf dem Blatt durch und ergänzte eine drei.

Lila war so überrumpelt, dass sie überhaupt nicht wusste, was sie denken, fühlen oder tun sollte.

»Aber ich will nicht«, protestierte sie noch einmal.

»Dann fangen Sie am Montag in der Verpackungsabteilung an.« Frau Ellenhagen klappte ihren Laptop zu und machte Anstalten, die Unterlagen einzusammeln.

»Das können Sie doch nicht machen«, wandte Lila ein, während der Kloß in ihrem Hals immer dicker wurde.

»Es ist schon geschehen«, erwiderte Frau Ellenhagen kalt.

Lila sah sie an und erkannte augenblicklich, dass sie an dieser Hexe nicht vorbeikommen würde. Egal, was sie sagte oder tat, sie war abgeschrieben, und die Firma würde in Kürze nicht mehr das sein, was sie all die Jahre gewesen war. Unter dem alten Chef waren sie fast so etwas wie eine Familie gewesen, aber das gehörte nun eindeutig der Vergangenheit an.

Eine Welle von Panik breitete sich in Lila aus. Es schien alles verrückt, doch es war ein Irrsinn, gegen den sie nicht ankam. Ohne weiter nachzudenken, nahm sie den Kuli, den Frau Ellenhagen auf den Vertrag gelegt hatte, und unterschrieb an der angegebenen Stelle. Dann stand sie auf und lief aus dem Süßigkeiten-Labor, ohne sich auch noch ein einziges Mal umzudrehen.

* * *

Es dauerte ziemlich lange, bis Lila wirklich bewusst wurde, was sich ereignet hatte. Sie war schon zu Hause und hatte halbautomatisch Teewasser aufgesetzt, als die Erkenntnis sie traf, dass sie ab sofort ohne Arbeit dastand. Ausgerechnet sie, die sie immer auf Sicherheit und Stabilität gesetzt hatte. Auch als ihre Cousine Sonja, mit der sie zusammen aufgewachsen war, kurz vor ihrem siebzehnten Geburtstag in einem Café entdeckt wurde und es von dort aus auf den Laufsteg schaffte, entwickelte Lila keinerlei größeren Ehrgeiz, sondern blieb brav zu Hause. Sie machte die nicht gerade exotische Ausbildung zur Konditorin und nahm anschließend den sichersten verfügbaren Job in der Süßwarenfabrik des Nachbarorts an.

Jetzt dachte Lila kurz, die Küche würde anfangen, sich um sie herum zu drehen, aber das tat sie nicht. Stattdessen sah sie genauso aus wie immer, mit den verblichenen weißblauen Fliesen an der Wand, den angestoßenen hellblauen Küchenschränken und dem alten Elektroherd mit vier Heizplatten, von denen nur noch drei warm wurden.

Wie auf Autopilot goss sich Lila einen Tee auf, nahm eine Flasche Rum aus dem Wandschrank mit der klemmenden Tür und schüttete dann kurzentschlossen eine große Portion davon in den Tee. Sie hatte keine Ahnung, wie viel Rum man für einen Grog brauchte, denn sie hatte noch nie einen getrunken; aber ihr Onkel, der sich ab und zu einen genehmigte, war zusammen mit ihrer Tante bei einem Verwandtenbesuch und konnte ihr daher keine Auskunft geben. Sicherheitshalber gab Lila noch einen weiteren Schuss dazu, bis der Teebecher randvoll war. Draußen vor dem Fenster – unweit der friesischen Küste – hatte es zu nieseln begonnen, und Lila blickte in einen grauen, fast undurchsichtigen Nässeschleier.

»Prost«, sagte sie zu sich selbst und nahm den ersten Schluck. Der Rum brannte ihr im Hals, und für einen Augenblick blieb ihr fast die Luft weg.

»Puh«, machte sie und schüttete ordentlich Kandis in ihren Becher.

Nachdem sie umgerührt hatte, ging der zweite Schluck schon etwas leichter runter, und allmählich trank es sich fast wie von selbst. Für gewöhnlich trank Lila nur wenig Alkohol, aber gerade im Moment erschien es ihr als eine hervorragende Idee, sich mit einem Grog zu stärken. Schließlich hatte sie gerade Bekanntschaft mit der eisigen Vorhölle namens Umstrukturierungsmaßnahmen gemacht und wurde das Gefühl nicht los, dringend etwas zum Aufwärmen zu brauchen.

Der Regen vor dem Fenster wurde stärker und machte kleine klopfende Geräusche auf dem Fensterbrett, was Lilas Gefühl von Einsamkeit und Unglück noch verstärkte. Warum war sie auch bei ihrer heißgeliebten Bonbonfirma geblieben, statt irgendwo in der Ferne ihr Glück zu versuchen? Auf alle Abenteuer und Großstadtromanzen hatte sie verzichtet und stattdessen hier in der Einöde geduldig Süßigkeiten getestet. Unter der Führung ihres alten Chefs, der an keiner Schokolade vorbeigehen konnte, ohne zu naschen, hatte ihr nichts gefehlt. Aber was blieb ihr jetzt? Sie saß hier im Haus ihrer Tante und ihres Onkels, ohne Zukunftsplan und noch dazu mit leeren Händen.

Überstürzt trank Lila den Becher aus und goss puren Rum nach, während der Kummer in ihr anschwoll. Wo gab es Platz für eine gelernte Konditorin mit einem Faible für ungewöhnliche Schokoladenkreationen und Know-how in der Testung von Bonbons? In diesem menschenarmen Landstrich sicher nicht.

Was soll ich nur tun?, fragte sich Lila, aber sie fand keine Antwort darauf.

Natürlich würde sie sich Arbeit suchen und vielleicht sogar etwas ganz Neues annehmen müssen.

Schrecklich!, dachte Lila entsetzt und stand überstürzt auf. Draußen heulte der Wind um das Haus. Plötzlich spürte Lila an ihren puddingweichen Knien, wie viel sie schon intus hatte, und das Zimmer begann sich nun tatsächlich um sie herum zu drehen. Rückwärts ließ sich Lila zurück auf ihren Stuhl fallen, verpasste ihn jedoch und landete stattdessen mit dem Steiß auf dem weiß-schwarz karierten Küchenfußboden.

»Auauau«, jammerte sie.

Doch es war niemand da, der sie hören und trösten könnte. Also ließ Lila ihren Kopf ganz langsam nach hinten sinken und brach in Tränen aus.

Ich bin so dumm, warf sie sich vor. *Längst schon hätte ich gehen sollen. Ich hätte es wie Sonja machen sollen, die nach ihrem Ausflug auf den Laufsteg nun das Werbegesicht des größten Eiscremeherstellers der Welt war und in Los Angeles lebte.* Aber dann dachte sie daran, wie sehr sie ihr Leben hier bei ihrer Tante und ihrem Onkel liebte und dass ihr bisher schlicht und ergreifend der Mut für ein großes Abenteuer gefehlt hatte. Ihre unternehmungslustige Mutter hatte ihr vielleicht die hellbraunen Haare und die blauen Augen vererbt, aber sicher nicht ihren Abenteuerdrang und ihren Expeditionsgeist, der sie immerhin bis an den Südpol geführt hatte.

Mit geschlossenen Augen lauschte Lila dem Regen, der da draußen vor dem Fenster endlos vom Himmel fiel. Alles drehte sich um sie herum, während ihre Gedanken immer langsamer wurden und sie schließlich einschlief.

* * *

Als jemand sanft an ihrer Schulter rüttelte, wachte sie wieder auf.

»Lila?« Es war die Stimme ihrer Tante.

»Lila, mach sofort die Augen auf«, forderte eine deutlich energischere zweite Stimme, die zu Lilas Onkel zu gehören schien.

Kurz öffnete Lila die Augen, blickte in das helle Küchenlicht über sich, bevor sie sie augenblicklich wieder fest zukniff. Mit einem Schaudern registrierte sie einen bohrenden Kopfschmerz und eine grässliche Trockenheit in ihrem Mund, in dem sich ihre Zunge fast wie ein Fremdkörper anfühlte.

»Ich glaube, wir brauchen einen Krankenwagen«, hörte sie ihre Tante besorgt murmeln.

»Ach was. Lila braucht einen starken Kaffee und zwei Liter Wasser«, entgegnete ihr Mann deutlich pragmatischer. »Zumindest, wenn sie den Rest der halbleeren Flasche Rum getrunken hat, die hier auf dem Tisch steht. Ich wusste gar nicht, dass das Kind trinkt, wenn wir nicht da sind.«

»Lila, Liebes, mach doch mal die Augen auf«, bat ihre Tante. »So schlimm kann es doch gar nicht sein.«

Doch, das ist es, dachte Lila und öffnete ihre Augen ganz langsam, fast in Zeitlupe.

»Was ist denn passiert?«, fragte ihre Tante beunruhigt.

Lila wollte antworten, aber ihre Zunge bewegte sich nicht, sondern klebte felsenfest an ihrem Gaumen.

»Hier, trink was.« Ihr Onkel hielt ihr ein halbvolles Glas mit Wasser unter die Nase.

Sehr vorsichtig und ziemlich steif setzte sich Lila auf. Ihr war flau im Magen, aber nach zwei, drei kleinen Schlucken Wasser wurde es tatsächlich etwas besser.

»Mir ist gekündigt worden«, flüsterte sie und fühlte sich dabei elend und unglücklich.

»Aber Lila, das ist doch kein Grund, eine halbe Flasche Rum zu trinken und anschließend auf dem Küchenfußboden zu schlafen«, erwiderte ihr Onkel liebevoll. »Wir haben schon gedacht, etwas Schlimmes wäre passiert...«

Voller Kummer blickte Lila zu ihrer Tante und ihrem Onkel, die zusammen mit Sonja ihre liebsten Menschen auf der Welt waren. »Aber das ist doch schlimm.« Plötzlich kam ihr ein anderer Gedanke. »Warum seid ihr überhaupt schon wieder zurück? Hattet ihr nicht geplant, erst in zwei Tagen wiederzukommen?«

Ihre Tante nickte. »Das stimmt. Eigentlich wollten wir etwas länger bleiben, aber dann ging es Tante Hildegard nicht so gut, und wir sind lieber schon zurückgekommen.«

»Genau im richtigen Moment, wie mir scheint«, erklärte Lilas Onkel halb ernst, halb belustigt und setzte sich neben Lila auf den Fußboden. »Jetzt erzähl mal, Mädchen, was sich hier in unserer Abwesenheit ereignet hat.«

Lila schilderte das unglaublich unangenehme Kündigungsgespräch mit Frau Ellenhagen.

»Jetzt hast du drei Monate frei *und* wirst bezahlt? Da jammerst du?« Ungläubig sah ihr Onkel sie an. »Du solltest dich vor Freude und nicht vor Kummer betrinken.« Er griff nach der Flasche Rum. »Willst du noch einen Schluck?«

Sofort spürte Lila ihren Magen auf eine unangenehme Weise aufbegehren und schüttelte den Kopf.

»Jetzt kannst du endlich etwas unternehmen, etwas von der Welt sehen, das ist doch großartig. Lilakind, du wolltest doch wohl kaum ewig bei uns hängenbleiben, oder?«, fragte ihre Tante liebevoll und lächelte sie an.

Lila, die eigentlich genau das im Sinn gehabt hatte, versuchte, gleichzeitig den Kopf zu schütteln und zu nicken, was in einer seltsamen Bewegung mündete und ihren Schädel brummen ließ.

»Ich habe mir ja fast schon Sorgen gemacht, dass du hier noch festwächst«, meinte ihr Onkel fröhlich. »Ich denke, du wirst dieser Frau Ellenhagen noch dankbar sein.«

»Warum, wollt ihr mich loswerden?«, erkundigte sich Lila beunruhigt.

»Um Himmels willen, nein, das nicht, aber Sonja...«, begann ihr Onkel.

»Herbert«, unterbrach ihre Tante und schaute ihren Mann streng an. »Nicht gerade jetzt.«

»Was hat Sonja?«, fragte Lila, die wusste, dass ihre Cousine stets über eine große Zahl lustiger Einfälle und verrückter Ideen verfügte.

»Sonja hat uns gefragt, ob wir nicht endlich mal einige Monate im Süden verbringen wollen, wovon wir immer schon geredet und geschwärmt haben. Sie würde uns dazu einladen, und jetzt, wo wir in Rente sind...«, erklärte ihr Onkel, unbeeindruckt von der Ermahnung seiner Frau.

»Aber nicht sofort, und wir wären dann auch nicht für immer fort, höchstens für ein Jahr«, milderte ihre Tante seine Worte sofort ab.

»Ein Jahr?« Lila fühlte sich vollkommen überrumpelt. »Und was ist mit dem Haus?«

»Eine ehemalige Klassenkameradin von Sonja würde es in dieser Zeit gerne mit ihrer Familie mieten, für dich alleine ist es ja zu groß«, erklärte ihre Tante. »Als Gegenleistung würde sie das ganze Haus mal so richtig aufmöbeln, und das wäre doch schön.«

Lila blickte sich in der abgewohnten Küche um und spürte, wie ihr die Tränen kamen. Sie liebte das alte Haus mit seinen drei engen Stockwerken, auf denen sie mit Sonja herumgetobt hatte, seitdem sie beide laufen konnten. Sie mochte die Ecken und Kanten, die kleinen und größeren Macken und Unvollkommenheiten, den Erker im ersten Stock mit dem Blick zu Steineckes Kuhweide, das gemütliche Wohnzimmer mit der Leseecke und die nicht gerade elegante, aber ausgesprochen wohnliche und behagliche Einrichtung.

»Trink noch etwas Wasser«, empfahl ihr Onkel und tätschelte ihr die Wange.

»Es wird bestimmt alles gut, wir finden sicher eine Lösung, die für uns alle drei passt«, verkündete ihre Tante optimistisch und lächelte aufmunternd.

Mühsam zwang sich Lila zuzustimmen, auch wenn ihr überhaupt nicht danach zumute war. Für sie klang die Vorstellung, das Haus verlassen zu müssen, noch grässlicher als die Kündigung. Dieses Haus und seine Bewohner waren schließlich ihr Hort, seit sie als Kleinkind hier untergekommen war. Ihre Mutter war als Meeresbiologin mit Schwerpunkt Polarbiologie immerzu für irgendwelche Forschungsprojekte unterwegs und hatte weder Zeit, Geduld noch Raum, sich um Lila zu kümmern. Einmal hatte sie sogar zwei Jahre auf einer Station in der Antarktis verbracht und war dort die beiden langen Winter über komplett eingeschneit gewesen. Es waren ihre Tante und ihr Onkel, die so etwas wie Eltern für sie geworden waren, neben Sonja, die mehr wie eine Schwester als eine Cousine für Lila war. All die Jahre hatte sie sich in diesem Haus aufgehoben und sicher gefühlt, während ihre Mutter um die Welt gereist war. Jetzt würde sich das alles plötzlich ändern, und Lila hätte am liebsten laut dagegen protestiert. Aber ihre Tante und ihr Onkel sahen so glücklich aus, dass sie ihnen ihre Zukunftspläne kaum zerstören konnte.

Langsam stand Lila auf. Jetzt war nicht nur ihre Arbeit futsch, nein, sie verlor auch noch ihr Zuhause.

Sei nicht albern, ermahnte sie sich streng. *Du bist dreißig Jahre alt, es ist wirklich Zeit für etwas Neues.* Aber tief in ihrem Herzen war sich Lila nicht sicher, ob sie wirklich in die große, weite Welt gehen wollte.

***

Früh am nächsten Morgen wurde Lila vom Läuten ihres Handys geweckt. Im stillen Haus klang das Klingeln unglaublich laut, denn das einzige andere Geräusch war das leise Knacken der Heizung. So schnell sie konnte, nahm Lila ab, bevor sonst noch jemand aus seinem wohlverdienten Schlaf gerissen wurde.

»Hallo?«

»Lila Wolkenschön, guten Morgen«, grüßte eine ziemlich resolut klingende Stimme.

»Guten Morgen, Mama«, erwiderte Lila und warf einen irritierten Blick auf ihren Wecker. Es war gerade mal kurz nach sechs. »Ist irgendetwas passiert?«

»Bei mir nicht, aber bei dir«, antwortete ihre Mutter, und Lila konnte sich vorstellen, wie sie in Gedanken ein »endlich« hinzufügte, denn ihrer Mutter war ihr bisheriger, so steter und ruhiger Lebensweg nie geheuer gewesen. Sollte sie bei der Namenswahl ein wildes, ungezügeltes Kind vor Augen gehabt haben, das ihr in puncto ungewöhnliche Lebensplanung nacheifern würde, hatte Lila sie bitter enttäuscht. Mühsam unterdrückte Lila einen Seufzer. Jetzt würde es nicht nur wie auch sonst immer Ratschläge für mehr Spannung und Aufregung in ihrem Leben hageln, ihre Mutter wusste also auch schon von den Ereignissen in der Süßwarenfabrik. Denn obwohl ihre Tante von der Art her ganz anders war als ihre Mutter, standen sich die beiden Schwestern doch unerwartet nahe. Regelmäßig sprachen sie über alles Mögliche, und anscheinend musste ihre Tante ihrer Schwester noch am gestrigen Abend die neuesten Entwicklungen in Lilas Leben übermittelt haben.

»Ja, es ist eine blöde Geschichte«, meinte Lila leise und wischte sich den Schlaf aus den Augen.

»Unsinn«, widersprach ihre Mutter sofort mit der ihr typischen Vehemenz. »Eine blöde Geschichte ist, wenn du auf der halben Strecke nach Dakar merkst, dass dir das Wasser ausgeht, oder du dich auf einem Eisfeld unvorbereitet einem hungrigen Eisbären gegenüberfindest.«

»In der Tat ist das noch blöder«, gab Lila zu und konnte sich lebhaft vorstellen, dass ihre Mutter derartige Situationen bereits erlebt und erfreulicherweise auch überlebt hatte.

Was heldenhafte Geschichten anging, konnte sie sowieso nicht mit ihrer ewig heroischen Mutter und deren hundert und einem Abenteuer konkurrieren, die Lila alle aus Erzählungen und wilden Schilderungen kannte. Dass sie dafür ihr einziges Kind bei ihrer Schwester gelassen hatte und Lila kaum mehr als eine entfernte Verwandte kannte, schien sie nicht zu stören. Auf alle Fälle war das etwas, worüber sie nie miteinander gesprochen hatten und woran sich Lila im Laufe der Jahre auch gewöhnt hatte.

Aber jetzt fragte sie sich leicht frustriert, ob es eigentlich niemanden gab, der einfach nur Mitleid mit ihr hatte. Sie zog ihre Decke höher und verkroch sich etwas tiefer darunter. *Ich muss meinen Vorrat an Selbstmitleid schleunigst aufstocken*, beschloss sie.

»Auf alle Fälle wollte ich dir Bescheid geben, dass wir gerade eine Hilfskraft bei uns auf der Station suchen, du könntest also herkommen«, bot ihre Mutter an.

»Wo bist du denn gerade?«, erkundigte sich Lila vorsichtig, denn sie hatte bei den vielen unterschiedlichen Projekten ihrer Mutter irgendwann die Übersicht verloren.

»In Grönland«, antwortete ihre Mutter. »Es ist schön hier, landschaftlich herausragend.«

»Ah ja«, erwiderte Lila und dachte an die Massen von Eis dort, die ihre Mutter sicherlich froh machten. Ihr persönlich reichte schon der verregnete März hier.

»Was soll die Hilfskraft für Aufgaben übernehmen?«, erkundigte sie sich trotzdem aus einem plötzlichen Funken Neugier heraus.

»Sich um die Schlittenhunde kümmern, gelegentlich Essen kochen, vielleicht angeln«, ratterte ihre Mutter herunter und schien sich dabei nicht bewusst, dass das eine eher ungewöhnliche Stellenbeschreibung war.

»Schlittenhunde? Angeln?« Lilas Augenbrauen schossen in die Höhe.

»Das mit dem Angeln war nur ein Witz.« Lilas Mutter lachte ihr volles, dunkles Lachen. »Aber wenn du möchtest, können wir dir sicher hier ab und zu ein Loch ins Eis schlagen, in das du dann einen Angelhaken halten kannst.«

Kurz fragte sich Lila, ob es die Nachwirkung vom Grog war, die sie das Ganze vollkommen absurd finden ließ.

»Ich habe keine Ahnung von Hunden«, erklärte sie und

versuchte, etwas Bedauern in ihre Stimme zu legen. Mit den Füßen zog sie die Wärmflasche zu sich heran, die sie bei dem scheußlichen Wetter mit ins Bett genommen hatte. Leider war die mittlerweile eiskalt, und rasch zog Lila ihre Beine zurück.

»Den Umgang mit den Huskys kann man lernen. Unsere Hunde sind auch insgesamt ganz lieb, aber man muss ihnen natürlich Gehorsam abverlangen.«

Vor Lilas innerem Auge erschien das Bild, wie sie mitten in Eis und Schnee versuchte, ein Rudel Schlittenhunde zu bändigen, von denen nicht ein einziges Tier auf sie hörte und sie sich schlussendlich bis zum Umfallen in allen Leinen verhedderte.

»Hm«, machte sie daher unbestimmt und nicht besonders überzeugt.

»Du könntest ja erst mal für drei oder vier Monate herkommen, bald haben wir tagsüber auch Temperaturen über null Grad.« Ihre Mutter beschrieb das wie eine großartige Errungenschaft, doch Lila schauderte unwillkürlich.

»Ich werde es mir überlegen«, antwortete sie diplomatisch, obwohl eines schon felsenfest für sie feststand: Expeditions-Hilfskraft in Grönland kam als neuer Job für sie nicht infrage.

»Lass es dir durch den Kopf gehen«, stimmte ihre Mutter zu. »Es wäre ja auch schön, wenn wir mal etwas Zeit miteinander verbringen könnten.«

Mit einen seltsamen Gefühlsmix dachte Lila an die wenigen Ferienbesuche, die sie auf den verschiedenen Forschungsstationen ihrer Mutter absolviert hatte. Dort war eines immer gleich gewesen: Zeit hatte ihre Mutter nie gehabt, denn es gab immer etwas zu beobachten, zu dokumentieren oder weiterzugeben, das wichtiger als Lila gewesen war.

»Pass gut auf dich auf, und nimm dir das dumme Gerede im Dorf nicht zu Herzen«, empfahl ihre Mutter, die ebenfalls genau in diesem Dorf aufgewachsen war und mit achtzehn nicht schnell genug das Weite hatte suchen können.

»Mache ich«, versprach Lila brav und verabschiedete sich. »Mach's gut.«

»Du auch, Lila Wolkenschön«, erwiderte ihre Mutter und legte auf.

Lila fragte sich unwillkürlich, warum ihre Mutter sie nicht wenigstens ein einziges Mal »Liebes« oder »Mäuschen« nennen konnte, statt immer diesen langen und irgendwie absurden Vornamen zu verwenden, der an Lila klebte wie Butterkaramell an den Zähnen.

Mit einem Seufzer kuschelte sie sich so tief unter ihre Decke, dass nur noch ihre Haare, ihre Stirn und ihre Nasenspitze herausschauten. Doch obwohl es sicherlich wärmer und gemütlicher als auf einer abgelegenen Forschungsstation in Grönland war, konnte Lila nicht mehr einschlafen. Irgendwie hatte ihre Mutter eine Saite in ihr zum Klingen gebracht, die sie lieber unberührt gelassen hätte. Das Dorf... Natürlich würde es sich unter den Nachbarn in Nullkommanichts herumsprechen, dass sie ihren Job verloren hatte, und es würde heftig darüber geklatscht werden. Im Nacken spürte Lila eine unangenehme Gänsehaut aufsteigen. Also musste sie sich darauf einstellen, mit vorgespieltem Mitleid überhäuft und gleichzeitig voller Neugierde ausgefragt zu werden, was denn genau passiert sei. Schließlich hatte seit Gründung der Firma bisher nur ein einziger Mitarbeiter seine Stelle dort verloren, und das auch nur, weil er in einem Anfall von Irrsinn versucht hatte, die Lagerhalle in Brand zu stecken.

Unglücklich runzelte Lila die Stirn, denn das zentrale Thema im Dorfklatsch zu sein war nicht gerade ihr größter Wunsch. Sie versuchte, sich bequemer hinzulegen, doch auch das brachte ihr die Seelenruhe nicht zurück. Je länger Lila darüber nachdachte, umso stärker wurden die negativen Gedanken in ihrem Kopf und die unangenehmen Gefühle in ihrem Bauch. Schließlich sprang sie aus dem Bett.

»Nein«, sagte sie laut zu sich selbst. »Ich will kein Mitleid.«

Rasch machte sie sich fertig. Ihre Tante und ihr Onkel schliefen noch, und Lila beschloss, ihnen zumindest ein schönes Frühstück nach ihrer verfrühten Rückkehr zu zaubern. An der Haustür zog sie ihren Regenparka und die kniehohen Gummistiefel an, die hier bei dem Mistwetter unerlässlich waren. Sie trat ins Freie und zog die Tür hinter sich ins Schloss.

Immerhin öffnete die Bäckerei auch samstags bereits um sechs, und jetzt würde noch nicht so viel los sein. Lila schaute zum Himmel. Seine Farbe war genauso unerfreulich wie am Vortag, Regen von der feinen Nieselsorte fiel unablässig, und Lila drängte sich die Frage auf, ob es heute auch nur ein einziger Sonnenstrahl an den grauen Wolkenbergen vorbei schaffen würde. Sie beeilte sich, die Straße hinunter zum Bäcker zu stapfen. Wegen eines Einkaufszentrums in fünf Kilometer Entfernung hatten die meisten Läden im Ort mittlerweile schließen müssen, aber der alteingesessene Bäcker hielt sich wacker. Während die Dorfbewohner mitleidslos zugesehen hatten, wie der örtliche Tante-Emma-Laden aufgab und auch der kleine Supermarkt sich nicht hatte halten können, schworen sie eisern auf ihren Bäcker, der so etwas wie das letzte Stück eines gemeinsamen Kulturgutes war. Dafür nahmen sie auch in Kauf, dass sich das Sortiment nunmehr seit siebenunddreißig Jahren nicht verändert hatte und die Brötchen regelmäßig zu trocken gerieten; aber die Dorfbewohner schätzten es, sich hier zu treffen und zumindest etwas Anteil am Leben der anderen zu nehmen.

»Moin«, grüßte Lila, als sie den Laden betrat, die Kapuze des Regenparkas abstreifte und sich in die kurze Schlange einreihte.

»Hallo Lila Wolkenschön«, grüßte die Bäckerin zurück.

Sofort drehten sich alle Wartenden mit neugierigen Blicken um, nur der junge Familienvater mit den dunklen Ringen unter den Augen, der gerade an der Reihe war, gab unbeirrt weiter seine Bestellung auf.

»Na, Kindchen, was machst du denn für Sachen?«, fragte eine Frau, die Lila flüchtig aus dem Bridge-Club ihrer Tante kannte. »Ich habe gestern Abend läuten gehört, du hättest die Arbeit in unserer Fabrik verloren?«

»Ja, wie kann denn so etwas passieren?«, echoten zwei ältere Damen, die in Lilas Straße wohnten.

»Kommt eben vor«, gab Lila vage zurück und bereute es schon jetzt, überhaupt hergekommen zu sein. Da war der Buschfunk wieder einmal phänomenal rasch gewesen, viel schneller, als sie angenommen hatte. Kurz ließ das Interesse an ihr nach, als der nächste Kunde an die Reihe kam, doch als die beiden Damen je ein weißes Brötchen gekauft hatten, drehten sie sich erneut zu Lila um und blieben noch für ein Pläuschchen stehen.

»Der alte Schubert hat doch noch nie jemanden hinausgeworfen«, trompetete die eine, und die andere nickte heftig dazu.

»Das ist ja auch der junge Schubert, der jetzt das Heft in der Hand hat«, mischte sich die Frau aus dem Bridge-Club ein und nickte Lila voller Mitgefühl zu.

»Aber die Tochter meiner Nichte ist trotzdem geblieben und kümmert sich jetzt um die Verpackung«, erklärte eine der älteren Damen mit spitzen Lippen und warf Lila einen herablassenden Blick zu.

Lila fühlte sich plötzlich in ihrer warmen Jacke zu heiß. »Schokolade verpacken wollte ich nicht«, gab sie schließlich zu.

»Du könntest hier aushelfen«, bot die Bäckerin an. »Aber mehr als vier fünfzig zahlen wir nicht pro Stunde.«

Euro oder Mark?, wollte Lila fragen, biss sich aber auf die Zunge. Schließlich meinte es die Bäckerin nur gut – wahrscheinlich zumindest.

»Ist deine Tante noch verreist?«, erkundigte sich die Frau aus dem Bridge-Club.

»Nein, sie ist gestern zurückgekommen«, antwortete Lila und fragte sich, wie lange es noch dauern würde, bis sie endlich dran war und wieder verschwinden konnte.

»Immer auf Reisen, die Lütters«, meinte eine der älteren Damen, und Lila konnte ihrem Tonfall nicht entnehmen, ob sie das gut oder schlecht fand.

»Und jetzt geht es erst noch richtig los. Ein ganzes Jahr im Süden, eingeladen von der eigenen Tochter, der schönen Sonja«, erklärte die Frau aus dem Bridge-Club verschwörerisch.

Lila unterdrückte einen Seufzer. Immerhin war sie jetzt an der Reihe, bestellte rasch drei Roggenbrötchen sowie drei Milchhörnchen und legte das Geld dafür auf den Tresen.

»Oh, der Süden, das klingt ja wunderbar«, machte die eine Dame.

»Naja, wenigstens *eine* Tochter, die erfolgreich ist, das ist doch etwas«, sagte die andere.

»Tsss«, machte die Bäckerin, und Lila wusste nicht, ob diese leise Rüge der anderen Kundin oder ihr galt.

»Du bist ja auch nicht die Tochter, nicht wahr?«, versetzte die erste Dame und starrte Lila durch ihre Brille an.

Unwillig kniff Lila ihre Augen zusammen. Sie hasste dieses alte Thema und die Menschen, die glaubten, über ihre Familienverhältnisse urteilen zu können. Warum konnte man sie nicht einfach in Ruhe lassen? Vom örtlichen Zusammenhalt hatte sie geträumt? *Das ist hier eher der öffentliche Pranger*, dachte sie bitter. Sie griff nach ihrer Brötchentüte.

Nichts wie weg, beschloss sie.

»Einen schönen Tag noch«, wünschte sie in die Runde und sah niemanden im Speziellen an.

»Das wird schon«, sagte die Frau aus dem Bridge-Club zu ihr. »Vielleicht kann Sonja dir helfen.«

»Danke, ich werde mal sehen«, erwiderte Lila unbestimmt. Wie um alles in der Welt sollte Sonja in ihrem Jetset-Leben ihr helfen, einen guten Job auf dem Lande zu ergattern? Rasch öffnete Lila die Tür, und die beiden älteren Damen mit ihren kleinen Brötchentüten folgten ihr und ließen sich von ihr die Tür aufhalten.

Draußen zog Lila ihre Kapuze auf, grüßte kurz und ging weiter.

Sie hatte gerade zwei Schritte gemacht, da hörte sie, wie die eine zur anderen sagte: »Naja, was will man auch erwarten, bei der Mutter, ohne Vater und dann noch mit dem überkandidelten Namen, das konnte ja nichts werden.«

Lila blieb stehen und musste kurz die Luft anhalten. Ihr Name hatte nichts, aber auch gar nichts mit dieser bescheuerten Frau Ellenhagen, ihrer Kündigung und der Neuausrichtung der Firma zu tun. Sie hatte einfach nur Pech gehabt, das war alles. Für einen Augenblick erwog Lila, zu den beiden Frauen zurückzugehen und ihnen so richtig die Meinung zu geigen, aber dann ließ sie es. Stattdessen stapfte sie in ihren Gummistiefeln mit ihrer Brötchentüte in der Hand durch den Nieselregen und wurde mit jedem Schritt entschlossener. Diesen alten Schreckschrauben und den ganzen Sauertöpfen im Dorf würde sie es zeigen. Sie, Lila Wolkenschön, würde hier nicht versauern, sondern würde etwas Tolles aus ihrem Leben machen, und wenn sie dafür bis ans Ende der Welt gehen müsste – nur vielleicht eben nicht nach Grönland.

Es war in diesem Moment an dem verregneten Samstagmorgen im März, als Lila beschloss, dass tatsächlich die Zeit für eine grundlegende Veränderung in ihrem Leben gekommen war. Anders als in den kummervollen Stunden zuvor empfand sie sich nicht mehr nur hinausgedrängt, sondern sah auf einmal die Chance, die da wie die aufgehende Sonne hinter den Wolken auf sie wartete. Ungewöhnlich energisch entschied sie, sie zu nutzen, komme, was da wolle.

***

In den nächsten Tagen setzte Lila Himmel und Hölle in Bewegung. Sie fragte jeden, den sie kannte, nach interessanten freien Stellen, las unzählige Anzeigen und überlegte sogar, selbst eine Annonce aufzugeben. Verrückterweise war es ausgerechnet Frau Nippert, die in der vertrackten Situation eine passende Stelle für Lila fand. Vor Jahren war eine ehemalige Arbeitskollegin von ihr nach Berlin gezogen, um dort ihr Glück zu suchen. Das Glück war mittelgroß ausgefallen, die Kollegin besaß nun ein kleines Café in Spandau und hatte eigentlich keinen Bedarf an Hilfskräften, aber sie hatte eine Bekannte in Schöneberg, die eine Schokoladenmanufaktur leitete; an sie gab sie Frau Nipperts Anfrage weiter. Diese Bekannte hatte ihrerseits eine Freundin, die seit Jahrzehnten einen kleinen Bonbonladen mit eigener Produktion in Berlin-Charlottenburg betrieb. Diese Freundin wiederum, passenderweise Frau Schmid mit Nachnamen, klagte schon seit Längerem darüber, erschöpft und überlastet zu sein, insbesondere seit auch noch ihre einzige Angestellte in Ruhestand gegangen war. Dringend wünschte sie sich Unterstützung.

Als sie nun erfuhr, dass es eine Namensvetterin mit »T« am Ende gab, die zwar nicht bewandert in der Herstellung, aber zumindest in der Qualitätstestung von Bonbons war und außerdem auch noch Arbeit suchte, fackelte sie nicht lange und bot Lila einen Job an, ohne sie zuvor auch nur einmal gesehen zu haben. Zusätzlich buchte sie ein Zimmer in einer kleinen Pension in der Nähe und lud Lila ein, sich sofort auf den Weg zu machen.

So kam es, dass Lila tatsächlich den großen Sprung wagte, ihre beiden Koffer packte, sich von all ihren Freundinnen und ihrer Tante und ihrem Onkel verabschiedete und sich kurze Zeit später auf dem Weg nach Berlin in ein neues Leben befand.

2. Kapitel

Als Felix aufwachte, wusste er im ersten Moment nicht, wo er war. Das hatte weniger mit Spaß und Party am Vorabend zu tun als mit der Tatsache, dass sein ständiges Um-die-Welt-Jetten irgendwann seinen Tribut forderte. Gestern erst war er in Kuala Lumpur gelandet, davor hatte er jeweils drei Tage in Tokio und in Shanghai verbracht. Die Zimmer in den Luxushotels, in denen er übernachtete, ähnelten einander, und mit der Zeit verschwammen die unterschiedlichen Eindrücke seiner Zielorte zu einer einzigen Reisegefühlsmelange. Mit Sicherheit wusste er lediglich, dass es kurz vor sieben war. Wie an jedem Tag sprang Felix mit einem Lächeln aus dem Bett. Es war ein guter Morgen, garantiert würde es ein hervorragender Tag werden.

In der Firma stand die Übernahme ihres härtesten Konkurrenten unmittelbar bevor, und Felix hatte alles getan, um dieses Geschäft vorzubereiten und durchzuziehen. Tag und Nacht, Woche um Woche hatte er am Atlantis-Deal gearbeitet, war dafür fast nicht mehr zu Hause in Berlin gewesen, hatte auch alles andere hintangestellt, und jetzt war es tatsächlich so weit. Felix' blonde Haare waren verstrubbelt, und auf seiner Wange zeigte sich noch der Kopfkissenabdruck der Nacht, aber er fühlte sich wach, fit und strahlte Abenteuerlust und Fröhlichkeit aus. Mühelos machte er wie jeden Morgen neben dem Bett siebenundzwanzig Liegestütze, dann war er startbereit für den Tag. Er liebte seinen Job und genoss die damit verbundenen Reisen, auch wenn ihm im Moment jegliche Zeit dafür fehlte, sich seine Reiseziele genauer anzusehen. Besonders seit er zum Managing Director des Unternehmens aufgestiegen war, hatte sich sein Reisetempo noch weiter beschleunigt, aber er wäre der Letzte gewesen, der sich darüber beklagt hätte. Der berufliche Erfolg machte ihn froh und verlieh ihm ein angenehmes Gefühl von Sicherheit.

Gedämpft klopfte es an der Zimmertür.

»Herein«, bat Felix mit seiner tiefen, angenehm warmen Stimme, die Selbstvertrauen zusammen mit Höflichkeit ausstrahlte.

Wie von Geisterhand öffnete sich die Tür. Auf einem Rollwagen schob ein livrierter Kellner das Frühstück herein, wobei die gestärkte Tischdecke ebenso wenig fehlte wie die rote Rose in einer weißen Porzellanvase, frisch gebrühter Kaffee und das mit einer silbernen Haube abgedeckte Rührei.

»Here are the newspapers you have ordered«, erklärte der Kellner und zeigte auf einen Stapel Zeitungen, der am Rand des Rollwagens aufgeschichtet lag. *»Is there anything else we can do for you, Mr. Wengler?«*

»No, thanks.« Diskret reichte Felix dem Etagenkellner ein großzügiges Trinkgeld, das der genauso diskret entgegennahm.

»Thank you, Sir.« Nachdem der uniformierte Angestellte die Vorhänge zurückgezogen hatte, verließ er geräuschlos das Zimmer.

Felix warf einen kurzen Blick aus dem Panoramafenster seiner Suite im neununddreißigsten Stock. Draußen schien die Sonne auf die imposanten Petronas Towers, die eindrucksvoll aus der spektakulären Skyline von Malaysias Hauptstadt aufragten. Direkt vor dem Hotel lag der KLCC Park mit seinen weiten Rasenflächen und den vielen tropischen Bäumen, und Felix hätte zwar Lust gehabt, dort joggen zu gehen, aber ihm fehlte schlicht die Zeit dafür. In weniger als einer halben Stunde war das erste Meeting des Tages angesetzt, und die Mitarbeiterin in seiner Firma, die seine Reisen organisierte, war ausgesprochen effizient. Wenn Felix ihr nicht vorab ankündigte, dass er eine Pause wünschte, um eine Sehenswürdigkeit zu besichtigen, blieb in seinem Tagesplan keine Lücke dafür. Immerhin bestellte sie stets ein Frühstück nach seinen Wünschen, das ihm in jedem Hotel pünktlich um sieben Uhr Ortszeit serviert wurde, egal, wo auf der Welt er sich gerade befand.

Im Stehen trank Felix den Kaffee, während er die Mails auf seinem Handy checkte. Dutzende Anfragen waren über Nacht in seinem Postfach gelandet, die meisten davon belanglose Angelegenheiten, die seine Assistentin erledigen konnte. Kommentarlos leitete er sie weiter, beantwortete mit wenigen Sätzen zwei Fragen von Kollegen und sah dann die neuesten Geschäftszahlen durch, die ihm die Controller der Firma vorgelegt hatten. Zufrieden mit dem Ergebnis stellte Felix die leere Kaffeetasse ab, aß ebenfalls im Stehen zwei Gabeln Rührei und war mit seinem Frühstück fertig, noch bevor er die Nachrichten auf seiner Mailbox abgehört hatte. Gerade wollte er sie abrufen, als sein Blick auf die oberste Zeitung fiel, die der Etagenkellner für ihn drapiert hatte. Die Schlagzeile lautete:

Spektakulärer Einbruch in der Hamburger Kunsthalle, Gerhard Richters Meisterwerke verschwunden

Augenblicklich spürte Felix ein ungutes Grummeln in seinem Bauch. Es war fast mehr eine Ahnung als ein wirkliches Gefühl, dennoch konnte er sich dem nicht ganz entziehen. Abgelenkt strich er sich durch die blonden Haare und versuchte, seine Gefühle in den Griff zu bekommen.

Das ist absurd, ermahnte er sich streng. *Niemand würde zweimal Bilder von Gerhard Richter aus demselben Museum stehlen, das wäre viel zu riskant.*

Irritiert von seiner eigenen Unruhe, ging Felix in das riesige Badezimmer, das mehr einem Badetraum mit Whirlpool und Regendusche glich als einer gewöhnlichen Nasszelle. Dort legte er sein Handy auf dem breiten Glasbord über dem Waschbecken ab und stieg in die Dusche. Zeit war Geld, und er hatte diese Maxime absolut perfektioniert. Sein Morgenritual folgte einem eingespielten Ablauf: Unter der Dusche wusch sich Felix die Haare, putzte sich die Zähne und rasierte sich mit einem eigens dafür angeschafften wasserfesten Rasierer. Für alles brauchte er genau siebeneinhalb Minuten, und in Eile konnte er es sogar in unter sechs schaffen. Auch heute brauchte er kaum länger, griff fertig geduscht direkt nacheinander nach dem Handtuch und seinem Handy, um sich nun doch seine Nachrichten vorspielen zu lassen. Während er sich abtrocknete und anzog, hörte Felix an, wie ein Kollege ihn um Rat in einer komplizierten Produktionsangelegenheit bat, seine Assistentin ihn daran erinnerte, den Geburtstag seiner Mutter nicht zu vergessen, und sein Chef, der gleichzeitig sein Vater war, irgendwelche Befehle in einem Tonfall auf die Mailbox brüllte, als wäre

Felix am anderen Ende der Leitung und würde impertinenterweise einfach nicht antworten. Felix verdrehte die Augen und löschte den akustischen Überfall seines Vaters.

Dann folgte eine kurze Nachricht seiner Freundin, die ihrerseits beruflich gerade in Washington weilte und anscheinend mit der Zeitverschiebung völlig durcheinandergekommen war. Die letzten drei Nachrichten auf der Mailbox waren leer. Trotzdem hörte Felix sie zu Ende und stellte fest, dass auf den ersten beiden tatsächlich nichts zu hören war, auf der letzten jedoch eine Computerstimme einen achtstelligen Nummerncode aufsagte und anschließend zweimal wiederholte. Irritiert blickte Felix auf sein Telefon, doch das Display zeigte nur an, dass der Anrufer seine Nummer unterdrückt hatte. Abermals hörte Felix die Nachricht ab, prägte sich fast automatisch den Code ein und verließ dann das Mailboxmenü.

Ein Blick auf die Uhr zeigte ihm, dass er sich beeilen musste, und er zog sich rasch fertig an. Wie jeden Tag wählte er ein gestärktes weißes Hemd und einen maßgeschneiderten Anzug, der seine Größe und seinen schlanken, aber gleichzeitig muskulösen Körperbau gut betonte. Man sah ihm an, dass er früher viel Sport getrieben hatte, und er hatte die Ausstrahlung eines glücklichen, mit seinem Leben zufriedenen Menschen. Vor dem Spiegel band er sich mit raschen, geübten Bewegungen seine Krawatte so, dass der Knoten perfekt saß. Zum Schluss warf er einen Kontrollblick in den Spiegel und war mit seinem Aussehen rundherum zufrieden. Der Anzug saß hervorragend, und man sah weder seinem Gesicht noch seinen Augen an, dass er in den letzten Wochen viel zu viel gearbeitet und viel zu wenig geschlafen hatte.

Routiniert griff er nach seiner Laptoptasche und wollte gerade das Hotelzimmer verlassen, als sein Handy klingelte. Ungeduldig blickte er auf das Display, aber die Hamburger Nummer, die angezeigt wurde, war ihm unbekannt.

»Wengler.«

»Felix, ich bin es.« Obwohl er die Stimme des Anrufers seit unglaublich langer Zeit nicht mehr gehört hatte, erkannte er sie augenblicklich. Sie löste ein Gefühlschaos in ihm aus, das er nicht für möglich gehalten hätte, und er fühlte zugleich Freude, Unsicherheit, Hilflosigkeit und ein Hauch von Reue.

Unwillkürlich stellte Felix die Laptoptasche wieder ab. »Was gibt es?«, erkundigte er sich, seine Stimme klang dabei hölzern und fremd.

»Ich brauche Hilfe«, erklärte der Anrufer. »Kannst du kommen?«

»Hamburg?«, fragte Felix und fühlte mehr, als er dachte, was das bedeuten könnte. Langsam ließ er sich auf den nächstgelegenen Sessel sinken.

Als keine Antwort kam, ahnte Felix, dass er auch nicht mehr Information erhalten würde. Er musste eine Gefühlsentscheidung treffen, die Analyse von Fakten würde ihm kaum helfen.

»Ja, ich komme«, versprach Felix nach einem Augenblick. Zwar passte es im Moment noch weniger als gar nicht, aber er hatte sich schon einmal falsch entschieden und würde es kein zweites Mal tun. Dennoch spürte er, wie seine Hand, mit der er das Handy hielt, schweißnass wurde.

»Danke«, sagte die Stimme am anderen Ende der Leitung, und Felix konnte die mitschwingende Erleichterung bis nach Malaysia hören.

Nervös biss er sich auf die Unterlippe, denn er durfte jetzt nichts Falsches sagen. »Wo bist du?«, fragte er, obwohl er schon ahnte, wie die Antwort ausfallen würde.

»Holstenglacis 3«, lautete die lapidare Entgegnung, und Felix spürte, wie die Unruhe in seinem Bauch zunahm.

»Ich komme, so schnell ich kann«, beteuerte er leise.

Dann war das Telefonat zu Ende. Für einen Augenblick blieb Felix auf dem Sessel sitzen und starrte aus dem Fenster, ohne etwas wahrzunehmen. Dabei fühlte er sich, als wäre er wieder neunzehn und nicht Mitte dreißig.

»Aber diesmal entscheide ich mich richtig«, sagte er laut in den Raum hinein. Selten in seinem Leben war er sich einer Sache so sicher gewesen.

**

Kurz überlegte Felix, wie er am besten vorgehen sollte. Dann rief er seine Assistentin Frau Wenckerbach auf ihrem Diensthandy an. In Deutschland war es weit nach Mitternacht, aber das war ihm gleichgültig.

»Sagen Sie alle meine Termine vor Ort ab und buchen Sie meinen Flug sofort um«, trug er ihr auf, ohne sich für den Anruf um die nachtschlafende Zeit zu entschuldigen. »Die meisten Gespräche kann ich auch per *video call* führen, ich brauche also einen Flieger, von dem aus ich telefonieren kann. Erzählen Sie den Kunden irgendetwas, warum das nötig ist. Und, Frau Wenckerbach: Unter keinen Umständen darf mein Vater etwas davon erfahren. Kann ich mich auf Sie verlassen?«

Die Assistentin klang etwas verschlafen, aber sie versprach ihm hoch und heilig, absolutes Stillschweigen zu bewahren.

»Ihr neues Ticket kommt sofort«, versicherte sie dann, und er hörte an dem Rascheln im Hintergrund, dass sie aus dem Bett stieg.

»Ab wann kann ich denn wieder Termine vor Ort für Sie vereinbaren?«, erkundigte sie sich und klang so, als würde sie ein Gähnen unterdrücken.

»Übermorgen«, antwortete Felix in das Piepen ihres Computers hinein, das vom anderen Ende der Leitung zu hören war. Hoffentlich wird es nicht länger dauern, dachte er und fuhr sich mit den Fingern durch die Haare, etwas, das er sich eigentlich schon vor langer Zeit abgewöhnt hatte. Dann verabschiedete er sich und legte auf.

Anschließend wählte Felix eine zweite Nummer. Seinen Freund Paul weckte er allerdings nicht, denn der war um diese Zeit erst so richtig wach und aktiv.

»Hey Alter, das ist ja mal 'ne Überraschung, von dir zu hören, was ist los?«, erkundigte sich Paul munter.

»Paule, ich brauche deine Hilfe«, erwiderte Felix. »Es geht um Niklas.«

»Oh«, machte Paul, und in diesem Laut steckte viel Überraschung, aber auch noch etwas, das Felix nicht gleich ausmachen konnte.

»Wann hast du ihn das letzte Mal gesprochen?«

Paul schien einen Augenblick lang zu überlegen. »Vielleicht vor einer, maximal vor zwei Wochen, wieso?«

»Holstenglacis«, antwortete Felix schlicht. Er stand aus seinem Sessel auf und begann im Hotelzimmer umherzugehen.

»Ich verstehe«, sagte Paule ruhig und erstaunlich gelassen. Gleichzeitig klang er, als verstünde er wirklich. »Kann ich etwas für ihn tun?«

»Schick ihm jemanden, der ihn unterstützt, den allerbesten Anwalt, die Kosten sind mir vollkommen gleichgültig«, bat Felix und blieb kurz stehen, bevor er seine Bewegung wieder aufnahm.

»Sofort«, versprach Paul. »Hat das etwas mit dieser Hamburger Kunsthallen-Geschichte zu tun?«

»Ich weiß es nicht«, antwortete Felix ehrlich und erinnerte sich unwillkürlich an früher.

Einen Moment lang schwieg Paul. »Wo bist du gerade?«, fragte er dann.

»Malaysia«, erwiderte Felix knapp.

Einen Moment lang sagte keiner der beiden Männer etwas.

»Kommst du?«, erkundigte sich Paul schließlich.

»Ja«, antwortete Felix, und das Gefühlschaos fühlte sich mittlerweile wie ein Brodeln in seinem Bauch an.

»Gut«, meinte Paul. »Wer weiß, vielleicht ist er auch nur ein notorischer Schwarzfahrer.«

»Vielleicht.« Felix sagte es, aber er war sich hundertprozentig sicher, dass es nicht darum ging, sonst hätte Niklas ihn nicht angerufen. Nicht nach all diesen Jahren.

»Danke«, sagte Felix zu Paul, doch der hatte schon aufgelegt.

***

Die reine Flugzeit von Kuala Lumpur nach Hamburg betrug vierzehn Stunden. Felix blieb also mehr als genug Zeit, sich Sorgen zu machen. Natürlich arbeitete er auch, doch es fiel ihm ungewöhnlich schwer, sich zu konzentrieren, und den unangenehmen Druck in seinem Bauch wurde er auch nicht mehr los. Immer wieder drückte er auf den Klingelknopf und rief nach der Stewardess. Wenn sie herbeigeeilt kam, bestellte er einen Kaffee, ein Wasser oder eine Cola, weniger, weil er Durst hatte, sondern weil er sich unbedingt ablenken wollte. Dann starrte er erneut auf seinen Laptopbildschirm und versuchte weiterzukommen, aber es gelang ihm einfach nicht. Also blickte er aus dem Fenster in die dichte Wolkendecke unter ihnen und versuchte, sich darauf einzustellen, was ihn in Hamburg erwartete.

Aufgrund der langen Reisedauer und nur verkürzt durch die Zeitverschiebung war es bereits früher Abend, als Felix' Flugzeug in Fuhlsbüttel landete. Draußen vor dem Flughafengebäude nieselte es, wie es in der altehrwürdigen Hansestadt nicht anders zu erwarten war. Rasch nahm Felix ein Taxi. Normalerweise hatten sie im Unternehmen einen Fahrdienst, der Tag und Nacht bereitstand, aber Felix wollte unbedingt vermeiden, dass irgendwer aus der Firma mitbekam, wohin er fuhr.

Er nannte dem Taxifahrer die Adresse.

»Anwalt, was?«, brummte der und fuhr los.

Eigentlich ist es nichts Schlechtes, für einen Anwalt gehalten zu werden, überlegte Felix, aber trotzdem wurmte ihn diese Annahme zu seiner Person aus dem Mund eines Fremden, der rein gar nichts über ihn wissen konnte. Er schwieg und blickte auf die Scheibenwischer, die mit schönster Regelmäßigkeit die kleinen Regentropfen fortwischten, die der Nieselregen mit sich brachte.

Was weiß ich überhaupt noch von Niklas' Leben?, fragte er sich plötzlich und spürte die tiefe Verzweiflung, die es schon seit Ewigkeiten gab, an die er aber lange nicht mehr gedacht hatte. Schließlich hatte er Niklas seit fast fünfzehn

Jahren nicht mehr gesehen, und ihre letzte Begegnung hatte sich unter fürchterlichen Umständen abgespielt.

Wieder spürte Felix einen Druck im Magen und war kurz davor, den Fahrer zu bitten, woanders hinzufahren. Doch dann dachte er an Niklas' Stimme und das Versprechen, das er ihm am Telefon gegeben hatte. Ich komme, hatte er gesagt.

Also werde ich das jetzt durchziehen, sagte Felix sich fest, und irgendwo in den Tiefen seines Gewissens wusste er, dass er damit diesmal die richtige Entscheidung traf.

Es dauerte eine ganze Weile, bis das Taxi schließlich hielt. Felix sah ein Stück Metallzaun und daneben einen wenig einladenden Eingangsbereich vor dem riesigen alten Klinkergebäude, das in der Dämmerung noch gewaltiger erschien und sich wie ein Riesenkrake über einen ganzen Block erstreckte.

Felix bezahlte, stieg aus, nahm seinen Koffer und seine Laptoptasche und blieb dann für einen Augenblick auf dem Gehweg stehen. Auf der gegenüberliegenden Seite war eine Gruppe Messebesucher unterwegs, und Felix hörte ihre Stimmen laut herüberdringen. Seit Niklas' Anruf erschien ihm alles lauter, heller und schärfer, und überdeutlich erinnerte er sich an seinen ersten und letzten Besuch hier an dieser Adresse. Es war am schrecklichsten aller schrecklichen Tage gewesen, und selbst heute noch konnte Felix seine Verzweiflung und seine Zerrissenheit von damals spüren. Für ihn war Holstenglacis Nr. 3 der Vorhof zur Hölle, dabei war es in Wirklichkeit nichts anderes als die Untersuchungshaftanstalt von Hamburg.

Rasch ging Felix zur Pforte. Dort füllte er einen Zettel aus und reichte ihn mitsamt seinem Ausweis dem diensthabenden Beamten. Der warf nur einen Blick auf den Zettel.

»Sind Sie der Anwalt?«

Felix schüttelte den Kopf.

»Jetzt sind keine Besuchszeiten«, erklärte der Pförtner so routiniert, als habe er es schon zahllose Male getan. »Außerdem müssen Sie erst einen schriftlichen Besuchsantrag stellen.«

»Ich bin mir sicher, dass ich trotzdem zu ihm darf«, log Felix. Er versuchte, so überzeugend und selbstsicher zu klingen, wie er es auch bei den Verhandlungen in der Firma tat.

Der Beamte schien ihm das zwar nicht zu glauben, war aber bereit, einen Anruf in die entsprechende Abteilung für Felix zu tätigen.

»Es kommt jemand, um Sie abzuholen«, verkündete der Beamte schließlich, als Felix die Hoffnung fast schon aufgegeben hatte.

Nach einer Weile erschien tatsächlich ein Polizeibeamter in Zivil. Knapp stellte er sich vor. »Na, dann kommen Sie mal mit.«

Felix musste seinen Koffer sowie seine Laptoptasche durchleuchten lassen und anschließend in einem Schließfach deponieren, nicht einmal sein Handy durfte er mitnehmen. Dann wurde er durchsucht. Merkwürdig nackt kam er sich vor, als er dem Polizisten durch eine Schleuse aus verstärktem Glas folgte, bei der sich die zweite Tür erst öffnete, nachdem sich die erste hinter ihm geschlossen hatte. Der Gang war schlicht und schmucklos, dennoch fand Felix die Atmosphäre zutiefst beklemmend und griff sich unwillkürlich an den Krawattenknoten, um ihn etwas zu lockern. Als er daraufhin jedoch einen Seitenblick des Polizisten auffing, ließ er seine Hand wieder sinken. Niemals etwas sagen, sich nichts anmerken lassen, das hatte er schon bei seinem ersten Besuch hier begriffen. Unwillkürlich räusperte er sich, denn er hasste es, eingesperrt zu sein. Wie musste es nur für Niklas sein?

Durch zwei lange Gänge gingen sie zu einem Zimmer, dessen Tür nur angelehnt war. Der Polizist öffnete sie und bedeutete Felix vorauszugehen. Rasch warf Felix einen Blick durch den Raum, bevor sein Augenmerk an dem Mann hängenblieb, der ruhig und vollkommen unbewegt an dem Tisch in der Mitte saß.

»Hallo«, sagte er leise zu ihm.

Der Mann sah ihn an. Er hatte dieselben blauen Augen, dieselben blonden Haare, fast die gleichen Gesichtszüge wie Felix. Die äußere Ähnlichkeit zwischen ihnen war geradezu gespenstisch, und Felix wurde übel, als er die Ähnlichkeit sah, die er so lange verdrängt hatte. Es war, als schaue er in den Spiegel, und es gab keinen Zweifel: Vor ihm saß sein Zwillingsbruder Niklas.

Felix brauchte einen Augenblick, um sich zu fangen, aber er hoffte, dass man es ihm nicht anmerkte. Niklas sah immer noch genauso aus wie früher, als habe ihn die Zeit kaum verändert. Er war schlank und durchtrainiert, und seine blauen Augen hatten ihr Funkeln nicht verloren.

»Niklas«, begann Felix mit einer Stimme, die keine Gefühle verraten sollte, und er hatte den Eindruck, dass Niklas ihn dafür dankbar ansah. Also versuchte er, sich weiter so zu benehmen, als wären sie nur zu einem Plausch beim Kaffeetrinken hier.

An dem Tisch saßen noch ein zweiter Polizist, ebenfalls in Zivil, vor einem Aufnahmegerät, und eine blonde Frau Anfang fünfzig in einem hellen Kostüm. Sie hatte sich halb erhoben, als Felix das Zimmer betrat.

»Michel, Rechtsanwältin«, stellte sie sich nun knapp vor. Höflich nickte Felix ihr zu.

»Wenn jetzt Ihr Bruder da ist, Herr Wengler, können Sie uns ja vielleicht sagen, wohin Sie die Beute aus der Hamburger Kunsthalle gebracht haben«, meinte der sitzende Polizist. Es klang, als habe er diese Frage schon häufiger gestellt.

Die Anwältin schnaubte nur. »Mein Mandant wird nichts zur Sache aussagen.«

»Möchten Sie vielleicht Platz nehmen?«, bot der andere Polizist Felix an.

»Dürfte ich meinen Bruder bitte kurz alleine sprechen?«, erkundigte sich Felix. Obwohl ihm das Herz bis zum Hals schlug, ließ er die Frage möglichst beiläufig klingen.

»Keine Chance«, erwiderte der Kollege am Aufnahmegerät barsch. »In diesem Fall besteht Verdunklungsgefahr, ich lehne jeden Einzelkontakt ab.«

»Wollen Sie das nicht lieber den Richter entscheiden lassen?«, ließ sich die Anwältin vernehmen. »Es verletzt meinen Mandaten sowieso in seinen Grundrechten, dass er dem Haftrichter noch nicht vorgeführt wurde.«

»Der wird sich garantiert unserer Meinung anschließen«, gab der Polizist unbeeindruckt zurück. »Notwendige Untersuchungshaft bei Flucht- und Verdunklungsgefahr. Wir sprechen hier von Kunstgegenständen von größtem – auch ideellem – Wert. Ich würde also vorschlagen, dass Herr Wengler lieber kooperiert und uns verrät, wo die Bilder von Gerhard Richter sind.«

Also ging es wirklich um die Bilder von Gerhard Richter. Felix spürte eine heftige Übelkeit, so als vermische sich damals und jetzt. Unwillkürlich ballte er seine rechte Hand zur Faust, versuchte dann aber wieder, gelassen zu erscheinen und ganz ruhig zu atmen. Dennoch hakte der Polizist, der ihn begleitet hatte, sofort ein: »Oder möchte der Herr Bruder vielleicht eine Aussage machen?«

Die beiden Polizisten wechselten einen Blick, und Felix – sehr erfahren in Verhandlungstaktik – verstand augenblicklich, dass das der einzige Grund war, warum sie ihn überhaupt zu Niklas vorgelassen hatten. Man wollte ihn aushorchen. Augenblicklich biss er die Zähne zusammen und schüttelte den Kopf.

»Sagen Sie uns doch einfach, wo die Bilder sind, und dann dürfen Sie Ihren Bruder anschließend in Ruhe alleine sprechen.« Der Polizist wirkte genervt, offenkundig fand er das hier auch sinnlos.

»Schluss«, ging die Anwältin scharf dazwischen. »Mein Mandant sagt nichts. Alles Weitere werde ich Ihnen schriftlich darlegen, sobald ich Akteneinsicht hatte.«

»Ich habe nicht so viel Zeit«, ließ sich Niklas plötzlich hören. »Ich brauche jemanden, der sich um meine Kinder kümmert.«

Alle schauten zu ihm: die Polizisten eindringlich, die Anwältin sondierend, Felix schockiert.

Kinder?, dachte Felix und fühlte sich, als ob seine Knie weich wurden. Davon wusste er nichts.

»Wenn Sie mich hier nicht rauslassen, brauche ich jemanden, der sich um meine Kinder kümmert«, wiederholte Niklas.

»Was ist mit der Kindsmutter?«, fragte der eine Polizist und schob sich ein Bonbon in den Mund.

Niklas beachtete ihn gar nicht, stattdessen sah er zu Felix. »Ich habe das alleinige Sorgerecht und möchte, dass du dich um die Kinder kümmerst, bis ich das hier hinter mir habe.«

Felix konnte immer noch nicht glauben, was er da hörte. Das Blut rauschte in seinen Ohren. Niklas hatte Kinder? Was für ein schrecklicher Bruder war er eigentlich, von seinem unwissenden Dasein als Onkel ganz zu schweigen?

»Geht das?«, riss Niklas Felix aus seinen sich überstürzenden Gedanken.

»Ja, natürlich«, antwortete Felix langsam, vollkommen überrumpelt, und seine Stimme klang fast heiser dabei.

»Gut«, meinte Niklas, und wie schon am Telefon in Malaysia nahm Felix wieder die große Erleichterung in seiner Stimme wahr.

»Ich werde dafür sorgen, dass Sie die notwendige Vollmacht bekommen, Herr Wengler«, erklärte die Anwältin sachlich. Felix schaute zu ihr, aber ihr Gesichtsausdruck war vollkommen regungslos und verriet nichts.

»Kann ich sonst noch etwas tun?«, stammelte Felix, der noch nicht einmal ansatzweise verarbeitet hatte, was er gerade gehört hatte.

»Das ist alles«, erwiderte Niklas schlicht.

Die Brüder sahen sich an, und sosehr Felix sich auch bemühte, er fand keine Worte für das, was er eigentlich sagen wollte.

* * *

Erst als Felix schon wieder vor der Haftanstalt stand und das Tor hinter ihm ins Schloss gefallen war, merkte er, dass er weder eine Adresse noch einen Schlüssel erhalten hatte, ja, dass er noch nicht einmal wusste, wie viele Kinder Niklas eigentlich hatte.

Schnellstmöglich rief er bei Paul an.

»Paule, ich bin es, Felix, ich war gerade bei Niklas«, begann er, noch bevor Paul etwas erwidern konnte. »Wusstest du, dass Niklas Kinder hat?«

»Zwei Söhne, ja.« Pauls Stimme klang viel weniger aufgeregt, als Felix erwartet hatte. »Neun und sieben, sehr süß.«

Zum Glück sind es Söhne, schoss es Felix durch den Kopf, denn er hatte nicht die geringste Ahnung von Kindern, von Mädchen noch weniger als von Jungen.

»Ich soll mich um sie kümmern«, fügte er hinzu und blickte sich nach einem Taxi um, entdeckte aber nur das Schild der nächsten U-Bahn-Station.

Paul lachte. »Du?«

»Meinst du, ich kann das nicht?« Das war die Frage, die sich Felix die ganze Zeit über auf dem Weg vom Verhörzimmer zur Pforte der Haftanstalt gestellt hatte.

Einen Augenblick lang schien Paul zu überlegen, und Felix hörte nur etwas im Hintergrund rascheln, dann meinte Paul: »Natürlich kannst du das, du bist einfach nur ganz anders als Niklas.«

Felix, der sein Leben lang immer gehört hatte, wie ähnlich sie sich seien, fand das in diesem Zusammenhang nicht gerade besonders erleichternd.

»Du wirst das schon hinkriegen«, meinte Paul beruhigend. Aber Felix war nicht beruhigt.

»Ich weiß nicht einmal, wo Niklas wohnt«, erwiderte er und hatte wieder den Gedanken, was für ein mieser Bruder er doch war.

»Maria-Louisen-Straße in Winterhude«, antwortete Paul wie aus der Pistole geschossen. »Das ist aber nicht Niklas' offizielle Anschrift, etwas Diskretion wäre gut, nur damit du Bescheid weißt.«

Geheime Wohnungen, ihm unbekannte Neffen – Felix, der das Gefühl hatte, es könnte nicht mehr schlimmer kommen, fühlte den Druck in seinem Magen ansteigen.

»Felix, die Jungs sind wirklich nett. Du musst nur aufpassen: Johnny, der jüngere von beiden, hat eine Erdnuss-Allergie.«

»Er heißt Johnny?« Felix' Stimme machte vor Verwunderung einen Satz nach oben, und Paul lachte. »Nein, er heißt eigentlich Johann, nennt sich selbst nur Johnny.«

»Und der andere?«

»Das ist Jakob. Er ist der Große und meistens auch der Vernünftige.«

»Johnny und Jakob.« Felix fühlte sich so schwach, dass er sich fast auf seinen Koffer setzen musste. Das waren *seine* Namen, denn er hieß Felix Johann Jakob. Offenkundig war das Paul nicht bewusst, aber Niklas hatte es gewusst – natürlich –, und er hatte seine Söhne nach seinem treulosen Bruder benannt. Felix spürte, wie ihm Tränen in die Augen traten, etwas, was ihm schon seit Jahren nicht mehr passiert war.

»Ich muss jetzt los«, murmelte er rasch und hoffte, dass Paul nicht die komischen Schwingungen hörte, die seine Stimme beschwerten.

Aber sein Freund wünschte ihm nur »viel Glück«, und Felix legte rasch auf.

In diesem Moment fuhr ein leeres Taxi vorbei. Felix winkte es herbei, stieg ein und nannte die Adresse. Der Wagen fuhr los, und Felix ließ seine Gedanken fast augenblicklich in die Vergangenheit wandern.

Niklas war ein liebenswürdiger Junge gewesen, fröhlich und vergnügt, ein echter Draufgänger mit der Energie eines jungen Hundes und dem Willen eines Löwen. Felix, fünf Minuten jünger, war der stillere und unauffälligere Teil des ansonsten sehr auffälligen Zwillingspaares. Blond und blauäugig, machten die beiden jede Menge Unfug, immer von Niklas ausgeheckt und mit Felix als loyalem Kumpan ausgeführt. Keine Gartenmauer bremste die beiden, kein Baum war zu hoch, kein Tümpel zu tief. Die beiden tobten durch ihre Welt und gingen in einer Sportart auf, die später als *Parkour* weltweit bekannt werden sollte. Dazu kletterten sie an Mauern hoch, sprangen von Vordächern und Schrägen und bahnten sich einen Weg durch die Stadt, bei dem Straßen keine Rolle spielten. Niklas war nicht nur einnehmend und humorvoll, sondern auch sehr sportlich, mit einer geradezu phänomenalen Körperbeherrschung. Felix eiferte ihm nach, so gut er nur irgend konnte. Ihre Eltern, zutiefst mit sich selbst beschäftigt, ließen die Jungen in Ruhe und holten sie nur ab und zu beim Direktor oder an sonstiger offizieller Stelle ab, wenn sie wieder einmal zu viel Unsinn gemacht hatten. Es war eine Zeit, die Felix als absolut glücklich in Erinnerung hatte.

Doch kurz nach ihrem zehnten Geburtstag passierten zwei Dinge, die ihr Leben von Grund auf änderten: Zum einen lernten sie Paul, genannt »Paule«, kennen, der ins Nachbarshaus zog, und zum anderen wurde ihr Vater plötzlich Inhaber und Direktor eines erfolgreichen mittelständischen Unternehmens. Jahrelang hatte er in einer ausgesprochen unschönen Erbstreitigkeit mit seiner ganzen Familie über Kreuz gelegen, bis er sich durchsetzte und die Firma seiner hochbetagt verstorbenen Tante erbte. Diese Tante hatte, ganz untantenhaft, sehr viel von Maschinenbau und noch mehr von Unternehmensökonomie verstanden, sodass sie ihrem Neffen einen mehr als soliden Betrieb hinterließ. Felix' Vater, der sein Leben lang auf diesen Moment gewartet hatte, übernahm das Zepter in der Firma, als habe er nie etwas anderes getan, und machte aus dem kleinen soliden Betrieb ein weltweit erfolgreich agierendes Unternehmen.

Auf einen Schlag besaßen die Wenglers mehr Geld als je zuvor, womit der größte Traum von Felix' Mutter in Erfüllung ging, die sich von nun an ein sehr bequemes Leben mit Angestellten und täglichen Shoppingtouren leisten konnte. Perfekt gestylt unterstützte sie ihren Mann, denn sie war gern das Aushängeschild der Firma und glänzte als charmante Unternehmersgattin, die wohlhabende Kunden bezirzte und bei Einladungen und Empfängen sich und ihren Mann ins rechte Licht zu setzen verstand. Nur für ihre Söhne blieb zu wenig Zeit, doch Frau Wengler, die auch schon zuvor Niklas und Felix alle Freiheit zugebilligt hatte, sah darin keine Schwierigkeit. Ihr Mann wiederum ging in seiner Chefposition voll auf. Mit derselben Energie, mit der er zuvor seine gesamte Verwandtschaft bekämpft hatte, machte er sich nun daran, die Firma erst zum Marktführer im Bereich feinmechanische Pumpen zu machen und diese Position anschließend zu festigen. Zu seinem Glück hatte er von seiner Tante nicht nur das Startkapital geerbt, sondern war ihr auch im unternehmerischen Geschick ebenbürtig. Er legte einen untrüglichen Instinkt für das beste Geschäft an den Tag und konnte die Firma nicht nur weltweit bekannt machen, sondern auch nach und nach etliche Konkurrenten übernehmen. Gewinne investierte er fast ausschließlich in anderen Branchen und schaffte es so, seine Firma noch stabiler und finanzkräftiger aufzustellen.

Doch um welchen Preis! Während sie Jahr für Jahr in

ein größeres Haus oder eine teurere Villa zogen, noblere Autos fuhren und schließlich im Privatjet in den Urlaub reisten, verschärften sich die sowieso schon schwierigen Charakterzüge des Vaters. Er wurde zunehmend tyrannisch, cholerisch und krankhaft selbstbezogen. Jeden, der sich ihm nicht bedingungslos unterwarf, behandelte er als Feind und bekämpfte ihn mit allen Mitteln, wobei er in seiner egozentrischen Weltsicht auch vor seinen eigenen Söhnen nicht haltmachte. Es war ihm vollkommen unverständlich, warum sie nicht alles taten, um sich auf einen Einstieg in die Firma vorzubereiten. Von beiden Jungen forderte er Höchstleistungen in der Schule und ein außergewöhnliches Engagement bei allen sonstigen Tätigkeiten. Jedes nicht ganz perfekte Ergebnis, jeden Widerspruch, jede eigene Entscheidung empfand er als persönliche Kränkung und reagierte unüberlegt, unbeherrscht und viel zu heftig darauf.

Beide Söhne erhielten Klavierunterricht und Lektionen in Französisch und Englisch, dazu Privatstunden in den Sportarten, die der Vater auswählte, darunter Tennis und Segeln.

»Ihr seid Wenglers«, dozierte der Vater gerne bei den wenigen Gelegenheiten, an denen er zu Hause aß. »Ihr habt etwas zu leisten.«

Seine Frau applaudierte ihm, und Felix passte sich an. Er wurde ein hervorragender Schüler, ein ausgezeichneter Sportler. Tatsächlich faszinierte ihn die Arbeit seines Vaters, und es machte ihm Spaß, sich in die Herausforderungen und Fragestellungen einzudenken, die das Unternehmen betrafen.

Nicht so Niklas. Mit derselben Energie, mit der er sich früher den Kleine-Jungen-Streichen gewidmet hatte, sträubte er sich nun gegen das Diktat des Vaters. Ihr Vater hatte Macht, Geld und Ehrgeiz, aber Niklas hatte einen ebenso starken Willen und eine unglaubliche Durchhaltekraft. Stoisch nahm er die drakonischen Strafmaßnahmen seines Vaters hin, jammerte nie und tat trotzdem nicht das, was von ihm verlangt wurde. Stattdessen verfolgte er mit Elan seine Leidenschaft für Parkour und das Klettern und wurde so geschickt und versiert, dass Felix bald nicht mehr mithalten konnte. Vielleicht hätte das unterschiedliche Verhalten der Zwillinge auch zu Spannungen zwischen ihnen geführt, hätten sie sich nicht so sehr gemocht, doch auf diese Weise konnten sie lange Zeit dem Druck von außen gemeinsam standhalten.

Und was war dann geschehen?, fragte sich Felix und blickte aus dem Autofenster. Am Himmel sah er eine dicke Wolkenschicht, die weich und flauschig aussah, aber er wusste, dass sie nichts anderes darstellte als eine Ansammlung von Wasserdampf. Genauso war es wohl mit Niklas und seinem eigenen Leben gewesen. Sie hatten von Wolken geträumt, aber etwas viel Kälteres hatte schon darauf gelauert, ihr Miteinander ein für alle Mal komplett zu zerstören. Noch heute schauderte Felix, wenn er an diesen fatalen Tag damals dachte. Er hatte sich entscheiden müssen und sich gegen Niklas gewandt. *Das war falsch*, dachte er und fühlte die Reue, die ihn seit damals begleitete, wieder so heftig und akut, als wären seit dieser Entscheidung nur Minuten und nicht Jahre vergangen.

Aber jetzt ist jetzt, ermahnte er sich, *diesmal werde ich es definitiv besser machen.* Für einen Augenblick war er himmeldankbar, dass das Vergangene wirklich und tatsächlich vergangen war und jetzt die Zukunft auf ihn wartete.

***

In Winterhude hielt das Taxi vor einem hübschen rotbraunen Gebäude im hanseatischen Stil mit spitzgiebeligen Erkern und breiten weißen Fensterrahmen. Felix nahm sein Gepäck und ging zum Eingang. Wie Paul angedeutet hatte, stand *Wengler* auf keinem der Klingelschilder. Zweimal suchte Felix das ganze Schild ab, neben dem sich ein Codeschloss befand, sodass man die Haustür entweder mit Zahlen oder mit einem Schlüssel öffnen konnte. Aber nirgends stand ein Name, der Felix bekannt vorkam. Gerade als er Paul ein weiteres Mal anrufen wollte, erinnerte er sich an die merkwürdige Nachricht, die er morgens auf seiner Mailbox abgehört hatte. Eine Computerstimme hatte eine Zahlenfolge genannt. Felix rief sich die Ziffern in Erinnerung: 12476499.

Das passt perfekt zu Niklas, seinem Faible für Zahlen und seiner Technikliebe, überlegte Felix. Er sah sich das Schloss genauer an und versuchte, die Zahlenfolge einzugeben, doch dafür waren nur sechs Ziffern notwendig und nicht die acht, die die Computerstimme aufgezählt hatte. Felix biss sich auf die Unterlippe und überlegte. Wieder studierte er das Klingelschild, dabei fiel ihm auf, dass die Wohnungen mit kleinen Zahlen versehen waren. Wohnung 1 und 2 lagen im Erdgeschoss, dann kamen die Nummern 3, 4 und 5 im ersten Stock und so weiter. Wenn er diese Information mit der Zahlenabfolge verglich, konnte Niklas' Wohnung vielleicht die Nummer 2 im Erdgeschoss sein, sprich: 1 für Erdgeschoss, 2 für Wohnung Nummer 2, dazu die Zahlenkombination. Felix starrte auf das Klingelschild, doch dann kam ihm noch eine andere Idee. Vielleicht war es ja auch so, dass Niklas' Wohnung die Nummer 12 trug? Rasch gab Felix die Zahlen ein, und tatsächlich ließ sich die Haustür mit den sechs hinteren Ziffern des Codes öffnen.

Felix griff nach seinem Gepäck und stieg damit langsam die Treppe hinauf. Dabei spürte er sein Herz schneller schlagen, wohl wissend, dass das nicht von der Anstrengung der vielen Treppenstufen kam. Er hatte nicht die geringste Ahnung, was ihn erwartete, nur dass es da zwei Kinder gab, um die er sich kümmern sollte. Hinter einer Wohnungstür im zweiten Geschoss hörte er laute Musik, und im dritten Stock schimpfte eine Mutter mit ihrem Kind, aber im vierten Stock war es still. Zu ruhig für Felix' Geschmack. Neben der einen schlichten Wohnungstür entdeckte er ein weiteres Codepanel. Rasch gab er die gleiche Zahlenfolge wie unten ein, aber die Tür öffnete sich nicht.

Wahrscheinlich braucht man einen anderen Code, überlegte Felix und versuchte es mit allen acht Ziffern, doch das Schloss öffnete sich weiterhin nicht. Plötzlich aber sah Felix, wie das Kameraauge über dem Codepanel zum Leben erwachte. Automatisch machte er einen Schritt rückwärts und hörte dann ein Lachen von der anderen Seite der Tür.

»Johnny? Jakob?«, fragte er vorsichtig.

Offenkundig war das der richtige Code, denn keine Sekunde später klickte es, und die Wohnungstür ging auf.

»Hallo?«, fragte eine Kleine-Jungen-Stimme.

Felix fand sich zwei Miniaturkopien von Niklas gegenüber, die ihn neugierig anstarrten.

»Du siehst aus wie Papa«, sagte der Kleinere. »Nur irgendwie dicker.«

»Psst, so was sagt man nicht«, tadelte ihn der Größere ernst. »Komm einfach rein«, sagte er dann zu Felix und zog ihn am Arm mitsamt seinem Koffer und seiner Laptoptasche in die Wohnung. Hinter ihm schloss er sorgfältig die Tür und verriegelte sie.

»Wir haben dich schon erwartet«, erklärte er.

»Ich habe Hunger. Warum hast du so lange gebraucht?«, fragte der Kleinere und griff nach Felix' Hand.

Um Himmels willen, dachte Felix entsetzt, wer weiß, wie lange Niklas bereits in Untersuchungshaft sitzt und die Kinder nichts gegessen haben.

Vorsichtig ging er neben dem kleinen Jungen in die Knie. »Hast du großen Hunger?«, fragte er ihn behutsam.

»Johnny hat immer Appetit«, erklärte Jakob unbeeindruckt.

»Hattet ihr denn nichts zu essen?«, fragte Felix und spürte immer mehr Panik aufwallen.

»Doch, natürlich«, antwortete Jakob und sah ihn verwundert an. »Es gibt immer genug im Gefrierschrank.«

»Okay.« Felix versuchte, ruhig durchzuatmen.

»Aber Bonbons und Schokolade gehen immer!« Johnny grinste breit. »Hast du welche für uns dabei?«

Felix, der bis vor Kurzem noch nicht gewusst hatte, dass es diese kleinen Menschen überhaupt gab, musste unwillkürlich zurückgrinsen. Johnny sah genauso aus wie Niklas in dem Alter, nur noch spitzbübischer. »Leider nein, aber ich verspreche dir, wir kaufen welche.«

»Sehr gut«, meinte Johnny offenkundig erst mal zufriedengestellt und griff nach Felix' Hand.

»Komm doch erst mal richtig rein«, schlug Jakob vor, nahm Felix' andere Hand, und gemeinsam zogen sie Felix mitten in ihr Leben.

3. Kapitel

Das Wetter in Berlin war großartig, als Lila wenige Tage später aus dem Zug stieg, und der Sonnenschein leuchtete so frühlingshaft frisch, dass sie für einen Augenblick wie geblendet stehen blieb. Das Glasdach über dem Hauptbahnhof verstärkte den sommerlichen Effekt noch. Lila blickte sich um, als sei sie nicht nur viereinhalb Stunden Zug gefahren, sondern in einer vollkommen neuen Welt angekommen. Vergessen waren der unaufhörliche Regen bei ihrer Abreise und die nagende Unsicherheit unterwegs, ob sie die richtige Entscheidung gefällt hatte. In eine Stadt zu ziehen, in der die Sonne so herrlich schien, konnte nur gut sein.

Beschwingt nahm Lila ihre beiden Koffer und folgte den Wegweisern zur S-Bahn, genau wie Frau Schmid es ihr am Telefon empfohlen hatte.

»Richtung Westkreuz, bitte zurückbleiben«, krächzte eine Computerstimme aus dem Lautsprecher, als Lila es gerade noch schaffte, an den sich schließenden Türen vorbei in die S-Bahn zu hüpfen.

»Na, Se hams eilig, wa?«, seufzte ein Berliner neben ihr, der im Stehen seine Zeitung las und Lila über eine Lesebrille hinweg kritisch anblickte. Während Lila noch überlegte, was sie antworten sollte, vertiefte sich der Mann schon wieder in seine Lektüre. Die S-Bahn war voller Menschen und fuhr so ruckelig an, dass Lila beinahe mitsamt ihrem Gepäck auf den Zeitungsleser geworfen worden wäre. Erst im letzten Moment konnte sie ihr Gleichgewicht wiedererlangen, kam ihm aber deutlich näher. Kommentarlos hob er seine Zeitung wie einen Schild vor sein Gesicht.

»'tschuldigung«, murmelte Lila. Sie fand sich nun auf Augenhöhe mit der Zeitungsschlagzeile wieder und konnte gar nicht anders, als sie zu lesen. Die Überschrift eines Artikels lautete reißerisch:

Sie stehlen uns einfach alles!

Darunter waren Bilder der gestohlenen Maple-Leaf-Goldmünze, zweier 5er-BMWs und eines großes Berges Schmuck vor dem Hintergrund des KaDeWe-Logos abgebildet. Einen Augenblick lang schaute Lila auf die unscharfen Schwarz-Weiß-Fotos, dann sah sie lieber aus dem Fenster. Die S-Bahn fuhr in einem Bogen vom Hauptbahnhof weg, und Lila entdeckte in einiger Entfernung das Kanzleramt im Sonnenschein und jede Menge Grün, das ihren bescheidenen Ortskenntnissen nach zum Tiergarten gehören musste. Ein fröhliches Lächeln breitete sich auf ihrem Gesicht aus, denn alles war viel hübscher und vor allem viel grüner, als sie erwartet hatte.

Nachdem die S-Bahn über die Spree gefahren war, hielt sie in einem wunderbar eleganten historischen Bahnhof, der noch von der vorletzten Jahrhundertwende zu stammen schien.

Bellevue las Lila auf einem großen Schild, und *Schöne Aussicht* kam ihr ungewöhnlich passend für die formschönen Bögen aus hellem und dunklerem Stein vor, die von ebenfalls elegant gebogenen Stahlträgern gehalten wurden. Etliche Fahrgäste drängelten sich an ihr und ihren Koffern vorbei hinaus, und Lila musste aufpassen, nicht umgestoßen zu werden. Insgesamt schien der Ton hier in Berlin etwas rauer als in ihrem Dorf zu sein, aber Lila zuckte darüber nur mit den Schultern. Schließlich kam sie aus einem Ort, in dem der Bus nur alle Stunde ging, wohingegen hier wenigstens etwas los war.

Die S-Bahn fuhr weiter, vorbei an Hochhäusern und erfreulich vielen Bäumen, hielt am legendären Zoologischen Garten und kam schließlich zum Savignyplatz. Dort stieg Lila aus und ließ sich mit der Welle der anderen Fahrgäste die alte Steintreppe hinuntertragen. Unten trat sie durch einen Torbogen und kam in eine sehr schmale Passage. Direkt gegenüber vom S-Bahn-Eingang gab es eine Pizzeria, und an der Ecke lockte ein Modegeschäft mit exaltierten Kreationen. Schwer bepackt mit ihren Koffern ging Lila die schmale Straße hinunter und kam dabei an einem Bäcker, einem großen Buchladen und einem Café vorbei, die alle drei in den altmodischen Bögen unter der S-Bahn untergebracht waren. Dann bog Lila auf den Savignyplatz. Er wurde von wunderschönen Altbauten gesäumt, und falls es Liebe auf den ersten Blick zu einem Ort gab, erlebte Lila sie in diesem Moment in dieser Stadt. Zugegebenermaßen verdiente der alte Gehsteig nur bedingt das Prädikat »gepflegt«, und Müll häufte sich neben und unter den Mülleimern, dennoch fand Lila den Platz mit seinen hohen Platanen ringsherum einfach nur bezaubernd. Sie schaute links und rechts, entdeckte eine winzige Currywurstbude, die so aussah, als hätten sich hier schon vor hundert Jahren die Berliner ihre Wurst geholt, einen deutlich moderneren Schuhladen, ein Einrichtungsgeschäft und eine Vielzahl unterschiedlicher Restaurants und Cafés. An der breiten Straße, die den Savignyplatz in zwei Hälften teilte, wartete Lila an der Ampel auf Grün und wäre dabei fast vom Außenspiegel eines dicht vorbeirasenden schwarz-gelben BVG-Busses erwischt worden.

»Bist du irre?«, schrie eine alte Dame neben Lila erbost dem Busfahrer hinterher und schwenkte ihren Stock wütend. »Sie müssen aufpassen«, ermahnte sie dann Lila. »Die fahren hier wie verrückt.«

Lila, die erschrocken zwei Schritt zurück gemacht und dabei einen ihrer Koffer fallen gelassen hatte, nickte vorsichtig und setzte die Warnung ganz oben auf ihre mentale To-do-Liste. Sie richtete ihren Koffer wieder auf, und als die Ampel auf Grün schaltete, ging Lila vorsichtig hinüber, denn der Straßenverkehr hier schien schon eine andere Nummer zu sein. An der nächsten Ecke bog sie in eine der kleineren Straßen ab, die sternförmig vom Savignyplatz abgingen.

Auch hier war alles von Bäumen gesäumt, deren Kronen lindgrün leuchteten. Lila schaute in diese und jene Richtung und konnte kaum glauben, dass sie tatsächlich angekommen war. Noch nie in ihrem Leben hatte sie eine so wichtige Entscheidung gefällt, ohne tagelang darüber nachzugrübeln. Aber jetzt war sie einfach so, Knall auf Fall nach Berlin gefahren, um bei einer Frau zu arbeiten, die sie noch nie zuvor gesehen hatte. Vor ihrem eigenen Mut stockte Lila fast der Atem. Doch gerade fand sie alles so bezaubernd, dass es eigentlich gar keinen Mut brauchte, und sie konnte sich außerdem gar nicht mehr vorstellen, dass es nicht einfach wunderbar werden würde.

In der Straße, die sie hinunterschritt, konnte man innerhalb von fünfzig Metern italienisch, französisch, chinesisch, indisch und spanisch essen. Daneben gab es zwei Galerien für zeitgenössische Kunst und mehrere Modegeschäfte. Alles sah einladend aus, und Lila blieb immer wieder stehen, um die Auslagen der Geschäfte zu bewundern. Am Ende der Straße bog sie nach rechts ab. Jetzt musste sie bereits dicht bei Frau Schmids Laden sein, und ihre Aufregung nahm zu.

Die Straße war breit, und die Häuser zu beiden Seiten – teils sehr alt, teils etwas moderner – wirkten insgesamt sehr eindrucksvoll. Weiter vorn entdeckte Lila das Schild eines Blumenladens und dahinter das eines Yogastudios. Sie war so damit beschäftigt, sich umzusehen, dass sie beinahe, ohne es zu merken, am Laden vorbeigegangen wäre. Denn mitten in einer wunderschönen, stuckverzierten hellgelben Fassade lag ein unauffälliges, schmales Schaufenster neben einer noch schmaleren Eingangstür. Darüber hing ein Schild, das *Mariannes himmlische Bonbons* annoncierte. Mit Interesse betrachtete Lila die Auslage, die jedoch leider eher enttäuschend gestaltet war und nur die üblichen Himbeerbonbons und Pastisdragees in leicht angestaubten Gläsern zeigte.

»Hm«, machte Lila mit einem Hauch Verunsicherung und öffnete die Ladentür.

Eine kleine altmodische Glocke bimmelte, als Lila ihre beiden Koffer über die Türschwelle hievte. Doch niemand kam. Während sie wartete, blickte sich Lila um. Der Laden war klein und schmal geschnitten. Eine Vitrine aus dunkelbraunem Holz nahm fast die ganze Breite ein, daneben stand eine alte Registrierkasse, und an den Wänden hingen ebenfalls dunkelbraune Regale, die mit unterschiedlichen Bonbonsorten und einigen Keksen in Packungen gefüllt waren. Wie schon bei der Auslage im Schaufenster wirkte auch hier das Arrangement der Waren nicht ganz überzeugend, und Lila spürte augenblicklich den Wunsch, ein paar Sachen umzustellen, um sie besser zur Geltung zu bringen. Doch sie beherrschte sich und rief nach einer Weile nur einmal laut »Hallo« und dann noch ein weiteres Mal, als weiterhin niemand auftauchte. Schließlich öffnete Lila die Ladentür ein zweites Mal, um die Glocke erneut bimmeln zu lassen. Als das auch nichts brachte und einfach niemand kam, trat Lila vorsichtig durch den mit einem braunen Vorhang abgetrennten Durchgang und gelangte in ein kleines Zimmer, das offenkundig als Lagerraum diente und von dem ein noch kleinerer Waschraum abzweigte. Das war alles, mehr Fläche hatte der Laden nicht. Vom Lagerraum führte eine Tür nach draußen. Vorsichtig öffnete Lila diesen Ausgang und blickte direkt in einen Innenhof. Vor ihr erhob sich eine mächtige alte Kastanie, die ihre Zweige ausladend und grün ausbreitete. Außerdem beherbergte der Hof mehrere Blumenbeete, die offenbar liebevoll von jemand gepflegt wurden, der farbenblind sein musste, denn sie enthielten das erstaunlichste Durcheinander an Blumen, das Lila je auf einem Fleck gesehen hatte. Der Hof war groß, und zwei breite Haustüren und ein Torbogen gingen davon ab. Anders als die Fassade zur Straße waren die hofseitigen Gebäude unverziert und aus schlichtem roten Stein. Der Torbogen führte in einem zweiten Hinterhof. Lila hatte schon vom verzweigten System der Berliner Hinterhöfe gehört. Neugierig geworden, holte sie ihre Koffer und durchquerte zunächst den ersten und dann den zweiten Hinterhof auf der Suche nach Frau Schmid. Ganz hinten, im äußersten Winkel des zweiten Hofes, wurde sie fündig, denn dort, hinter einer großen, bis zum Boden reichenden Milchglasscheibe, befand sich offenkundig Frau Schmids Produktion. *Mariannes himmlische Bonbons* prangte auch hier in schwarzen Lettern auf dem Glas einer Tür, die einen Spalt breit offen stand. Lila ging hinüber, öffnete vorsichtig die Tür etwas weiter und steckte ihren Kopf hinein. An einem Tisch saß eine Frau mit kurzen grauen Haaren und verpackte Bonbons in kleine Tüten. Dabei summte sie leise vor sich hin und wirkte ausgesprochen gut gelaunt.

»Frau Schmid?«, fragte Lila.

Die Frau schaute auf. »Frau Schmidt? Se kommen jenau im richtigen Oogenblick«, meinte sie vergnügt und lachte dabei so herzlich, dass Lila augenblicklich zurücklächeln musste.

»Komm'n Se doch herein«, lud Frau Schmid sie ein. Lila ließ ihre Koffer draußen stehen und trat vorsichtig über die Schwelle. Die Frau trug einen weißen Arbeitskittel, und der ganze Raum sah ausgesprochen ordentlich und sauber aus, sodass Lila vorsichtshalber erst einmal in der Tür stehen blieb. Links und rechts von dem Tisch, an dem Frau Schmid saß, waren breite, steinerne Arbeitsplatten an der Wand angebracht, auf denen mehrere große und kleinere Maschinen für die verschiedenen Arbeitsschritte der Bonbonherstellung standen. Hinten im Raum sah Lila einen tiefen, breiten Spülstein aus Porzellan, der von einem Herd mit Industrieausmaßen und einem Geschirrspüler eingefasst wurde. In der Ecke stand ein großer Schrank mit Glastüren. Alles sah perfekt eingerichtet und professionell aus, wirkte aber insgesamt deutlich weniger industriell als die Produktionshalle der Süßwarenfabrik.

»Komm'n Se ruhig rin, ick beiß ja nich«, verkündete Frau Schmid, und Lila hörte den markanten Berliner Dialekt, der in ihren Worten fröhlich mitschwang. »Obwohl ick Ihn'n den Schlüssel ooch gleich janz überlassen könnte.« Ein Schmunzeln so breit wie ihr ganzes Gesicht zog sich von Frau Schmids Ohr zu Ohr. »Denn dann bin ick nu' weg, wa?«

»Wie bitte?«, fragte Lila, die das Gefühl bekam, etwas nicht richtig verstanden zu haben. Hatte Frau Schmid wirklich gesagt, dass sie gleich weg sein würde?

»Nich' zu fassen, wa? Dit ist die absolut unglaublichste Jeschichte, die ick je erlebt hab. Aber setz'n Se sich doch erst mal, Se ham ja ne lange Reise hinter sich. Woll'n Se was trinken?«

Frau Schmid sprach so schnell und in einem solchen Singsang, dass Lila kaum folgen konnte.

»Etwas zu trinken wäre schön«, antwortete sie nach einem Augenblick vorsichtig.

»Dann mach' ick uns mal 'n Kaffe, wa?«, schlug Frau Schmid vor und ging in den hinteren Teil ihres Produktionsraums zu dem altmodischen Herd. Behände befüllte sie einen Espressokocher und stellte ihn dann auf eine zischende Gasflamme.

Der Herd hatte ordentlich Kraft, und schon kurze Zeit später hörte Lila das vertraute Fauchen des aufsteigenden Kaffees. Gekonnt füllte Frau Schmid den Espresso in zwei kleine Tässchen, stellte sie dann zusammen mit einer weißblau geringelten Zuckerdose und einem Teller mit Karamellen auf den Tisch. Die Bonbons, die sie gerade verpackt hatte, schob sie dafür zur Seite.

»Setz'n Se sich doch«, schlug sie Lila abermals vor und zog einen zweiten Hocker für sie unter dem Tisch hervor.

»Danke.« Lila, die in ihrem Leben bisher erst ein einziges Bewerbungsgespräch geführt hatte, wusste nicht genau, womit sie anfangen sollte. Sollte sie ihre Zeugnisse herzeigen? Oder das Arbeitszeugnis vorlegen, das sie von ihrer alten Arbeitsstelle noch bekommen hatte? Was bedeutete im Übrigen, dass Frau Schmid gleich weg sein wollte?

Doch Frau Schmid nahm nur einen Schluck von ihrem Kaffee, dann fing sie von sich aus an zu erzählen. »Meine Schwester hat 'ne Weltreise jewonnen. Wie 'nen Jackpot, nur in der Fernsehlotterie. Ick kann's selbst nich janz fassen, aber so is' es. Morgen jeht's los.«

»Wohin denn?«, erkundigte Lila sich vorsichtig.

»Einmal um die janze Welt, vier Wochen lang – meene Schwester und icke. Meen janzes Leben habe ick von so etwas jeträumt.«

»Das ist ja ein toller Gewinn!« Lila hatte noch nie von jemandem gehört, der tatsächlich in der Fernsehlotterie gewonnen hatte. »Äh, und ich?«, fragte sie dann.

»Na, Sie schmeißen solange den Laden, wa?«

Lila, die von einem gehobenen Hilfsjob und einer entspannten Einarbeitungszeit ausgegangen war, zuckte zurück. »Aber das kann ich doch gar nicht.«

Frau Schmid lachte. »Das macht überhaupt nix. Der Laden kann laufen oder ooch nich, meene Schwester und ick machen die Tour um die Welt, und danach sehn wir weiter. Wir wüssten es ja ooch schon länger, aber meene Schwester hat ihre Post nich' jeöffnet. Hat's erst gestern erfahr'n, als die noch mal anjerufen haben.«

Lila fand die ganze Geschichte etwas verrückt, aber Frau Schmid schien einfach nur selig. »Das is' ja mal 'n Glück, das Se heute jekommen sind, morgen wär ick schon weg.«

Frau Schmid, die von ihrem Naturell her eine sehr fröhliche Person zu sein schien, war kaum zu bremsen. »Se können sofort anfangen, ick jeh' erst mal shoppen, wie das ja jetzt heißt.« Sie griff in ihre Kitteltasche und zog einen Schlüsselbund mit einem kleinen grünen Krokodil heraus. »Hier sind die Schlüssel für meen'n Laden und die Küche. Wenn Se woll'n, können Se statt in der Pension ooch in meener Wohnung wohnen. Bin ab morgen früh um fünfe ja weg, 's wär' ja schade, wenn se leer stünde.«

Lila, die alles Mögliche erwartet hatte, nur nicht, von jetzt auf gleich Frau Schmids gesamtes Leben zu übernehmen, schaute etwas unsicher drein.

Doch Frau Schmid war so in Schwung, dass sie es entweder nicht bemerkte oder einfach darüber hinwegging. »Komm'n Se, ick zeig Ihn'n alles, und dann läuft det schon.«

In einem Zug trank sie ihren Kaffee aus, stand auf und bat Lila mit einer Geste, ihr zu folgen. Lila, die ihren Espresso noch nicht einmal probiert hatte, eilte ihr hinterher.

Neben dem Produktionsraum, den Frau Schmid ihre »Küche« nannte, gab es einen Vorratsraum. »Hier finden Se alles, was Se brauchen, um die besten Karamellen herzustellen.«

Lila, die nur eine sehr eingeschränkte Erfahrung mit der Produktion von Bonbons in größerem Maßstab hatte, nickte vorsichtig.

»Is jenug an Vorräten da für die nächsten vier Wochen. Falls Se noch was brauchen, rufen Se einfach meenen Lieferanten an, Nummer steht an der Tür, wa.«

Sie wies auf einen handgeschriebenen Zettel an der Vorratsraumtür, auf dem die Kontakte und Telefonnummern verzeichnet waren.

»Schaun Se hier«, meinte sie dann und ging hinüber zu dem weißen Schrank mit Glaseinlegearbeit, der fast wie ein alter Laborschrank aussah. Quietschend öffnete sie die oberste Schublade. »Hier sind meene Rezepte, das A und O. Ick hab überlegt, se mitzunehmen, aber ohne Rezepte wird das schwierig, wa? Also lass ick se hier.«

»Danke«, antwortete Lila.

In den folgenden Minuten wirbelte Frau Schmid durch ihre Küche, zeigte Lila die Maschinen und wies sie auf deren Besonderheiten und Macken hin. »Hiermit aber janz vorsichtig«, mahnte sie. »Die wird janz schön heiß, die Zuckermasse, besser nich' verbrennen.«

»Mache ich«, versprach Lila.

Verblüfft sah Frau Schmid sie an.

»Ich meine, ich passe auf«, verdeutlichte Lila.

»Besser wär's«, kommentierte Frau Schmid entschieden und eilte aus dem Produktionsraum. Vor der Tür wäre sie fast über Lilas Koffer gefallen, die dort warteten.

»Na, wer stellt denn seene Sachen hier ab?«, fragte sie und klang dabei zu gleichen Teilen überrascht und empört.

»Das sind meine Koffer«, erklärte Lila und schob sie rasch zur Seite.

»Kindchen, dit is aber viel Jepäck. Man könnte meinen, Se wollen bei mir einziehen.« Frau Schmid hielt einen Augenblick inne und lachte dann herzlich. »Werd'n Se ja nu' auch.«

Fröhlich lachend ging sie über den Hof und betrat durch die Hintertür den Bonbonladen.

»Eigentlich gibt's ne Glocke, die hinten in der Küche schellt, wenn Kunden hier in der Tür stehen, aber in der Uffrejung hab ick se janz vergessen anzustellen, wa.«

Sie wies auf einen Schalter, der dicht neben der Hoftür an der Wand angebracht war. Dann zeigte sie Lila, welche Sorten an Bonbons sie anbot, wo die Tüten lagen und wie die altmodische Waage funktionierte.

»Nachmittags is' hier mehr los, aber morgens ist es meist so ruhig, dass man sich um den Nachschub kümmern kann.«

Lila nickte und prägte sich so gut es ging alle Informationen ein, die Frau Schmid ihr wie in einem Maschinengewehrfeuer zukommen ließ.

»Und wenn nich gleich allet läuft, keen Problem, dit is' hier immerhin Berlin, wir sind ans Improvisieren jewöhnt«, gluckste Frau Schmid, und Lila lächelte erleichtert. Immerhin wurde von ihr hier nicht erwartet, dass sie von Anfang an alles perfekt beherrschte.

»Komm'n Se, jetzt zeig ick Ihn'n noch rasch die Wohnung, dann ham Se allet jeseh'n.« Unumwunden hängte Frau Schmid ein Schild an die Scheibe, auf dem *Komme gleich wieder* stand, schloss die Ladentür ab und nahm Lila wieder mit nach hinten durch den Lagerraum in den ersten Hinterhof.

»Se können auch durch das Hoftor neben dem Geschäft gehen, aber nich' durch das vordere Treppenhaus«, erklärte sie. »Det ist nämlich nur für die Reichen, die nach vorn raus wohnen.«

Lila erinnerte sich an die prächtige Hausfassade und konnte sich gut vorstellen, dass sich dahinter elegante und noble Wohnungen verbargen.

»Aber wir haben es hier hinten ooch janz nett«, erklärte Frau Schmid und ging voraus durch den linken Hauseingang im Hinterhof bis hinauf in den dritten Stock. Die hölzerne Treppe knarrte, der grüne Linoleumschutz auf den

Stufen war abgetreten, und es roch nach Bohnermittel wie zu früheren Zeiten. Lila schleppte schwer an ihren Koffern, aber trotzdem bewunderte sie die altmodischen Wohnungstüren aus dunkelbraunem, schlicht verziertem Holz mit den antiquierten Briefschlitzen. Frau Schmidt schloss ihre Tür auf und lud Lila ein voranzugehen.

Lila kam in einen langen, hellen Flur. Der Fußboden bestand aus hellbraunen Holzdielen, es gab nur eine kleine Ablage für Schuhe und einen Jackenhalter an der Wand, ansonsten war der Flur vollkommen leer.

»Ick hab's nich gern so voll«, erklärte Frau Schmidt, und Lila musste unwillkürlich an den ziemlich vollgestopften kleinen Bonbonladen im Erdgeschoss denken. Aber in ihren privaten Räumen hielt Frau Schmid es anscheinend tatsächlich anders, einzig die Blumengardinen an den Fenstern und die gemusterten Fliesen im Badezimmer deuteten darauf hin, dass hier eine sechzigjährige Minimalistin und keine junge Frau Anfang zwanzig wohnte.

Im Eiltempo zeigte Frau Schmid Lila die Wohnung. Dabei demonstrierte sie ihr die Bedienung der Gasetagenheizung und des Elektroherds.

»Bis vor einigen Jahren hatten wir hier noch Kohleöfen«, erzählte Frau Schmid munter. »Aber als se det Vorderhaus saniert haben, dachten se sich wahrscheinlich, dass se et ooch hier hinten nicht wie in Vorzeiten aussehen lassen können, wa?«

»Äh ja«, antwortete Lila, die gar nicht gewusst hatte, dass es so etwas wie Kohleöfen in einer modernen Großstadt überhaupt noch gab.

»Aber die Elektroleitungen haben se nich jemacht, deshalb nich zu viel auf einmal anstellen, sonst springt die

Sicherung raus.« Frau Schmid öffnete die Tür zum hintersten Zimmer des Flures. Lila warf einen Blick in ein kleines, helles Gästezimmer mit Blümchenvorhängen und einem geblümten Überwurf über dem Bett.

»Jefällt et Ihnen?«, fragte Frau Schmid und öffnete das weiße Doppelkastenfenster, das zum zweiten Hinterhof hinausging.

»Ja«, sagte Lila, »es gefällt mir sogar sehr.« Das stimmte, denn das Zimmer wirkte ebenso fröhlich und einladend wie die Wohnungsbesitzerin.

»Na, wunderbar. Dann können Se sich's ja gleich bequem machen und anschließend runter in den Laden schau'n.« Dabei drückte Frau Schmid Lila einen zweiten Schlüsselbund in die Hand. »Alles klar?«, fragte sie mütterlich. »Se machen es sich hier nett, wa? Und Se kümmern sich um meenen kleen'n Laden?«

Lila versprach, alles zu tun, damit es dem kleinen Geschäft prächtig gehe.

»Ach, und wegen det Jehalts: Nehmen Se sich einfach was aus der Kasse«, schlug Frau Schmid vor.

»Machen Sie sich mal keine Sorgen um mich«, antwortete Lila lächelnd, die ja auch noch drei Monate Gehalt von der Süßwarenfabrik bekam. »Genießen Sie einfach die Zeit.«

»Werd ich janz bestimmt«, erklärte Frau Schmid entschieden. »Jenießen werde ich es von der ersten bis zur letzten Sekunde.«

»Gute Idee«, antwortete Lila, dennoch fühlte sie sich ein wenig verunsichert.

Anscheinend hörte Frau Schmid das heraus, aber sie lachte nur und meinte: »Das wird schon, nur nich unterkriegen lassen, wa Frau Schmidt?«

»Alles klar, Frau Schmid«, antwortete Lila, und die beiden lächelten sich im völligen Einverständnis an.

Nachdem Frau Schmid gegangen war und Lila den Laden wieder geöffnet hatte, musste sie sich erst mal für einen Augenblick auf den Schemel hinter der Vitrine setzen.

»Krass«, sagte sie laut zu sich selbst. In der Fernsehlotterie eine Weltreise für zwei Personen zu gewinnen war unglaublich, und von einer Minute auf die andere einen Bonbonladen an der Backe zu haben war es auch.

Du glaubst nicht, was mir passiert ist, schrieb sie ihrer Cousine Sonja und nahm sich dann ein Bonbon aus der Vitrine. Vorsichtig testete sie dessen Konsistenz und Geschmack, um zu wissen, was genau sie in den nächsten Tagen und Wochen verkaufen würde. Dann berichtete sie ihrer Cousine in Kurzform alles, was sich in den letzten Stunden ereignet hatte.

4. Kapitel

Felix hatte schlicht und ergreifend keine Idee, was er jetzt tun sollte. Vor ihm standen zwei kleine Jungen und erwarteten offenkundig, dass er einen Masterplan hatte, den er aber nicht vorweisen konnte. Wenn er ehrlich war, wusste er überhaupt nicht, wie er mit der Situation umgehen sollte.

»Wollen wir vielleicht erst mal etwas essen – also ihr und nicht ich?«, schlug Felix vor, obwohl er seinen Magen knurren hörte.

»Gute Idee«, antwortete Johnny sofort und hüpfte voraus in die Küche.

Jakob und Felix folgten ihm. Die Wohnung war luftig und einladend, viel größer, als Felix angenommen hatte. Das Dach war komplett ausgebaut, und die Zimmer verteilten sich auf zwei Etagen. Die Räume gingen ineinander über, nur unterteilt von wenigen Trennwänden und noch weniger Türen. An den Wandflächen hingen überall Bilder, zum Teil kleine gerahmte Skizzen und Zeichnungen, zum größten Teil großformatige abstrakte Gemälde von großer Eindringlichkeit, und Felix fragte sich beim Betrachten, wer sie gemalt haben könnte. Einen Gerhard Richter entdeckte er nirgends, was ihn zumindest etwas beruhigte.

»Es ist schön hier«, sagte Felix zu den Jungen.

»Ja«, antwortete Jakob einfach.

Unter dem schrägen Dachfenster in der Küche standen ein großer rechteckiger Holztisch, auf dem alte getrocknete Farbreste klebten, und ein Sammelsurium unterschiedlicher Stühle, die dem Raum ein charmantes Ambiente gaben. Die Küchenzeile daneben war aus schlichtem Metall. Auch in diesem Raum hingen überall Bilder – einige Fotos und etliche wunderschön gerahmte Zeichnungen der Kinder.

Am silbernen Kühlschrank hingen mehrere Zettel, die mit Magneten befestigt waren. Jakob nahm etwas, das wie eine mehrseitige Liste aussah, und schlug es auf.

»Felix, was willst du essen?«, erkundigte er sich. »Es gibt Königsberger Klopse, Ratatouille mit Kartoffeln oder Lachs mit Nusskruste, aber ohne Erdnuss.«

»Ich darf nämlich keine Erdnüsse essen, sonst bekomme ich keine Luft mehr«, meldete sich Johnny zu Wort. Er war neben Felix auf einen Stuhl geklettert und starrte ihn ununterbrochen von der Seite an.

»Ja, das weiß ich«, meine Felix. »Absolut keine Erdnüsse für dich!«

»Was weißt du noch über uns?«, erkundigte sich Johnny interessiert, und Jakob blickte von seiner Liste auf.

»Dass du Bonbons magst«, gab Felix zurück und lächelte seinen kleinen Neffen an. Johnny hatte dieselben Grübchen wie Niklas, und es kam ihm fast so vor, als hätte er seinen Bruder in Miniaturversion vor sich.

»Du auch?«, erkundigte er sich dann bei Jakob.

Langsam nickte Jakob. Er schien viel zurückhaltender als sein kleiner Bruder, aber auf den ersten Blick nicht minder liebenswert.

»Hast du dich entschieden, was du essen möchtest?«, fragte er.

»Gibt es sicher genug, dass ich euch nichts wegesse?«, erkundigte sich Felix, anstatt die Frage zu beantworten.

Johnny und Jakob nickten beide.

»Dann nehme ich die Königsberger Klopse«, entschied Felix.

»Ich auch«, schloss sich Johnny sofort an.

»Das geht nicht«, erklärte Jakob seinem kleinen Bruder. »Du hattest schon einmal Gelb heute, aber du könntest das Ratatouille haben.«

»Das will ich aber nicht«, maulte Johnny. »Ich möchte auch Königsberger Klopse haben wie Felix.« Er stolperte leicht über das »X« und entblößte dabei eine große Zahnlücke unten rechts.

»Gelb?«, erkundigte sich Felix interessiert.

»Auf der Liste gibt es verschiedene Farben«, erklärte ihm Jakob und hielt sie hoch. »Jeden Tag können wir so viel Grün essen, wie wir wollen, ein Gelb und allerhöchstens ein Rot.«

Felix blickte auf eine sauber geschriebene Aufstellung, auf der sämtliche Unterpunkte mit einem Farbcode versehen waren.

»Wer hat die gemacht?«, fragte er überrascht.

»Papa natürlich«, antwortete Johnny und blickte Felix ebenso überrascht an. »Wer denn sonst?«

»Vielleicht denkt er an Nini«, wandte Jakob ein, und die beiden Jungen wechselten einen Blick.

»Aber die bringt doch nur das Essen«, meinte Johnny, als spräche er über das Selbstverständlichste der Welt.

Felix, der natürlich nicht die geringste Ahnung hatte, wer Nini war, spitzte die Ohren.

»Also nimmst du jetzt das Ratatouille oder den Grünkohl?«, wollte Jakob von seinem kleinen Bruder wissen.

»Auf keinen Fall Grünkohl«, protestierte Johnny sofort lautstark.

»Aber was anderes geht nicht«, erwiderte Jakob streng.

»Wir können ja teilen«, schlug Felix rasch vor, bevor sich die Essensfrage zur Streitfrage zwischen den Brüdern entwickeln konnte.

»Gut«, stimmte Johnny zufrieden zu.

»Naja«, machte Jakob etwas zweifelnd, und Felix konnte sich vorstellen, dass er es bei seinem kleinen Wirbelwind von Bruder vielleicht manchmal nicht so leicht hatte.

Jakob schaute auf seiner Liste nach, holte dann zwei Essen aus dem Gefrierschrank, schob sie in die Mikrowelle und strich sie anschließend von der Liste.

»Das machst du ja ganz schön professionell«, meinte Felix anerkennend.

»Profess... was?«, fragte Johnny.

»Wieso?«, fragte Jakob überrascht. »Wie sieht es denn in deinem Gefrierschrank aus?«

Felix dachte an das Eisschrankmonster in seiner Küche, das bis auf eine fürstliche Ladung Eiswürfel komplett leer war. »So ähnlich«, log er schnell. Puh, er hatte echt keine Ahnung von Kinderernährung, von Kindererziehung ganz zu schweigen. »Esst ihr denn häufig nach der Liste?«, erkundigte er sich so unverfänglich wie möglich.

»Nur, wenn Papa nicht da ist«, antwortete Johnny bereitwillig. »Manchmal muss er ja für die Arbeit weg.«

Felix, der sich gerade ein klein wenig entspannt hatte, spürte sofort wieder den unangenehmen Druck im Magen. »Seid ihr dann ganz alleine?«

»Immer nur kurz«, erklärte Johnny. »Meistens kommt ja auch Nini, nur gerade...«

»Sie kommt, wenn sie kann«, erklärte Jakob sofort, und er und sein kleiner Bruder wechselten einen Blick, der Felix nicht entging. Wenn Nini bald kommen und sich um die Kinder kümmern könnte, wäre das natürlich ausgezeichnet.

»Wer ist denn Nini?«, fragte Felix vorsichtig.

»Unsere Oma«, antwortete Johnny bereitwillig, und Jakob fügte hinzu: »Mamas Mama.« Aber mehr sagten sie nicht, und Felix wusste nicht genau, wie er nachhaken sollte, ohne die Jungen zu verunsichern.

Nachdem das Essen aufgewärmt war, verteilte Jakob es ordentlich auf zwei Teller, Johnny holte Besteck und Gläser dazu, und zu dritt setzten sie sich an den Tisch.

»Isst du nichts?«, erkundigte sich Felix bei Jakob, der ihm zwar seinen Teller hinstellte, sich dann aber einfach nur so neben ihn setzte.

»Ich habe keinen Hunger«, gab Jakob leise zurück und schaute auf den Boden. Für einen Augenblick konnte Felix den kleinen verletzlichen Jungen hinter der Schale des tapferen großen Bruders erkennen. Was war hier nur los? Wie lebten die Jungen mit Niklas? Und mehr noch, wo war eigentlich deren Mutter?

Das geht mich nichts an, ermahnte sich Felix streng. Seine Aufgabe war es, sich kurzzeitig um die Kinder zu kümmern, bis Niklas hoffentlich ganz bald wieder aus der U-Haft entlassen wurde oder alternativ diese Nini auftauchte. Er blickte zu Jakob und sah dessen unglücklichen Gesichtsausdruck. Felix' Herz regte sich.

»Ich kann dich verstehen«, sagte er leise zu Jakob. »Wenn

etwas anders ist als sonst, vergeht mir auch oft der Appetit.«

»Mir nicht«, erklärte Johnny fröhlich und begann, das Essen wie wild in seinen kleinen Mund zu schaufeln.

»Was ist denn mit Papa?«, erkundigte sich Jakob noch leiser.

»Er ist nicht da, und deshalb ist Felix gekommen«, erklärte Johnny mit vollem Mund, der Ohren wie ein Luchs zu haben schien. »Es ist so, wie Papa uns immer gesagt hat: Wenn etwas passiert, dann kommt Felix und kümmert sich um uns.«

Felix, der sich gerade ein Stück Klops auf die Gabel geladen hatte, ließ sie wieder sinken. Niklas hatte seinen Söhnen von ihm erzählt? Er hatte ihnen sogar so ein Versprechen gegeben? Sein Magen zog sich zusammen, jetzt fühlte er sich richtig schlecht. Aber für Johnny schien die Sache glasklar, woraus Felix schloss, dass er im Leben der Jungen schon einen Platz hatte, ganz anders als umgekehrt. Er schluckte, während sich das schlechte Gewissen unangenehm in ihm ausbreitete.

»Wann kommt Papa denn wieder?«, fragte Jakob, und Felix sah, dass er unter dem Tisch seine Hände zu Fäusten ballte.

Noch mehr Mitleid wallte in ihm auf. »Bald«, antwortete er. »Ganz bald hoffentlich.«

Jakob nickte, schaute aber nicht hoch.

»Vielleicht zeigt ihr mir nach dem Essen eure Spielsachen?«, versuchte Felix einen Themenwechsel.

»Ja«, stimmte Johnny begeistert zu, und selbst Jakob nickte vorsichtig.

»Wenn ihr wollt, können wir auch Paule anrufen«, schlug

Felix vor. Der könnte ihm vielleicht noch etwas mehr darüber verraten, wie er das hier angehen sollte und er außerdem schnellstmöglich Nini erreichen könnte.

»Paule macht immer Quatsch«, erklärte Johnny vergnügt.

»Paule anrufen ist prima«, war auch Jakob einverstanden, und seine Mundwinkel hoben sich ein klein wenig.

Felix konnte gar nicht anders, als verzaubert zu sein von diesem Lächeln, das Jakobs ganzes Gesicht komplett verwandelte.

***

Die nächste Überraschung für Felix war der mangelnde Handyempfang in der Wohnung, denn er hatte kaum Netz. Als er versuchte, Paule anzurufen, kam keine Verbindung zustande. Das änderte sich erst, als Jakob das altmodische Festnetztelefon mit langem Kabel holte, an dem Niklas aus welchen Gründen auch immer festgehalten hatte.

Darauf waren einige Nummern eingespeichert, und Felix entdeckte die Namen Nini, Paule und O. W. daneben. Das alles weckte seine Neugierde, doch bevor er noch fragen konnte, hatten die Jungen schon bei Paul angerufen und plauderten vergnügt drauflos.

Johnny lachte, als er Paule an der Strippe hatte, und Felix konnte dem einseitigen Gesprächsverlauf entnehmen, dass die Jungs Paule sehr gut kennen mussten.

»Wann können wir dich denn mal besuchen kommen?«, hörte Felix Johnny fragen. »Ich will endlich mal in deiner Wohnung Schlittschuh laufen. Du hast doch gesagt, dass das geht.« Konzentriert lauschte Johnny auf Paules Antwort und verzog dann sein Gesicht: »Ach Paule, vergiss die Schule, bei dir ist es viel schöner.«

Schule, schoss es Felix durch den Kopf. *Die Jungs müssen in die Schule, und ich weiß nicht einmal, wo die ist.*

»Ja, mache ich, tschüss, Paule«, grüßte Johnny und reichte den Hörer an Jakob weiter.

»Ich soll dich schön von Paule grüßen, und du sollst dir ganz viel Mühe mit uns geben«, richtete Johnny Felix aus und sah ihn treuherzig dabei an.

»Das werde ich«, versicherte Felix ernsthaft, der es zwar zu Johnny sagte, im Geiste aber auch Niklas versprach.

Das Telefonat munterte Jakob auf. Er lächelte, als er auflegte. »Paule muss jetzt los, aber er meinte, ihr könntet später noch mal telefonieren.«

»Kommst du jetzt spielen?«, unterbrach Johnny seinen großen Bruder und zog an Felix' Hand. Dann zeigten die beiden Jungs ihm jedes einzelne ihrer Spielzeuge. Sie hatten viel Lego, Bauklötze und noch mehr Farben und Stifte.

Felix, der aus dem Stand einen komplexen Bauplan für eine feinmechanische Pumpe zeichnen konnte, dem aber ansonsten kaum mehr als ein Strichmännchen gelang, schaute mit Hochachtung Jakob zu, der ein erstaunlich realitätsgetreues Schiff aufs Papier brachte und es anschließend mit Johnny kunterbunt ausmalte.

»Woher könnt ihr so gut malen?«, erkundigte sich Felix interessiert, der sich daran erinnerte, dass auch Niklas nicht gerade ein Ass im Zeichnen gewesen war.

»Von Mami natürlich«, gab Johnny zurück und schaute Felix an, als habe der gerade etwas sehr Dummes gesagt.

»Ach so, natürlich«, antwortete Felix.

Beim Spielen ertappte er sich, wie viel Spaß er daran

hatte, mit den Jungs einen Legoturm mit innenliegender Wendeltreppe zu bauen, und er wäre auch überhaupt nicht auf die Idee gekommen, damit aufzuhören, wenn nicht Jakob ihn daran erinnert hätte, dass es Zeit war, ins Bett zu gehen. Felix staunte, wie selbstverständlich und selbständig sich die beiden Jungen fertigmachten.

»Kannst du bei uns schlafen?«, fragte Johnny und griff nach Felix' Hand. »Papa schläft auch bei uns, wenn etwas Besonderes war.«

»Oder wir schlafen bei ihm«, ergänzte Jakob vorsichtig.

Felix, der noch überhaupt nicht darüber nachgedacht hatte, wo und wie er überhaupt nächtigen würde, wusste nur eins: In Niklas' Bett würde er nicht schlafen, und Niklas' Zimmer, das einzige mit einer verschließbaren Tür, würde er auch nicht betreten. Es war weniger das Gefühl von Pietätlosigkeit, das ihn davon abhielt, als die Sorge, dass er dort auf etwas stoßen könnte, was er lieber nicht wissen wollte. Daher versprach er seinen Neffen, bei ihnen zu bleiben, bis sie einschliefen, und dann auf die Couch ins Wohnzimmer zu ziehen, die bequem genug wirkte. Dort konnte er dann auch noch etwas arbeiten und vor allem in Ruhe mit Paule sprechen.

Johann und Jakob krabbelten in ihre Betten, und Felix legte sich, wie er es versprochen hatte, auf den Teppich dazwischen.

»Jetzt singen«, verlangte Johnny und kuschelte sich tief unter seine Decke.

Felix, der seit Jahren nicht mehr gesungen hatte, versuchte sich an »Schlaf, Kindchen, schlaf«, aber selbst dieser einfache Text fiel ihm nicht mehr ein, daher verlegte er sich aufs Summen.

»Du klingst wie Papa«, meinte Johnny, und Felix musste lächeln. Früher hatte man ihn und Niklas an den Stimmen kaum auseinanderhalten können.

»Ich vermisse Papa«, sagte eine zweite kleine Stimme in die Dunkelheit hinein, und Felix hörte die mühsam unterdrückten Tränen dahinter. Vorsichtig streckte er seine Hand nach oben und griff nach Jakobs Hand, die krampfhaft die Bettdecke festhielt.

»Papa kommt bald wieder«, versprach er und wiederholte es noch einige Male. Während er auf Jakobs ruhiger werdenden Atem hörte, hoffte er selbst, dass das stimmte. Denn er hatte keine Ahnung, was genau sich Niklas hatte zuschulden kommen lassen. Nur dass es eine große Sache war, so viel war ihm bereits klar geworden.

***

Am nächsten Morgen erwachte Felix vollkommen steif und unterkühlt auf dem Teppichboden zwischen den Betten von Jakob und Johnny. Beide Jungen schliefen noch, und Felix richtete sich mühsam auf. Hier würde er kein Frühstück serviert bekommen, stattdessen musste er sich darum kümmern, dass die Kinder etwas zu essen bekamen.

Felix blickte zu den beiden Jungen, die eingekuschelt in ihren Betten den Schlaf der Gerechten schliefen. Was aßen kleine Jungen zum Frühstück? Niklas und er hatten immer Müsli bekommen, aber er hatte keine Ahnung, ob die nach der Jahrtausendwende Geborenen so etwas immer noch mochten. Wann mussten die Kinder außerdem zur Schule? Eine Sache stand auch noch fest: Er musste dringendst arbeiten. Gestern Abend hatte er seinen Job komplett vernachlässigt, und das, obwohl er eigentlich die ganze Nacht hätte durcharbeiten müssen, um die verfrühte Abreise aus Malaysia zu kompensieren.

Leise stand er auf und ging in den Flur zu seiner Laptoptasche. Sein Handy hatte zwar kein Netz, aber das Display zeigte an, dass es kurz vor sieben war. Felix schlich ins Bad, wobei er sich bemühte, niemanden zu wecken, putzte sich die Zähne und duschte. Als er danach in den Spiegel schaute, war er überrascht, wie ausgeschlafen er trotz der Nacht auf dem harten Boden aussah.

Gerade hatte er im Wohnzimmer seinen Koffer aufgeklappt, um sich etwas zum Anziehen herauszuholen, als eine Stimme aus dem Kinderzimmer zu ihm herüberdrang: »Wach auf, Schlafmütze! Los, wach auf!« Es klang fröhlich und vergnügt, aber Felix spürte weiterhin den unangenehmen Druck in seinem Magen.

Ob es Niklas in der Untersuchungshaft gut geht? Ob er schlafen kann? Macht er sich Sorgen um seine Söhne, oder hat er noch genügend Zutrauen zu mir?, fragte sich Felix und spürte, wie ihm noch flauer wurde. *Ich habe keine Ahnung von Kindern*, dachte Felix dann, und ihm wurde fast übel bei diesem Gedanken. Doch dann kam er nicht dazu, weiter zu grübeln, denn jetzt kam ein kleiner Wirbelwind angerannt, stürzte sich auf Felix und warf ihn aus seiner knienden Position vor dem Koffer fast um.

»Guten Morgen, Onkel Felix«, rief Johnny laut und drückte ihn mit seinen kleinen Armen, so fest er konnte.

»Läufst du immer nackig herum, Onkel Felix?«, erkundigte sich Jakob interessiert, der hinter Johnny ins Zimmer gekommen war.

»Haha, nackig«, lachte Johnny, zog augenblicklich seinen Schlafanzug aus und rannte vergnügt durch die ganze Wohnung, so als habe er über Nacht eine Palette Energiedrinks und nicht nur eine Runde Schlaf getankt.

»Wann fängt eure Schule an?«, erkundigte sich Felix und zog schnell Boxershorts und ein T-Shirt über. Auf Geschäftsreisen hatte er keine legere Kleidung dabei, daher musste er auch heute Anzug tragen. Er nahm ein gebügeltes Hemd aus seinem Koffer und streifte es über. Währenddessen putzte sich Jakob im Bad die Zähne und rief Johnny immer wieder zu, er solle sich beeilen, was Johnny aber geflissentlich überhörte. Offenkundig war Jakobs Bemühen um Ordnung ein wunder Punkt in der Geschwisterbeziehung, denn noch ehe Felix in seinen Anzug gestiegen war, tobte ein handfester Kampf zwischen den beiden.

»Hört bitte auf!«, versuchte sich Felix, streitschlichtend einzumischen, aber die einzige Folge war, dass der Legoturm vom Vorabend haarscharf an ihm vorbeiflog und gegen die Wand krachte.

»Spinnt ihr?«, donnerte Felix erschüttert los. »Lässt euer Papa euch so etwas machen?«

Beide Jungen hielten inne.

»Papa, nein«, antwortete Jakob sofort. »Der schreit aber auch nicht rum, er würde uns nur sagen: ›Beeilt euch, ihr müsst zur Schule!‹«

»Aber du bist ja nicht Papa«, meinte Johnny versöhnlich, und Felix wusste nicht genau, ob das bedeutete, dass ihm vergeben war oder dass man ihn nicht so ernst nahm.

Frühstück gab es wieder nach dem Farbsystem.

»Du musst Milch kaufen«, erklärte Jakob, nachdem er den letzten Rest in sein Obstmüsli geschüttet hatte.

»Und Toast«, ergänzte Johnny und biss in sein Brot mit Nutella – Farbe Rot, wie Felix erfahren hatte.

»Wer kauft denn sonst ein?«, erkundigte sich Felix und nahm einen Löffel von seinem Müsli.

»Papa und manchmal auch Nini, wenn sie aus dem Haus kann«, erklärte Johnny undeutlich mit vollem Mund.

»Wir natürlich auch«, ergänzte Jakob und klang dabei mindestens vier Jahre älter, als er war.

»Schreibt einfach alles auf, was ihr braucht, ich besorge es dann«, schlug Felix vor und stand auf, um seine Arbeitssachen zusammenzupacken. Zwar wusste er noch nicht, wie er heute unauffällig in sein Hamburger Büro gelangen sollte, wenn ihn die Kollegen in Malaysia wähnten, aber er würde sich etwas ausdenken. Dann fiel ihm ein, dass er trotz der Ermahnung seiner Assistentin den Geburtstag seiner Mutter vergessen hatte, und Felix nahm sich vor, auch das wieder in Ordnung zu bringen.

»Wie schreibt man Playstation?«, hörte er Johnny in der Küche fragen.

»Wieso?«, erkundigte sich sein Bruder.

»Ich schreib es auf die Liste, vielleicht kauft es Onkel Felix dann auch.«

»Meinst du?« Jakobs Stimme klang nachdenklich. »Dann schreib auch noch Filzstifte von Caran d'Ache dazu, die große Packung, die wir schon die ganze Zeit haben wollen.«

»Wie schreibt man Caran d'Ache?«

Unwillkürlich musste Felix lächeln, das hörte sich eindeutig wie etwas an, das Niklas als kleiner Junge auch hätte machen können. Bis gestern hatte er noch nichts von ihrer Existenz gewusst, aber seine Neffen hatten ziemlich schnell den Weg in sein Herz gefunden.

Nach mehreren Diskussionen, ob ein Pullover oder Haarekämmen wirklich sein muss, machten sie sich schließlich gemeinsam auf den Weg. Jakob und Johnny stolperten mit ihren großen Schulranzen auf dem Rücken aus der Wohnung, und Felix folgte ihnen mit seiner schmalen Laptoptasche in der Hand. Sorgfältig verschloss Jakob die Wohnungstür und gab dann auf dem Codepanel eine Nummernfolge ein. Felix ließ sie sich zeigen und prägte sie sich ein. Gemeinsam liefen sie die Treppe hinunter.

»Oh, hallo«, grüßte eine Frau im dritten Stock erfreut, als Felix mit den Jungs an ihr vorbeilief. »Alles klar bei euch?«

Felix verlor fast das Gleichgewicht auf der Treppe. Woher kannte ihn diese Frau, die er noch nie gesehen hatte? Mit einer Millisekunde Verzögerung fiel bei ihm der Groschen, dass sie ihn natürlich mit Niklas verwechselt hatte.

»Guten Morgen, ja, alles klar«, antwortete er daher rasch und verließ sich drauf, dass seine Stimme Niklas' so ähnlich war, dass die Frau keinen Unterschied ausmachen würde.

»Schick angezogen heute«, meinte sie noch, aber da war Felix schon fast ein Stockwerk tiefer und antwortete nicht mehr.

»Ja, schicke Kleidung, aber unpraktisch«, meinte Johnny, zog an den zu langen Ärmeln seines grünen Pullis und musterte seinen Onkel mit Interesse.

Unpraktisch wofür?, wollte Felix fragen, aber er verkniff es sich. Irgendwie wurde er die Sorge nicht los, dass er sonst etwas über Niklas erfahren würde, was er lieber nicht wissen wollte.

Draußen herrschte typisches Hamburger Frühlingswetter, was zwar Regen bedeutete, aber immerhin nicht so stark wie zu anderen Jahreszeiten. Felix schauderte, denn er hatte sich an das deutlich sonnigere Berliner Wetter gewöhnt, auch wenn er sowieso meistens auf Reisen war. Aber Jakob und Johnny zogen nur ihre Kapuzen über und schienen ansonsten völlig unbeeindruckt.

»Hast du gesehen, dass du eine Playstation kaufen sollst?«, erkundigte sich Johnny beiläufig an der nächsten Ampel. »Der Claas aus meiner Klasse hat nämlich auch eine.« Die Ampel schaltete für Fußgänger auf Grün, und sie gingen hinüber.

»Hm«, machte Felix, denn er las gerade die eingegangenen Mails auf seinem Handy. Nicht nur bei seiner Mutter musste er heute Abbitte leisten, sondern auch bei seiner Freundin, die ziemlich erbost darauf reagierte, dass er sich mehr als vierundzwanzig Stunden nicht gemeldet hatte. Unwillkürlich seufzte er.

»Ist etwas?«, fragte Jakob augenblicklich, der auch nicht besonders glücklich aussah.

»Alles ist in Ordnung«, versicherte Felix mehr aus Reflex als aus Überzeugung, denn wenn er ehrlich war, wusste er es selbst nicht.

Plötzlich hielt er inne und ließ sogar sein Smartphone sinken. Vor ihnen an einem Kiosk waren die Zeitungen ausgestellt, und eine Schlagzeile der *Hamburger Morgenpost* zog seinen Blick auf sich.

**Tatverdächtiger im Jahrhundertdiebstahl
in der Hamburger Kunsthalle gefasst.
Ist reicher Industriellensohn der Wiederholungstäter?**

Darunter war ein unscharfes Bild abgelichtet. Zu unscharf, um wirklich etwas erkennen zu können, aber wenn man wollte, konnte man Niklas' Züge problemlos in das verwackelte Bild hineininterpretieren. Seine Söhne würden ihn garantiert erkennen.

Abrupt drehte sich Felix um, damit den Jungen die Sicht auf den Zeitungsständer versperrt blieb, und mähte dabei mit seiner Laptoptasche fast Johnny um, der neben ihm hergetrottet war.

»Kommt«, forderte Felix hastig. Schlagartig war ihm klar geworden, dass er unmöglich mit den Jungen auf der Straße herumlaufen konnte, wenn er verhindern wollte, dass sie etwas von dem mitbekamen, das ihren Vater betraf. Er schaute auf die Jungen hinunter und bemerkte sofort, dass Jakobs Gesichtsausdruck in Alarm umgeschlagen war.

»Wir kaufen jetzt gleich die Milch«, improvisierte er daher und versuchte, möglichst entspannt zu klingen, schließlich durfte er die Jungs nicht noch zusätzlich verrückt machen.

»Jetzt? Aber wir müssen doch in die Schule.« Jakob schien von Felix' plötzlichem Sinneswandel weder überzeugt noch begeistert, nur Johnny folgte ihm bereitwillig.

»Ich habe mir überlegt, dass ihr heute nicht in die Schule gehen müsst«, ließ sich Felix einfallen. »Schließlich sehen wir uns nicht alle Tage.«

»Juchuuu«, machte Johnny entzückt.

»Das geht nicht«, protestierte Jakob. »Man *muss* in die Schule gehen.«

»Schau mal...«, begann Felix, aber in diesem Moment klingelte das Handy in seiner Hand.

»Wengler«, meldete er sich abgelenkt.

»Rechtsanwältin Michel hier von der Kanzlei Grossmann, Schmitz und Schiller. Wir müssen unbedingt schnellstmöglich miteinander sprechen. Können Sie zu mir in die Kanzlei kommen?«

Felix, der eigentlich hatte weitergehen wollen, blieb stehen. »Nein, das geht nicht wegen der Jungen«, erklärte er der Anwältin seines Bruders und fing daraufhin einen fragenden Blick von Johnny auf.

»Gut, dann komme ich zu Ihnen. Wohin?« Frau Michels Stimme klang ruhig und bei Weitem nicht so nervös, wie Felix sich fühlte.

Er gab ihr die Adresse. »Am besten jetzt gleich.«

»Ich fahre sofort los«, antwortete sie und legte auf.

Felix blickte seine Neffen an und entdeckte die absolute Panik im Gesicht des älteren.

»Wir geben niemals jemandem die Adresse«, flüsterte Jakob entsetzt.

Felix ging neben ihm in die Knie. »Ich weiß, Jakob«, antwortete er ruhig. »Aber das ist ein besonderer Fall. Es ist eine Freundin von eurem Papa.«

»Aber trotzdem«, beharrte Jakob mit schreckgeweiteten Augen.

»Du hast recht. Wir werden sie bitten, die Adresse gleich wieder zu vergessen«, schlug Felix vor.

»Schau mal, Onkel Felix, der Mann hier in der Zeitung sieht aus wie Papa«, unterbrach Johnny das Gespräch zwischen Jakob und Felix.

»Was?« Felix fuhr herum und sah, wie sich Johnny mit großem Interesse über einen Aufsteller am Kiosk beugte. »Können wir die Zeitung kaufen?«

Mist, dachte Felix, aber in diesem Moment klingelte sein Handy erneut. Er nahm ab, ganz automatisch, und sein Vater war in der Leitung.

Wie immer brüllte er ohne Gruß los. »Felix!«, schrie er. »Verdammt, wo steckst du?«

Bevor Felix ihm noch etwas vorlügen konnte, brüllte er schon weiter: »Du musst augenblicklich nach Hamburg kommen. So wie es aussieht, hat dein verdammter Bruder uns alle in die Zeitung gebracht.« Sein Vater war so laut, dass Felix das Telefon von seinem Ohr weghalten musste, um nicht taub zu werden. Zwei vorbeigehende Frauen warfen ihm misstrauische Blicke zu.

»Ich kann jetzt nicht«, sagte Felix und tat etwas, was er noch nie getan hatte: Er legte einfach auf.

»Wer hat denn da so gebrüllt?«, fragte Jakob, und Felix war heilfroh, dass sein Vater anscheinend wenigstens einen Themenwechsel ermöglicht hatte, doch er hatte seine Rechnung ohne Johnny gemacht.

»Können wir diese Zeitung kaufen?«, brachte der sich wieder in Erinnerung. »Die haben auch saure Schlangen in diesem Kiosk, wir könnten hineingehen und beides kaufen.« Hoffnungsvoll blickte er zu seinem Onkel auf.

»Welche Zeitung meinst du denn?«, erkundigte sich Jakob und ging die wenigen Schritte zu seinem kleinen Bruder hinüber. Unaufhaltsam sah Felix die Katastrophe auf sich zurollen.

»Halt!«, rief er laut, als Jakob fast bei Johnny angekommen war. »Kommt bitte beide sofort her.«

In diesem Augenblick klingelte sein Handy ein drittes Mal, abermals aus Gewohnheit ging er dran. »Ja?«, bellte er. Dabei musste er sich ähnlich abschreckend wie sein

Vater angehört haben, denn die Person am anderen Ende sagte zunächst nichts.

»Kommt bitte her«, flehte Felix seine Neffen an und wollte gerade wieder auflegen, da hörte er die Stimme seiner Mutter, die wie immer etwas verträumt klang.

»Felix, mein Lieber, gut, dass ich dich erreiche.«

»Mama, es tut mir leid, dass ich deinen Geburtstag verpasst habe, aber ich kann gerade nicht sprechen und rufe dich später zurück.« Ungeduldig versuchte Felix, seine Mutter abzuwimmeln.

»Die Ähnlichkeit ist wirklich seltsam«, meinte Jakob zu Johnny, die nun gemeinsam auf den Aufsteller starrten.

»Bitte kommt«, flehte Felix die Jungs an. »Es passt gerade wirklich nicht«, sagte er zu seiner Mutter. »Ich verspreche, ich melde mich.«

Er wollte gerade auflegen, da vernahm er die Stimme seiner Mutter auf einmal sehr klar und deutlich, überhaupt nicht mehr verträumt.

»Warte!«, sagte sie. »Es geht um Niklas, ich mache mir Sorgen um ihn und um seine Söhne. Du musst helfen.«

»Was?«, fragte Felix und fühlte sich, als wäre er gerade unter eine Dampfwalze geraten. Seine Mutter wusste von Jakob und Johnny?

»Felix, du warst immer schon der Vernünftigere meiner Söhne, mach jetzt bitte kein Theater. Niklas hat zwei Söhne, und wir müssen uns jetzt um sie kümmern. Wo steckst du?«

»Hamburg, Winterhude«, antwortete Felix schwach. Wie konnte es sein, dass er von so einem großen Teil des Lebens seiner Familie einfach nie etwas mitbekommen hatte? Sogar seine Mutter wusste Bescheid, aber sie hatte ihm nichts davon erzählt. Wann auch? Sie unterhielten sich nie wirklich miteinander. Außerdem sprach sie auf Geheiß seines Vaters nicht mehr über Niklas und hatte in Felix' Anwesenheit niemals eine Ausnahme gemacht.

»Ich bin schon bei ihnen«, fügte er dann hinzu.

»Oh, gut«, erwiderte seine Mutter und klang tatsächlich erleichtert. »Sag bitte Bescheid, wenn ich etwas tun kann.«

Felix, der seine Mutter eher mit Besuchen beim Friseur und exorbitant teuren Shoppingtouren in Verbindung gebracht hatte, stimmte überrascht zu.

»Ich würde auch selbst kommen, aber dein Vater hat Sorge, dass wir in Kürze die Journaille hier vor der Tür haben. Bitte pass gut auf die Kleinen auf, es sind wunderbare Kinder, und sag ihnen, dass Oma W sie grüßt.«

O. W., der Name auf Niklas' Festnetztelefon, stand also für seine Mutter, kombinierte Felix verblüfft.

»Das werde ich«, versprach er und legte dann sofort auf, denn Jakob war gerade dabei, seinem kleinen Bruder die erste Zeile des Artikels aus der Zeitung vorzulesen. Seinem Gesichtsausdruck nach wirkte er so, als würde er gleich anfangen zu weinen.

Felix hatte es als Kind immer gehasst, wenn Erwachsene von oben herab mit ihm gesprochen hatten. Deshalb ging er jetzt neben den beiden in die Knie und stellte seine teure Laptoptasche einfach neben sich auf den nassgeregneten Boden. Dann legte er Jakob und Johnny je eine Hand auf die Schulter und bat sie, sich zu ihm umzudrehen.

»Ich weiß auch nicht, was diese Schlagzeile bedeutet«, erklärte er. »Vielleicht handelt es sich um eine Verwechslung.«

»Aber schau doch mal, der Mann sieht echt wie Papa aus«, meinte Johnny mit der Leichtigkeit eines Kindes.

»Und neulich Abend – der Abend, von dem sie berichten –, da war Papa nicht da«, sagte Jakob, und seine Unterlippe zitterte. Felix fühlte so viel Mitleid aufwallen, wie er es noch nie in seinem Leben gespürt hatte. Rasch zog er Jakob zu sich heran und legte ihm den Arm fest um die Schultern.

»Ich weiß«, sagte er so beruhigend, wie er konnte.

»Du weißt was?«, fragte Jakob und befreite sich aus seiner Umarmung.

»Ich weiß nur, dass es schrecklich ist, so etwas Blödes zu lesen«, versuchte sich Felix an einer Notlüge.

»Der auf dem Foto könntest auch du sein«, ließ sich Johnny hören, der immer noch mit der Zeitung beschäftigt war.

In diesem Moment kam ein Mann mit seinem Hund aus dem Kiosk. Der Hund kläffte Johnny an, woraufhin der Mann ihn ungeduldig an der Leine zurückzog. Dabei blickte er zuerst auf den knienden Felix und dann leicht irritiert von Felix zurück auf die Zeitung in seiner Hand.

»Der hier sieht aus wie Sie«, meinte er mürrisch.

»Das finde ich auch«, meinte Johnny, offenkundig froh, dass wenigstens einer hier sah, was er auch entdeckt hatte.

»Kümmern Sie sich um Ihren eigenen Kram«, antwortete Felix kühl und richtete sich zu seiner vollen Größe auf. Er überragte den Mann um mehr als Haupteslänge.

»Ist ja gut«, meinte der und zog abermals an der Leine. »Sie brauchen ja nicht gleich so empfindlich zu sein. Komm, Hasso.« Er warf den Jungen und Felix noch einen mürrischen Blick zu, aber Felix beachtete ihn schon gar nicht mehr, denn gerade war ihm ein noch weitaus schlimmerer Gedanke gekommen. Wenn man ihn auf der Straße mit Niklas verwechselte, dann war das ärgerlich, aber wenn die Jungs dabei waren, konnte es richtig unangenehm für sie alle werden.

»Wir gehen nach Hause«, entschied er daher, offenkundig so nachdrücklich, dass Jakob und Johnny sofort folgten.

»Können wir da spielen?«, fragte Johnny heiter.

»Aber natürlich«, versprach Felix. »Wenn wir erst zu Hause sind, können wir alles machen.«

Tatsächlich kam die Wohnung im vierten Stock Felix auf einmal wie ein sicherer Hafen vor, den er so schnell wie irgend möglich erreichen musste. Also rannten sie mehr, als sie gingen, nach Hause und waren alle drei völlig außer Atem, als sie das rote Klinkergebäude endlich erreichten.

***

Rechtsanwältin Michel hielt Wort und kam sofort in die Maria-Louisen-Straße. Jakob protestierte heftig, als Felix ihr die Tür öffnete.

»Das ist unsere Wohnung«, schrie er, so laut er konnte, und überforderte Felix damit völlig. Einem Kollegen, der sich so verhielt, hätte er mit der Kündigung gedroht, aber was sollte das bei Jakob bringen? Vor allem, was wollte er ihm kündigen? Es war doch Jakobs Leben, das gerade vollkommen aus dem Ruder lief. Überraschenderweise war es die Anwältin, die die Situation rettete. Wieder trug sie ein helles Kostüm und ihren ernsten, geradezu sphinxhaften Gesichtsausdruck. Ohne auch nur im Geringsten milder zu schauen, beugte sie sich zu den Jungen hinunter und sagte leise: »Ich habe etwas in meiner Aktentasche, das es lohnt, begutachtet zu werden.«

»Bonbons?«, fragte Johnny sofort.

»Oh nein«, antwortete Frau Michel, ohne ihren Blick von Jakobs Gesicht zu lösen. »Es ist etwas viel Besseres.«

»Lakritze? Marzipan? Schokolade?« Johnnys Begeisterung steigerte sich von Wort zu Wort.

»Es ist eine Nachricht«, erklärte Frau Michel. »Aber ich darf sie nur dir, Jakob, aushändigen.«

Jakob, der zwar nicht mehr schrie, Frau Michel aber die ganze Zeit böse angestarrt hatte, fragte nur vorsichtig: »Von Papa?«

Frau Michel nickte und erkundigte sich dann bei den Jungen, wo ein würdiger Ort für die Übergabe einer solchen Nachricht wäre.

Felix, der erwartet hatte, dass sie Jakob den Zettel oder was auch immer einfach so in die Hand drücken würde, war verblüfft. Aber offenkundig war das genau die richtige Taktik, denn Jakob ging voraus und lud Frau Michel sogar ein, ihm zu folgen.

»Hier«, sagte er und stellte sich direkt unter das große schräge Dachfenster in der Küche.

Mit einer würdevollen Bewegung öffnete sie ihre dicke Aktentasche, zog eine Kladde heraus und schlug sie auf. Mitten zwischen die Seiten steckte ein loses Blatt Papier, das sie Jakob reichte.

»Und die Schokolade?«, erkundigte sich Johnny.

Frau Michel, die nicht so aussah, als würde sie selbst je etwas mit Zucker essen, zuckte bedauernd die Achseln. »Damit kann ich erst das nächste Mal dienen.«

Felix blickte zu Jakob und entdeckte überrascht die Verwandlung, die in dem kleinen, ernsten Jungengesicht vor sich gegangen war. Unverwandt starrte Jakob auf die Seite in seiner Hand, als könne sie ihn vor allem Schlechten beschützen, und sein Gesicht hatte zu leuchten begonnen.

»Schau mal«, sagte er zu Johnny, »hier ist auch etwas für dich.«

Während die beiden Jungen den Zettel genauestens studierten und Jakob ihn Johnny wieder und wieder vorlas, gingen Frau Michel und Felix hinüber ins Wohnzimmer.

»Ich wusste gar nicht, dass man als Anwalt Schreiben aus der U-Haft mit nach draußen bringen darf«, meinte Felix.

»Das darf man auch nicht«, erwiderte Frau Michel und sah ihn mit ihrem emotionsarmen Gesichtsausdruck an.

»Aber Sie haben doch gerade…«

»Sie haben mich gefragt, ob man aus der U-Haft Schreiben mitbringen *darf*, und nicht, ob man *kann*«, entgegnete Frau Michel kühl, und Felix sah sie mit neu erwachtem Interesse an, doch ihre Mimik blieb so ausdrucksarm wie zuvor.

»Es ist ernst, fürchte ich«, begann sie dann.

»Das, was Niklas getan hat?« Augenblicklich spürte Felix die klamme Angst, die sich fast wie ein würgender Griff anfühlte.

»Darüber kann ich nichts sagen«, entgegnete Frau Michel augenblicklich. »Nein, es sieht so aus, als habe jemand von der Polizei der Morgenpost Insider-Informationen durchgestochen. Anscheinend war es nur eine Frage von Stunden, bis sich die Redaktion mit der Identität Ihres Bruders erfolgreich durch die Vergangenheit gewühlt hat, was ein wahres Freudenfest für sie gewesen sein muss.«

Felix dachte an den jahrelangen Krieg, den sein Vater gegen das Hamburger Blatt geführt hatte. Denn schon einmal hatten sie vor vielen Jahren Niklas wegen im Fokus der Zeitung gestanden, doch damals war Wengler senior nach etlichen Rechtsstreitigkeiten als Sieger hervorgegangen. Diesmal könnte die Situation anders ausgehen, und Felix dachte mit Bangen an das, was es für ihn, Niklas, seine Eltern und die Firma bedeuten konnte.

»Aber ich dachte, es gilt die Unschuldsvermutung«, protestierte er und machte unwillkürlich einen Schritt zur Seite, so als würde ihm das auch innerlich mehr Raum verschaffen.

»Vor Gericht ja, aber niemand kann die Boulevardpresse daran hindern, jemanden so eindeutig zu beschreiben, dass er auch ohne Namensnennung zu erkennen ist.«

»Und was ist mit den Persönlichkeitsrechten?«, fragte Felix.

»Natürlich kann Ihr Bruder gegen die Veröffentlichung seines Namens und eine ungerechtfertigte Darstellung seiner Person vorgehen. Aber es kann dauern, bis das greift, und der Schaden ist dann schon passiert.«

»Was können wir tun?«, fragte Felix beunruhigt.

»Nichts, fürchte ich«, antwortete Frau Michel ruhig. »Ihre Familie ist in Hamburg sehr bekannt. Eine solche Schlagzeile ist für manche Zeitungen bares Geld wert, und ich befürchte, dass es nicht bei einer Schlagzeile bleiben wird. Komplexe Familienstrukturen und reiche Menschen, die Straftaten begehen, verkaufen sich gut. Aber ich bin nicht gekommen, um mit Ihnen darüber zu sprechen, was Sie vielleicht in der Zeitung lesen werden.«

»Sondern?«, fragte Felix schwach. Das Szenario, das die Anwältin gerade entworfen hatte, war so grauenhaft, dass er es sich kaum vorstellen mochte. Seine Mutter liebte es, dann und wann in den Klatschspalten der Zeitung oder beim Who is Who in den Hochglanzmagazinen aufzutauchen, aber das war etwas vollkommen anderes als das, was ihnen gerade drohte.

»Ihr Bruder möchte gerne, dass Sie die Kinder mitnehmen.«

»Mitnehmen? Wohin?«

»Sie leben doch in Berlin?« Frau Michels Stimme war so nüchtern und ihr Gesichtsausdruck so neutral, dass Felix fast das Gefühl hatte, mit einer Puppe zu sprechen. Unsicher nickte er.

»Ihr Bruder hat vorgeschlagen, dass Sie die Kinder dort zu sich nehmen, damit sie sozusagen aus der direkten Schusslinie sind. Bisher ist die überregionale Presse noch nicht in die kleinteilige Berichterstattung eingestiegen, sodass die Jungen im besten Falle in Berlin unbehelligter bleiben könnten, als es hier möglich ist.«

»Aber was soll ich mit den Kindern? Und dann noch in Berlin?«, fragte Felix, dem allein der Vorschlag völlig absurd vorkam. Bisher war er irgendwie davon ausgegangen, dass in ein, zwei Tagen der ganze Spuk vorbei sein würde, und er in sein Leben auf Reisen zurückkehren könnte. Seine Wohnung in Berlin war nicht kindersicher, und wenn er ehrlich war, sein Leben war es auch nicht. Nächste Woche wollten sie einen riesigen Deal über die Bühne bringen, daher war es jetzt schon vollkommen irre, hier mit der Anwältin Zeit zu vergeuden, anstatt die Übernahme vorzubereiten.

»Sie könnten die Kinder dort betreuen, bis Ihr Bruder entweder entlassen wird oder das mediale Interesse an dem Fall abflaut.«

»Wie lange wird das dauern?«, fragte Felix und fuhr sich mit der Hand durch die Haare.

»Das kann niemand sicher abschätzen. Natürlich werden wir von Anwaltsseite alles in unserer Macht Stehende tun, um eine schnellstmögliche Entlassung – zur Not auch gegen Auflagen – aus der Untersuchungshaft zu erreichen.«

»Wie schätzen Sie Ihre Chancen ein?« Felix spürte, wie er immer nervöser wurde.

»Ich möchte ehrlich zu Ihnen sein. An Ihrer Stelle würde ich nicht damit rechnen, dass es schnell geht. Sie brauchen eine alternative Lösung.«

Eine alternative Lösung, ja, das hörte sich gut an, fand Felix. »Es muss doch jemand anderen geben, der sich um die Kinder kümmern kann. Um die Kosten geht es nicht, das wissen Sie ja schon, schließlich bezahle ich Sie auch«, meinte Felix.

Die Anwältin sah ihn ausdruckslos an. »Sie bezahlen mich nicht. Ich bin nur hier bei Ihnen, weil Ihr Bruder mich darum gebeten hat. Er möchte, dass seine Kinder in dieser Situation nicht zu Schaden kommen, und hält Sie für die geeignete Person, sie zu beschützen. Das waren seine Worte.«

Felix schluckte, und all seine innere Ablehnung fiel in sich zusammen.

»Und was ist mit der Mutter der Kinder?«, fragte er leise.

»Sie leidet unter einer schweren Schizophrenie und steht unter Betreuung durch ihre Mutter, die sie auch versorgt. Ihr Bruder trug mir auf, Ihnen das nur zu sagen, wenn es unbedingt sein muss.« Damit war klar, warum Nini bisher noch nicht aufgetaucht war. Die Anwältin schaute Felix geradeaus in die Augen, und auf einmal schämte er sich. Sein Bruder war in Not – wie sehr auch immer selbst verursacht – und seine Kinder unter Umständen noch viel mehr. Und er, Felix, hatte nichts Besseres im Sinn, als um jeden Preis eine alternative Lösung zu finden. Das ging nicht, fand er selbst.

»Ich werde mich kümmern«, versprach er daher sofort. Die Worte waren aus seinem Mund, bevor er noch zu Ende gedacht hatte, und als ihm einen Augenblick später klar wurde, was er da gerade zugesagt hatte, wurde er geradezu körperlich schwach. Doch als er nun Frau Michel ins Gesicht blickte, sah er zum ersten Mal die Andeutung eines Lächelns in ihren Mundwinkeln.

»Ich habe die notwendigen Unterlagen schon vorbereitet.« Sie griff in ihre Aktentasche und entnahm ihr ein formal aussehendes Schreiben. »Das ist die Vollmacht, die Sie brauchen. Damit können Sie die Kinder in Berlin beim Amt und in der Schule anmelden und sich als Bevollmächtigter des Personensorgeinhabers ausweisen.«

Für einen Augenblick schloss Felix die Augen. In diesem Satz steckten mindestens fünf Worte, die er nicht mochte und mit denen er nicht in Verbindung gebracht werden wollte. Er war Felix Wengler, aufsteigender Stern am Unternehmerhimmel mit einer mehr als vielversprechenden Karriere und einem Leben, das ihn permanent rund um den Globus führte. Kinder und alles, was damit zusammenhing, hatten bisher in seiner Lebensplanung keine Rolle gespielt. Langsam öffnete er die Augen wieder und erwiderte Michels unbewegten Blick. Aber so wie es aussah, spielte sein eigener Lebensplan nicht mehr die geringste Rolle.

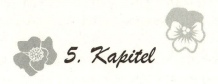

5. Kapitel

In aller Herrgottsfrühe wachte Lila auf – draußen war es noch dunkel –, doch so gemütlich es im Bett auch war, sie konnte nicht mehr einschlafen. Sonja hatte aus Los Angeles geschrieben, und Lila las eingekuschelt unter der Bettdecke, was ihre Cousine über ihr Berliner Abenteuer dachte.

Nicht zu fassen, Lila. Ein Bonbonladen!!! Was für ein Glück! Ich würde dort innerhalb zweier Tage mindestens fünf Kilo zunehmen – wobei ich mich gerade frage, wie viele Bonbons man essen müsste, um eine Handvoll Kilos zu schaffen?? Dank meinem schrecklichen Knebelvertrag und dem Shooting hier in L.A. bleibt mir nichts anderes übrig, als nur von Deinen Bonbons zu träumen, übrigens genauso wie von dem Eis, das ich bewerbe, aber nicht essen darf. Verrückt, oder? Meine Agentin besteht sogar darauf, dass ich bei den Aufnahmen das Eis, das ich vor der Kamera schlecke, nicht runterschlucke... Vielleicht sollten wir beide einfach mal tauschen – Du machst die Werbung, und ich esse... äh... ich wollte sagen, verkaufe die Bonbons. Einen wunderbaren Tag in Berlin, berichte mir alles! Deine Sonja

Lila hatte es immer befremdlich gefunden, wenn sie gefragt wurde, ob sie Sonja den Erfolg neidete. Das tat sie nicht nur deswegen nicht, weil sie Sonja von Herzen liebte. Nein, Lila kannte die Herausforderungen, die Sonjas Leben mit sich brachte. Die Kunstfigur namens Denise, die die rothaarige Sonja in der Eiswerbung spielte, war eine stets fantastisch gelaunte Frau, die eher aus einem Comic zu stammen schien als aus dem echten Leben. In den absurdesten Situationen aß sie Eis oder setzte zumindest Himmel und Hölle in Bewegung, um an ein Eis zu kommen. Die Werbefilme waren sehr lustig, und Sonja glänzte als Denise, die wenig sagte und oft nur mit Pantomime die Zuschauer dazu ermuntern sollte, mehr Eis zu kaufen. Aber als direkte Folge dieser Rolle war Sonjas Leben ein Dasein zwischen Kamera und Werbeauftritten, bei denen jeder dachte, dass er sie bestens kannte. Aber Denise war natürlich nur eine Rolle, ein Fantasieprodukt, bei dem kein Platz für eine eigene Gestaltung der Welt, eine eigene Persönlichkeit, eine eigene Realität blieb. Lila kannte Sonjas Sorge vor der Zukunft, wenn sie vielleicht eines Tages zu alt für die ewig junge Eis-Traumtänzerin werden sollte. Zumindest diese Sorge brauchte Lila nicht zu teilen. Vielleicht führte sie kein spektakuläres Leben und sah auch bei Weitem nicht so gut aus wie ihre Cousine, aber sie konnte nach Herzenslust Bonbons essen und Eis schlecken, ohne dass sie Angst um ihren Taillenumfang haben oder sich permanent umblicken musste, ob nicht irgendwo jemand ein unvorteilhaftes Foto von ihr schoss.

Beim Gedanken an jede Menge köstlicher Bonbons lief Lila das Wasser im Mund zusammen, obwohl sie, wenn sie ehrlich war, im Moment fast noch lieber etwas Schokolade geknabbert hätte. Aber unten im Laden wartete, zumindest was Bonbons anging, ein wahres Eldorado auf sie, sodass Lila beschloss, die Nacht Nacht sein zu lassen und sich an die Arbeit zu machen.

Als Erstes wollte sie sich noch mal einen genauen Überblick über den Laden und die Produktionsküche verschaffen. An der Seite von Frau Schmid war ihr alles ganz klar und einfach vorgekommen, aber mit einem Male war sie sich nicht mehr so sicher, ob sie es auch allein schaffen könnte. Zwar waren die beiden Stammkunden, die sie am Vortag bedient hatte, freundlich und geduldig gewesen, aber was wäre, wenn ein Neukunde kam oder jemand mit ausgefalleneren Wünschen?

Augenblicklich malte sich Lila in Gedanken eine Vielzahl von Katastrophen aus, die ihr in den nächsten Tagen widerfahren oder die sie – schlimmer noch – selbst verursachen könnte. Etwa die Bonbons falsch zuzubereiten oder eine der kostbaren Maschinen zu beschädigen, die in Frau Schmids Küche standen. Der Umsatz würde einbrechen, oder sie könnte einen Fehler bei der Abrechnung machen und damit Frau Schmid das Finanzamt auf den Hals hetzen. Kurzum, es gab eine Menge Möglichkeiten, ihren Neustart in Berlin gleich zu Beginn so richtig in den Sand zu setzen.

Hör auf, ermahnte Lila sich selbst und streckte sich im Badezimmer vor dem Spiegel die Zunge heraus. *Du schaffst das schon.*

Außerdem gab es ja noch Frau Nippert, die sie jederzeit anrufen konnte, und ihre ehemaligen Kolleginnen aus der Testküche, die jetzt für die Sauberkeit am Bonbonfließband zuständig waren, eine Aufgabe, um die sie Lila nicht im Geringsten beneidete.

Kurzentschlossen zog Lila ein frühlingshaftes Outfit an, aß in Frau Schmids kleiner Küche ein Butterbrot und schloss dann um kurz vor sechs den Laden auf.

Auf der Straße vor dem Schaufester verbreiteten die Berliner Gaslaternen noch einen anheimelnd warmen gelb-orangefarbenen Schein, und außer dem Zeitungsausträger war noch niemand unterwegs. Lila schaltete die Beleuchtung bei *Mariannes himmlische Bonbons* ein und sah in dem fast grellen Licht der Halogenspots sofort jedes Staubkorn in den Regalen. Sie runzelte die Stirn. Hinten in dem kleinen Lagerraum fand sie in einem schmalen, hohen Schrank einen Staubwedel und ein Mikrofasertuch, das sie in dem kleinen Waschraum nebenan anfeuchtete. Gerade hatte sie das erste Glas in der Auslage abgestaubt, als sich die Ladentür öffnete und der Zeitungsbote fragte, ob er jetzt schon so früh am Morgen Bonbons bekommen könnte.

»Aber ja«, entgegnete Lila freundlich. »Wonach steht Ihnen denn der Sinn?«

Der Zeitungsbote schaute sich die Auswahl in der Vitrine einer Weile lang an und meinte dann: »Also am liebsten esse ich ja so weiche Bonbons wie Toffee. Haben Sie so was?«

»Bedaure«, erwiderte Lila, die sich schon durch einen nicht unerheblichen Teil des Sortiments probiert hatte, aber noch nicht an einem echten Weichbonbon hängengeblieben war. »Aber vielleicht könnte ich Ihnen Sahnebonbons anbieten?«

Der Zeitungsausträger stimmte zu, und Lila legte ihm zehn Bonbons in eine kleine, hübsche Zellophantüte, die mit einem rosa Aufkleber von *Mariannes himmlische Bonbons* verziert war.

»Besten Dank«, sagte der Mann, legte ihr das Geld passend auf die Ablage neben der Kasse und bot ihr auch noch eine Zeitung gratis an.

»Gerne«, bedankte sich Lila und nahm das Blatt entgegen. »Einen schönen Tag noch!«

»Ebenso«, grüßte der Zeitungsbote und verließ den Laden.

Lila probierte ein Sahnebonbon, schüttelte aber innerlich den Kopf. Es schmeckte einfach zu fad. Dann nahm sie den Staubwedel wieder zur Hand und war kaum weitergekommen, als die Ladenglocke erneut bimmelte.

»Morgen«, grüßte eine Frauenstimme.

Lila schaute auf und fand sich einer Polizistin gegenüber.

»Guten Morgen«, antwortete sie vorsichtig. Vielleicht war es in Berlin verboten, so früh am Tage schon Karamellen zu verkaufen?

»Toll, dass man jetzt morgens Ihre Bonbons bekommen kann«, meinte die Polizistin jedoch fröhlich. »Meine Kollegen in der Frühschicht werden sich freuen. Ich möchte bitte Himbeere, Vanille, Ihre Hals-Kräuter-Mischung, und dann hätte ich gerne noch etwas ganz Ausgefallenes. Was können Sie mir da empfehlen?«

Ein wenig zweifelnd betrachtete Lila ihr Sortiment. Besonders ausgefallene Sorten produzierte Frau Schmid bedauerlicherweise nicht.

»Vielleicht ein zweifarbiges Bonbon mit Orangen- und Zitronen-Geschmack?«, schlug sie vor.

»Hm, naja gut«, stimmte die Polizistin zu, klang aber nicht ganz überzeugt.

Lila packte alles zusammen. Von den gängigsten Sorten hatte Frau Schmid schon Tütchen vorbereitet, aber die

Hals-Kräuter-Mischung musste Lila erst aus dem Regal holen.

»Während ich Ihre Bonbons verpacke, darf ich Ihnen so lange etwas zum Probieren anbieten?«, fragte sie mit einem Lächeln.

»Warum nicht? Was schlagen Sie vor?«

Lila, die genau wie der Zeitungsbote weiche, cremige Bonbons liebte, biss sich auf die Unterlippe. »Vielleicht Waldmeister?«, meinte sie dann, denn diese Bonbons schmeckten in der Tat kräftig und ungewöhnlich.

»Waldmeister und Wachtmeister, das passt doch«, sagte die Polizistin vergnügt, als Lila ihr ein Probebonbon auf einem kleinen Tellerchen reichte.

Die Polizistin kostete, zahlte anschließend, und Lila legte ihr ihren Einkauf in eine kleine Plastiktüte, wobei sie dachte, dass eigentlich kleine aparte Papiertüten mit einem breiten Logo viel besser zu dem Laden passen würden.

»Ich wünsche Ihnen einen bonbonschönen Tag«, sagte sie, gerade wie es ihr in den Sinn kam, als sie die Tüte über die Vitrine reichte.

»Bonbonschön, das gefällt mir.« Die Polizistin schmunzelte, als sie den Laden verließ.

Bonbonschön, genauso soll es werden, dachte Lila und nahm sich auch ein Waldmeister-Bonbon. Gerade hatte sie nach dem Staubtuch gegriffen, da öffnete sich die Tür abermals. Ein zurückhaltend wirkender Mann mit hellbraunen Haaren und einer Hornbrille betrat den Laden. Er trug Jeans zu einem eleganten Wollpullover und sah nicht so aus, als wäre er auf dem Weg zum Dienst, sondern eher so, als käme er von der Arbeit. Unter den Augen hatte er dunkle Ringe, und auf seinen Wangen zeichnete sich ein Bartschatten ab. Dennoch strahlte er gute Laune aus.

»Guten Morgen«, grüßte er. »Ich wohne oben im Haus und habe gerade gesehen, dass Sie schon geöffnet haben. Sagen Sie, Sie bieten nicht zufällig auch Kaffee an? Ausgerechnet gestern ist meine Maschine kaputtgegangen, und ich muss dringend noch weiterarbeiten, aber ohne eine Dosis Koffein wird das schwierig.«

Lila wollte erst verneinen, doch dann dachte sie an den kleinen Espressokocher hinten in der Bonbonküche. Der Mann wirkte sympathisch, außerdem, wie hieß das Gebot noch mal? Hilf deinem Nachbarn?

»Ich könnte Ihnen einen Kaffee anbieten, doch es dauert einen Augenblick, und es wäre auch nur ein einfacher Espresso«, erklärte Lila. »Ich hätte hier aber auch Kaffeebonbons, falls Sie die lieber versuchen möchten?«

Das Glas mit den Kaffeebonbons hatte Lila ganz hinten außen im Regal entdeckt. Sie waren offenkundig nicht so der Verkaufsschlager, und auch der Kunde schien nicht gerade begeistert.

»Ein Espresso wäre mir lieber, da warte ich auch gerne darauf.«

»Also gut«, antwortete Lila und schloss die Kasse ab, so wie Frau Schmid es ihr gezeigt hatte. Zwar sah der Mann nicht so aus, als würde er gleich sämtliches Bargeld und alle Bonbons rauben, aber das hier war immerhin Berlin...

»Fünf Minuten brauche ich schon«, meinte sie dann und hob die Achseln.

»Kein Problem, dann komme ich gleich wieder.« Der Mann lächelte sie fröhlich an. »Auf alle Fälle danke ich Ihnen schon jetzt, dass Sie mich versorgen.«

Er verließ den Laden und bog zum vorderen Hauseingang ab. Lila erinnerte sich daran, wie Frau Schmid ihr erzählt hatte, dass nur die Reichen hier vorn wohnten. Nun, unangenehm reich hatte der Mann nicht gewirkt.

Schnell stellte Lila die Glocke für die Bonbonküche an, bevor sie durch die Lagerraumtür in Richtung Hof ging. Dort war es frühmorgendlich frisch, aber die Sonne war am Aufgehen und versprach einen wunderbaren neuen Tag.

In der Küche knipste Lila das Licht an und befüllte dann den alten Espressokocher. Das Kaffeepulver verbreitete ein wunderbares Aroma, das Lila tief und genüsslich einatmete. Bei *Mariannes himmlische Bonbons* bräuchten sie Karamellen mit einer cremigen Kaffeefüllung sowie Bonbons mit einer weichen, zartschmelzenden Toffeefüllung, überlegte Lila. Vielleicht könnte man auch Bonbons mit der zarten Vergissmeinnichtcreme füllen, die sie zu Hause als Schokoladenfüllung ausprobiert hatte? Während Lila auf das vertraute Fauchen des Espressokochers wartete, hatte sie auf einmal eine Unzahl von Ideen. Bonbons waren etwas Wunderbares und könnten in Kombination mit allerlei ungewöhnlichen Geschmacksnoten wahre Begeisterungsstürme hervorrufen, zumindest bei ihr und auch bei Sonja – obwohl die Arme ja die meiste Zeit über keinerlei Süßigkeiten essen durfte.

Mit Schwung goss Lila den fertigen Espresso in zwei kleine Tassen und nahm sie mit nach vorn in den Laden. Der Mann aus dem Vorderhaus erschien kurz darauf wie angekündigt und atmete seinerseits tief den köstlichen Duft ein.

»Ihr Kaffee riecht ausgezeichnet«, lobte er.

»Danke«, erwiderte Lila mit einem Lächeln.

Über die Vitrine hinweg reichte sie ihm sein Tässchen und fragte: »Welches Bonbon darf ich Ihnen dazu anbieten? Denn es geht natürlich nicht, dass man in einem Bonbonladen ohne die passende süße Begleitung einen Espresso trinkt.«

Der Nachbar lachte fröhlich. »Ich finde, dass Sie schon eine sehr liebenswürdige Begleitung sind. Aber wenn Sie an Bonbons dachten, so hätte ich gerne etwas Ungewöhnliches.«

Damit war er schon der zweite Kunde, der etwas Unkonventionelles wünschte.

Auf einem kleinen Tellerchen reichte sie ihm ein Bonbon mit Apfel-Zimt-Geschmack, das neben Waldmeister so ziemlich das Ungewöhnlichste war, was der Laden zu bieten hatte. »Zu Kaffee wäre auch Kardamom gut oder vielleicht schwarzer Pfeffer, der einen Hauch Schärfe zur Süße brächte«, überlegte sie laut.

»Oder Chili«, schlug der Mann vor und trank seinen Kaffee aus. »Das war wunderbar. Was schulde ich Ihnen?«

Lila winkte ab. »Sie sind eingeladen, ein Kaffee unter Nachbarn sozusagen.«

»Das ist aber nett«, erwiderte er. »Sie machen das wirklich reizend. Komisch, dass Sie mir noch nie in diesem Laden aufgefallen sind.«

»Ich habe hier auch erst gestern angefangen«, erklärte Lila wahrheitsgemäß.

»Dann machen Sie bitte unbedingt weiter so, und damit meine ich nicht nur den kostenlosen Espresso zur nachtschlafenden Zeit!« Langsam schlenderte er zur Ladentür, und Lila sah aus seiner hinteren Hosentasche etwas herausragen, das auf die Entfernung wie selbstbeschriebenes Notenpapier aussah. Das allein verlieh ihm den Hauch von etwas Künstlerischem, und Lila fand es spannend zu raten, was der Kunde wohl beruflich machte. War er ein Geiger oder Cellist oder vielleicht ein Saxophonist?

An der Tür drehte er sich noch einmal um. »Ich heiße übrigens Paul Ehrlich.«

»Keine Sorge, ich glaube Ihnen«, meinte Lila und lachte.

Etwas überrascht blickte er sie an. »Warum sollten Sie das auch nicht?«

»Na, weil Sie ›ehrlich‹ dazu gesagt haben.«

Der Mann schaute etwas perplex, dann hellte das breiteste Lächeln sein Gesicht auf. »Das war nicht, um Sie meiner Aufrichtigkeit bezüglich meines Vornamens zu versichern. Ich heiße Ehrlich mit Nachnamen.«

Augenblicklich spürte Lila, wie ihr siedend heiß wurde. »Entschuldigung. Ich habe so einen ungewöhnlichen Vornamen, dass ich manchmal das Gefühl habe, eigentlich ›ehrlich‹ dazu sagen zu müssen.«

Der Mann lächelte sie an, und seine Augen funkelten. »Dann passen wir ja perfekt zusammen, wenn Sie meinen Nachnamen schon aus taktischen Gründen an Ihren Vornamen anhängen.« Nebenbei öffnete er die Tür. »Jetzt müssen Sie mir aber noch verraten, wie Sie heißen.«

Lila errötete. »Lila Wolkenschön Schmidt.« Wie immer sprach sie das »Wolkenschön« so schnell wie möglich aus, in der vergeblichen Hoffnung, dass ihr Gegenüber es dann nicht verstehen würde. Aber Paul Ehrlich verstand ausgezeichnet.

»Das ist ein herrlich melodischer Name«, meinte er. »Ich finde, dass er perfekt zu Ihnen passt!« Mit diesen Worten verließ er den Laden, schloss die Tür hinter sich, lächelte

Lila durch das Schaufenster noch einmal zu und verschwand dann im vorderen Hauseingang. Lila blieb überrascht zurück. Ihr Name war schon als allerhand bezeichnet worden, aber melodisch hatte ihn noch niemand genannt.

***

Nicht einmal das Reisen mit Kindern ist einfach, dachte Felix und schaute auf die Berge von Gepäck, die sich im Eingangsbereich der Wohnung in der Maria-Louisen-Straße türmten. Sein eigener Koffer enthielt nie mehr als das Nötigste, aber er hatte natürlich keine Ahnung, was Kinder unbedingt brauchten. So sah er hilflos zu, wie Johnny und Jakob einen Koffer nach dem anderen mit Spielsachen und Kuscheltieren füllten.

Immerhin würde ein Limousinenservice sie nach Berlin bringen, sodass die großen Gepäckmengen keine Schwierigkeit darstellten. Das viel größere Problem hingegen waren die Mails seiner Assistentin in der Firma. In den letzten Stunden hatte sie ihm sicherlich schon zehn wichtige Anfragen und Telefonterminwünsche weitergeleitet, und wenn das so weiterging, würde er in der Mailflut ertrinken, noch bevor er seine Neffen nach Berlin verfrachtet hatte. Aber hier konnte er nicht arbeiten, was nicht nur an der schlechten Handyverbindung und Johnnys lautem Engagement beim Packen lag, der gerade singend einen Malkasten und eine Badehose vorbeitrug, sondern vor allem an den Sorgen, die auf Felix' Brust drückten.

Bevor er die Schlagzeile in der Zeitung gesehen hatte, war ihm überhaupt nicht bewusst gewesen, wie problematisch Niklas' Situation für ihn, seine Söhne und Felix' ganze Familie noch werden könnte. Aber jetzt sah es anders aus. Rechtsanwältin Michel hatte ihm keine Hoffnung gemacht, dass sich Niklas' Lage innerhalb kürzerer Zeit bessern würde, und auch seine kurze Stippvisite in der Untersuchungshaftanstalt am Vorabend hatte ihm keine Klarheit darüber gebracht, wie gut oder wie schlecht Niklas' Chancen standen, schnell entlassen zu werden. Sicher war nur, dass in der Hamburger Kunsthalle eingebrochen und zwei überaus wertvolle Bilder entwendet worden waren, wofür man Niklas zur Verantwortung ziehen wollte.

Dazu kam, dass sie jetzt etliche Journalisten am Hals hatten, die Niklas' Identität in Erfahrung gebracht hatten und nun in längst vergangenen Geschichten wühlten. Für Felix' Atlantis-Deal, die geplante Übernahme ihres größten Konkurrenten in der Pumpenherstellung, konnte es sich zu einer Katastrophe auswachsen, wenn seine Familie ausgerechnet jetzt ins Rampenlicht eines Kunstdiebstahls käme. Schon seit dem frühen Morgen saß sein Vater mit mehreren Medienanwälten zusammen, um das Unternehmen vor Schäden durch mögliche schlechte Presse zu schützen, eine Aufgabe, die Felix normalerweise übernommen hätte, die jetzt aber Chefsache war. Augenblicklich griff sich Felix an den Krawattenknoten, nur um festzustellen, dass er gar keine Krawatte umgebunden hatte. Er wusste nicht, wie viel sein Vater über den Fall wusste, und wenn er ehrlich war, war ihm selbst nicht einmal klar, was er darüber denken sollte. Fakt war nur, dass er in einer Lage steckte, in die er niemals hatte kommen wollen, aus der er aber im Moment keinen Ausweg fand.

***

Paul saß vor einer Partitur und konnte sich nicht konzentrieren. Etliche Jahre seiner Jugend hatte er in der übergroßen Angst zugebracht, demnächst ein Konzert geben zu müssen. Diese Sorge war so übermächtig gewesen, dass er abends nicht einschlafen konnte und sich fast in die Hose machte, wenn seine Eltern ihn in einen öffentlichen Raum mit einem Flügel schleppten. Das war erst ein wenig besser geworden, als Paule, der nach dem großen Forscher Paul Ehrlich benannt worden war, in das Nachbarhaus von Felix und Niklas gezogen war und die drei sich angefreundet hatten. Zu Hause litt Paule überraschenderweise unter ähnlichen Problemen wie die Wengler-Brüder. Zwar war sein Vater kein Firmenchef und seine Mutter auch bei Weitem nicht so blond und perfekt gestylt wie Frau Wengler, dennoch hegten seine Eltern ähnlich unflexible und absurde Vorstellungen für seine Zukunft wie die Wenglers für ihre Söhne. Herr und Frau Ehrlich hatten nämlich beschlossen, dass ihr Sohn Konzertpianist werden sollte. Diese fixe Idee hatte sich bei ihnen eingebrannt, nachdem Paule mit vier Jahren in der Musikschule ein kleines Stück schneller als alle anderen Kinder in seiner Gruppe gelernt hatte. Tatsächlich war Paule ausgesprochen musikalisch, aber er litt entsetzlich unter Lampenfieber. Es war für ihn geradezu unvorstellbar, vor einer großen Ansammlung von Menschen aufzutreten. Davon ließen sich seine Eltern freilich nicht beirren, schleppten ihren Sohn zu sämtlichen Klavierkoryphäen und zwangen ihn, die meiste Zeit des Tages übend am Klavier zu verbringen. Die Wengler-Jungen hatten unsägliches Mitleid mit dem kleinen Ehrlich, seit sie einmal aus nächster Nähe mitbekommen hatten, wie sich der arme Kerl vor Lampenfieber beim Schulkonzert direkt auf der Bühne neben das Klavier erbrochen hatte. Paule wiederum konnte nachvollziehen, wie ätzend Eltern sein konnten und wie schwierig es war, sich mit ihnen zu arrangieren. Paules Kinder- und später Jugendzimmer wurde der Ort, an den sich die drei zurückzogen, wenn sie es nicht mehr aushielten. Bei Paule waren der Ärger mit Vater Wengler, unter dem vor allem Niklas litt, der Schulstress, der Felix' Problem war, und das elende Klavierspiel, das Paules Leben zur Hölle machte, gleichwertig furchtbar.

Dabei war es nicht so, dass Paul Musik nicht mochte oder nicht gerne Klavier gespielt hätte. Prinzipiell machte beides ihm sogar großen Spaß, hätte eben nicht das Damoklesschwert »Aufführung« darüber geschwebt. Davon hatte ihn Niklas an dem erinnerungswürdigen Tag vor vielen Jahren ein für alle Mal befreit, und es verging selten viel Zeit, bevor sich Paul mit Dankbarkeit an Niklas' heroische Tat erinnerte, die so krasse Folgen für seinen furchtlosen Freund selbst gehabt hatte.

Jetzt sah es so aus, als stünde abermals ein großer Umbruch an. Paul wusste nicht, was genau passiert war, auch wenn er sich das so ungefähr zusammenreimen konnte. Er kannte die Wengler-Brüder fast so gut wie sich selbst und hätte Niklas lieber in einer anderen Position gesehen als die, in der er sich offenkundig gerade befand. Paul seufzte und schlug die Partitur wieder auf der ersten Seite auf.

Nachdem seine Jugendjahre fast vollständig mit Klavierüben und Mädchen-aus-der-Ferne-Anschwärmen vergangen waren, stand er nach dem Abitur plötzlich ohne einen konkreten Plan da. Während sich Felix zum Maschinenbaustudium in Berlin einschrieb und Niklas erst einmal ganz von der Bühne verschwand, wusste Paule nicht weiter. Zur Bundeswehr wollte er keinesfalls, Untauglichkeit simulieren kam ebenfalls für ihn nicht infrage, so fing er als Zivildienstleistender in einem Seniorenheim für Musiker an. Bedingung war, dass er gelegentlich zum Tanztee aufspielte, was ihm in Anbetracht der Rettung vor dem Dasein als Konzertpianist absolut harmlos vorkam. Donnerstagnachmittags und manchmal auch samstagvormittags spielte er die gewünschten Walzer und Foxtrotts, dann und wann eine Rumba oder einen Slow Fox. Da ihm die Notensammlung des Altenheims etwas dürftig anmutete, insbesondere in Anbetracht der hohen Musikalität der Bewohner, besorgte er sich weitere Stücke und fing zusätzlich an, gelegentlich zu improvisieren oder eigene kleine, harmlose und tanzbare Kompositionen zum Besten zu geben. Damit feierte er große Erfolge, und Paul wurde so etwas wie der heimliche Star des Seniorenheims.

Bei einem dieser Tanztees lernte er einen verwitweten Dirigenten im Ruhestand kennen, der schwer rheumatisch verkrümmte Finger und einen unnachahmlichen Humor besaß. Dieser machte ihn nicht nur mit seiner Großnichte – Pauls erster Freundin – bekannt, sondern riet ihm dazu, seinen Spitznamen Paule durch die ernst zu nehmendere Form Paul zu ersetzen und Komposition zu studieren.

Paul, der zunächst mit kompletter Ablehnung auf diesen Vorschlag reagierte, konnte sich nach und nach dafür erwärmen, was vielleicht auch an dem Einfluss seiner ersten großen Liebe lag. Der Dirigent war nicht geizig mit guten Ratschlägen und half Paul, einen der begehrten Studienplätze an der Universität der Künste in Berlin zu ergattern. Dort lernte Paul nicht nur eine Menge über Polyphonie und Kontrapunkt, sondern auch etliches über Gewinnen und

Scheitern in der Welt der Musik. Seine Eltern, zutiefst enttäuscht von der Weigerung ihres Sohns, Konzertpianist zu werden, hatten sich abgewandt, und Paul musste schauen, wie er ohne finanzielle Unterstützung durchs Studium kam. Wieder erwiesen sich seine Fähigkeiten im Komponieren und Arrangieren von leichten, unterhaltsamen Liedern als Gewinn, und Paul hatte einen oder zwei kleinere Erfolge. Das begeisterte seine Freundin und seine Kommilitonen, seine Professoren jedoch weniger, die ihm vorwarfen, das Studium nicht ernst genug zu nehmen. Ohne dass Paul es kommen ahnte, steuerte sein Leben im sechsten Semester auf einen weiteren Scheidepunkt zu, als sich seine Freundin lieber an der Seite des Interpreten von Pauls Songs sah und sein Professor ihm deutlich machte, er habe sich ab sofort nur noch der ernsten Musik zu widmen, ansonsten könne er nicht weiter an der Universität studieren. Paul, krank vor Liebeskummer, zog es vor, aus freien Stücken zu gehen, und verließ die altehrwürdige Hochschule ohne Abschluss. Abermals machte er das einzig Wahre: Er schrieb einen größeren Hit. Nicht für sich, sondern für einen Kommilitonen, der genau wie Paul schon seit Längerem mit der Unterhaltungsmusik liebäugelte. Die Tantiemen flossen daraufhin so zufriedenstellend, dass Paul sich für kurze Zeit keine Sorgen mehr um Miete oder Lebensunterhalt machen musste. Nicht dumm, nutzte er die entstandenen Kontakte und schaffte es, noch ein paar weitere Songs und Stücke unterzubringen. Innerhalb weniger Jahre hatte er sich mithilfe eines fähigen Agenten ziemlich gut etabliert, schrieb ab und zu einen Werbejingle oder die Hintergrundmusik für einen Werbefilm und regelmäßig Schlager.

Abermals ein paar Jahre später versuchte sich Paul in

einem neuen Genre und komponierte seine erste Filmmusik. Damit begann seine eigentliche Karriere. Dank der globalisierten Welt konnte er bequem von Berlin aus Musik für Filme in Babelsberg genauso wie für kleinere Produktionen in Bollywood schreiben. Da er sich nur um die Musik kümmerte, konnte er seinen Erfolg abseits des Rampenlichts genießen, was ihm sehr entgegenkam, denn wie als kleiner Junge stand er auch mit Mitte dreißig nicht gerne im Scheinwerferlicht.

Jetzt aber drohte sein entspanntes Leben ins Rutschen zu kommen, woran nicht Niklas und Felix die Schuld trugen, sondern der große Action-Kracher in Hollywood, für den er die Komposition des Soundtracks übernommen hatte. Es war das erste Projekt dieser Größe, wodurch es genügend Gründe für Paul gab, nervös zu werden. Den ganzen Tag lang und meist auch die halbe Nacht saß er am Flügel oder am Computer und arbeitete an der Partitur.

Doch jetzt läutete es mit Nachdruck an der Tür. Kurz darauf klingelte es abermals und schließlich noch ein drittes Mal. Paul, der ziemlich übermüdet war und es nicht besonders schätzte, unangekündigt bei der Arbeit gestört zu werden, ignorierte die Türglocke. Doch sie verstummte nicht. Schließlich stand Paul auf und ging zur Wohnungstür.

»Ja, bitte?«, fragte er durch die Gegensprechanlage, doch die Antwort war nur ein zweistimmiges: »Paule, wir sind's, mach auf!«

Paul öffnete die Tür und sah sich Niklas' zwei kleinen Jungs gegenüber, die sich mit Begeisterungsschreien auf ihn warfen.

»Paule, hurra, wir wohnen jetzt hier in Berlin«, rief Johnny, und Jakob fügte hinzu: »Wir bleiben für immer.«

Beide schauten ihn verschmitzt an, und Jakob wies hinter sich auf den riesigen Gepäckberg, der sich dort auftürmte.

»Sollen wir alles gleich reinbringen?«, fragte er.

»Was, zu mir?« Paul war so schockiert, dass er im ersten Moment gar nichts Vernünftiges sagen oder denken konnte. »Aber wo ist denn Felix?«, fügte er hinzu, nachdem die erste Hirnwindung ihre Arbeit wieder aufgenommen hatte.

»Och, der ist schon auf dem Weg nach Koala Lumpen.«

»Wohin bitte?« Doch dann dämmerte Paul, dass Jakob Malaysias Hauptstadt Kuala Lumpur meinte.

Johnny fügte begeistert hinzu: »Die lieben Eukalyptus.«

»Was?«, fragte Paul und fühlte sich wie im falschen Film.

»Du weißt schon, Koalas.« Johnnys Begeisterung war nicht zu bremsen, aber Paul war sich nicht sicher, ob er sie teilen konnte oder mochte. Er sah von einem zum anderen.

»Felix musste gleich wieder los, aber er hat gesagt, dass du dich um uns kümmern wirst. Können wir reinkommen? Und das ganze Gepäck auch? Jetzt können wir endlich deine Wohnung kennenlernen, von der du uns schon so viel erzählt hast!« Jakob klang geradezu euphorisch, und Johnny rannte direkt an Paul vorbei in den Flur.

Paul dachte an die drohende Deadline für die Filmmusik, die ihn schon die ganze Zeit fürchterlich unter Druck setzte. Hollywood konnte er einfach nicht warten lassen, da waren zwei kleine Kinder das Letzte, was er gerade noch brauchte. Felix hatte sich einfach so aus dem Staub gemacht? Unwillkürlich schüttelte Paul den Kopf.

»Also gut«, meinte er jedoch dann nachgiebig.

»Angeschmiert! Wir haben das Gepäck nur raufgebracht, damit du dich erschreckst«, meinte Johnny breit grinsend.

»Felix hat uns gezeigt, wo du wohnst. Er ist nur nochmal nach unten gegangen, um Bonbons zu kaufen, aber wir wollten lieber gleich zu dir!«, erklärte Jakob.

Paul war zutiefst erleichtert und gleichzeitig gerührt über dieses unerwartete Kompliment. Also liebten die Kinder ihn mehr als Bonbons! Auf seine unnachahmliche Weise zerstörte Johnny dieses glückliche Bild jedoch gleich wieder, indem er sagte: »Du bringst uns doch immer Schokolade mit, und wenn du uns jetzt gleich welche gibst, kriegen wir beides.«

»Ihr Racker«, sagte Paul und öffnete die Tür weit. »Kommt mal rein, aber das Gepäck könnt ihr draußen lassen, das bringen wir nachher wieder runter zu Felix.«

***

Eigentlich war es reiner Zufall, dass Paul und Felix im selben Haus wohnten. Paul lebte schon ewig in der Mansarde unter dem Dach, obwohl er grässliche Höhenangst hatte. Aber hier war zu seinen Studienzeiten die Miete niedrig gewesen, und er hatte so viel Klavier spielen können, wie er wollte, ohne jemanden zu stören. Als das Gebäude komplett saniert wurde, hatte sich Paul das Dachgeschoss gesichert, während Felix auf Pauls Empfehlung ebenfalls in das Haus gezogen war, in eine sehr hübsche, großzügige Drei-Zimmer-Wohnung im Stockwerk darunter. Felix hatte Berlin von Anbeginn geliebt, seit er zum Studium hierhergekommen war, und die mittlere Entfernung nach Hamburg zu seinem cholerischen, egozentrischen Vater war ihm gerade recht, sodass er auch nach seinem Abschluss geblieben war. Zum Flughafen Tegel war es außerdem nur ein Katzensprung, was einen guten Ausgangspunkt für seine vielen Reisen bedeutete. Felix mochte Charlottenburg mit seinen vielen Galerien und Restaurants, obwohl er wenig davon mitbekam, weil er eigentlich permanent beruflich unterwegs war.

Daher war es auch das erste Mal seit Ewigkeiten, dass Felix im Bonbonladen einkaufte. Sonst hatte das Geschäft in den seltenen Malen, in denen er heimkam, meistens schon geschlossen, außerdem fand Felix das Schaufenster eher altmodisch, angestaubt und wenig verlockend.

»Hallo an diesem bonbonschönen Tag«, begrüßte ihn jetzt jedoch die Verkäuferin fröhlich, als er durch die Tür trat. »Was darf ich Ihnen anbieten?«

Verblüfft sah Felix sie an, denn er entsann sich dunkel, dass er das letzte Mal von einer deutlich älteren Frau bedient worden war, die besser als er zu glauben meinte, welche Sorte Bonbons zu ihm passte. Diese Frau hier jedoch war jung und hübsch, wie Felix wahrnahm. Sie hatte hellbraune Haare, von denen sich einzelne Strähnen aus ihrem Zopf gelöst hatten, und ein einladendes Lächeln, das er einfach nur als schön bezeichnen konnte. Sie war keine landläufige Schönheit, aber strahlte etwas Vergnügtes und Zugewandtes aus und hatte so leuchtende Augen, dass er sich augenblicklich zu ihr hingezogen fühlte.

Es muss irgendwie an meinen Neffen liegen, überlegte er, *dass ich auf einmal sogar eine Bonbonverkäuferin in einem anderen Licht sehe, denn sonst habe ich schlicht und ergreifend keine Zeit für so etwas.*

»Ich hätte gerne Bonbons«, sagte er.

»Da sind Sie ja hier genau richtig«, antwortete die Frau und klang so amüsiert, dass sich Felix' Mundwinkel automatisch hoben. Sie lächelte gewinnend zurück, und Felix dachte, dass er auch den ganzen Laden leerkaufen würde, wenn sie ihn dafür weiter so charmant ansah. Was für ein absurder Gedanke! Innerlich schüttelte Felix über sich den Kopf und versuchte, wieder ernst zu schauen. Dennoch bemerkte er, dass ein kleiner Rest des Lächelns einfach nicht aus seinem Gesicht verschwinden wollte.

»Wollen Sie mir vielleicht verraten, was für eine Sorte von Bonbons Ihnen Freude machen könnte?«, fragte sie leichthin.

Felix bemerkte, dass sich gerade eine weitere Haarsträhne aus ihrem Zopf gelöst hatte und über ihrem Ohr zu liegen kam, das nicht gerade ein Segelohr, aber auch nicht ganz anliegend war. Es sah nett aus.

»Etwas für Kinder«, antwortete er.

»Ihre Kinder?«, fragte sie so, als sei es das Natürlichste der ganzen Welt.

»Meine Neffen.«

»Soll es dann etwas sein, was die Eltern normalerweise nicht empfehlen würden?«, schlug sie vor und wies dabei auf eine Reihe großer hausgemachter Lutscher, die in der Vitrine standen und in den verschiedensten Lebensmittelfarben glänzten.

Felix überlegte. Soweit er es in dem letzten Tagen mitbekommen hatte, nahm es Niklas mit der Ernährung seiner Söhne sehr genau, daher waren diese riesigen Lutscher vielleicht doch etwas zu krass.

»Vielleicht lieber eine Nummer kleiner?«, fragte er. »Bonbons, gefüllt mit Brausepulver?« Er erinnerte sich, dass er das als Kind geliebt hatte.

»Oh ja«, antwortete sie sofort. »Brausepulver ist etwas Wunderbares.« Doch dann wurde ihr Gesicht wieder ernst. »Leider führen wir so etwas nicht.«

Aber in diesem Moment kam ihr anscheinend eine Idee, denn ihr Lächeln kehrte zurück und damit das Leuchten in ihrem Gesicht. »Aber ich könnte ja versuchen, welche mit Brausepulver herzustellen.«

»Das klingt perfekt.« Felix, der die letzten Jahre seines Lebens mit nichts außer Arbeit verbracht hatte, hatte schon seit einer gefühlten Ewigkeit nicht mehr an Brausepulver, leckere Süßigkeiten und anderes Glück aus Kindertagen gedacht.

»Das finde ich auch«, erwiderte sie in einem Tonfall, als fände sie es tatsächlich wunderbar. »Möchten Sie jetzt noch eine andere Kostprobe für sich?«

Nein, wollte Felix antworten. »Ja«, sagte er stattdessen, verzaubert vom Lächeln der Bonbonverkäuferin.

Über die Vitrine hinweg reichte sie ihm ein rautenförmiges, tiefgrün leuchtendes Bonbon.

»Waldmeister«, erklärte sie. »Eine ungewöhnliche Sorte.«

Felix nahm das Bonbon entgegen und steckte es in den Mund.

»Hm«, machte er nach einem Augenblick. »Davon nehme ich eine Packung und dann noch eine gemischte Tüte.« Schließlich konnte er nicht mit leeren Händen nach oben kommen, und so hatte er auch ein Mitbringsel für Paule.

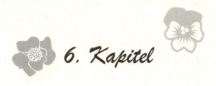

6. Kapitel

Nie im Leben hätte Lila gedacht, dass Bonbonverkaufen ihr so viel Spaß machen würde, doch die Kunden waren wunderbar, die Atmosphäre angenehm und die Bonbons köstlich. Vielleicht waren es keine besonders ungewöhnlichen Sorten, und den experimentierfreudigeren Geschmäckern würde etwas fehlen, aber die Bonbons schmeckten ausgezeichnet, und man konnte ahnen, warum Frau Schmid ihren Laden schon so viele Jahre hier mit Erfolg betrieb.

Während Lila drei große gläserne Bonbonieren, die sie im Lagerraum entdeckt hatte, nach vorn holte und mit drei bunten Sorten füllte, dachte sie über ihr Angebot von gerade eben nach. Warum hatte sie dem Kunden nur vorgeschlagen, Bonbons mit einer Brausepulverfüllung zu kochen? So etwas hatte sie schließlich noch nie gemacht. Zudem war sie sich fast sicher, dass in Frau Schmids Rezeptesammlung dafür auch keine Beschreibung zu finden sein würde.

Ich bin verrückt, schimpfte sich Lila, stellte die Bonbonieren ins Regal, wo sie einen hübschen Farbtupfer abgaben, und schrieb Sonja eine Nachricht, in der sie ihr von ihrem übereilten Angebot berichtete.

Sah er gut aus?, schrieb Sonja fast augenblicklich zurück.

Nein, antwortete Lila und hielt inne. Warum meinte Sonja, dass ihr Angebot etwas mit einem Mann zu tun haben musste? Außerdem ging es nicht um Äußerlichkeiten, obwohl sie sich eingestehen musste, dass der Mann sogar sehr gut ausgesehen hatte, so groß, schlank und blond. Doch das war nicht der Grund gewesen, warum sich Lila zu ihrem Angebot hatte hinreißen lassen. Es war sein Lächeln gewesen, das das ausgelöst hatte, und natürlich ihre Begeisterung für Brausepulver.

Ich wollte einfach etwas Neues probieren, schrieb sie daher an Sonja.

Gute Idee, antwortete Sonja postwendend. Wenn Du es schaffen könntest, auch Brausebonbons ohne Kalorien herzustellen, schick mir bitte einen Container voll davon. Ich habe solche Lust auf Süßes, das kannst Du Dir nicht ausmalen.

Lila konnte sich das sehr gut vorstellen, schließlich kostete sie schon den ganzen Tag hier und da.

Wenn ich es überhaupt hinbekomme mit der Brause und den Bonbons, schicke ich Dir zumindest eine Kostprobe, dagegen kann Deine Agentin doch nichts haben, bot sie an.

Hast du eine Ahnung…, antwortete Sonja. Mein Kleid für den Werbespot, den ich gerade drehe, musste weiter gemacht werden. Du glaubst nicht, was für ein Theater das ausgelöst hat. Lass Dir unbedingt von dem schönen Kunden die Telefonnummer geben.

Wozu?, protestierte Lila sofort.

Neue Stadt, neuer Mann. Ein Mann mit Neffen und Nichten, das ist doch nett. Außerdem glaube ich, dass er Dir gefallen hat, egal, was Du sagst...

Natürlich, dachte Lila und grinste, Sonja konnte sie nichts vormachen. Sonja stand ihr so nah wie die Schwester, die sie nie gehabt hatte.

Na, schauen wir mal, schrieb sie zurück, wir werden sehen, was passiert.

Aber das Gefühl einer unerwarteten Vorfreude hatte sie gepackt. Heute nach Ladenschluss würde sie etwas Neues ausprobieren und schon merken, wohin es sie trug.

**

Nach der Reise von Hamburg nach Berlin und zwei Stunden bei Paul waren Johnny und Jakob vollkommen außer Rand und Band. Sie waren nicht dazu zu bewegen, ihren Kofferberg in Felix' Wohnung zu verfrachten, sondern tobten wie wild durch Pauls großes Zuhause, das mehr an ein Loft mit Dachschrägen als eine klassische Wohnung erinnerte. Paul hatte nur wenige Möbel, und tatsächlich konnte man – wie die Jungs zu ihrem Entzücken herausgefunden hatten – auf dem spiegelglatten Parkett dahinschlittern wie auf Eis. Felix versuchte, parallel zu arbeiten, ein paar Worte mit Paul zu wechseln und die Jungs zu beaufsichtigen, was aber alles drei gleichzeitig schier unmöglich zu bewältigen war.

»So wart ihr auch«, meinte Paul irgendwann zu ihm mit einer Handbewegung in Jakobs und Johnnys Richtung.

»Wer? Wir?«, erkundigte sich Felix, der nur halb zugehört hatte und verzweifelt versuchte, zumindest eine einzige kurze E-Mail fertigzuschreiben.

»Du und Niklas natürlich. Genauso blond, genauso wild.« Paul lächelte, und Felix fragte sich für einen Augenblick, ob das ein Hauch von Wehmut in den Augen seines Freundes war.

»Es ist so lange her«, meinte er und versuchte, jedes Gefühl aus seinen Gedanken zu verbannen, um diese Mail möglichst schnell fertigzubekommen.

»Dass es lange her sei, hast du schon mal betont«, gab Paul zurück. »Aber so lange ist das doch gar nicht, oder?«

»Lang genug für ein paar sehr falsche Entscheidungen«, antwortete Felix und klang dabei barscher, als er eigentlich beabsichtigt hatte.

»Meinst du dich oder Niklas oder mich?«, wollte Paul unbeeindruckt wissen. Er stand auf und trug einen Stapel Noten zu seinem Flügel. Felix blickte ihm hinterher.

Niklas natürlich, wollte er augenblicklich antworten, doch genau in diesem Moment rutschte Johnny auf seinen Strümpfen aus und schlug sich den Kopf an einer Dachschräge an. Er schrie erst auf und begann dann herzzerreißend zu weinen. Felix und Paul liefen sofort hinüber, und Jakob kam auch angedüst, um ihn zu trösten.

Aber Johnny wollte sich nicht beruhigen lassen. »Ich will Papa!«, rief er. »Nur Papa, Papa, Papa.« Jeder Ruf klang lauter als der vorherige, und das letzte »Papa« dröhnte förmlich durch die ganze Wohnung. Felix war heilfroh, nirgends eine schwere Verletzung an seinem Neffen zu entdecken, und zog das kleine jammernde Bündel Mensch in seine Arme.

»Bald kannst du deinen Papa ja wiedersehen«, murmelte er, so beruhigend er konnte.

»Wann?«, fragte Jakob sofort, und auch Johnny sah durch seine Tränen flehentlich zu Felix.

Oh nein, warum habe ich das nur gesagt?, schalt sich Felix innerlich und gab die Hoffnung auf die eine kleine E-Mail endgültig auf.

»Ich habe ein Musikprogramm für den Computer, wollt ihr euch das mal ansehen?«, startete Paul einen Ablenkungsversuch und machte eine Geste in Felix' Richtung, er solle jetzt bloß die falschen Versprechungen lassen. Zumindest verstand Felix das so und nickte sofort.

»Ich will nur Papa«, schniefte Johnny, war aber immerhin bereit, sich von Felix zu Pauls Computer hinübertragen zu lassen.

»Nach Hause würde ich auch gerne fahren«, erklärte Jakob leise.

Felix hörte den Kummer in der Stimme des großen Jungen. Vergessen war die Aufregung über die Limousine und den Fahrer im Anzug, der sie nach Berlin gebracht hatte. Vergessen war die Begeisterung über den Besuch bei Paule und über dessen riesige Wohnung.

Nicht vergessen jedoch hatte Felix die Journalisten und die drohende Öffentlichkeit, falls mehr Details über Niklas' angebliche Tat und seine Vergangenheit ans Licht gezerrt und vielleicht verdreht dargestellt würden. Warum Niklas' Identität an die Presse weitergegeben worden war, wusste Felix nicht. Vielleicht gab es jemanden, der sich an Niklas rächen wollte, oder man wünschte, den Druck auf ihn zu erhöhen. Schließlich waren Kunstgüter ein heikles Diebesgut, und Felix musste an die beiden Polizisten in der Untersuchungshaftanstalt denken, die auf ein Geständnis von Niklas geradezu erpicht gewesen waren. Auf alle Fälle war davon auszugehen, dass die Hexenjagd in den Boulevardmedien, zumindest in Hamburg, weitergehen würde, sodass eine Rückkehr für Niklas' Söhne fürs Erste also absolut ausgeschlossen war.

»Wisst ihr was, wir gehen noch mal nach unten in den Bonbonladen«, schlug er daher zur Ablenkung vor und griff nach Jakobs Hand.

»Was?«, quietschte Johnny und rubbelte sich über die Stirn, wo sich eine Beule abzeichnete.

»Der Bonbonladen ist aber nicht Hamburg«, protestierte Jakob.

»Es ist aber sehr nett und lecker dort«, unterstützte Paul Felix, der sofort verstand, was Felix beabsichtigte. »Außerdem müsst ihr herausfinden, ob die Berliner Bonbons genauso gut sind wie die in Hamburg, und die paar Sorten, die Felix mitgebracht hat, reichen dafür sicher nicht.«

Dieses Argument schien zu verfangen, und die Jungen waren bereit, ihre Schuhe anzuziehen und ihre Jacken überzustreifen.

Zusammen gingen sie die Treppe hinunter, und Felix schwor sich, dass seine erste Priorität sein musste, eine fähige Kinderbetreuung zu organisieren. Er selbst war eindeutig völlig ungeeignet dafür. Allerdings konnte er sich trotz des ganzen Stresses gerade tatsächlich kaum etwas Netteres vorstellen, als jetzt noch einmal im Bonbonladen vorbeizuschauen.

* * *

Lila war gerade im Lagerraum, um Nachschub an Minze-Himbeer-Bonbons zu holen, als die Türglocke bimmelte und ihren nächsten Kunden ankündigte. So ruhig, wie Frau Schmid es ihr vorhergesagt hatte, war es den ganzen Tag lang nicht gewesen, weshalb Lila kaum dazu gekommen war, fertig abzustauben und die Zellophantütchen mit den *Mariannes himmlische Bonbons*-Stickern zu bekleben. Sie stellte die Minze-Himbeer-Bonbons zurück und kam mit leeren Händen nach vorn.

»Herzlich willkommen«, sagte sie und hielt dann überrascht inne. Der Mann von gerade eben war schon wieder da und hatte jetzt auch noch Verstärkung mitgebracht.

»Hallo, ihr beiden«, begrüßte Lila die blonden Jungen, die dem Mann erstaunlich ähnlich sahen. Besonders der kleinere war fast eine Kopie von ihm.

»Ich will so einen Lutscher«, rief er sofort und zeigte auf die großen Lutschstangen, die Lila in der Mitte der Vitrine in Szene gesetzt hatte.

»Ich möchte bitte«, korrigierte ihn sein Bruder leise.

»Also zweimal«, bestellte der Kleine unverzagt, der den Erziehungsversuch seines Bruders entweder falsch verstanden oder geflissentlich übergangen hatte.

»Aber sind die nicht ein bisschen zu groß?«, protestierte sein Onkel, aber Lila hörte schon an seinem Tonfall, dass sein Protest nur schwach ausfiel.

»Zu groß?« Überrascht sah der Kleine zu ihm auf. »Lutscher können doch gar nicht zu groß sein.« Er wandte sich wieder Lila zu und streckte seine kleine Hand aus.

Unwillkürlich musste sie lächeln. Sonja, wenige Monate älter als sie selbst, hätte genauso gehandelt. Also griff sie nach den Lutschern, nahm zwei aus dem altmodischen

Ständer, in dem sie präsentiert wurden, reichte einen dem kleinen Jungen und wollte den anderen seinem Bruder geben.

»Nein danke, ich möchte lieber etwas mit Zitrone«, erklärte der größere zurückhaltend.

»Natürlich.« Lila stellte den einen Lutscher wieder zurück. »Ich habe Zitronenbonbons oder Bonbons mit Zitronen-Orangen-Geschmack oder Bittere Zitrone, aber ich weiß nicht, ob dir das schmecken würde. Möchtest du vorsichtshalber zuerst probieren?«

»Ich möchte lieber nur normale Zitrone, die mag Papa auch am liebsten«, antwortete der Junge, und Lila sah, dass der blonde Mann die Schulter des Jungen daraufhin ganz leicht drückte. Einen Augenblick später fiel ihr auf, dass sie, ohne es zu merken, innegehalten hatte und in der Beobachtung der beiden versunken war. Sie wurde rot, löste sich aus ihrer Erstarrung und machte sich sofort daran, Zitronenbonbons in eine kleine Tüte zu füllen.

»Ich packe dir noch zwei zusätzlich für deinen Vater ein«, sagte sie rasch, um ihren Fauxpas wiedergutzumachen.

»Danke«, erwiderte der Junge ernsthaft und brach dann zu Lilas Entsetzen in Tränen aus. Es kullerten nicht nur ein oder zwei über seine Wangen, sondern eine wahre Sintflut stürzte sein Gesicht hinab. Dabei machte er kaum ein Geräusch, von einem gelegentlichen Fiepen einmal abgesehen. Vor Mitgefühl spürte Lila ihr Herz schwer werden. Was auch immer ihn bedrückte, es musste schrecklich für diesen Jungen sein. Sein Onkel ging neben ihm in die Knie, zog ihn in eine Umarmung und hielt ihn einfach nur fest, während der kleine Junge den größeren etwas unbeholfen tätschelte.

Irgendwann schien es dem kleineren jedoch zu viel zu werden, und er begann wieder, in Rekordzeit seinen Lutscher zu vertilgen.

Unsicher, was sie tun sollte, packte Lila die Zitronenbonbons fertig ein und schloss das Zellophantütchen. Sie wollte den Mann und den Jungen nicht so anstarren, aber krampfhaft wegzuschauen war auch nicht viel besser, außerdem bekam sie vor Mitleid selbst feuchte Augen.

Auf einmal hörte sie sich sagen: »Ich koche nachher Bonbons, möchtest du vielleicht zusehen?«

Das Weinen verstummte, und der Junge drehte sich langsam zu ihr um.

»Ehrlich?«, fragte er und klang zwar ordentlich verheult, aber schon wieder etwas fröhlicher.

Lila hatte das Gefühl, sich selbst ohrfeigen zu müssen. Was tat sie nur? Erst bot sie an, Bonbons mit Brausefüllung herzustellen, jetzt schlug sie einem wildfremden Kind vor, ihr beim Bonbonkochen zuzuschauen, was sie in dieser Form noch nie gemacht hatte. Gerade wollte sie schon zu einem Rückzieher ansetzen, doch dann sah sie die Blicke des Jungen und seines Onkels. Der Mann sah sie an, als habe sie gerade die Quadratur des Kreises vollbracht.

»Das würden Sie machen?«, fragte er anscheinend zutiefst verblüfft, aber auch mit unglaublich angenehm warmer und tiefer Stimme.

»Äh ja«, antwortete Lila, die nicht genau wusste, wie sie aus der Angelegenheit unbeschadet wieder herauskommen sollte. Was war nur mit ihr los? Es musste irgendwie an den vielen Bonbons und dem Sonnenschein draußen liegen, dass ausgerechnet sie, die sonst doch so vorsichtig war, auf einmal solche Dinge anbot und tat, die sie für gewöhnlich nie machen würde. »Nach Ladenschluss fange ich an. Aber ihr müsst ganz ruhig dasitzen und nichts anfassen. Bonbons werden nämlich sehr heiß gekocht.«

»Das können wir«, versicherte der Kleine ernsthaft, der seine Lutschstange in der kurzen Zeit bereits um ein ordentliches Stück dezimiert hatte.

»Das wäre wirklich wunderbar«, meinte der Mann und schaute Lila einen Augenblick zu lange in die Augen.

Fast erschrocken schaute sie zur Seite, als sie es bemerkte, aber sie konnte sich nicht erinnern, je so leuchtend schöne Augen gesehen zu haben. »Klar gerne«, meinte sie locker, um ihre plötzliche Unsicherheit zu überspielen.

Der Mann bezahlte die Lutschstange und die Tüte Bonbons.

»Dann bis nachher«, meinte der größere Junge und lächelte Lila scheu an.

»Ja, bis nachher. Das ist sehr nett von Ihnen!«, sagte auch der Mann und schaute ihr abermals in die Augen.

Doch dieses Mal blickte Lila nicht zur Seite.

***

Als Felix aus dem Bonbonladen kam, sah er zum ersten Mal an diesem Tag einen Streifen blauen Himmels am Horizont. Wenn diese reizende Verkäuferin Jakob und Johnny beaufsichtigte, konnte er die dringendste Arbeit für die Firma erledigen und parallel irgendwie versuchen, eine regelmäßige und zuverlässige Kinderbetreuung für die Jungs zu organisieren. Außerdem musste er sich um die Schule kümmern. In Hamburg würde Frau Michel die zeitweilige Abmeldung übernehmen, und den Unterlagen, die sie ihm gegeben hatte, hatten auch die Anschriften möglicher Grundschulen in Berlin beigelegen. Aber bisher war Felix schlicht und ergreifend nicht dazu gekommen, sich um irgendetwas anderes als die Jungs zu kümmern.

Gerade jedoch schien die Sonne und ließ die hellgrünen Blätter an den Bäumen frühlingshaft leuchten, sodass Felix für einen Augenblick ganz leicht ums Herz wurde. Weiter vorn auf der anderen Straßenseite entdeckte er einen Blumenladen und entschied kurzerhand, der netten Verkäuferin aus dem Bonbonladen dort ein Dankeschön zu besorgen. Mit Jakob und Johnny im Schlepptau suchte er einen bunten, großzügigen Strauß aus und kaufte zusätzlich einen kleinen, knorrig aussehenden Zitronenbaum für Pauls Dachterrasse. Als er zahlen wollte, fiel ihm der vergessene Geburtstag seiner Mutter wieder ein, weshalb er auch noch ein riesiges Fleurop-Blumenarrangement bestellte, um seinen Fehler wiedergutzumachen.

»Das ist aber teuer«, meinte Jakob, als Felix zahlte, und Felix bemerkte, dass er nicht die geringste Ahnung hatte, wie viel Geld Niklas und die Jungs eigentlich zur Verfügung hatten. Er selbst verdiente Unsummen und hatte das immer als eine Art Entschädigung für die viele Arbeit und seinen cholerischen Vater empfunden. Aber wer wusste schon, wie sehr Niklas sparen musste? Vielleicht waren sogar Geldsorgen der Auslöser für das gewesen, was Niklas nach Holstenglacis gebracht hatte? Felix spürte eine unangenehme Kühle in der Herzgegend.

»Nini sagt immer, wir sollen nicht so viel auf einmal ausgeben«, erklärte Jakob ernsthaft.

»Da hat sie sicher recht«, meinte Felix beiläufig, steckte

das Wechselgeld ein und griff nach dem Blumenstrauß und dem Bäumchen. »Aber die Blumen sind doch wunderschön und werden hoffentlich Freude machen.«

»Bestimmt!«, pflichtete Johnny ihm mit Nachdruck bei. Rund um seinen Mund waren großzügig Lutscherreste verschmiert, was ihn eher wie den Joker als wie ein kleines, harmloses Kind aussehen ließ.

»Und was findet ihr schön?«, erkundigte Felix sich und öffnete die Tür des Blumenladens.

»Lego, Schokolade, Bonbons...«, begann Johnny eine Aufzählung herunterzurattern.

»Farbstifte, Tuschkasten, großes Papier«, fuhr Jakob fort. »Zu Hause haben wir auch so tolle Fingerfarbe, in die man mit der ganzen Hand gehen kann.« Bei der Erinnerung wirkte er kurzzeitig so, als würde er gleich wieder in Tränen ausbrechen.

Bunte Farben also, dachte Felix und fragte sich, wie er eigentlich einen so riesigen Teil von Niklas' Leben einfach hatte verpassen können. Doch tief in seinem Herzen kannte er die Antwort. Er hatte vor einer unlösbaren Wahl gestanden und sich in der Not für das Leben entschieden, das er für das bessere für sich hielt. Seinen Bruder hatte er dafür geopfert. Aber seit er den quirligen Johnny und den ernsten Jakob kennengelernt hatte, war er sich nicht mehr hundertprozentig sicher, ob er damals die richtige Entscheidung getroffen hatte. Genau in diesem Moment jedoch entdeckte Johnny ein Spielzeuggeschäft, und Felix musste fast rennen, um mit ihm und Jakob Schritt zu halten.

* * *

Olala, war Sonjas Antwort, als Lila ihr von ihrem zweiten, noch verrückteren Angebot berichtete.

Du musst unbedingt ein Foto von dem Mann machen und mir schicken, schob sie noch hinterher, offenkundig felsenfest davon überzeugt, dass es nur ein Mann gewesen sein konnte, der bei Lila eine solch rein emotional gesteuerte Reaktion auslöste.

Doch dass es sich um einen Mann und nicht etwa um eine Frau mit Kindern gehandelt hatte, war nicht der Grund für Lilas Angebot gewesen. Vielmehr hatte der nackte Kummer des Jungen Lilas Herz gepackt und nicht mehr losgelassen. Ganz deutlich konnte sie sich daran erinnern, als Kind auch so geweint zu haben. Die Verzweiflung, die sie damals gespürt hatte, war so elementar gewesen, dass sie sich tief in ihr Gedächtnis eingegraben hatte. Als Mädchen war sie gehänselt worden, ihre Mutter hätte sie einfach nur loswerden wollen, weil sie so ein dummes Kind mit einem lächerlichen Namen war, und sie hätte nicht einmal einen Vater, der sich etwas aus ihr machte. Lila, die ihren Vater nicht kannte und nie mehr als seinen Vornamen erfahren hatte, wurde bis ins Mark davon getroffen. Es war nicht mehr als eine Grausamkeit unter Kindern gewesen, aber sie hatte Lila so verletzt, weil es ihre eigene Urangst war, von niemandem geliebt zu werden. Damals hatte ihre Tante versucht, ihre Verzweiflung etwas zu lindern, und jetzt verspürte Lila ein tiefes Mitgefühl mit dem fremden Jungen.

Allerdings sollte ich dafür wissen, wie die Bonbonzubereitung genau funktioniert, entschied sie und lief in einer kundenfreien Minute über den Hof zur Bonbonküche, um die Rezeptsammlung zu holen. Seite für Seite blätterte sie durch und versuchte, sich alles einzuprägen. Dankenswerterweise beschrieb Frau Schmid jeden Schritt sehr gründlich und anschaulich, sodass Lila sich ungefähr ausmalen konnte, wie sie nachher vorgehen musste. Dennoch fühlte sie sich nervös, besonders da sie auch noch vor Publikum tätig werden würde.

Selbst schuld, rügte sie sich und füllte die Waldmeisterbonbons nach. Die hatten sich heute verkauft wie warme Semmeln und waren das Erste, was Lila nachproduzieren musste. Waldmeister, dachte Lila unsicher und starrte auf das Rezept, das etwas komplizierter als die anderen erschien. Doch alles war einfacher als Brausebonbons, für die sie tatsächlich keine Anleitung fand.

Eins nach dem anderen, entschied sie, dennoch spürte sie einen Hauch von Lampenfieber.

»Wir haben dir Blumen mitgebracht«, meinte der kleine Junge, als die drei pünktlich zum Ladenschluss wiederauftauchten. »Und das hier.« Aus den Tiefen seiner Hosentasche nestelte er etwas, das wie eine kleine Spiderman-Figur aussah.

»Das habe ich ganz alleine im Spielzugladen für dich ausgesucht«, erklärte er stolz.

Lila lachte herzlich, und ihre Aufregung verpuffte augenblicklich.

»Vielen Dank«, meinte sie und nahm den kleinen Spiderman entgegen, der seine Reise in der Hosentasche erstaunlich unbeschadet überstanden hatte.

»Wie heißt du eigentlich?«, erkundigte sich der kleine Junge treuherzig.

»Ich bin Lila«, antwortete sie mit einem Lächeln.

»Ich heiße Johnny, und das ist mein Bruder Jakob, und

das ist unser Onk...«, erklärte der kleinere Junge, doch der größere unterbrach ihn: »Onkel Felix, jetzt die Blumen.«

»Ach so, ja natürlich. Bitte schön.« Besagter Felix reichte Lila den Strauß, und sie nahm den frühlingshaft weichen Duft der Blumen wahr, noch bevor sie die Farbenvielfalt entdeckte.

»Gefällt er dir?«, fragte Johnny.

Mit viel Nachdruck nickte Lila. »Danke, aber das wäre doch nicht nötig gewesen.«

»Es ist wirklich sehr nett, dass Sie Johnny und Jakob zuschauen lassen«, erwiderte Felix und garnierte seinen Satz mit einem Lächeln, das auch Stahl hätte schmelzen lassen können.

Lila spürte, wie sie tatsächlich etwas weichere Knie bekam. »Das mache ich wirklich gerne«, antwortete sie ehrlich und roch noch einmal an den duftenden Blüten. »Dann kommt mal mit, ihr beiden, wir haben einiges zu tun.«

»Wann soll ich die Jungs wieder abholen?«, erkundigte sich Felix noch.

»Du wohnst doch hier, wir klingeln einfach nachher bei dir«, schlug Johnny vor, der schon zu Lila hinübergegangen war.

»Das ist eine ausgezeichnete Idee, denn ich weiß selbst nicht genau, wie lange wir brauchen werden«, stimmte Lila zu.

»Perfekt«, meinte Felix und schenkte ihr noch eines seiner Tausend-Watt-Lächeln. »Bis später!«

An dieses Lächeln könnte ich mich gewöhnen, dachte Lila, als sie die Blumen im Lagerraum ins Wasser stellte. Dann schloss sie den Laden, und zu dritt gingen sie nach hinten in den zweiten Hinterhof.

Der Produktionsraum war schlicht und weiß, aber die Jungen entdeckten trotzdem Dutzende spannender Ecken. Lila kam nicht umhin, ihnen zuerst alle die Maschinen zu zeigen. Frau Schmids Werkzeug war altmodisch, aber blitzblank geschrubbt und lud förmlich dazu ein, sich sofort ins Abenteuer zu stürzen. Aus der Testküche wusste Lila, dass man für die Herstellung von Bonbons als Erstes eine Grundmischung ansetzen musste. Also wuschen sie sich alle drei gründlich die Hände, dann zog sich Lila Frau Schmids weißen Kittel über und platzierte die Jungen auf den beiden Hockern vor dem Arbeitstisch, sodass sie ihr zusehen konnten, aber nicht Gefahr liefen, mit irgendetwas Heißem in Berührung zu kommen.

Die beiden schienen genauso gespannt wie Lila und stellten ihr tausend und eine Frage, von denen sie etliche beantworten konnte, bei manchen jedoch passen oder sich etwas aus den Fingern saugen musste. Die Stimmung war vergnügt, und Lila merkte, dass Jakob eher ernsthaft war und Johnny der Schalk im Nacken saß und dass die beiden auch gerade erst in Berlin angekommen waren.

Eigentlich hatte Lila vorgehabt, ihren Einstand mit Waldmeisterbonbons zu wagen, aber als sie in der Vorratskammer nachsah, stellte sie fest, dass es nur noch wenig Waldmeisteressenz gab, es damit also nicht das Richtige für einen ersten Versuch war, der auch komplett schiefgehen konnte. Da kam ihr der Zeitungsausträger von heute Morgen in den Sinn, und sie entschied sich kurzerhand um.

»Was haltet ihr von Sahnebonbons?«, fragte sie die Jungen, die jede ihrer Bewegungen genauestens verfolgten.

»Lecker«, meinte Johnny und beugte sich sofort vor.

»Gute Idee«, stimmte auch Jakob zu.

»Dann geht es jetzt los«, verkündete Lila, und eine gespannte Stille breitete sich in der Bonbonküche aus.

Mit einer Bewegung wie ein Zauberer schaltete sie die große elektrische Waage ein und maß dann den weißen, rieselnden Zucker entsprechend der Menge ab, die in Frau Schmids Rezeptbuch verzeichnet war. Dazu goss sie kaltes Wasser aus einem großen Messbecher aus Edelstahl und rührte anschließend so lange, bis sich die knirschenden Zuckerkristalle ganz in der Flüssigkeit aufgelöst hatten. Eigentlich gab es dafür ein großes Rührgerät, aber Lila hatte Spaß daran, es von Hand zu machen. Anschließend gab sie reichlich Glucosesirup dazu, außerdem etwas cremige Kondensmilch und braunes Malz, das sie ebenfalls in der Vorratskammer gefunden hatte.

»Können wir probieren?«, bat Johnny.

»Psst«, machte Jakob und legte seinen Finger an die Lippen.

Lila lächelte und goss die Mischung in einen großen kupfernen Kessel, der über eine automatische Heizanlage verfügte. »Jetzt brauchen wir etwas Geduld«, erklärte sie und nahm den feinen, süßen Geruch aus dem Kessel wahr. »Denn jetzt wird das Ganze erst einmal gekocht.«

»Was machen wir solange?«, erkundigte sich Johnny, der so aussah, als würde er lieber draußen toben als drinnen herumsitzen.

»Ein bisschen aufräumen und uns dann überlegen, was wir noch für Gewürze zugeben könnten und welche Bonbonsorten im Laden fehlen.«

Das war das perfekte Thema, und ehe Lila sichs versah, saß sie mit Papier und Stift bewaffnet neben den Jungs und begann eine lange Liste anzufertigen.

»Superhelden-Bonbons«, schlug Johnny vor.

»Bonbons mit Smarties drinnen«, meinte Jakob.

»Oh ja, und welche mit Schokolade!« Johnny war Feuer und Flamme und sprang sofort von seinem Hocker, ehe er etwas ruhiger wieder hinaufkletterte.

Lila dachte an ihre Idee von den Sahnebonbons mit cremiger Kaffeefüllung und an Ingwer und Gin Tonic. Das war zwar nichts für Kinder, könnte den Kunden aber Spaß machen.

»Jetzt brauchen wir aber erst mal etwas, was unsere Sahnebonbons zu den leckersten überhaupt macht«, meinte Lila. »Was schlagt ihr vor?«

»Mehr Sahne«, antwortete Jakob pragmatisch, worüber Lila lachen musste.

»Und wie wäre es mit kleinen Stückchen von Kandiszucker und einem Hauch von Zimt?«, äußerte sie ihre eigenen Überlegungen.

»Kein Zimt«, protestierte Johnny sofort. »Lieber Kakao.«

»Das ist gut«, stimmte ihm Lila zu. »Es hört sich sogar ausgezeichnet an.« Sie verschwand kurz in der Vorratskammer und kam mit zwei Sorten Kakaopulver, einem dunkleren und einem helleren, wieder zurück.

Anschließend gab sie die fertig gekochte Masse, bei der fast alles Wasser verdampft war, in das große Rührgerät und stellte es an. Mit einem gleichmäßigen Surren mischte der große Arm langsam und bedächtig Lilas erste Bonbonmischung. Ein leicht malziger Wohlgeruch breitete sich in der Küche aus, und Lila sah, dass die Jungen genauso begeistert ihre Nasen in die Luft reckten wie sie selbst. Nach und nach fügte sie das Kakaopulver hinzu. Es ließ sich in der abkühlenden hellen Masse nicht ganz perfekt verteilen und zog elegante dunkle Schlieren auf hellem Grund.

Lila fand, dass es wunderbar aussah. Für Jakob holte sie einen Hocker, und Johnny hob sie hoch, damit die Jungen es auch bewundern konnten. Zufrieden nickten sie.

Die Maschine rührte und rührte, aber irgendwann piepte sie und stellte die Arbeit ein.

»Fertig«, sage Lila.

»Kann ich jetzt endlich probieren?«, fragte Johnny und sah Lila mit bittenden Augen an.

»Leider nein, es ist noch zu heiß«, erklärte ihm Lila mit leisem Bedauern. »Bitte Platz machen.«

Die Jungs stoben sofort zur Seite, und Lila füllte die Mischung in einen Trichter, der zu dem Kegelroller gehörte, der aus der klebrigen Masse eine wohlgeformte Schlange machen sollte. Als Lila sie anschaltete, ächzte die Maschine erst etwas, war dann aber doch willens, ihre Arbeit zu tun.

Doch was war das, was da herauskam?

Erschüttert blickte Lila auf das klumpige, ständig abreißende Etwas, das keine Gemeinsamkeit mit dem schönen, gleichmäßigen Bonbonstrang hatte, den sie in der Süßwarenfabrik produzierten. Auch der Kakao in ihrer Masse ähnelte nicht mehr den eleganten Schlieren von vorhin, sondern unwillkommenem Dreck.

»Schau mal«, meinte Johnny mit großen Augen. »Ich glaube, du hast da Ameisen mit reingetan.«

»Nein, das ist der Kakao«, antwortete Lila unglücklich.

»Das musst du ja keinem verraten, denn ich finde Ameisenbonbons cool«, erklärte Johnny. »Man kann sie benutzen, um jemanden zu erschrecken.«

Die Jungs lachten, aber verstummten sofort wieder. »Das

ist doch nicht so schlimm, so was kann doch jedem mal passieren«, versuchte Jakob, Lila zu trösten. »Du kannst doch neue machen.«

»Können wir jetzt nicht einfach endlich mal probieren?«, übertönte Johnny seinen Bruder und drängelte sich zwischen die beiden.

»Hier.« Lila trennte ein Stückchen von der warmen, aber nicht mehr heißen Bonbonmasse ab und reichte es ihm. »Ein Ameisenbonbon.«

Johnny tat es sich in den Mund, schob es mit der Zunge von der einen zur anderen Seite und flüsterte dann durch die Zähne: »Toll.«

Fragend sah Lila zu ihm, aber er nickte nur heftig mit seinem kleinen blonden Schopf. »Probier doch mal.«

Also machte Lila zwei weitere Stücke ab und gab eines davon Jakob. Der nahm es etwas zögerlicher als sein Bruder und biss sehr vorsichtig hinein. Lila beobachtete sein Gesicht und verfolgte so, wie sich Jakobs Gesichtszüge erst entspannten und sich dann ein Lächeln darauf ausbreitete.

»Super«, lobte er und klang dabei geradezu überschwänglich.

Mehr Aufforderung brauchte Lila nicht und biss in ihr eigenes Stück. Zunächst fand sie es gewöhnungsbedürftig, dass die Masse sich so ganz anders anfühlte als erwartet. Sie war viel weicher und mürber, ja fast schon brüchig und krümelig, wirklich nicht so, wie man sich ein Sahnebonbon vorstellte. Aber dann nahm Lila den wunderbaren Geschmack wahr, der sich in ihrem Mund ausbreitete. Er war gleichzeitig süß und sahnig, ein bisschen karamellig vom Malz und einen Hauch bitter vom Kakao.

»Oh«, machte sie.

»Kann ich mehr haben bitte?«, bat Johnny höflich und hielt gleich beide Hände hoch.

Vorsichtig nahm Lila die Masse aus dem Kegelroller. Es war völlig unmöglich, sie in die Prägemaschine zu geben, um daraus schön geformte Bonbons für den Laden zu machen. Lila überlegte einen Augenblick, dann legte sie sie auf eine breite Holzplatte und schnitt sie mit einem Messer in einzelne rautenförmige Portionen. Davon reichte sie Jakob und Johnny je ein Stück und aß selbst noch eines.

»Können wir für Onkel Felix auch eins mitnehmen und für Paule?«, erkundigte sich Johnny.

»Natürlich, wenn ihr mögt. Aber es ist nicht so geworden, wie ich es eigentlich wollte«, erklärte Lila etwas zurückhaltend.

»Aber es schmeckt so gut«, antwortete Johnny, und Jakob stimmte seinem Bruder zu.

»Also gut.« Lila holte zwei Zellophantütchen, legte jeweils mehrere von den kleinen hellen Rauten mit den dunklen Punkten hinein und reichte sie Johnny. Dabei fragte sie sich, warum die Jungs wohl bei ihrem Onkel wohnten und ob »Paule« der Nachbar von oben war? Aber sie war viel zu höflich, um nachzufragen, also verbrachte sie einfach eine nette Zeit mit den beiden kleinen Jungen, die so unerwartet in ihr Leben geschneit waren.

Abends, als Lila schon im Bett lag, dachte sie an die vielen Ereignisse des Tages. Das Fenster hatte sie offen gelassen, weil es draußen zwar nicht warm, aber doch schon frühlingshaft war. In der Ferne spielte jemand Klavier, und sie hörte die Töne, die mehr wie zarte Fäden als wie kräftige Anschläge durch die Dunkelheit schwebten. Wie anders als im Süßigkeiten-Testlabor war ihr Tag gewesen, und wie viel Spaß hatte sie gehabt. Glasklar erinnerte sie sich an die Worte ihres Onkels, der vorausgesagt hatte, dass sie Frau Ellenhagen noch dankbar sein würde.

So weit würde ich nicht gehen, dachte Lila und gähnte. Aber auf alle Fälle war es ein großartiger Anfang gewesen.

***

Felix saß ganz am Rand seines großen, breiten Bettes, mit dem aufgeklappten Laptop auf den Knien. Auch er hatte das Fenster gekippt und hörte Pauls Klavierspiel, was ihm ein Gefühl von Frieden gab. Neben ihm schliefen Johnny und Jakob tief und fest. Sie sahen so friedlich und entspannt aus, dass Felix sich fragte, was sie wohl gerade träumten. Vorsichtig, um nicht so viel Lärm zu machen, nahm er sich noch eines dieser Sahnebonbons aus der kleinen Tüte, die die Jungs ihm mitgebracht hatten. Während er es langsam lutschte, dachte er an die nette Bonbonverkäuferin und ihr charmantes Lächeln, das sich unerwartet hartnäckig in sein Gedächtnis eingebrannt hatte. Was sie wohl gerade tat?

Doch dann schluckte er den kleinen Rest des Bonbons hinunter und verdrängte das Bild, denn schließlich musste er arbeiten. Und das ging neben den schlafenden Jungen erstaunlich effizient und gut.

7. Kapitel

Wenn Paul behauptet hätte, dass er Nerven aus Stahl besaß, wäre das eine glatte Lüge gewesen. Worüber er aber wirklich verfügte, war ein echtes Pokergesicht. Daher hatten seine Gesprächspartner aus Hollywood bei der Videokonferenz auch nicht gesehen, unter welcher Anspannung er stand. Für frühmorgens um vier Uhr dreißig war das Gespräch mit Los Angeles anberaumt worden, und da es zu diesem Zeitpunkt an der Westküste erst halb acht abends gewesen war, hatten der Filmproduzent und der Regisseur auch keine Eile gehabt, zum Ende zu kommen. Stattdessen hatten sie immer größere und bombastischere Wünsche geäußert, die Paul alle bei seiner Filmmusik berücksichtigen sollte. Sein Agent, der ebenfalls an der Videoschaltung beteiligt gewesen war, hatte gebremst, so gut er nur konnte, war damit aber nicht sehr erfolgreich gewesen.

Bisher hatte bei den Dreharbeiten zu diesem Film der Regisseur einmal, der Hauptdarsteller zweimal und die Hauptdarstellerin sogar dreimal gewechselt, von den unendlich vielen Umschreibungen im Drehbuch vollkommen abgesehen. Von Anfang an war das Projekt nicht gut ausgearbeitet gewesen, aber mittlerweile versank es völlig im Chaos. Dadurch schien es auch zunehmend als ein Ding der Unmöglichkeit, die passende Filmmusik zu komponieren, und Paul sah die unendlich vielen Noten vor sich, die er vollkommen umsonst in vielen Arbeitsstunden notiert hatte. Als man sich schließlich verabschiedet hatte, war die Gesichtsfarbe von Pauls Agenten aschfahl, er selbst todmüde und der Regisseur und der Produzent endlich zufrieden gewesen.

Mit einem Seufzen stellte Paul den Computer aus und blickte aus dem großen Dachfenster über seinem Schreibtisch. Es war kurz nach sechs Uhr morgens, und am Horizont sah man die ersten Vorboten der Morgenröte. Obwohl Paul die ganze Nacht lang nicht geschlafen hatte, war er viel zu aufgewühlt, um jetzt ins Bett gehen zu können. Komponist zu sein war sein Traumberuf, aber manchmal wünschte er sich, er hätte etwas ganz anderes gewählt und wäre zum Beispiel Tischler geworden. Dass er nicht besonders geschickt im Umgang mit Werkzeug war und sich wahrscheinlich schon am zweiten Tag einen Finger an der Kreissäge abgeschnitten hätte, blendete er in solchen Momenten aus.

Ich muss noch mal raus, beschloss er und schlüpfte in eine Jogginghose, einen Kapuzenpulli und seine Laufschuhe. Draußen war es dämmerig und ganz still. Paul ging über die Straße und lief dann los. Er joggte über den Steinplatz und kreuzte die Hardenbergstraße, die jetzt noch vollkommen ruhig dalag, so als würde tagsüber der Verkehr nicht unaufhörlich darüberfließen. Dann kam Paul an der Mensa vorbei und rannte in den Park, der die altehrwürdigen Universitätsgebäude umgab. Hier gab es Laternen, die die alten Steinplatten auf den Wegen beleuchteten, doch wahrscheinlich hätte Paul auch im Dunkeln laufen können, denn er kannte das Areal wie seine Westentasche. Unter den hohen Bäumen, die im morgendlichen Wind leise rauschten, drehte er ruhig und gleichmäßig seine Runden. Dabei sinnierte er über Niklas in Hamburg und sein eigenes Leben nach, das in vielerlei Hinsicht bisher so viel besser verlaufen war, als er es befürchtet hatte. Das Einzige, was ihm zu seinem Glück fehlte, war eine zündende Idee für die Filmmusik und eine Partnerin an seiner Seite, die mit ihm durch dick und dünn ging. Seit sich der Erfolg mit den Schlagern eingestellt hatte, bekam er genügend Offerten, aber er wollte niemanden, der im Grunde seines Herzens mehr an den Stars und Filmsets interessiert war. Auf der anderen Seite konnte er keine Frau gebrauchen, die so schüchtern war, dass ihr diese fremde glitzernde Welt Angst machte. Beides hatte er schon erlebt, und beides hatte ihn ziemlich desillusioniert zurückgelassen.

Was die Liebe anging, fand Paul, dass keiner von ihnen drei – weder Niklas, Felix oder er – es bisher so wirklich gut getroffen hatte. Paul liebte Johnny und Jakob, aber von Anfang an hatte er Ariana, ihrer Mutter, zögerlich gegenübergestanden. Vielleicht war es ihr etwas zu überkandideltes Wesen, das ihn abgeschreckt hatte, vielleicht hatte er aber auch schon gespürt, dass sie auf Messers Schneide tanzte. Niklas hatte damals, als er frisch in Ariana verliebt gewesen war, ungewöhnlich scharf auf Pauls Zurückhaltung reagiert, und es hatte eine Weile gedauert, bis ihre Freundschaft wieder ins Lot gekommen war. Felix' Freundin war das komplette Gegenteil der impulsiven und emotionsgesteuerten Ariana, aber irgendwie war auch sie nicht gerade herzerwärmend, und Pauls letzter eigener Versuch mit einer Frau in seinem Leben hatte mit einer Menge zerschlagenem Geschirr und einem Kratzer an seinem Flügel geendet. So etwas wollte er keinesfalls noch einmal erleben.

Paul rannte, bis er keuchte und die Muskeln in seinen Oberschenkeln brannten, dann ließ er sich in ein gemächlicheres Tempo zurückfallen und lief den Weg langsam wieder zurück, bis er zu dem Bonbonladen unten in seinem Haus kam. Dort, mitten im Schaufenster, stand ein großer bunter Blumenstrauß, der Frühlingsgefühle heraufbeschwor und in Paul die Vorfreude auf wärmere und sonnigere Tage weckte. Die Blumen sahen so fröhlich und einladend aus, dass Paul die Ladentür einfach öffnete, ohne sich darüber zu wundern, dass schon wieder frühmorgens geöffnet war. Die Luft war erfüllt von einem wunderbaren sahnigen, karamelligen Geruch. Aus dem Lagerraum kam die neue Verkäuferin und lächelte ihn an. Mit ihren hellbraunen Haaren und den fröhlichen blauen Augen sah sie herzallerliebst aus, und für eine Millisekunde überlegte Paul, ob sie vielleicht die richtige Frau für ihn sein konnte.

»Einen bonbonschönen guten Morgen«, wünschte sie fröhlich. »Sind Sie wieder auf der Suche nach einem Kaffee?«

Paul, der eigentlich gar nicht genau wusste, warum er überhaupt in den Laden gekommen war, nickte dankbar ob ihrer Frage.

»Dann mache ich uns beiden einen Espresso, etwas Koffein könnte ich auch gut gebrauchen«, schlug sie vor. »Wieder hier in fünf Minuten?«

»Sehr gerne«, antwortete Paul. »Danke«, schob er noch hinterher, aber sie lächelte nur, und er verließ den Laden, um sich schnell umzuziehen und Geld zu holen, denn heute wollte er den Kaffee unbedingt bezahlen.

**

Drei Stockwerke weiter oben waren es an diesem Morgen nicht die beiden Jungs, die Felix völlig aus dem Konzept brachten, sondern zwei Frauen. Rechtsanwältin Michel weckte ihn mit einem Anruf um kurz vor sieben und hörte sich dabei so an, als sei sie schon seit geraumer Zeit wach und bereits auf dem Höhepunkt ihrer morgendlichen Gehirnaktivität. Felix, der sonst nicht gerade lang brauchte, um aufzuwachen, war von ihrer maschinenpistolenartigen Sprachgeschwindigkeit völlig überfordert.

Vielleicht liegt es daran, überlegte er kurz, dass ich erst mitten in der Nacht mit den wichtigsten E-Mails fertig geworden bin. Danach war er offenkundig mit dem Gesicht auf der Laptoptastatur eingeschlafen. Johnny hatte sich quer über seinen Beinen ausgebreitet, und Jakob hatte sich ganz dicht an ihn angekuschelt und seinen rechten Arm so in Felix' linken eingefädelt, als wolle er ihn für immer festhalten.

»Einen Augenblick«, flüsterte Felix ins Handy und bemühte sich, seinen Arm möglichst sanft aus Jakobs Umklammerung zu lösen und dann Johnny, ohne ihn zu wecken, von seinen Beinen zu schieben. Trotzdem schlug Johnny kurz die Augen auf, schlief aber wieder ein.

»Jetzt«, meinte Felix, als er ins Wohnzimmer hinübergegangen war und sich kurz die Augen gerieben hatte. »Wie geht es Niklas?«

»Nicht gut, er sitzt immer noch in U-Haft. Zwar habe ich dagegen Haftbeschwerde eingelegt, aber es kann dauern, falls es überhaupt etwas bringt«, antwortete Frau Michel knapp.

Nebenan wachte Johnny nun doch auf und begann stimmgewaltig, aber vollkommen schief ein Morgenlied anzustimmen.

»Es wird immer unangenehmer mit der Boulevardpresse und dem Druck, der auf Ihrem Bruder lastet, und wir brauchen Ihre Hilfe«, erklärte Frau Michel.

»Meine Hilfe? Ich habe doch überhaupt keine Ahnung von Recht und Strafverfahren«, protestierte Felix, der sich bei den Worten »unangenehmer« und »brauchen ihre Hilfe« sofort grässlich zu fühlen begann. Er strich sich durch die blonden Haare, die nach seiner kurzen Nacht in alle Richtungen abstanden.

»Nein, wir brauchen keine Unterstützung bei Rechtsfragen, aber vielleicht könnten Sie etwas anderes tun«, erwiderte Frau Michel emotionslos.

»Was denn?«, fragte Felix, der überhaupt nicht die geringste Ahnung hatte, worauf sie hinauswollte.

Nebenan hatte Johnny Jakob geweckt, denn der stimmte in das Lied von den Sonnenstrahlen und dem glücklichen Tag ein. Überraschenderweise klang seine Stimme glockenhell und klar, und für einen Moment war Felix vollkommen abgelenkt von Frau Michel und der Katastrophe in Hamburg.

Ich habe einen Neffen mit einer so fantastischen Stimme, dachte er staunend. Weder Niklas noch er konnten auch nur einen einzigen Ton treffen, und seine Klavierlehrerin hatte ihn immer angefleht, beim Spielen bloß nicht mitzusingen. Und jetzt war da dieser kleine Junge und sang wie ein Engel.

»... Zwerge zwischen den Bäumen ihr Unwesen treiben«, beendete Frau Michel ihren Satz.

»Was?«, wollte Felix wissen und fragte sich, ob sie verrückt geworden war. Oder hatte er alles durcheinanderbekommen mit seinem Gedanken an Engel? Unwillkürlich schüttelte er den Kopf. Es war vollkommen ausgeschlossen, dass die Anwältin gerade etwas von Zwergen gesagt hatte, schließlich war sie eine der erfahrensten und angesehensten Verteidigerinnen und würde niemals irgendwelche Märchenstorys erzählen.

»Gerade sagte ich Folgendes«, wiederholte Frau Michel seelenruhig. »Rotkäppchen ist ziemlich dumm, warum geht sie auch alleine in den Wald zu Schneewittchen und nimmt nicht die Schnellstraße oder die Bahn, wenn sie doch weiß, dass der Wolf und die zehn Zwerge zwischen den Bäumen ihr Unwesen treiben.«

»Haben Sie getrunken?«, erkundigte sich Felix unvermittelt.

Bisher hatte er angenommen, dass Niklas bei Frau Michel in guten Händen wäre, aber nun bekam er massive Zweifel. Doch die Anwältin tat etwas, womit Felix nicht gerechnet hatte. Sie lachte. Es war kein lautes Lachen, sondern mehr ein Schmunzeln in ihrer Stimme, als sie nun zum zweiten Mal wiederholte: »Rotkäppchen ist ziemlich dumm, warum geht sie auch alleine in den Wald zu Schneewittchen und nimmt nicht die Schnellstraße oder die Bahn, wenn sie doch weiß, dass der Wolf und die zehn Zwerge zwischen den Bäumen ihr Unwesen treiben.«

Nebenan begannen Johnny und Jakob nach ihm zu rufen. »Felix, Onkel Felix, Felix…«, skandierten sie und klatschten dabei in die Hände.

Felix fragte sich, ob *er* vielleicht etwas getrunken hatte? Schlafwandelte er vielleicht nachts in die Küche und betrank sich?

»Ich wiederhole noch ein letztes Mal«, kündigte Frau Michel an. »Es wäre gut, wenn Sie mir genau zuhören könnten.«

Abermals erzählte sie ihre kuriose Version von Rotkäppchen und Schneewittchen, während die Jungs nebenan immer lauter wurden.

»Haben Sie mich verstanden?«, fragte Frau Michel am Ende ihrer Ausführungen nüchtern.

»Ja«, antwortete Felix, der sie gehört hatte. »Nein«, fügte er dann hinzu, denn er hatte nicht die geringste Ahnung, wovon sie gesprochen hatte.

Aber Frau Michel lieferte keine weitere Erklärung. »Wir verlassen uns auf Sie«, meinte sie nur.

»Huhuuuu Felix«, kreischten Johnny und Jakob, und es hörte sich so an, als sprängen sie jetzt auch noch auf dem Bett herum.

Felix schloss die Augen. Als er sie gerade wieder öffnen wollte, vernahm er aus dem Flur die Stimme seiner Freundin Belly, die laut und nicht besonders melodisch klang. »Was macht ihr da?«, herrschte sie Johnny und Jakob an.

»Ich hoffe, Sie sind erfolgreich«, wünschte Frau Michel.

»Hallo, wer bist denn du?«, erkundigte sich Jakob fröhlich.

»Willst du auch hüpfen?«, bot Johnny freundlich an.

»Spinnst du?«, erwiderte Belly scharf. »Komm sofort da runter, du bist ja irre.«

Für einen Augenblick war es still, und dann fing Johnny an zu brüllen. Er weinte nicht still und leise wie Jakob, sondern er schrie so, dass man es wahrscheinlich noch im Erdgeschoss hören konnte.

»Onkel Felix, komm sofort her!«, brüllte er.

»Felix«, stimmte Belly ein, kaum minder laut.

»Onkel Felix«, rief Jakob deutlich leiser, aber seine Stimme war so hoch und tragend, dass er die beiden anderen locker übertönte.

»Auf Wiederhören, und bitte beeilen Sie sich«, sagte Frau Michel und legte auf.

Felix hastete durch den Flur ins Schlafzimmer. Dort – mit der Laptoptasche in der Hand – stand seine Freundin und lieferte sich ein Duell mit seinen Neffen, wer lauter schreien konnte.

»Runter vom Bett«, brüllte sie und zeigte mit ihrem Zeigefinger auf Johnny.

»Felix, rette uns«, schrien die Jungen noch lauter.

»Ruhe«, donnerte Felix, doch nur Jakob hörte auf ihn und schloss seinen Mund.

»Hallo Belly«, sagte Felix, aber es dauerte einen Augenblick, bis die Angesprochene ihn überhaupt wahrnahm. Dann drehte sie sich langsam zu ihm um. Er sah ihre perfekt frisierten, kurzen dunklen Haare, ihr blasses Gesicht und den Ausdruck absoluten Unverständnisses darauf. »Wer um alles in der Welt sind diese Jungen?«

»Das sind meine Neffen«, antwortete Felix wahrheitsgemäß und machte einen Schritt auf die Jungs zu.

»Neffen?«, fragte Belly, und es hörte sich so ungläubig an, als habe er gerade gesagt, dass er Läuse hätte. »Aber du bist doch ein Einzelkind!«

»Äh, nein«, antwortete Felix und merkte zu seinem Entsetzen, dass er rot wurde. Warum hatte er auch nur in so einer wichtigen Angelegenheit gelogen?

»Einzelkind?«, mischte sich Jakob überrascht ein.

»Nein, ich habe einen Bruder«, erklärte Felix in Bellys Richtung.

»Einen Zwillingsbruder«, ergänzte Jakob freundlich.

Johnny sagte gar nichts, aber er schien Felix' Auftauchen als eine Berechtigung zu verstehen, wieder auf dem Bett herumzuhüpfen. Höher und höher sprang er, wobei das Bett bei jeder seiner Landungen ächzte.

»Hör auf«, zischte Belly ihn scharf an. »Weißt du überhaupt, was dieses Bett gekostet hat? Zehntausend Euro!«

»Zehntausend Euro«, echote Jakob fassungslos und sah für einen Augenblick wirklich entsetzt aus. Johnny hingegen schien es als Aufforderung zu verstehen, nun erst recht einen Stabilitätstest durchzuführen.

»Was es gekostet hat, ist ja nicht so wichtig«, sagte Felix beschwichtigend rasch in Jakobs Richtung. Ehrlicherweise war es ihm damals auch absurd vorgekommen, so viel Geld für ein Bett auszugeben. Aber Belly hatte mehr oder weniger darauf bestanden, weil sie meinte, nur teuer gut zu schlafen.

Johnny sprang auf dem Bett hoch. »Zehntausend«, rief er fröhlich, »kein Wunder, dass es sich so gut darauf hüpft.«

»Tu was«, befahl Belly Felix. »Das Kind muss sofort aufhören!«

Verwundert bemerkte Felix, dass sie das Bett mehr zu beschäftigen schien als die Tatsache, dass er einen Bruder hatte, dessen Existenz er ihr bisher komplett verschwiegen hatte.

»Johnny, bitte hör auf«, bat Felix abgelenkt. Aber er sagte es nicht mit genügend Nachdruck, denn durch seine Gedanken wirbelte immer noch der Satz von den Märchengestalten. *Rotkäppchen ist ziemlich dumm*, ging es ihm durch den Kopf. Rotkäppchen, Schneewittchen, wie kam Frau Michel nur darauf? Schneewittchen hatten sie damals ihre Kunstlehrerin genannt, diejenige, die Niklas am Tag vor ihrer verhängnisvollen Abiturfeier den Schlüssel geliehen hatte. Schneewittchen...

»Hörst du mir überhaupt zu?«, fragte Belly spitz, und er drehte sich sofort in ihre Richtung. Im ersten Moment wollte er sie besänftigen, dann entschied er sich aber, sie nicht anzulügen, und meinte: »Entschuldige, ich war gerade in Gedanken woanders.«

»Das merke ich«, antwortete sie, klang dabei aber nicht mehr ganz so schnippisch, sondern wieder freundlicher. Sie strich sich die dunklen Haare aus der Stirn und zog dann ihr Jackett leicht nach unten. Wie immer fand Felix es bewundernswert, wie perfekt sie auch nach einer langen Reise aussehen konnte.

»Wo kommst du eigentlich her?«, fragte er sie. Dann jedoch wurde ihm bewusst, dass das nicht besonders freundlich klang, sodass er rasch hinzufügte: »Ich wusste gar nicht, dass du in Berlin bist.«

»Bin ich auch gar nicht«, antwortete sie.

Mitten im Hopsen hielt Johnny inne. »Hä?«, fragte er und hielt sich am Kopfteil des Bettes fest, das bedenklich wackelte. »Aber du bist doch da.«

»Ich hatte die Wahl, über Berlin oder Düsseldorf zu fliegen, und in Anbetracht der Tatsache, dass ich dich nicht erreichen konnte, habe ich in der Firma angerufen und erfahren, dass du hier bist...« Ein leichter Vorwurf schlich sich in ihre Stimme.

»Bitte entschuldige, ich hatte wirklich unerwartet viel zu tun«, antwortete Felix und machte Johnny ein vergebliches Zeichen, die Hüpferei endlich bleiben zu lassen.

»Das sehe ich – obwohl ich eigentlich gar nichts sehe. Stattdessen habe ich eben gerade gehört, dass der Atlantis-Deal verschoben wurde?«

»Was?«, fragte Felix vollkommen entgeistert. Sein Deal,

das größte Projekt, das seine Abteilung je bearbeitet hatte, war verschoben worden, und Belly wusste früher davon als er?

»Die Branche munkelt, dass ihr euch verhoben habt«, sagte sie knapp und wirkte so mitleidslos wie ein Insektenforscher, der eine Schabe unter dem Mikroskop seziert und dabei deren Anatomie kommentiert.

Erschüttert blickte Felix sie an. Belly war Analystin bei einer riesigen Investmentfirma und hatte dafür ihre Ohren stets überall, trotzdem war er überrascht, dass sie ihm diese Informationen einfach so kredenzte, als wäre er ein vollkommen Fremder.

»Wir haben uns nicht verhoben«, widersprach er heftig und verschränkte die Arme vor der Brust. »Wir stehen so gut da wie noch nie zuvor. Ich habe keine Ahnung, wer solche Gerüchte in die Welt setzen könnte.«

»Vielleicht der Verkäufer.« Belly zuckte die Achseln. »Du weißt ja, wie das ist. Auf alle Fälle musst du dich sofort um die Außendarstellung kümmern.«

»Guter Tipp«, antwortete er, dachte in Wirklichkeit aber über Rotkäppchen und Schneewittchen nach. Wen meinte Niklas nur damit?

»Allerdings solltest du zuerst duschen«, schlug Belly etwas schnippischer vor, und Felix bemerkte, dass er noch in der Kleidung vom Vortag steckte.

»Natürlich«, antwortete er augenblicklich, und sie lächelte ihn an.

Zum Glück schaut sie jetzt mal freundlich, dachte Felix, denn für einen Augenblick war ihm ihre zielgerichtete Art fast zu viel geworden. Natürlich wusste er, dass sie durch und durch fokussiert sein konnte, aber gerade im Moment hatte er auf einmal die Angst gehabt, eine ganz fürchterliche Person zur Freundin zu haben.

»Wir müssen uns auch fertigmachen«, ließ sich Jakob hören, der bisher wortlos dabeigestanden hatte.

»Fahren wir heute nach Hamburg?«, wollte Johnny wissen und war dafür sogar bereit, vom Bett herunterzuklettern.

»Nach Hamburg?«, fragte Belly und schüttelte den Kopf. »Felix, du musst sofort nach Asien reisen und dich dort um Schadensbegrenzung kümmern. Auch wenn du dir das vielleicht malerisch vorstellst, du kannst jetzt keine Kinder hüten.«

Felix sah sie an, und das komische Gefühl, das er gerade ihr gegenüber gehabt hatte, kam mit aller Macht zurück. *Malerisch?* Das hatte mit malerisch nichts zu tun, aber er konnte die Kinder ja wohl kaum alleinlassen.

So gut er konnte, erklärte er ihr die Situation, aber sie zuckte nur mit den Achseln. »Wie du meinst. Aber du musst auf schnellstem Wege...«

Weiter kam sie nicht, denn plötzlich fasste Felix sie am Arm. *Schnellstem Wege, Schnellstraße, Schneewittchen.* Belly hatte ihn auf eine Idee gebracht. Vielleicht war es eine Adresse, die ihm die Anwältin von Niklas ausgerichtet hatte. Schneewittchen hatte in Barmbek gewohnt, in einer Ecke von Hamburg, wo sie sonst nur selten hingekommen waren, und vielleicht wollte Niklas, dass Felix genau dorthin fuhr.

»Wie lange bist du noch da?«, erkundigte er sich bei Belly und überlegte, was er ihr anbieten könnte, damit *sie* auf die Kinder aufpasste. Vielleicht etwas Insiderwissen über die geplante Übernahme?

»Wieso?« Sie sah auf ihre Uhr. »Höchstens noch fünf Minuten.«

»So ein Mist«, meinte Felix und drehte sich sofort zu seinen Neffen um. »Kinder, macht euch fertig, ihr verbringt den Tag heute bei Paule.«

Dann gab er der ungläubig schauenden Belly rasch einen Kuss auf den Mund. »Mach es dir doch bequem und leg kurz die Beine hoch, wir müssen jetzt gleich los.«

»Wie bitte?«, fragte Belly, und ihre Stimme klang wieder unangenehm scharf, aber Felix hatte jetzt keine Zeit, weiter darauf einzugehen.

»Entschuldigung«, sagte er und schnappte sich den vorbeilaufenden Johnny am Schlafanzugärmel. »Ab ins Bad.«

»Also wirklich«, protestierte Belly ernsthaft empört.

»Vielleicht magst du dir ja auch einen Kaffee kochen«, schlug Felix begütigend vor, bevor er Jakob ebenfalls ins Bad lotste. »Sorry.«

Er war gerade dabei, Johnny Zahnpasta auf die Zahnbürste zu tun, als er die Wohnungstüre zuschlagen hörte.

Jakob und Johnny sahen ihn beide mit großen Augen an.

»Ist sie weg?«, fragte Johnny, und Felix sah den vergnügten Ausdruck, der sich wieder auf dem kleinen Gesicht breitmachte.

»Hoffentlich«, meinte Jakob und klang sehr erleichtert.

»Ich glaube, sie ist wirklich gegangen«, meinte Felix, nachdem er einen Blick in den Flur geworfen hatte. Auf alle Fälle wusste er nicht, was er selbst fühlen sollte. Traurigkeit war es aber sicherlich nicht.

***

Paule war todmüde, und seine dunklen Augenringe reichten fast bis auf seine Wangen, sodass Felix gleich auf den ersten Blick erkannte, dass er hier bei aller Liebe keine Hilfe erwarten konnte.

Aber ich muss nach Hamburg, dachte Felix und spürte den Druck in der Magengegend, den er seit Niklas' Anruf in Malaysia nicht mehr ganz losgeworden war.

»Könntest du zumindest ...«, fragte er trotzdem.

»Ich bin vollkommen erledigt, ich habe die ganze Nacht gearbeitet«, erklärte Paul und sah für einen Augenblick so aus, als würde er im Stehen an der Tür einschlafen. Felix, der wusste, dass sich Paul nie aus der Verantwortung stahl, nickte und nahm seine Neffen an die Hand.

Was soll ich nur tun?, fragte er sich, während sie gemeinsam die Treppenstufen hinuntergingen.

»Eins, zwei ... zehn, viele«, zählte Johnny an seiner Hand, während Jakob die Zahl der Stufen etwas genauer bestimmte. »Einhundertacht«, vermeldete er stolz am Fuß der Treppe.

»Ja, gut«, lobte Felix abgelenkt und öffnete die Haustür. Wenige Schritte später standen sie auf der Straße vor *Mariannes himmlische Bonbons* und blickten auf den bunten Frühlingsblumenstrauß, der das Schaufenster zierte.

»Der ist doch von uns«, meinte Jakob überrascht.

»Sieht super aus«, ergänzte Johnny und klang ausgesprochen zufrieden dabei.

»Finde ich auch«, stimmte ihm Felix zu, machte zwei Schritte und öffnete mit einem Mal wieder etwas beschwingter die Ladentür.

Die kleine Glocke bimmelte fröhlich.

»Einen bonbonschönen Tag«, grüßte die Verkäuferin,

und Felix spürte, wie sein Herz sich hob und gleichzeitig der Druck in seinem Bauch ein klein wenig leichter wurde. Er wusste nicht genau, woran es lag, vielleicht an der sonnig-guten Laune, die die Verkäuferin ausstrahlte. Sie wirkte wie der personifizierte Optimismus, und das war genau das, was er gerade gebrauchen konnte.

»Hallo Jakob und Johnny, auf welche Bonbons habt ihr heute Lust?«, erkundigte sie sich fröhlich.

Johnny drückte seine Nase an der Vitrine platt, aber Jakob musste nicht lang überlegen: »Die Bonbons, die du gestern gemacht hast.«

»Du meinst diese hier?« Mit einer schwungvollen Bewegung nahm sie eine kleine Glasplatte in die Hand, die hinter ihr im Regal gestanden hatte, und griff nach einer kleinen silbernen Zange. Geschickt reichte sie damit Jakob eine Kostprobe über die Vitrine hinweg, die er sich genüsslich in den Mund schob.

»Die sind wirklich wunderbar«, lobte Felix. »Meine habe ich schon aufgegessen.«

»Das freut mich.« Die Verkäuferin lächelte ihn so an, dass alles noch ein wenig besser wurde. »Es entwickelt sich zum Geheimtipp, also nicht weitersagen oder besser noch einfach allen erzählen.« Verschwörerisch legte sie den Finger an die Lippen, und die Jungs kicherten. Über die Vitrine gab sie Felix auch ein Bonbon, was er sehr nett fand. Es schmeckte wieder so gut wie am Vorabend.

»Ich habe eine Bitte«, meinte er dann. »Es ist sogar eine große Bitte, aber ich weiß nicht, wie ich es sonst schaffen soll.«

»Ja?« Sie sah ihn an, und Felix entdeckte, dass ihre Augen blau leuchteten.

»Können Sie heute noch einmal auf die Kinder aufpassen?« Als sie nicht gleich antwortete, fügte er hinzu: »Nur heute Vormittag für ein paar Stunden, es ist sozusagen ein Notfall, ich bezahle Sie selbstverständlich auch.«

Aber anders als er gehofft hatte, stimmte sie nicht gleich zu. Stattdessen erschien auf ihrer Stirn eine kleine Falte. »Leider bin ich selbst noch neu hier und wollte heute einiges herrichten. Vielleicht sollten Sie sich besser an jemand anderes wenden...«

»Wir könnten dir helfen«, versicherte Jakob sofort, der zu spüren schien, wie wichtig es Felix war, sie irgendwo unterzubringen. »Mit Farben sind wir richtig gut.«

»Ich kann einen tollen Spiderman malen«, ergänzte Johnny, der offenkundig auch etwas beisteuern wollte. »Oder Ameisen. Als Verpackung für die Ameisen-Sahnebonbons.«

Auf dem Gesicht der Verkäuferin erschien ein belustigter Ausdruck. »Das würdest du tun?«

Johnny nickte mit Nachdruck. »Ja, es ist schön hier bei dir.«

Er sagte es einfach nur so leicht dahin, aber Felix wusste sofort, dass sein Neffe recht hatte. Es war schön hier bei *Mariannes himmlische Bonbons*, und das lag einzig und allein an der neuen Verkäuferin.

»Tja, ich wüsste nicht, wie ich ein solches Angebot ablehnen könnte, also abgemacht.« Um die Vitrine herum reichte sie Johnny die Hand, der sie ergriff und ernsthaft schüttelte.

»Aber nur für ein paar Stunden«, fügte sie ernsthaft in Felix' Richtung hinzu.

»Ich verspreche, so schnell wie möglich zurückzukommen.« Felix, dem gerade ein großer Stein vom Herzen gefallen war, hätte sie am liebsten vor Dankbarkeit umarmt. Lila würde die Kinder hüten, er könnte nach Hamburg fahren und hoffentlich bei Schneewittchen etwas finden, das Niklas entlastete. Dann würde alles sich zum Guten wenden, und bevor noch etwas anderes passieren konnte, wäre er schon auf dem Weg nach Malaysia, um sich dort um die Außendarstellung zu kümmern und so seinen Deal zu retten, wie Belly vorgeschlagen hatte. Alles würde wieder ins Lot kommen.

In diesem Augenblick klingelte sein Handy.

»Hallo?« Felix hob ab, nachdem er gesehen hatte, dass es sein Vater war.

»Felix, dein Bastard von einem Bruder hat uns mit Namen und allem, was dazugehört, in die Zeitung gebracht.« Felix' Vater hörte sich so an, als würde demnächst sein Blutdruck durch die Decke gehen.

»Papa, das ist sicher nicht Niklas' Schuld.«

»Unterbrich mich nicht«, donnerte sein Vater so ins Handy, dass Felix es instinktiv von seinem Ohr weghielt.

»Kann ich hier irgendwo telefonieren?«, fragte Felix die Verkäuferin, und sie machte eine Geste nach hinten in Richtung Lagerraum.

Als er dort in einem leichten Duft nach Zucker und Bonbons das Handy wieder ans Ohr hielt, hörte er noch: »… jedenfalls ist die Übernahme abgesagt.«

»Wie bitte?«, fragte er und dachte, er müsse sich verhört haben.

»Wenn wegen deines verdammten Bruders und seiner Kleptomanie unser Name von der Presse in den Dreck gezogen wird, dann springen natürlich die Geldgeber ab.«

Die letzten zwei Jahre hatte Felix hauptsächlich damit zugebracht, diesen Deal einzufädeln, und er konnte gar nicht glauben, was er da hörte. »Aber es geht um ein grundsolides Geschäft, unsere Zahlen sind exzellent, es gibt überhaupt keinen Grund, den Deal platzen zu lassen.«

»Hast du schon in die Zeitung geschaut? Nein. Dann tu das mal: Die haben alles über uns. Die Geschichte damals bei der Abifeier, Einbrüche in London, Paris, Washington. Der Name Wengler ist plötzlich verbrannte Erde, und du wirst dafür geradestehen.«

»Ich?« Felix kam vollkommen absurd vor, welche Wendung das Telefonat gerade nahm.

»Genau du. Du hast den Deal eingefädelt, jetzt ist unser Name beschmutzt, und jemand muss die Verantwortung für die Katastrophe übernehmen. Derjenige bist du. Punkt.«

Felix hatte das Gefühl, dass er vielleicht heute Morgen einen Kaffee hätte trinken sollen. Vielleicht wäre er dann etwas wacher gewesen, und das Ganze wäre ihm nicht ganz so unsinnig vorgekommen. »Aber ich habe doch nichts geklaut, und es ist noch nicht einmal bewiesen, dass Niklas irgendetwas getan hat. Unsere Firma steht astrein da.«

»Es ist nicht unsere Firma, es ist *meine* Firma«, schrie sein Vater und hörte sich so an, als wäre er mittlerweile nur noch um Haaresbreite von einem Herzinfarkt entfernt. »Frag Niklas nach den Richter-Bildern. Natürlich ist er schuldig.«

Wenn Felix ehrlich war, wollte er es gar nicht wissen.

»Papa, es gilt die Unschuldsvermutung«, protestierte er und musste plötzlich an Johnny und Jakob denken, die da draußen vollkommen ahnungslos im Bonbonladen standen. »Ich finde, wir sollten uns hinter Niklas stellen.«

»Du findest was?« Falls überhaupt möglich, wurde die Stimme seines Vaters noch lauter.

»Bis irgendetwas bewiesen ist, sollten wir uns hinter Niklas stellen. Der Schaden ist doch schon passiert.« Felix spürte auf einmal die feste Überzeugung, seinen Bruder dieses Mal nicht im Stich lassen zu wollen. Doch leider schien sein Vater anderer Meinung zu sein.

»Stellst du dich etwa auf Niklas' Seite?«, fauchte er ins Telefon.

Felix spürte ein Unwohlsein, was viel stärker war, als es dieses Telefonat allein hätte bewerkstelligen können. Fast war es so, als sei er wieder achtzehn und es wiederholte sich der vermaledeite Tag der Abifeier. Damals hatte sein Vater ihn so sehr unter Druck gesetzt, dass er sich bei der grausamen Wahl zwischen ihm und Niklas auf die Seite seines Vaters gestellt hatte. Plötzlich gab sich Felix einen Ruck. Er war kein Teenager mehr, er war der Managing Director des Unternehmens, und sein Wort hatte Gewicht, auch wenn der Name Wengler vielleicht gerade nicht so optimal dastand wie sonst. Und er würde Niklas nicht verraten – nie mehr.

»Ich werde so bald wie möglich nach Malaysia fliegen und unsere Geschäftspartner vor Ort beruhigen«, erklärte Felix ruhig, obwohl auch sein Blutdruck in den vergangenen Sekunden gestiegen war.

Doch sein Vater wollte davon nichts hören. »Stellst du dich hinter Niklas?«, fragte er noch einmal.

»Ja«, antwortete Felix fest. Wenn sein Vater diese absurde Frage unbedingt noch einmal klären wollte, dann war dies sein letztes Wort, auch wenn er sich viel lieber auf das weitere Vorgehen für den Atlantis-Deal fokussiert hätte.

»Dann bist du ab sofort kein Teil des Unternehmens mehr«, zischte sein Vater ins Telefon, und Felix konnte sich lebhaft vorstellen, wie dabei die Adern an seinen Schläfen hervortraten.

»Papa«, antwortete er ruhig. »Das ist doch Unsinn. Stattdessen sollten wir gemeinsam überlegen, wie wir den Atlantis-Deal noch gut über die Bühne bri...«

Doch sein Vater fuhr ihm ins Wort. »Du glaubst mir nicht, aber es ist so. Du bist entlassen, Felix. Und komm mir nicht damit, dass ich das nicht machen kann. Denn das kann ich schon.«

Unwillkürlich schluckte Felix, denn es stimmte, sein Vater hatte das Unternehmen so eingerichtet, dass er fast uneingeschränkt herrschen konnte. Aber er selbst war der Sohn, und wichtiger noch, er war einer der besten Mitarbeiter der Firma. Keiner kannte alle Details rund um den Atlantis-Deal so gut wie er. Ihn zu entlassen konnte sich auch sein Vater nicht leisten.

»Papa«, begann er daher noch einmal möglichst ruhig. »Lass uns doch in Ruhe sprechen. Wir...«

»Es gibt nichts mehr zu besprechen«, unterbrach ihn sein Vater. »Ich erwarte bedingungslose Loyalität. Du hast dich anders entschieden, dafür wirst du deine gerechte Strafe erhalten. Frau Händel wird dir deine Unterlagen zukommen lassen.«

Für einen Augenblick schloss Felix die Augen. Hiltrud Händel war der entsetzliche Vorzimmerdrachen seines Vaters, seine persönliche Assistentin, wie ihre Stellenbeschreibung offiziell hieß. Aber in Wirklichkeit schien sie direkt aus der Hölle zu stammen, denn alles Schlechte ließ sie förmlich aufblühen. Während ihre Vorgängerin sich wenigstens noch bemüht hatte, seinen cholerischen Vater etwas zu bremsen, machte Frau Händel alles noch schlimmer. Zu allem Überfluss liebte sie Kündigungen.

»Papa«, meinte Felix, bemüht, sich weder von seiner aufkommenden Panik noch vom Größenwahn seines Vaters beeindrucken zu lassen.

Aber sein Vater fuhr ihm sofort in die Parade. »Das war es, Felix, ab sofort arbeitest du nicht mehr für mich. Außerdem werde ich dich genauso wie Niklas aus meinem Testament streichen. Lass dich hier bloß nicht mehr blicken.« Und mit diesen Worten legte er auf.

Für einen Augenblick musste sich Felix an die Wand lehnen. Irgendwie hatte er gedacht, den verrücktesten Teil des Tages schon hinter sich gebracht zu haben, aber offenkundig hatte er sich getäuscht. Jetzt war er von seinem eigenen Vater entlassen worden – das war so aberwitzig, dass er es kaum glauben konnte. Aber schon Sekunden später meldete sich sein Handy mit einer Nachricht von Hiltrud Händel, dass seine Firmenpasswörter ab sofort unbrauchbar seien.

»Der zieht das wirklich durch«, murmelte Felix zu sich selbst.

Natürlich wusste er, dass sein Vater sich wie ein jähzorniger Verrückter aufführen konnte, schließlich hatte er das schon mehr als einmal demonstriert. Aber Felix hatte nicht angenommen, dass er sich so geschäftsschädigend verhalten würde. Ihn zu entlassen war Wahnsinn, aber offenkundig realer Wahnsinn, denn sein Handy klingelte abermals. Nun wurde er darüber informiert, dass seine Zugangskarte zum Unternehmen gesperrt und sein Handy eingezogen werden würde.

Nebenan hörte Felix die Kinder und die Verkäuferin

lachen, was ihm merkwürdig fremd und fern vorkam. Bevor er aber noch weiter darüber oder über etwas anderes hätte nachdenken können, klingelte sein Handy abermals, und er sah, dass es seine eigene Assistentin Frau Wenckerbach war. Vielleicht hatte sein Vater sich schon wieder beruhigt und sie beauftragt, alles wieder in Ordnung zu bringen?

Felix atmete tief durch, bevor er dranging. »Wengler.«

»Herr Wengler, ich weiß gar nicht, was ich sagen soll«, begann sie, und ihre Stimme klang tatsächlich erschüttert. »Ich kann es kaum glauben, wie soll denn das alles weitergehen?«

Das wusste Felix auch nicht, und so schwieg er.

»Die Assistentin vom Chef war gerade da und hat alle möglichen Dokumente und Akten abgeholt. Jetzt werde ich bestimmt versetzt...«

Für einen Augenblick hörte sie sich so an, als würde sie in Tränen ausbrechen, und Felix hatte keine Ahnung, wie er damit umgehen sollte.

»Hm«, machte er unbestimmt.

»Ich wollte Ihnen nur sagen, dass...« Man hörte Geräusche im Hintergrund, und seine Sekretärin sagte auf einmal laut: »Aber natürlich, Frau Händel.« Und dann war das Gespräch beendet.

Felix schaute auf sein Handy. Das würde er also abgeben müssen, genauso wie seinen Laptop, aber er konnte es immer noch nicht glauben, es war einfach zu verrückt. Gerade wollte er zurück in den Verkaufsraum von *Mariannes himmlische Bonbons* gehen, als ihm klar wurde, dass er ohne sein Telefon vollkommen aufgeschmissen sein würde. Darauf waren alle seine Kontakte gespeichert, und alle wichtigen Informationen aus der Firma erhielt er hierüber. Oben hatte er zwar noch ein eigenes Handy, das wahrscheinlich schon unter einer dicken Staubschicht begraben lag, weil er es nie benutzte. Felix biss sich auf die Unterlippe. So leicht wollte er es seinem Vater nicht machen, weshalb er fieberhaft überlegte, was er tun konnte. Die Kontakte konnte er kopieren, aber das war eben nur die halbe Miete. Plötzlich hatte er eine Idee.

Was für ein Glück, dass ich die Installation des neuen Sicherheitssystems begleitet habe und weiß, wie alles funktioniert, dachte er und wählte die Nummer seiner Assistentin. Es klingelte nur einmal, dann war sie am Apparat.

»Frau Wenckerbach, ich hätte noch eine Bitte. Bevor ich gehe, muss noch etwas im Computersystem geändert werden. Könnten Sie das freundlicherweise für mich tun?«

»Ja«, antwortete sie langsam, offenkundig ein wenig verdutzt.

Er erklärte ihr genau, was sie wie machen sollte, und diktierte ihr dann den System-Code und zwei Nummern. Natürlich würde die IT irgendwann bemerken, dass er über Frau Wenckerbach auf diese Weise eine Rufnummernumleitung hatte einrichten lassen, aber bis dahin konnte er seine Telefonnummer noch nutzen und weiterverfolgen, was in der Firma passierte.

Als alles erledigt war, atmete Felix langsam aus. Zumindest das hatte geklappt. Dann jedoch fiel ihm ein, dass Frau Michel auch nur seine Firmennummer hatte, und rief sie rasch an.

»Gut, dass Sie anrufen«, begrüßte sie ihn. »Die Presse hier in Hamburg hat nicht nur den Namen von Herrn Wengler, sondern auch seine Vorgeschichte und seit Neuestem auch irgendwelche angeblichen Beweise für Diebstähle im Ausland. Wir hoffen weiterhin, dass Sie aus dem Fokus bleiben, schließlich hatten Sie jahrelang keinen Kontakt zu Ihrem Bruder. Wenn wir Glück haben, bleibt Ihnen noch etwas Zeit, bis die Presse auch vor Ihrer Tür steht, besonders wenn Sie sich weiterhin in Berlin aufhalten. Wenn unser Glück noch größer ausfällt, ist die Geschichte bis dahin kalter Kaffee. Bitte achten Sie darauf, dass niemand Ihre persönlichen Daten herausgibt, und informieren Sie auch Ihre Freunde. Herr Wengler erwähnte besonders einen Paule.«

»Selbstverständlich«, erklärte Felix, bevor er Frau Michel seine private Handynummer gab. Rufumleitung schön und gut, aber was die Verbindung zu Niklas anging, wollte er kein Risiko eingehen. Als er aufgelegt hatte, blieb er einen Augenblick regungslos stehen. Das Leben war verrückt, und anscheinend hatte es beschlossen, ihn direkt in das Zentrum des Irrsinns zu befördern. Aber er würde sich davon nicht anstecken lassen. Mehr noch als zuvor beschloss Felix, getreu zu denen zu stehen, die er liebte.

***

Als Felix wieder nach vorn in den Laden kam, bot sich ihm ein friedliches Bild. Die nette Bonbonverkäuferin bediente zwei Kunden, Jakob stand am Schaufenster und hantierte mit einem Zollstock, während Johnny in einer Ecke auf ein Blatt etwas malte, das wie eine Mischung aus Spiderman und Ameise aussah.

Nichts deutete darauf hin, dass das Wohl dieser Kinder bedroht war oder sein eigenes Leben gerade dabei war, in sich zusammenzustürzen. Lediglich eine Nachricht von Belly auf seinem Handy erinnerte ihn daran, dass seine berufliche Tätigkeit gerade eine sehr erstaunliche Wendung genommen hatte.

Ich höre, Du hast das Unternehmen Wengler verlassen, schrieb sie. Was ist los? Bist Du verrückt?

Keine Nachfrage, keine Mitleidsbekundung, nur vermeintliche Fakten. Felix musste daran denken, wie sie vorhin Jakob und Johnny angeschrien hatte, die sie überhaupt nicht kannte, und überhaupt keine Gefühlsregung darüber gezeigt hatte, dass er nicht nur einen Bruder, sondern auch Neffen hatte.

Nein, ich bin nicht verrückt, aber manchmal muss man für die Dinge einstehen, die einem wichtig sind, schrieb er zurück.

Oh bitte, verschone mich mit diesem moralischen Müll, antwortete Belly fast augenblicklich. Ich dachte, wir sind angetreten, um die ersten zehn Millionen in Rekordzeit zu verdienen? Die Wengler-Unternehmensführung hat gerade ein Statement herausgegeben, dass Du kein Teil des Teams mehr bist. Anscheinend hast Du Mist gebaut.

Ich habe keinen Mist gebaut, wollte sich Felix im ersten Moment verteidigen, aber dann ging er überhaupt nicht darauf ein, sondern steckte das Handy zurück in die Hosentasche.

Obwohl er allen Grund gehabt hätte, sich furchtbar verzweifelt zu fühlen, trat das genaue Gegenteil ein. Ganz klar spürte er, dass er diesmal die richtige Entscheidung gefällt hatte, was ihm ein ungewohntes Gefühl von Leichtigkeit gab. Ja, so gut hatte er sich nicht mehr gefühlt, seit er mit Niklas das letzte Mal einen Parkour-Lauf gemacht hatte. Damals hatte Niklas ihn locker abgehängt, aber immer wieder auf ihn gewartet. Jetzt würde er eben auf seinen Bruder warten.

Die beiden Kunden verließen den Laden, und die kleine Glocke bimmelte über der Tür, was Felix aus seinen Gedanken holte.

»Sagt mal, Jungs, könnt ihr eigentlich schon Parkour laufen?«, erkundigte er sich.

»Aber natürlich, das machen wir doch immer mit Papa«, antwortete Johnny sofort, legte sein Malzeug zur Seite und sprang in einer einzigen fließenden Bewegung auf. Jakob gab Lila den Zollstock zurück.

»Dann geht es jetzt los«, erklärte Felix so, als habe er schon viel zu viel Zeit verloren.

Gut gelaunt wandte er sich an die Verkäuferin. »Wie Sie sehen, hat sich meine Bitte um die Kinderbetreuung gerade erübrigt. Aber ich bin Ihnen so dankbar, dass Sie zu helfen bereit waren! Ich weiß gar nicht, wie ich das wiedergutmachen kann.«

»Das brauchen Sie doch nicht. Ich hätte das gerne gemacht – schließlich sind Ihre Neffen eine großartige Hilfe.« Mit einer leichten Handbewegung wies sie auf die beiden Jungen, aber Felix schaute nicht zu seinen Neffen, sondern weiterhin zu ihr und entdeckte dabei auf ihrer Nase einige kleine reizende Sommersprossen, die er bisher noch nicht wahrgenommen hatte.

»Sie sind ein Schatz!«, meinte er dann.

»Das ist kein Schatz, das ist Lila«, erklärte Johnny ernsthaft, noch bevor sie etwas erwidern konnte. Die Verkäuferin lachte, und Felix verspürte auf einmal den Wunsch, dass dieses Lachen niemals aufhören möge. Doch da zogen ihn schon zwei kleine Jungen an seinen Ärmeln zur Tür.

* * *

Als Felix den Bonbonladen verlassen hatte, stand Lila für einen Augenblick gedankenversunken da. Sie mochte diesen Mann – Felix. Nicht weil er so toll aussah, sondern weil er so wirkte, als tue er genau das, was ihm wirklich wichtig war. Kurzentschlossen griff Lila nach ihrem Handy und beschloss, Sonja zu erzählen, was sich hier im fernen Berlin so alles tat.

8. Kapitel

Einige Tage später schloss Lila den Laden eine Stunde früher, um mehrere Sorten Bonbons nachzuproduzieren. Draußen jedoch schien die Sonne so herrlich, und die frische Luft lockte, sodass Lila beschloss, die Arbeit in der Bonbonküche auf den späteren Abend zu verschieben und stattdessen lieber die unmittelbare Umgebung des Ladens zu erkunden. Aus Frau Schmids Wohnung holte sie sich ihre Tasche und ihre Sonnenbrille. Natürlich brauchte man am späteren Nachmittag Ende März noch keine Sonnenbrille, außerdem war es bei Weitem noch nicht so sommerlich warm, wie es durch das Schaufenster ausgesehen hatte, aber Lila fand sie trotzdem ein herrliches Accessoire. Mit der Brille auf der Nase spazierte sie erst durch ihre Straße und dann eine Querstraße hinunter, in der sie noch nicht gewesen war. Hier gab es mehrere Galerien, die Bilder aus verschiedenen Kunstrichtungen ausstellten. Das meiste erschien Lila zu abgehoben, aber in einer Kunsthandlung entdeckte sie mehrere moderne Bilder, die alte Märchen neu interpretierten, und diese Werke gefielen Lila. Besonders eine moderne Version von Sterntaler tat es ihr an, und sie betrachtete das Mädchen auf dem Bild eine ganze Weile. Sein Kleid war in einer charmanten Fliederfarbe gehalten, und die Goldmünzen, die vom Himmel regneten, passten ungewöhnlich gut dazu.

Ein paar Häuser weiter war ein kleiner Laden, der Frozen Yoghurt anbot. Eigentlich hatte Lila den ganzen Tag lang schon genügend Süßigkeiten genascht, aber sie konnte einem cremigen Eis einfach nicht widerstehen. Also stellte sie sich in der Schlange an. Als sie an der Reihe war, fand sie sich einer schier überwältigenden Auswahl von Schokolade, Keksen und Obstsorten gegenüber, die man als Garnierung zu dem eiskalten, cremig gerührten Joghurt wählen konnte. Lila, von Natur aus nicht gerade besonders entscheidungsfroh, blickte geradezu hilflos auf die unzähligen Möglichkeiten.

Die Verkäuferin war mit einer typischen Berliner Schnauze gesegnet und schien weder besonders viel Geduld noch übermäßig viel Mitleid mit ihrer Kundschaft zu haben. »Schwierigkeiten beim Aussuchen? Ich empfehle Obst, Karamell oder Schokosoße, das schmeckt allen.«

Also entschied sich Lila für Himbeeren und etwas Karamellsoße. Die Verkäuferin ließ den Frozen Yoghurt aus einer Maschine heraus, die Lila an die Softeismaschinen von früher erinnerte. Ob es wohl auch so schmecken würde? Doch das tat es nicht. Schon der erste kleine Bissen, den sie noch im Gehen nahm, schmeckte köstlich, angenehm kühl und nach einem Hauch von Zitrone. Vom gesunden Joghurtgeschmack war nicht viel übrig geblieben, und Lila aß sofort noch einen Löffel. Vor dem Laden waren auf dem Kopfsteinpflaster des Bürgersteigs ein paar kleine Tische mit kippeligen Stühlen aufgebaut, und Lila setzte sich an einen Tisch ganz außen, der noch etwas Sonne abbekam. Langsam und genüsslich aß sie Löffel für Löffel, und es mundete ihr hervorragend, nur die Karamellsoße fand sie nicht so recht überzeugend.

Da schmecken meine Ameisenbonbons besser, überlegte Lila und entschloss sich, eine weitere Charge davon zu produzieren. *Ich könnte einen Hauch mehr Sahne und nur die kleinste Spur Lavendel hinzufügen*, überlegte sie.

Als sie fertig war, schickte sich die Sonne schon an unterzugehen, aber das hielt Lila nicht davon ab, noch etwas mehr von ihrer neuen Wahlheimat kennenlernen zu wollen. Langsam schlenderte sie durch die kleineren Straßen, die wie schmale Alleen auf beiden Seiten von Bäumen gesäumt waren und eine Vielzahl ganz unterschiedlicher Läden beherbergten. Es gab einen Herrenausstatter mit einem Faible für extravagante Farben, der in seinem Schaufenster rote, grüne und lilafarbene Hosen ausstellte. Daneben lag ein Kaschmirgeschäft für die Dame, in dem Lila jedes einzelne Teil hätte haben wollen, bis die exorbitanten Preise sie auf den Boden der Tatsachen zurückholten.

Was für ein Leben muss man führen, in dem man sich so etwas leisten kann?, fragte sich Lila neugierig. Sonja konnte so eine Frage sicher beantworten, aber sie selbst konnte nur fasziniert zusehen. Natürlich hatte sie Sonja schon in Los Angeles besucht und dabei die Welt der Reichen und derer, die es sein wollten, erlebt wie anderswo eine Sehenswürdigkeit. Aber die war ihr zu jedem Zeitpunkt so vollkommen fremd gewesen wie das Leben auf dem Mond. Langsam schlenderte Lila weiter, vorbei an einem Geschäft für exquisite Bettwäsche und an zwei Juwelieren, die klobige, aber sündhaft teure Schmuckstücke anboten. Auf der Straße davor parkten hintereinander ein Lamborghini, ein Ferrari und ein Porsche.

Wenige Schritte später bog Lila in den Kurfürstendamm ein, wo die Filialen der teuersten Geschäfte der Welt lagen. Genau wie Sonja es ihr vorhergesagt hatte, flanierte Lila an Valentino, Prada, Dior, Chanel, Vuitton, Hermès und Bottega Veneta vorbei. Jedes Schaufenster betrachtete sie eingehend und spielte dabei ihr altes Spiel, welches Teil sie nehmen würde, wenn sie eines frei wählen könnte. Wie sie wohl aussehen würde in Samt und Seide und teurem Geschmeide? Lila konnte es sich nicht wirklich vorstellen, aber sie konnte ausgezeichnet träumen, und am Ende ihres kleinen Schaufensterbummels war sie in ihren Gedanken angezogen wie eine Prinzessin.

Was für ein herrlicher Quatsch, dachte Lila fröhlich und spazierte dann weiter den Kurfürstendamm hinunter bis zu dem Teil der Straße, in dem es auch Läden für Normalsterbliche gab. In einer Drogerie kaufte sie sich neue Haargummis, die versprachen, die Haare hundertprozentig festzuhalten, was Lila für die Bonbonküche sehr nützlich erschien, und eine Handcreme, die so köstlich roch, dass Lila einfach nicht widerstehen konnte. Dann machte sie einen Bogen wieder zurück in Richtung Zuhause. Plötzlich – vollkommen unerwartet in dieser Gegend – entdeckte Lila ein Bastelgeschäft. Die Schaufenster waren bunt und einladend gestaltet, und Lila betrat geradezu magisch angezogen den Laden. Am Morgen hatte Jakob sie auf die Idee gebracht, das etwas in die Jahre gekommene Braun der Ladeneinrichtung mit kleineren Farbakzenten aufzuhübschen. Das passte zur Jahreszeit und vor allem auch zu ihrer absolut sonnigen und frühlingshaften Laune. Langsam ging Lila zwischen den Regalen hin und her, die die verschiedensten Materialien in den unterschiedlichsten Farben beherbergten. Schließlich wählte sie Unterlegepapier für die Regale in einem Flieder- und einem Goldton und dazu rosa und himmelblaues Seidenpapier. Erst als sie schon wieder auf der Straße stand, fiel ihr auf, dass sie damit genau die Farben gewählt hatte, die sie auf dem Sterntalerbild in der Galerie gesehen hatte. Wenn ihr die Kombination nicht aus dem Kopf gegangen war, vielleicht konnte sie damit auch erreichen, dass sich die Kunden besser an *Mariannes himmlische Bonbons* erinnerten?

Vergnügt summte sie vor sich hin, während sie mit dem farbigen Papier unter dem Arm heimwärts lief. Sie war viel länger unterwegs gewesen, als sie vorgehabt hatte, und es war mittlerweile schon ziemlich dunkel. Die Straße selbst wurde von funktionellen Straßenlampen aus den Achtzigerjahren erhellt, aber auf dem Gehsteig standen jene altmodischen Gaslaternen, die Lila auch schon vor *Mariannes himmlische Bonbons* aufgefallen waren. Von einer besonders schönen Laterne mit einem kunstvoll geschmiedeten Schirm machte Lila ein Foto und schickte es an Sonja, die altmodische Dinge und Antiquitäten liebte und in ihrer Wahlheimat schmerzlich vermisste.

Die Luft fühlte sich noch erstaunlich lau an, und obwohl Lila ihre Sonnenbrille nun wirklich nicht mehr brauchte, verströmte die Abendluft eher schon das Gefühl von sommerlicher Wärme als von winterlicher Kälte. Gemächlich schlenderte Lila heimwärts und verlief sich nur ein einziges Mal, bis sie wieder an der richtigen Adresse ankam. Gründlich musterte sie die Auslage, die zwar nicht mehr staubig, aber immer noch ziemlich langweilig aussah.

Das muss sich schnellstmöglich ändern, beschloss Lila.

Gerade als sie ihren Schlüssel in das Schloss der Ladentür

gesteckt hatte, kamen Felix und die Jungs die Straße heruntergerannt. Sie waren ausgesprochen flott unterwegs, und Felix trug dabei einen Stapel Pizzakartons in Händen, den er trotz seines hohen Tempos ganz ruhig hielt. Als die drei bei ihr ankamen, umarmte Johnny sie stürmisch.

»Hallo«, begrüßte Lila ihn, völlig überrumpelt von seinem herzlichen Empfang.

»Wir haben Pizza geholt, und sie soll noch warm sein, wenn wir sie essen«, erklärte Jakob außer Atem.

Augenblicklich hatte Lila das Gefühl, dass die Pizza bis zu ihr duftete.

»Hmm, Pizza«, machte sie unwillkürlich und atmete tief ein.

»Willst du mitessen?«, bot Jakob sofort an.

Lila wollte höflich ablehnen, aber als sie Felix' Lächeln sah, das vom warmen Licht der Gaslaterne noch unterstrichen wurde, fragte sie nur: »Wenn ich nicht störe?«

»Natürlich nicht«, beteuerte er sofort und hob die Pizzakartons hoch. »Es ist genug da.«

»Wir haben so viel gekauft, denn es sollen ja alle satt werden«, erklärte Jakob und klang dabei, als spräche er von Ungeheuern mit einem absurd großen Appetit.

»Besonders ich«, betonte Johnny so nachdrücklich, dass Lila lachen musste.

»Also gut, aber darf ich wenigstens ein paar Bonbons für den Nachtisch beisteuern?«

»Nur von den Ameisenbonbons«, verlangte Jakob, Johnny nickte zustimmend, während Felix hinzufügte: »Dem kann ich mich nur anschließen.«

Erfreut nahm Lila das versteckte Lob zur Kenntnis. »Perfekt. Wo soll ich hinkommen?«

»Einfach bei *Wengler* klingeln«, meinte Felix und schloss die Haustür auf.

»Danke für die Einladung, ich komme gleich.« Lila öffnete die Ladentür nebendran.

»Das Vergnügen ist ganz auf unserer Seite«, gab Felix galant zurück.

Nachdem er mit den Jungs im Treppenhaus verschwunden war und Lila das bunte Papier bei *Mariannes himmlische Bonbons* abgelegt hatte, überlegte sie noch, wo sie den Namen »Wengler« schon mal gehört hatte.

***

Gleich auf den ersten Blick fand Lila Felix' Wohnung wunderschön. Der Flur war breit und annähernd quadratisch, sodass er nicht im Geringsten an den langen, schmalen Schlauch erinnerte, der Frau Schmids Wohnung im Hinterhaus durchzog. Bei Felix waren außerdem die Decken kunstvoll mit Stuck verziert, und auf dem Boden lagen keine Dielen, sondern ein elegantes Kastenparkett, das von Halogenstrahlern perfekt ausgeleuchtet wurde. Die Zimmertüren – allesamt weiß lackiert – waren mit Kanten und Bordüren versehen und trugen eindrucksvoll ziselierte Klinken aus Messing.

Als sie Felix in die Küche folgte, warf sie einen neugierigen Blick in das Wohnzimmer zur ihrer Rechten, das so groß war, dass man es schon fast als majestätisch bezeichnen konnte. In einem Schlafzimmer zu ihrer Linken stand ein völlig durchwühltes Bett, auf dem eine ganze Armada Kuscheltiere verteilt war.

Die Küche war für die Größe der Wohnung erstaunlich klein, aber trotzdem einladend. Der schwarz-weiß gefliese Boden und die weißen Küchenelemente wirkten wie aus einem Designheft, nur dass der dort obligatorische Blumenstrauß oder das Gewürzgebinde fehlte. Die Jungs saßen schon an dem großen Holztisch in der Mitte und aßen Pizza. Johnnys Gesicht war bis zu den Augenbrauen mit Tomatensoße beschmiert, und es wurde eher mehr als weniger, als er beim Essen mit Jakob herumalberte.

»Bitte setz dich doch, wir halten es hier ganz leger«, erklärte Felix, und Lila nahm wahr, dass er sie zum ersten Mal geduzt hatte. Es gefiel ihr, und sie lächelte, als sie sich neben Jakob und gegenüber von Johnny setzte.

»Ein Bier gefällig?«, bot Felix an, und Lila nickte zustimmend.

Als Felix den Kühlschrank öffnete, sah Lila, dass er bis auf eine Flasche Milch und eine fürstliche Sammlung Bierflaschen komplett leer war. Unwillkürlich fragte sie sich, was die Jungen wohl aßen. Im Moment war es eindeutig Pizza, aber sonst?

Jakob schob den ganzen Stapel Pizzakartons zu ihr, der in der Mitte des Tisches aufgeschichtet war.

»Es gibt echt verrückte Sorten«, meinte er anerkennend, und Lila bemerkte, dass er selbst etwas mit Tintenfischringen und kleinen Tomaten aß.

»Sogar mit Salami *und* Schinken«, stimmte Johnny seinem Bruder zu.

»Es gibt aber auch eine einfache Margherita«, ergänzte Felix und reichte Lila ihr Bier, nachdem er es für sie geöffnet hatte.

»Danke«, sagte sie. Sie wusste nicht, was es war, aber Felix hatte etwas an sich, das ihr einfach nur wohltat.

Eigentlich hatte sie nach ihrer ersten Begegnung vermutet, dass er ein typischer Erfolgsmensch sein müsste, aber wenn sie ihn jetzt so mit seinen Neffen erlebte, konnte sie es nicht mehr glauben. Hemdsärmelig setzte er sich mit an den Tisch und aß sein Stück Pizza direkt aus dem Karton. Seine blonden Haare standen hoch und waren ein wenig zu lang, seine Nase war ein bisschen zu groß, das Kinn einen Hauch zu kantig, um als wirklich schön zu gelten, aber wenn er lachte, sah sie seine Augen leuchten und kam nicht umhin, ihn doch schön zu finden.

Als Erstes entschied sich Lila für ein Stück Pizza mit Mangold und Bratwurst, was so ein ungewöhnlicher Belag war, dass sie ihn einfach probieren musste.

»Und?«, erkundigte sich Jakob, nachdem sie den ersten Bissen genommen hatte.

»Etwas gewöhnungsbedürftig«, gab sie zu, und Jakob nickte wissend.

»Das hätte ich dir gleich sagen können, das Zeug ist doch schon ekelig grün«, kicherte Johnny und tat so, als müsse er sich schütteln.

»Aber grüne Bonbons isst du doch auch«, gab Lila zurück.

»Aber die sind auch garantiert nicht gesund«, antwortete Johnny wie aus der Pistole geschossen, und Felix lachte über seinen Neffen.

»Vielleicht wäre das eine Marktlücke«, überlegte Lila. »Gesunde Bonbons oder welche, die mit Spinat und Mangold gefüllt sind.«

»Igitt«, machten Johnny und Jakob gleichzeitig, und auch Felix schüttelte ablehnend den Kopf.

»Lieber bei den Sahnebonbons bleiben«, schlug er vor, was die Jungs ebenfalls begrüßten.

»Überhaupt sollte man nichts essen, was einem nicht schmeckt«, fügte Felix hinzu und nahm Lila das Stück Pizza ab. »Das Leben ist zu kurz für Sachen, die man nicht mag, findest du nicht auch?«

Ehrlicherweise war das ein Gedanke, den Lila noch nie gehabt hatte, denn sie hatte immer getan, was getan werden musste. Niemals hätte sie in Erwägung gezogen, es zu lassen, nur weil es sie nicht glücklich machte. Aber jetzt aus Felix' Mund hörte sich dieses Prinzip so logisch und klug an, dass Lila sich fragte, warum sie nicht schon längst selbst darauf gekommen war.

»So betrachtet, ist das Leben zu kurz für eine Menge Dinge«, versuchte sie, es vorsichtig zu erweitern.

»Zum Beispiel für die Schule«, antwortete Johnny sofort im Brustton der Überzeugung und griff nach einem weiteren Stück Pizza.

»Naja«, machte Felix unbestimmt. »Ich fürchte aber, ganz ohne Schule geht es nicht. Es wird allerhöchste Zeit, dass ihr hier anfangt.«

»Och man, Onkel Felix«, protestierte Johnny und biss die Ecke von seinem Pizzastück ab.

»Oder zu kurz für die falsche Arbeit?«, sagte Lila probeweise und fand, dass es gut klang.

Felix sah sie überrascht an. »Wie kommst du jetzt ausgerechnet darauf?«, fragte er und hörte sich wirklich erstaunt an.

»Vor Kurzem habe ich meine Arbeit verloren und dachte, das wär's. Aber jetzt bin ich hier, habe einen neuen Job und bin glücklich.« Als sie es aussprach, merkte Lila, dass es wirklich stimmte. Sie wusste nicht, ob das an der warmen Pizza in ihrem hungrigen Magen lag oder an dem schönen

Tag, den sie in Berlin verbracht hatte, oder an Felix und seinen Neffen, aber was auch immer es war, es war die Wahrheit. Sie war fröhlicher und glücklicher als zuvor.

»Ich habe auch meinen Job ...«, begann Felix, brach dann aber ab, und Lila sah, dass er instinktiv zu Jakob blickte.

»... sicher das ein oder andere Mal gewechselt«, füllte sie daher rasch die entstandene Lücke im Gespräch, und Felix lächelte sie dankbar an.

Alles in dieser Küche erschien so einfach und unkompliziert, und Lila spürte, wie sehr sie das Pizzaessen genoss. Es fühlte sich so an, als wäre sie schon immer hier gewesen und nicht vor Kurzem zum ersten Mal durch diese Tür spaziert.

In aller Gemütlichkeit aßen sie tatsächlich den größten Teil der Pizzen auf.

»Satt«, meinte Johnny irgendwann sehr zufrieden.

»Ich habe noch etwas zum Nachtisch mitgebracht.« Lila legte ihre mitgebrachten Bonbons auf den Tisch. Als Felix nach einem griff, rutschte sein Ärmel hoch, und Lila entdeckte auf der Rückseite seines Ellenbogens ein schiefes Kinderpflaster. Irgendwie rührte sie der Anblick. »Hübsches Pflaster«, lobte sie.

»Ich wurde großartig verarztet, als ich beim Parkour gestürzt bin.« Felix lächelte schief und wuschelte dann Jakob durch die Haare.

»Felix kann das nämlich nicht so gut wie Papa ...« Jakobs Stimme verlor sich, und er blickte ängstlich zu seinem Onkel.

»Das ist schon in Ordnung«, versuchte der, ihn zu beruhigen, aber Lila sah an Felix' Gesichtsausdruck, dass es anscheinend ein schwieriges Thema war. Sie wusste nicht, was daran kompliziert war: Dass Felix etwas nicht gut konnte? Dass der Vater der Jungen offenkundig nicht da war?

»Ich habe nichts gehört«, erklärte Lila daher so locker wie möglich, um es einfacher für Jakob zu machen.

Offenkundig war das genau die richtige Aussage, denn Jakob lächelte wieder scheu, und Lila schob ihm ein Bonbon über den Tisch zu. Doch er ließ es liegen, kam zu seinem Onkel und flüsterte ihm etwas ins Ohr. Felix nickte, stand auf und ging mit ihm aus der Küche. Johnny nutzte die Gelegenheit, um sich das von seinem Bruder verschmähte Bonbon zu schnappen, und düste dann den beiden anderen hinterher.

Als Felix zurückkam, schien er völlig unangestrengt, und Lila fragte sich, wie er es schaffte, mit zwei kleinen Kindern im Haus so tiefenentspannt zu wirken. Sie äußerte ihre Gedanken laut, und Felix lachte. »Schlimmer als unvorbereitet in einem Geschäftsmeeting zu sitzen und schon bei der ersten Frage zu merken, dass man überhaupt keine Ahnung davon hat, worum es geht, kann es nicht sein.«

Er holte Lila und sich je noch ein Bier aus dem Kühlschrank, und sie stießen an.

»Was machst du denn beruflich?«, fragte Lila, nachdem sie einen Schluck genommen hatte. Zu ihrer Überraschung sah sie daraufhin einen Schatten über Felix' Gesicht huschen.

»Ich bin Maschinenbauer«, antwortete er neutral, aber sie konnte heraushören, dass das nur die halbe Wahrheit sein konnte.

»Und was ist dein Beruf?«, erkundigte er sich stattdessen, und sie verstand, dass er unausgesprochen gerne von sich ablenken wollte.

»Eigentlich bin ich Konditorin, habe aber lange als Testerin für Süßwaren gearbeitet.«

»Das hört sich sehr süß an...«, meinte er mit einer Bewegung zu den Bonbons auf dem Tisch hin.

»Das war es auch, aber irgendwann wurde es sauer. Jetzt bin ich hier und arbeite, wie du weißt, unten in dem Laden«, antwortete Lila und zog dabei eine Augenbraue hoch.

Felix lachte. »Wie kommt man denn an so eine Stelle?«

»Die Kurzfassung lautet: Die Freundin einer Freundin kannte eine Frau, die...« Lila sprach nicht weiter, sondern drehte nur ihre Bierflasche in den Händen.

»Und die Langversion?«, erkundigte sich Felix, griff nach einem Bonbon und berührte dabei Lilas Arm. Seine Hand war ganz warm, und Lila empfand die Berührung als angenehm.

»Die Langversion dieser Geschichte ist ausführlicher, aber nicht besonders spannend«, meinte sie nach einem Augenblick lapidar und hob bedauernd ihre Schultern.

»Trotzdem würde ich sie gerne hören«, erwiderte Felix. Er sah sie dabei so offen an, dass sie das Gefühl bekam, ihm tatsächlich alles erzählen zu können. Doch in diesem Moment kamen die Jungs zur Tür hereingestürzt und brachten Spiele und Bücher mit. Also las Lila, statt über ihr Leben auf dem Dorf und in der Süßwarenfabrik zu erzählen, aus *Michel aus Lönneberga* vor und konnte sich nicht daran erinnern, wann sie sich das letzte Mal so fröhlich und vergnügt gefühlt hatte. Sie lächelte, als sie sich von den dreien im dritten Stock verabschiedete.

Von dem schönen Abend war sie förmlich beschwingt, als sie sich anschließend zu später Stunde noch daran machte, Bonbons herzustellen. In der Bonbonküche war es still, aber da Lila die Tür offen stehen ließ, hörte sie wieder jemanden ganz leise in der Ferne Klavier spielen. Es war noch leiser als am Vorabend, als sie in ihrem Bett zugehört hatte, aber es beflügelte sie trotzdem. Leise summte sie mit, als sie auf der Waage den Zucker abwog und nach den alten Rezepten von Frau Schmid mit den neuen Ideen von Lila Wolkenschön Schmidt köstliche Bonbons kochte.

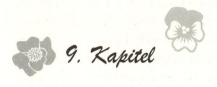

9. Kapitel

Es war schon früh am Morgen, als Paul das Telefon aus der Hand legte. Er konnte einfach nicht glauben, was sein Agent ihm gerade eröffnet hatte. Die Hauptdarstellerin hatte sich über seine musikalischen Ideen für den Titelsong beschwert, weil sie ihr Dekolleté nicht genügend zur Geltung brachten. Seine Musik – ihr Dekolleté? Wenn es nicht so zum Verzweifeln gewesen wäre, hätte Paul gelacht, aber das Lachen war ihm bei diesem Projekt schon längst vergangen. Wie sollte er jemals fertig werden, wenn auch noch solche absurden Kriterien ins Feld geführt wurden?

Müde schaute er aus dem Fenster in die Morgensonne. Eine weitere Nacht hatte er ohne einen Hauch von Schlaf verbracht, zudem bekam er langsam das Gefühl, dass sein ganzes Leben an ihm vorbeilief. *Warum habe ich diesen Auftrag nur angenommen?*, fragte er sich und stand mühsam wie ein alter Mann auf. *Ich hätte einfach weiter kleine Songs schreiben und nicht nach den Sternen greifen sollen, schon gar nicht, wenn die Sterne in Hollywood hängen oder dort besser gesagt auf der Straße liegen.*

Dabei war es weniger übergroßer Ehrgeiz, der ihn dazu bewogen hatte, dieses riesige Projekt anzunehmen, sondern mehr das Gefühl einer fantastischen Chance, die sich allerdings immer mehr als zunehmende Katastrophe entpuppte. Auch überkam Paul eine Ahnung, dass der Regisseur in Kürze abermals wechseln würde, und wer wusste schon, was das wieder auslösen würde.

Und jetzt?, fragte sich Paul. *Ich brauche noch irgendetwas Nettes, bevor ich schlafen gehe.* Er entschied sich, dem kleinen Bonbonladen noch einen Besuch abzustatten. Paul spürte, wie seine Laune ein klitzekleines bisschen beim Gedanken an die fröhliche Bonbonverkäuferin stieg. Doch dazu kam es nicht, denn gerade als Paul seine Wohnung verlassen wollte, klingelte es, und ein Postbote überbrachte ihm eine Sendung. Es war eine lange, schlichte braune Papprolle ohne Absender, die Anschrift war jedoch in Niklas' Handschrift verfasst. Rasch gab Paul dem Boten ein großzügiges Trinkgeld und nahm die Rolle mit zum Sofa hinüber. Die Sendung musste ein paar Tage unterwegs gewesen sein, denn Niklas konnte sie kaum aus der Untersuchungshaft abgeschickt haben. Paul suchte nach irgendeinem Hinweis, wo die Papprolle aufgegeben worden war, und fand einen Stempel aus Paris, Frankreich.

Vor Jahren hatte Niklas ihn gefragt, ob er ihm im Ernstfall etwas schicken dürfte. Damals hatte Paul zugestimmt, nicht nur, weil Niklas einer seiner beiden besten Freunde war, sondern weil er das Gefühl hatte, ewiglich in dessen Schuld zu stehen.

Dennoch schluckte er jetzt, als er die Sendung betrachtete. Er wiegte sie in seiner Hand und verstaute sie schließlich ungeöffnet in seiner kleinen Kammer. Obwohl er selbst wusste, dass es absurd war, konnte er sich nicht dazu bringen, in die Rolle zu schauen.

Außerdem hat Niklas damals nur etwas von zuschicken

und aufbewahren gesagt, versuchte er, sich selbst zu beruhigen. Dennoch fragte er sich, als er die Tür der Kammer anschließend wieder schloss, wie lange es wohl dauerte, bis die Polizei auch bei ihm suchen würde.

***

»Felix?«

»Ja?«, nuschelte er als Antwort ins Handy und nahm die Zahnbürste aus dem Mund.

»Felix!« Es war die Stimme seiner Mutter. Sie klang absolut panisch.

»Was ist denn los?«, fragte er und ließ dabei versehentlich das Handy fallen. Als er es gerade noch so auffing, sah er, dass seine Mutter ihn von einer ihm unbekannten Nummer aus anrief.

»Felix, ich bin so unglaublich froh, dass ich dich erreiche, ich hatte schon befürchtet, dein Handy sei abgeschaltet. Ich muss dich unbedingt sprechen.«

Also war in der Firma seine Rufumschaltung noch nicht entdeckt worden, dachte Felix zufrieden. Dann jedoch runzelte er die Stirn, denn so aufgeregt hatte er seine Mutter noch nie gehört.

»Wasch gibscht es denn?« Rasch spülte er seinen Mund aus und legte die Zahnbürste ganz zur Seite.

»Felix, in meinem Kofferraum liegt so ein Bild.« Die Stimme seiner Mutter schwankte zwischen Flüstern und hysterischem Schreien.

»Was denn für ein Bild?«, fragte Felix irritiert.

»So ein Bild«, wiederholte seine Mutter flüsternd. »Eingepackt in eine Transportverpackung, aber wenn man reinschaut, kann man es eindeutig erkennen. Ein Gemälde, du weißt schon.« Ihre letzten Worte wurden immer leiser, und es dauerte einen Augenblick, bis bei Felix der Groschen fiel.

»Um Himmels willen, du meinst so ein ...« Voller Entsetzen dachte er an Niklas, und seine Gedanken begannen sich zu überschlagen. »Wo genau?«

»Im Kofferraum von meinem Mercedes, hier in der Garage.« Die Stimme seiner Mutter war nun so leise, dass er die Antwort mehr erahnte als hörte.

»Wie lange liegt das schon da?« Felix' Gedanken rasten, und er begann unruhig im Bad hin und her zu gehen.

»Ich weiß es nicht, ich schaue so selten in den Kofferraum. Meinst du, ich sollte die Polizei rufen?«

Felix dachte an die beiden Beamten in Zivil, die Niklas verhört hatten und keinerlei Zweifel an seiner Schuld gelassen hatten. Wenn seine Mutter jetzt bei der Polizei anrief, machte sie unter Umständen alles noch schlimmer.

»Auf keinen Fall«, beschwor er sie und hielt sich am Handtuchhalter fest. »Was für ein Bild ist es denn genau?«, fragte er dann.

»Ich weiß es nicht, ich wollte es nicht herausnehmen, und so kann man das nicht so genau ausmachen.«

»Könnte es ein Richter sein?«

»Ich weiß es wirklich nicht«, war die Antwort seiner Mutter, aber sie hörte sich so an, als würde sie gleich in Tränen ausbrechen.

Felix überlegte. Wie kam das Bild in den Kofferraum seiner Mutter? Hatte Niklas es dort deponiert? Felix hasste den Umstand, dass er seinen Bruder nicht einfach fragen konnte. Aber je mehr er jedoch darüber nachdachte, desto weniger Sinn konnte er darin entdecken. Warum um alles in der Welt sollte Niklas seine Beute ausgerechnet in Blankenese in der Villa seiner Eltern verstecken?

»Und die Polizei?«, erkundigte sich Felix schwach.

»Die war einmal da, aber sie haben nur mit deinem Vater und mir gesprochen. Du weißt ja, wie dein Vater sein kann. Erst war er höflich, aber dann hat er herumgetobt, dass er Niklas schon vor Jahren enterbt und mit ihm absolut nichts mehr zu tun habe. Daraufhin sind sie gegangen.«

Oh ja, diesen Auftritt seines Vaters konnte sich Felix lebhaft vorstellen. Sein Vater, der – wenn er wollte – unglaublich charmant und gewinnend sein konnte, war in der Lage, sich innerhalb von einem Moment auf den nächsten in das genaue Gegenteil zu verkehren. Felix musste nur an das letzte gemeinsame Telefongespräch denken, das mit seiner fristlosen Entlassung geendet hatte. Allerdings hatte sein Vater da von Anfang an rumgetobt, und es war auch nicht das erste Mal gewesen, an dem Felix die rasende Wut seines Vaters erlebt hatte, wenn der sich aus welchen Gründen auch immer gekränkt fühlte und verbal um sich schlug.

»Was soll ich denn jetzt tun?«, fragte seine Mutter verzweifelt, und Felix verspürte zum ersten Mal in seinem Leben fast so etwas wie Mitleid mit ihr. Obwohl sie ihm so fremd war – er hatte in den letzten zehn Jahren nicht ein Mal mit ihr über wichtige Dinge geredet –, tat sie ihm leid. Denn er konnte sich klar ausmalen, in was für einer Zwickmühle zwischen Ehemann und Sohn sie sich befinden musste, von dem Bild im Kofferraum ganz abgesehen.

»Du darfst es auf keinen Fall anfassen«, beschwor Felix

sie und setzte sich auf den Badewannenrand, nur um einen Augenblick später wieder aufzustehen.

»Das habe ich auch nicht. Ich habe nur vorsichtig in die Hülle geschaut, und dabei hatte ich meine Autofahrhandschuhe an.«

Autofahrhandschuhe, dachte Felix, wenigstens dieses eine Mal waren die vielen absurden Accessoires seiner Mutter ja wirklich zu etwas nütze.

»Du kannst nicht mit dem Auto fahren.« Felix überlegte, ob ihm sonst noch etwas einfiel. »Was ist das im Übrigen für eine Nummer, unter der du anrufst?«

»Es ist ein Handy, das Niklas mir für Notfälle gegeben hat. Ich traue mich nicht, das normale Telefon zu verwenden, und draußen am Gartentor stehen jede Menge Journalisten. Also kann ich auch nirgendwo anders hingehen.«

»Und Papa?«

»Der ist den ganzen Tag in der Firma, er schläft jetzt auch dort, ich bin hier ganz alleine.«

Fieberhaft überlegte Felix, was er ihr raten sollte. »Ich glaube, es wäre das Beste, wenn du nichts tust und vor allem absolut niemandem davon erzählst«, meinte er dann. »Ich werde versuchen, mir etwas einfallen zu lassen.«

»In Ordnung«, stimmte seine Mutter zu und klang schon etwas ruhiger. »Wie geht es den Jungs?«

»Es geht ihnen gut, sie genießen den Umstand, dass sie erst morgen wieder zur Schule gehen müssen, und toben den ganzen Tag herum«, antwortete Felix und fühlte sich seltsam berührt vom Umstand, dass sich seine Mutter Sorgen um ihre Enkelkinder machte, obwohl sie sich doch herzlich wenig um ihre eigenen Kinder bemüht hatte.

»Das ist lieb von dir, dass du dich um sie kümmerst, mein

Junge«, fügte seine Mutter noch hinzu, und auch dieses unerwartete Lob war etwas Neues.

»Warum...«, begann Felix und brach wieder ab. »Warum hast du mir eigentlich nie erzählt, dass Niklas Kinder hat? Du wusstest es doch!«

»Ach, weißt du.« Mit einem Mal klang die Stimme seiner Mutter müde und traurig. »Nach dem Streit zwischen deinem Vater und euch und dem Bruch, da konnte ich Niklas doch nicht einfach im Stich lassen, aber dein Vater... Ich hätte ihm das niemals sagen können... Und ich wusste nicht, wie du dazu stehst. Du hast ja niemals verlauten lassen, wie du denkst.«

In ihrer Stimme lag kein Vorwurf, aber auf einen Schlag war das schlechte Gewissen wieder da, das Felix lange Zeit gequält hatte. Das Gefühl, dass er einen kolossalen Fehler begangen hatte, als er Partei für seinen Vater und nicht für seinen Bruder ergriffen hatte. Ausgerechnet seine Mutter hatte es besser gemacht. Aufgewühlt fuhr sich Felix durch die Haare.

»Aber jetzt kümmerst du dich«, sagte sie, als könne sie seine Gedanken lesen, und ihre Stimme klang wieder wie immer.

»Ja«, antwortete er schlicht.

Nachdem er aufgelegt hatte, wusch sich Felix das Gesicht und überlegte dabei, was er jetzt tun sollte.

Ich muss nach Hamburg fahren, entschied er schließlich. Bisher hatte er gehofft, dass sich das Problem Niklas irgendwie von allein lösen würde, aber stattdessen war es von Tag zu Tag nur noch schlimmer geworden. Lauernde Journalisten hin oder her, er musste herausbekommen, was es mit Rotkäppchen und Schneewittchen auf sich hatte.

»Ich kümmere mich«, sagte er laut zu seinem Spiegelbild, aber in dem Bild, das zurückgeworfen wurde, erkannte er seine große Angst.

***

Lila war bester Laune. Sie liebte Berlin, sie liebte den Frühling, und seit dem Pizzaessen bei Felix vor ein paar Tagen fühlte sie sich noch beschwingter. Zunehmend liebte sie auch *Mariannes himmlische Bonbons*. Den größten Teil ihrer Freizeit verbrachte sie damit, an neuen Geschmacksrichtungen zu feilen, und jetzt schaute sie voller Stolz auf die drei neuen Sorten Sahnebonbons. Es gab die regulären Ameisenbonbons mit einem Hauch mehr Sahne, was sie cremiger und weicher machte, dazu Sahnebonbons mit einem leichten Lavendelaroma und eine dritte, kräftigere Sorte mit Kardamom, Nelke und Zimt. Außerdem hatte sie sich an die Brausebonbons gewagt, die ihr zwar noch nicht perfekt gelungen waren, aber doch so, dass sie Felix eine Kostprobe davon anbieten konnte, wenn sie ihn das nächste Mal sah.

Wenn sie nur daran dachte, spürte sie eine gewisse Vorfreude. Sie freute sich auf sein Gesicht, wenn er die Bonbons probierte, und sein Lächeln, wenn sie ihm schmecken sollten. Außerdem mochte sie seine Stimme und die fröhlich-freundliche Art, mit der er mit seinen Neffen umging. In den letzten Tagen waren sie sich immer nur kurz auf der Straße oder in der Hofeinfahrt begegnet, aber Lila konnte nicht leugnen, dass sie immer häufiger aus dem Fenster blickte, um zu sehen, ob er nicht gerade vorbeiging. So trat sie auch jetzt an die Ladentür, aber weder von ihm noch von Jakob und Johnny war etwas zu sehen.

Als sie sich wieder umdrehte, ließ sie ihren Blick durch den Verkaufsraum schweifen, um die Veränderungen, die sie in den letzten Tagen angebracht hatte, auf sich wirken zu lassen. So hatte sie die Bonbons in der Vitrine appetitanregend neu arrangiert, außerdem hatte sie das fliederfarbene und das goldene Papier aus dem Bastelladen in den Regalfächern ausgelegt, wo es als Farbakzent leuchtete und den ganzen Laden verschönerte. Das langweilige altmodische Braun trat dadurch in den Hintergrund, zumal Lila kräftig abgestaubt und etliches nach hinten in den Lagerraum verbannt hatte, was irgendwann mal als Dekoration fungiert hatte, inzwischen aber verblasst und wenig attraktiv aussah. Die neugewonnenen Freiräume hatte sie dazu genutzt, die Waren in den Regalen luftiger und ansprechender zu platzieren; dadurch wirkte es nicht mehr so vollgestopft wie zuvor. Der Effekt konnte sich sehen lassen, und der Laden wirkte insgesamt viel freundlicher, fröhlicher und einladender.

Aber das reicht noch nicht, überlegte Lila. So wie dem Schaufenster, das all ihren Bemühungen zum Trotz immer noch verhältnismäßig grau und langweilig wirkte, besonders seit der Frühlingsblumenstrauß von Felix verblüht war, fehlte dem Ganzen noch ein weiterer leuchtender Farbtupfer. Lila biss sich auf die Lippe und überlegte. Sie ging hinüber zu der Vitrine und nahm sich eines ihrer neuen Lavendel-Sahnebonbons, das sie langsam und genüsslich lutschte, während sie nachdachte. In der Süßwarenfabrik hatte sie die Bonbons auch regelmäßig – schon allein zu Testzwecken – probiert, aber das hier war etwas vollkommen anderes als die Massenware. Diese Bonbons machten glücklich. Und kaum hatte sich das Lavendel-Sahne-Aroma in ihrem Mund ausgebreitet, kam ihr eine zündende Idee.

Schnell hängte sie das Schild *Komme gleich wieder* an die Tür, nahm ihre Jacke und etwas Geld und ging zu dem Blumenladen schräg gegenüber, dessen wunderbar farbenfrohe Auslage sie schon mehrfach bewundert hatte. Als sie jetzt ins Schaufenster blickte, sah sie eine Vielzahl großer, kleiner, exotischer, zurückhaltender, extravaganter und spektakulär leuchtender Blüten.

Am liebsten würde ich alles nehmen, dachte Lila beim Anblick dieser Farbenpracht. Doch dann bremste sie sich selbst mit der Erkenntnis, dass es dann keinen Platz mehr für die Bonbons gäbe.

Was konnte also zu *Mariannes himmlische Bonbons* passen? Zu groß, zu spektakulär durfte es nicht sein, da es ja die Bonbons waren, die die Kunden bezaubern sollten. Aber zu klein und unscheinbar wollte Lila ihren Blumentupfer auch nicht haben. Also öffnete sie die Tür des Blumengeschäfts und trat über die Schwelle.

»Hallo«, begrüßte sie die Floristin.

»Guten Morgen«, erwiderte Lila, warf einen Blick umher und wollte gerade um eine Empfehlung bitten, als sie die perfekten Blumen entdeckte. Es war ein Strauß kleiner Rosen mit wunderschönen roséfarbenen Blüten. Der Ton war sanft, aber gleichzeitig fröhlich und elegant.

»Ich möchte die da bitte«, erklärte Lila unerwartet überzeugt, und die Floristin lachte. »Da haben Sie aber einen guten Geschmack. Sie haben mir heute auch am besten gefallen. Soll ich sie Ihnen mit Grün binden?«

»Nein, vielen Dank, ich nehme sie einfach so.«

Die Floristin griff nach dem Bund, wickelte ihn in Papier und klebte es zu. »Bitte in lauwarmes Wasser stellen und täglich anschneiden«, erklärte sie dabei.

»Wenn Sie möchten, können Sie die Blumen auch sehen, denn ich stelle sie drüben ins Schaufenster.« Lila wies hinüber zu *Mariannes himmlische Bonbons*.

»Wie nett«, erwiderte die Floristin. »Ich wusste gar nicht, dass Sie jetzt auch mit Blumen dekorieren. Aber warum nicht? Blumen und Bonbons, das passt doch perfekt zusammen.«

»Genau das hoffe ich«, erwiderte Lila optimistisch und bezahlte. Die Blumen waren teuer, viel teurer, als sie eigentlich erwartet hatte, aber sie ließ sich nicht beirren. Wenn sie sich nicht täuschte, würde der Laden mit ihnen viel besser aussehen. Notwendige Betriebsausgabe, entschied sie daher und legte das Geld auf den Tresen.

Die Floristin reichte ihr die Blumen »Einen schönen Tag noch, ich werde nachher sicherlich mal vorbeischauen.«

»Kommen Sie auch auf eine Kostprobe herein«, lud Lila sie ein, verabschiedete sich und ging dann mit ihrem Einkauf im Arm über die Straße. Voller Vorfreude schloss sie auf, nahm das Schild von der Tür und machte sich dann daran, die Blumen zu verteilen.

Im Lager befand sich ein ganzes Sammelsurium an Dingen, unter anderem auch etliche Glasgefäße. Lila war sich nicht ganz sicher, ob es wirklich Vasen waren, aber sie sahen brauchbar aus, und so füllte sie sie mit lauwarmem Wasser und arrangierte dann sorgfältig die Rosen darin. Die Blumen waren nicht nur sehr hübsch anzusehen, sondern rochen auch betörend, mit einem ganz feinen, wunderbaren Duft.

Hm, dachte Lila und atmete mehrmals tief und glücklich ein, als sie zwei kleinere Vasen auf die Vitrine und eine etwas größere neben die Kasse stellte und schließlich den größeren

Teil der Rosen im Schaufenster unterbrachte. Dann sah sie sich um und war sehr erfreut über die Veränderung, die diese kleine, aber teure Maßnahme mit sich gebracht hatte. In der Tat wurde der Laden durch die Blumen viel schöner, und sie konnte es kaum erwarten, ihre Begeisterung mit den Kunden zu teilen. Besonders Felix hätte sie es gerne gezeigt, und sie stutzte selbst darüber, dass sie schon wieder an ihn dachte.

Was ist das?, fragte sie sich selbst und konnte sich zwar keine eindeutige Antwort geben, jedoch auch nicht verhehlen, dass er irgendetwas in ihr zum Klingen brachte.

Doch ausgerechnet heute, wo sie so gern den verschönerten Laden und ihre neuen Sahnebonbons präsentiert hätte, blieb es ruhig. Weder kam Paul vorbei, um einen Kaffee zu trinken, noch tauchte die Polizistin mit dem Faible für ungewöhnliche Sorten auf. Ihre einzige Kundin war eine ältere Dame, die jedoch nur eine kleine Packung von Frau Schmids Hustenpastillen kaufen wollte und weder von Lilas Sahnebonbons kosten mochte noch einen Blick für die schönen Blumen hatte. Lila war ein klein wenig enttäuscht, doch dann hatte sie einen Einfall, um sich davon abzulenken. In der Ablage unter der Kasse lagen allerhand Schachteln und Schächtelchen. Lila suchte eine mittelgroße Pappschachtel heraus, kleidete sie mit etwas vom himmelblauen und rosa Seidenpapier aus, das sie ebenfalls im Bastelgeschäft gekauft hatte, und legte eine großzügige Kostprobe von ihren drei neuen Kreationen hinein. Dann beschriftete sie die Schachtel mit Frau Nipperts Adresse, klebte sie zu und beschloss, sie direkt aufzugeben. Frau Nippert würde ihr garantiert eine ehrliche Rückmeldung geben, wie sie die Bonbons fand, und außerdem hatte sich Lila schon viel zu lange nicht mehr bei ihr gemeldet.

Abermals hängte sie das Abwesenheits-Schild in die Tür und lief schnell über die Straße. Der kleine Lottoladen, der auch als Postfiliale fungierte, lag direkt um die Ecke. Dort schickte Lila das Päckchen auf seine Reise, bevor sie im morgendlichen Sonnenschein zurück zum Bonbonladen schlenderte. An der Straßenecke traf sie auf Felix, der ungewohnt ernst aussah, Jakob, der geradezu verschlossen wirkte, und Johnny, der ausgesprochen übellaunig schien.

»Guten Morgen«, grüßte Lila fröhlich. »Wie geht es euch?«

»Schlecht«, antwortete Johnny. »Felix zwingt uns, in die Schule zu gehen.« Er sprach es so aus, als handele es sich um die größte denkbare Tortur, und warf seinem Onkel einen bösen Seitenblick zu.

Jakob schien ebenfalls nicht recht begeistert von der Aussicht. Der Einzige, auf dessen Gesicht so etwas wie ein positiver Ausdruck trat, war Felix, und Lila spürte das unbedingte, ja geradezu verpflichtende Gefühl, ihn sofort anzulächeln. Wie hatte sie auch nur eine Sekunde in den vergangenen Tagen vergessen können, wie charmant dieser Mann aussah? Es war fast, als würde das Wetter noch etwas frühlingshafter und die Sonne noch etwas leuchtender, und am liebsten hätte Lila die ganze Welt umarmt.

»Aber Schule ist einfach doof«, holte Johnnys quengelige Stimme sie zurück in die Realität, und Lila bemühte sich um einen etwas ernsthafteren Gesichtsausdruck, als sie sich ihm zuwandte.

»Das stimmt. Aber ich habe Brausebonbons gekocht. Möchtest du sie probieren?«

Ihr Satz wirkte Wunder.

»Es gibt Brausebonbons?« Diesmal war es Jakob, der seinen kleinen Bruder mit der Frage überholte. Verschwunden war sein mürrischer Gesichtsausdruck, und er blickte Lila stattdessen interessiert an.

»Außerdem gibt es zwei neue Sorten Sahnebonbons, und ich bin schon sehr gespannt, wie sie euch schmecken. Wartet kurz, ich hole euch eine kleine Kostprobe.«

»Das ist fast so gut wie eine Playstation«, rief Johnny ihr hinterher, und Lila fand ihn wieder einmal absolut knuffig.

»Aber du weißt doch gar nicht, wie eine Playstation ist«, hörte sie Jakob seinen Bruder zurechtweisen.

»Wie ich mir eben eine Playstation vorstelle.« Johnny ließ sich nicht beirren.

Lila war ganz gerührt von seinem Kompliment, verschwand kurz im Laden und packte drei kleinen Tütchen. Damit lief sie in Rekordzeit zurück zu den drei Wartenden und überreichte sie.

»Keine Schultüten, aber immerhin«, meinte sie atemlos.

»Danke, wie lieb von dir«, antwortete Felix, und es klang warm und begeistert.

Sie sah ihn an und spürte ein ungewohnt kribbeliges Gefühl im Bauch, doch bevor sie noch weiter darüber nachdenken konnte, bremste ein Fahrradkurier scharf direkt neben ihnen und sprang vom Rad. Dabei nietete er fast Johnny um, der mit seinem riesigen Schulranzen auf dem Rücken sowieso gefährdet war, nach hinten umzufallen. Lila und Felix griffen zeitgleich nach ihm, um ihn festzuhalten.

»Können Sie nicht ein bisschen besser aufpassen?«, fuhr Felix den Boten an, und seine Stimme hörte sich auf einmal streng, energisch und noch tiefer an als sonst.

»Sorry, Mann«, sagte der Bote. »Hab's eilig.« Hektisch beugte er sich hinunter, um sein Fahrrad abzuschließen, dabei fiel eine Zeitung aus seinem Rucksack. Fast automatisch streckte Lila ihren Arm aus, um sie aufzuheben, und las dabei die Schlagzeile.

Hat der Gentlemandieb noch öfter zugeschlagen? Erfahren Sie das Neueste zu dem mysteriösen Verschwinden von Bildern aus aller Welt

Was es wohl damit auf sich hat?, fragte sie sich, bevor sie die Zeitung dem Kurier reichte. Wortlos griff er danach und lief dann, ohne sich noch einmal umzudrehen, zu einem Bürogebäude gegenüber.

Lila schaute wieder zu Felix und war überrascht von seinem komplett veränderten Gesichtsausdruck. Mit einem Mal wirkte er ernst und fokussiert, und jedes Lächeln, auch die kleinste Spur, war verschwunden.

»Ist irgendetwas?«, fragte sie irritiert, und es war, als hole ihre Frage ihn zurück in die Gegenwart.

Sein ernsthafter Gesichtsausdruck verschwand, aber er legte seinen Neffen die Hände auf die Schultern. »Leider müssen wir sofort los, sonst kommen wir zu spät«, meinte er mit einer Stimme, die eilig, aber ansonsten wieder ganz normal klang.

»Aber ich habe noch gar nicht alle Bonbons probiert«, protestierte Johnny und stampfte leicht mit dem Fuß auf.

»Das kannst du ja unterwegs machen«, schlug Felix vor, und in seinen ruhigen Tonfall schlich sich etwas Ungeduld und noch etwas anderes, Drängenderes, das Lila aber nicht genau ausmachen konnte.

»Ach, Onkel Felix«, widersprach auch Jakob. »Lass uns doch noch ein bisschen bei Lila bleiben, sie wollte schließlich wissen, wie wir ihre Bonbons finden.«

»Aber…«, begann Felix, und Lila verstand, dass sie wirklich losmussten.

»Ihr könnt mir das bei einer anderen Gelegenheit berichten«, schlug sie den Jungen vor. »Schließlich muss ich auch zurück zum Laden, denn ich kann nicht den ganzen Vormittag hier stehen und mit euch plaudern, auch wenn ich es gerne täte.« Sie deutete eine Bewegung an, als müsste sie sofort lossprinten, aber winkte Felix und den Jungen noch in Ruhe zu. Grummelnd winkten die Jungen zurück und machten sich dann widerstrebend auf den Weg.

Als Lila den Laden betrat, fragte sie sich unwillkürlich, was gerade in Felix vorgegangen war. Erst hatte er ganz entspannt gewirkt, plötzlich zutiefst ernst. Was wohl diesen Umschwung bewirkt hatte? Dann fragte sie sich, was Felix nur an sich hatte, dass sie so ein kribbelndes Gefühl im Bauch bekam, wenn sie ihn nur sah, und wie er sie außerdem dazu brachte, sogar über seine Stimmungswechsel nachzudenken? Wie schaffte er es nur, ihre Aufmerksamkeit so voll und ganz zu fesseln?

Das muss der Frühling sein, sagte sie sich und blickte auf die kleinen rosa Blumen in ihren Vasen. *Aber ist es wirklich nur das Wetter?*

Mit roten Ohren trat sie hinter die Vitrine und versuchte, sich wieder auf den Laden und die möglichen Verbesserungen zu konzentrieren.

Alles ist viel ansprechender als zuvor, nur das Schaufenster müsste noch mehr strahlen, überlegte Lila, aber sie wusste nicht genau, wie sie es verändern könnte. Also machte sie zwei Fotos und schickte sie an Sonja.

In Hollywood seid ihr doch großartig darin, aus nichts viel zu machen. Wie kann ich dieses Schaufenster in einen Blickmagneten verwandeln?, fragte sie.

Sie überlegte, ihrer Cousine auch noch etwas mehr von Felix zu erzählen, aber was sollte das sein? Dass sie immer häufiger an ihn dachte? Dass sie seine Stimme und sein Lächeln wunderbar fand? Dass sie den Flügelschlag von Schmetterlingen im Bauch spürte, wenn sie ihn auf sich zukommen sah? Dass...? Doch so sehr sie das alles wirklich fühlte, fand sie trotzdem nicht die richtigen Worte. So schrieb sie Sonja nur vom Laden. Aber sie summte fröhlich vor sich hin, als sie sich anschließend dranmachte, weitere Ideen für neue Bonbonsorten aufzuschreiben. Zwischendurch schaute sie immer mal wieder auf ihr Handy, doch ausgerechnet heute antwortete Sonja nicht.

***

Felix bemühte sich, möglichst ruhig zu bleiben oder zumindest so zu erscheinen. Er hatte nur einen Blick auf die Zeitung werfen müssen, um zu sehen, dass die nächste Eskalationsstufe erreicht war. Jetzt hatte die Kunstdiebstahl-Geschichte auch die überregionale Boulevardpresse erreicht, außerdem war die Mär vom Gentlemandieb wiederaufgetaucht. Er musste nur an seine natürliche Ähnlichkeit mit Niklas denken, um sich auszurechnen, wann die Probleme so richtig losgehen würden. Mit klopfendem Herzen verabschiedete er sich in der Schule von den Jungen und eilte dann im Laufschritt zurück nach Hause. Unterwegs kaufte er sich beim Zeitungskiosk eine Auswahl an Zeitungen und blätterte sie auf dem Heimweg durch. Überall ging es um den Kunstdiebstahl, und eine Hamburger Zeitung titelte sogar, dass der *Vincent van Gogh des Kunstdiebstahls* gefasst worden wäre. Felix seufzte, das Herz wurde ihm von Schlagzeile zu Schlagzeile schwerer. Frustriert stopfte er die Zeitungen in einen orangen Straßenmülleimer und klingelte kurze Zeit später bei Paul an der Tür. Doch der reagierte nicht. Felix, der Pauls Tagesrhythmus nur zu gut kannte, ließ sich davon nicht entmutigen und klopfte und hämmerte so lange an die Tür, bis Paul schließlich vollkommen verschlafen öffnete.

»Was ist denn los?«, nuschelte er und blickte Felix schlaftrunken an.

»Ich brauche deine Hilfe«, bat Felix und ging an ihm vorbei direkt in die Küche, wo er versuchte, die Kaffeemaschine anzustellen. Doch sosehr er auch drückte, sie reagierte nicht.

Einen Augenblick später kam Paul, jetzt mit seiner Brille auf der Nase, dazu und wies auf die Kaffeemaschine. »Das Ding ist kaputt.«

»Wo trinkst du denn dann deinen Kaffee?«, erkundigte sich Felix verblüfft, denn schließlich wusste jeder, dass Paule ohne Kaffee schlicht nicht existieren konnte.

»Ich hol ihn mir unten«, antwortete Paul kryptisch und gähnte.

»Unten?«

»Bei der liebenswürdigen Verkäuferin im Bonbonladen.«

»Ach, echt?« Felix wusste selbst nicht, warum ihn das so überraschte, schließlich war es doch nicht völlig aus der Welt. Trotzdem spürte er zu seiner eigenen Überraschung fast so etwas wie einen Stich Eifersucht.

»Sie verschönt meine Morgen mit ihrer guten Laune«, meinte Paul und gähnte abermals.

Meine auch, wollte Felix sagen, schwieg aber.

»Ich will ja nicht unhöflich sein, Felix, aber ich würde eigentlich gerne weiterschlafen. Kannst du dir deinen Kaffee woanders machen? Zum Beispiel in deiner eigenen Küche?«

»Ich muss nach Hamburg«, kam Felix schnörkellos zum Punkt. »Dafür sollte ich anders aussehen.«

»Wieso?«, fragte Paul, und Felix musste sich beherrschen, um nicht die Augen zu verdrehen. Wenn Paul noch kein Koffein im Blut hatte, war er einfach zu langsam von Kapee.

»Wegen der Zeitungen und der Schlagzeilen? In Hamburg ist der Kunstraub das Thema Nummer eins in der Boulevardpresse«, antwortete Felix betont langsam. »Ich möchte nicht, dass mich jemand für Niklas hält, und noch weniger möchte ich, dass die Journalisten mitbekommen, dass ich *nicht* Niklas bin.«

»Ach so.« Langsam nickte Paul. »Also möchtest du dich unkenntlich machen. Lass mich mal sehen…« Eindringlich musterte er Felix.

Felix ließ sich von allen Seiten begucken. »Außerdem müsstest du die Jungs von der Schule abholen. Geht das?«

»Ja, klar, das ist doch bestimmt nachmittags, oder? Bis dahin bin ich ausgeschlafen. Komm mal mit, ich habe eine Idee.« Paul ging voraus in sein Schlafzimmer und von dort aus weiter in seinen begehbaren Kleiderschrank. Felix folgte ihm auf dem Fuß.

»Hier finden wir bestimmt etwas«, erklärte Paul, während er durch mehrere Regalfächer stöberte. »Wenn ich dich allerdings so ansehe, fürchte ich, dass wir zuallererst etwas mit deinen Haaren machen sollten.«

Automatisch strich sich Felix durch seine blonden, leicht lockigen Haare, die er mit Niklas gemein hatte. »Und was?«

Ohne zu antworten, bedeutete Paul ihm mitzukommen und ging weiter in sein Badezimmer, wo er einen Langhaarschneider aus dem Schrank nahm.

Entsetzt runzelte Felix die Stirn. »So drastisch?«

Paul nickte. »Dazu brauchst du dann noch eine Brille.«

Felix blickte in den Spiegel. Grundsätzlich mochte er seine Haare, auch wenn er dringend mal wieder zum Friseur musste. Aber wenn Paule meinte, dass so ein radikaler Schritt nötig sei, gab es daran wohl nichts zu rütteln. Mit einem Seufzen beugte sich Felix über das Waschbecken und meinte schicksalsergeben: »Leg los.«

Paul stellte den Langhaarscheider an und begann, Strähne um Strähne von Felix' mittellangen Haaren abzumähen.

»Fertig«, sagte er irgendwann, und Felix richtete sich auf.

Aus dem Spiegel blickte ihm ein fremder Mann entgegen. Von seiner wuscheligen Frisur war nichts geblieben, und vom Aussehen her erinnerte er jetzt eher an einen Hooligan als an Felix Wengler.

»Oha«, meinte er kritisch und nicht gerade glücklich. Langsam fuhr er sich mit der Hand über die stoppeligen Reste seiner Haare.

»Es ist zumindest anders«, urteilte Paul, wirkte aber ebenfalls leicht geschockt. »Ich habe noch eine Brille von früher, mit nicht so starken Gläsern«, meinte er dann, verschwand und kam mit einer altmodischen Hornbrille zurück.

Felix setzte sie auf und sah sofort alles verschwommen, also nahm er sie wieder ab und steckte sie ein. »Fürs Erste nehme ich besser meine Sonnenbrille«, entschied er.

Paul nickte, ging zurück in seinen Kleiderschrank und

brachte eine Jogginghose mit, die dem hochgewachsenen Felix nur knapp bis zum Knöchel reichte, dazu ein Baseballcap, das immerhin passte, und eine College-Jacke der *Duke University*, die ebenfalls etwas zu eng war.

»Damit siehst du wirklich anders aus«, meinte Paul, als Felix die Sachen angezogen hatte und sich ihm präsentierte. »Wenn ich nicht wüsste, dass du es bist, würde ich dich nicht erkennen.«

Das fand Felix auch, aber er war sich nicht sicher, ob er glücklich darüber war. Wenn das jedoch der Preis dafür war, unter dem Radar zu laufen, musste er ihn eben bezahlen.

»Danke«, sagte er zu Paul und warf einen Blick auf die Uhr. Wenn er sich beeilte, konnte er noch den nächsten ICE nach Hamburg erwischen. Also schickte er Paul zurück ins Bett und lief dann mit raschen Schritten nach unten in seine Wohnung. Dort steckte er Geld, ein Buch und ein paar Handschuhe in einen Rucksack.

Jetzt denke ich schon über Spuren nach, die ich hinterlassen könnte, überlegte er dabei und fragte sich unwillkürlich, ob die Sache mit Niklas ihn zu einem Kriminellen machen würde. Beim Weg durch den Flur warf er einen Blick auf sein Handy und sah, dass Belly ihm geschrieben hatte. Mit einem Anflug von schlechtem Gewissen dachte er, dass er sich schon längst mal bei ihr melden und ihr vor allem auch seine eigene Handynummer hätte geben sollen, schließlich war sie seine Freundin. Aber als er ihre Nachricht las, verging sein schlechtes Gewissen sofort und machte Platz für einen gewissen Unwillen. Ja, Belly konnte sich bestimmt, kühl und herzlos verhalten – aber musste sie das auch ihm gegenüber sein?

Felix – ich wollte nie einen Loser als Partner, das weißt Du. Also bitte erkläre mir genau, was passiert ist, und wichtiger noch, wie die Situation beim Atlantis-Deal ist. Was gedenkst Du zu tun, damit Dein Leben wieder in Ordnung kommt? Du schuldest mir eine Erklärung, und zwar noch heute, sonst muss ich meine Konsequenzen ziehen.

Felix runzelte die Stirn, als er die Wohnungstür öffnete. Früher hatte er Bellys zielstrebige Art interessant und sogar amüsant gefunden, aber irgendwas musste sich verändert haben, denn jetzt im Moment fand er sie einfach nur unangenehm. Belly erkundigte sich nicht, wie es ihm ging, und zeigte keinerlei Mitgefühl, stattdessen behandelte sie ihn sachlich, wie einen Businesspartner. Für sie war eine Beziehung anscheinend ein Geschäft, aber für ihn? Früher hätte er sich selbst auch so eingeschätzt, doch auch in diesem Punkt schien sich etwas in ihm geändert zu haben. Er dachte an Jakob, dessen Stimme so warm klang, wenn er mit Nini telefonierte oder abends im Bett Johnny etwas vorsang. Er dachte an Johnny, der ihn morgens weckte, indem er ihm seine kleinen Arme um den Hals warf und einen feuchten Kuss auf die Wange drückte. Er dachte an Niklas, der seine Söhne nach ihm benannt hatte, obwohl er ihn damals so schmählich im Stich gelassen hatte, und der anscheinend trotzdem immer gut vor seinen Kindern von ihm gesprochen hatte. Das alles waren Menschen, die einander mit Wärme und Zuneigung und nicht mit Deadlines begegneten. Als er die Treppe hinunterging, wanderten seine Gedanken auch zu Lila, die ihm und seinen Neffen von Anfang an voller Freundlichkeit und Fröhlichkeit entgegengetreten war, ohne eine Gegenleistung zu erwarten. Nein, er wollte die Art von Beziehung, die er mit Belly gehabt hatte, nicht mehr. Außerdem implizierte Bellys Nachricht, dass er sich schlecht fühlen musste, doch das tat er nicht. Natürlich war er unglücklich wegen der Sache mit Niklas, selbstverständlich machte er keine Freudensprünge über seinen Rauswurf aus der Firma und das Scheitern seines riesigen Projektes.

Aber traurig oder unglücklich bin ich dennoch nicht, und als Loser fühlte ich mich schon gar nicht, dachte er trotzig.

Er las Bellys Nachricht noch ein zweites Mal und wollte sie anschließend einfach löschen, doch dann hielt er inne. Immerhin waren Belly und er für fast ein Jahr ein Paar gewesen, auch wenn sie sich in dieser Zeit nur selten gesehen und nur einmal eine ganze Woche miteinander verbracht hatten.

Er überlegte einen Augenblick und schrieb dann zurück:

Liebe Belly. Ich danke Dir für Deine Nachricht. Mein Leben ist weitgehend in Ordnung, zum Glück, auch wenn es natürlich jetzt anders ist als noch vor wenigen Wochen. Zum Atlantis-Deal kann und möchte ich mich nicht äußern. Mehr an Erklärung kann ich Dir nicht liefern. Bitte ziehe daraus die Konsequenzen, die Du für angemessen hältst, ich tue es auch, denn so möchte ich nicht mehr leben. Felix

Dann schickte er die Nachricht ab und fühlte sich überraschenderweise nicht schwerer, sondern leichter.

Auf dem Weg zum Bahnhof dachte er über das nach, was er jetzt tun musste. Aus dem Satz von Niklas, den Rechtsanwältin Michel ihm ausgerichtet hatte, schloss er, dass er in Hamburg-Barmbek, in der Wohngegend ihrer ehemaligen Lehrerin, genannt Schneewittchen, nach etwas suchen sollte. Nur was? Er ging davon aus, dass auch Frau Michel es nicht wusste, denn sonst hätte sie ihm vielleicht noch mehr sagen können. Fakt war, dass aus der Hamburger Kunsthalle zwei überaus bekannte Bilder von Gerhard Richter gestohlen worden waren. Im Kofferraum seiner Mutter lag irgendein Gemälde, und Felix war sich nicht sicher, ob es sich dabei um eines dieser Bilder handeln könnte. Er wollte sich gar nicht ausmalen, was passierte, wenn sein Vater oder sonst jemand davon erfuhr. Sein Vater war nämlich durchaus dazu fähig, selbst die Polizei zu rufen und damit eine weitere Katastrophe heraufzubeschwören.

Also muss ich Niklas' Satz möglichst schnell entschlüsseln, damit es erst gar nicht dazu kommt, entschied Felix, und das Gefühl der Sorge, das er auch beim Lesen der Schlagzeilen in den Zeitungen gehabt hatte, breitete sich immer stärker und drückender in ihm aus.

Gerade noch erwischte er den ICE, der zu seinem Glück zehn Minuten Verspätung hatte. Während der Zug über seine Trasse raste, sah Felix draußen weite helle Felder, Büsche und Bäume, die unbeeindruckt von Frühling, Sommer, Herbst und Winter dastanden. Unwillkürlich musste er an Lila denken, die auch so etwas Natürliches ausstrahlte. Ihr fröhliches Lächeln, das bis in ihre Augen leuchtete, kam ihm in den Sinn, und er bereute es, ihre Kostprobe der neuen Brausebonbons nach dem Umziehen in seiner anderen Jacke liegen gelassen zu haben.

Ich freue mich darauf, sie wiederzusehen, überlegte er und fand, dass das das Netteste war, an was er gerade denken konnte. Er lehnte den Kopf zurück und betrachtete die vorbeibrausende Landschaft.

Nachdem er am Bahnhof Altona mit Sonnenbrille sowie Baseballcap aus dem Zug gestiegen und durch die Vorhalle zur Bushaltestelle gegangen war, fuhr er als Erstes mit dem Schnellbus die Elbchaussee hinunter. Dabei tat er so, als sei er in sein Buch vertieft, schaute aber trotzdem unauffällig aus dem Fenster, während draußen mit zunehmender Entfernung von der Innenstadt die Bebauung immer weiter abnahm, während die Grundstücke immer größer wurden. Eine Villa reihte sich an die nächste, und die einzelnen Gebäude wurden immer eindrucksvoller. Fernab der Hochhäuser und Wohnblöcke in den wenig ansprechenden Gegenden Hamburgs wohnten seine Eltern in einem prächtigen Anwesen mit Park. Felix fuhr eine Station weiter als nötig und ging dann durch kleinere Nebenstraßen zurück. Doch als er auch nur in die Nähe des elterlichen Zuhauses kam, sah er schon die Reporter mit ihren Teleobjektiven und machte tunlichst sofort kehrt, um nicht noch erkannt zu werden.

Zwar gab es noch einen zweiten, rückseitigen Zugang zum Grundstück seiner Eltern, mit einem Gartentor vom Elbufer aus, aber Felix bezweifelte, dass er dort unbemerkt hineinkommen würde. Also musste er anders vorgehen und zuerst nach Rotkäppchen in Schneewittchens Nähe suchen. Unterdessen musste er sich darauf verlassen, dass seine Mutter sich an das hielt, was sie besprochen hatten. Aber Felix hatte das Gefühl, dass seine Mutter, mit der er immer nur Small Talk geführt hatte, absolut verstand, was für sie, Niklas und die ganze Familie auf dem Spiel stand. Vielleicht hatte er ihr all diese Jahre lang Unrecht getan, in denen er sie nur als oberflächlich und shoppingwütig eingeschätzt hatte. *Ich muss genauer hinsehen*, nahm sich Felix fest vor und stieg in den nächsten Bus stadteinwärts. Blankenese, die Villa seiner Eltern und das Bild in der Garage mussten warten.

Was hatte Niklas ihn durch Frau Michel wissen lassen? *Rotkäppchen ist ziemlich dumm, warum geht sie auch alleine in den Wald zu Schneewittchen und nimmt nicht die Schnellstraße oder die Bahn, wenn sie doch weiß, dass der Wolf und die zehn Zwerge zwischen den Bäumen ihr Unwesen treiben.*

Auf seinem Handy ließ Felix sich den Stadtplan von Hamburg anzeigen. Er konnte sich nicht mehr so ganz genau erinnern, wo ihre Lehrerin gewohnt hatte. Als sie damals den Schlüssel bei ihr abgeholt hatten, waren Niklas und er eine große Parkour-Runde gelaufen. Dabei war er beim Sprung von einer Mülltonne umgeknickt und hatte eine Weile hinter Niklas herhumpeln müssen. Dunkel erinnerte er sich an die Wohnblöcke, an denen sie vorbeigekommen waren. Barmbek-Nord. Plötzlich entdeckte Felix etwas auf dem Stadtplan. An einer Stelle kreuzten sich eine große Verkehrsader und die Bahnlinien.

Warum nimmt sie nicht die Schnellstraße oder die Bahn?

Dort in unmittelbarer Nähe musste es sein. Rasch suchte Felix heraus, wie er am schnellsten dorthin kam, und wechselte dazu vom Bus in die S-Bahn. Dabei spürte er eine ungewohnte Aufregung in der Magengegend. Niklas hatte ihn offenkundig lotsen wollen und gleichzeitig sicherstellen, dass niemand die Nachricht verstand, nicht einmal seine Anwältin. In Barmbek stieg Felix aus der S-Bahn und begann nach der richtigen Adresse zu suchen. Mit jedem Schritt fühlte er die Spannung zunehmen, doch nach einigen Metern blieb er ernüchtert stehen. Wie hatte sich Niklas das vorgestellt? Selbst wenn er in der richtigen Straße war, gab es hier doch mehrere Hundert Hausnummern, wie sollte er da jemals die passende finden? Entmutigt ließ Felix die Arme hängen. Doch einen Augenblick später kam ihm ein anderer Gedanke. Bestimmt hatte Niklas noch einen weiteren Wegweiser in seinem Satz versteckt. Schließlich liebte er solche Codes und Rätsel, und es hatte früher Zeiten gegeben, wo sie tagelang miteinander nur mittels solcher verklausulierten Sätze kommuniziert hatten.

Also überlegte Felix, während er abermals Wort für Wort des Satzes seines Bruders durchging. »Rotkäppchen ist ziemlich dumm, warum geht sie auch alleine in den Wald zu Schneewittchen und nimmt nicht die Schnellstraße oder die Bahn, wenn sie doch weiß, dass der Wolf und die zehn Zwerge zwischen den Bäumen ihr Unwesen treiben.« Ein Wolf und die zehn Zwerge. Aber im Märchen waren es doch sieben Zwerge gewesen, und hieß es außerdem nicht ein Wolf und die sieben Geißlein?

Selten war sich Felix so begriffsstutzig vorgekommen. Eins und zehn. Plötzlich hatte er einen Geistesblitz: Vielleicht meinte Niklas ja die Hausnummer 110? Sofort joggte Felix dorthin und fand tatsächlich ein Gebäude mit dieser Nummer, das anders als die meisten umstehenden nur zwei Stockwerke besaß. Direkt neben dem Haus war ein kleiner Platz mit ein paar Bänken und einigen Bäumen. Der Wald. Vor Aufregung ballte Felix seine Hände zu Fäusten. Dann überquerte er die Straße und ging zielstrebig zum Hauseingang, der an der Seite des Hauses im Schatten der Bäume lag. Möglichst unauffällig musterte er das Klingelschild. Doch keiner der Namen klang auch nur im Entferntesten nach Niklas. Trotzdem war sich Felix instinktiv sicher, dass

Niklas dieses Haus hier gemeint haben musste. Abermals ging er Klingel für Klingel durch, bis sein Blick an einem Namen hängen blieb. D. Warf. Wenn man das D mit dem folgenden Warf zusammenzog, kam dann nicht *dwarf*, das englische Wort für Zwerg heraus?

Die Tür ging auf, und eine ältere Frau mit einem Einkaufswägelchen verließ das Haus. Kritisch musterte sie Felix mit seiner Sonnenbrille, dem Baseballcap und der College-Jacke, die entfernt an eine Bomberjacke erinnerte. Um ihrem stechenden Blick zu entgehen, wandte sich Felix zur Seite, aber während sie ihn noch anstarrte, hatte er schon vorsichtig seinen Fuß vorgeschoben, sodass die Haustür hinter ihr zwar zuging, aber nicht mehr ins Schloss fiel. Die Frau humpelte davon, nachdem sie noch einmal in seine Richtung geblinzelt hatte.

Felix wartete, bis sie um die Ecke gegangen war, dann öffnete er die Tür. Der Treppenaufgang war alt, ungepflegt und roch schlecht. Schnell lief Felix erst durch das Erdgeschoss und dann hinauf in den ersten Stock, wobei er im Vorbeigehen jede Wohnungstür musterte. Ein Schild mit D. Warf fand er nicht, aber im ersten Stock entdeckte er eine Tür mit dem Namen L. Upus daneben. Lupus – das lateinische Wort für Wolf.

Felix nahm seine Handschuhe heraus und streifte sie über. Dann klingelte er, aber niemand reagierte. Nach einer Weile läutete er abermals und lauschte, doch es tat sich auch weiterhin nichts.

Sein Herz schlug schnell vor Aufregung. Niklas hatte ihn bis hierher geführt, aber wie sollte er die Tür öffnen? Vielleicht hatten seine Söhne einen Schlüssel? Schließlich war diese Adresse – auch wenn sie äußerlich aus einer vollkommen anderen Welt zu stammen schien – nicht so weit von der Wohnung in der Maria-Louisen-Straße entfernt. Aber Felix hatte Jakob und Johnny nicht gefragt, jetzt waren sie in Berlin in der Schule, und er konnte kaum dort im Sekretariat anrufen, um sich bei seinen Neffen nach einem Schlüssel für eine Wohnung in Hamburg zu erkundigen.

»Mist«, murmelte Felix durch seine zusammengebissenen Zähne. Er besah sich die Tür und hob sogar den abgetretenen Fußabstreifer hoch, aber da war nichts; und es war auch absolut unvorstellbar, dass jemand so Vorsichtiges wie Niklas einfach einen Zweitschlüssel dort deponieren würde. Zaghaft klopfte Felix gegen das Schloss und gegen die Tür, aber sie war massiv, und der Ton des Klopfens wurde fast vollständig verschluckt. In einem Gefühl zunehmender Verzweiflung tastete Felix die gesamte Tür samt ihrem Rahmen ab. Plötzlich fühlte er eine schmale Leiste an der Seite der Tür neben dem Schloss, die er bisher übersehen hatte. Sie war ganz in den Rahmen eingelassen und erinnerte an einen schmalen Streifen, gerade breit genug für einen Finger. Da die Leiste genauso dunkel wie der Türrahmen war, hatte Felix sie im schummrigen Licht des Hausflurs zunächst nicht bemerkt, aber jetzt strich er mit seinem behandschuhten Fingern darüber. Doch nichts passierte. Was war das? Ein Scanner? Eigentlich wollte er möglichst wenig Spuren hinterlassen, aber jetzt zog er doch seinen rechten Handschuh aus und fuhr dann langsam mit dem Zeigefinger über die Leiste. Es klickte, und das Schloss an der Tür öffnete sich.

Das darf doch nicht wahr sein, dachte Felix fast erschrocken. Nicht einmal eineiige Zwillinge hatten denselben Fingerabdruck. Also hatte Niklas mit ihm gerechnet und in den Zugangsdaten zu seiner Tür Felix' Fingerabdruck hinterlegt.

Ich fasse es nicht, dachte Felix, holte tief Luft und schob dann langsam die Tür auf.

* * *

Lila stand hinter der Vitrine bei *Mariannes himmlische Bonbons* und lachte herzlich. Vor der Vitrine stand Paul Ehrlich, hatte eine bunte Mischung ihrer neuen Sorten bestellt, zu denen jetzt auch Gin Tonic gehörte, und erzählte ihr von den Irrungen und Wirrungen, die sein Nachname schon zu Schulzeiten ausgelöst hatte.

»Mein Biologielehrer hat sich schlicht geweigert, meinen Namen in voller Länge von der Liste vorzulesen«, erzählte er. »Er sagte immer: ›Paul Ehrlich war ein Genie, das kann man ja von dir nicht gerade behaupten, also ist dieser Name schon besetzt.‹«

»Nicht gerade besonders freundlich«, erwiderte Lila und erinnerte sich mit Schaudern an das, was ihre Klassenkameradinnen aus ihrem zweiten Vornamen Wolkenschön gemacht hatten.

Mit der kleinen silbernen Zange legte sie noch zwei Sahnebonbons mit Zimt und Kardamom in das Tütchen.

»Man lernt, damit zu leben«, meinte Paul mit einem Achselzucken. »Der Schriftsteller Carl Zuckmayer hat seine Tochter Winnetou genannt, im Vergleich dazu sind wir beide doch ganz gut weggekommen, meinst du nicht auch?«

Lila nickte. »Schlimmer geht immer«, sagte sie dann, und sie wechselten einen amüsierten Blick.

»Es ist aber trotzdem sehr nett, eine Namens-Seelenverwandte zu finden«, erklärte Paul und legte das Geld für die Bonbons an die Kasse.

»Das sehe ich genauso«, gab Lila zurück und reichte ihm die bunte Auswahl.

In der Tat fand sie Paul ganz reizend und gleichzeitig angenehm zurückhaltend. Mit ihm einen kleinen Plausch zu halten war immer eine Freude, auch wenn sein liebenswürdiges Lächeln nicht im Entferntesten an Felix' strahlendes herankam.

Was ist nur mit mir los? Warum vergleiche ich alles und jeden mit Felix?, fragte sich Lila. Seit Stunden schon geisterte die Erinnerung an ihn permanent durch ihre Gedanken. *Reiß dich zusammen*, ermahnte sie sich im Stillen. Schnell tippte sie den Betrag in die uralte Kasse ein. »Vielen Dank«, meinte sie dann zu Paul.

»Die Freude ist ganz auf meiner Seite«, erwiderte er liebenswürdig. »Einen schönen Tag noch!«

Nachdem Paul gegangen war, griff Lila nach ihrem Handy, um nachzusehen, ob ihre Cousine endlich geantwortet hatte, aber da war nichts.

Komisch, dachte Lila, denn sonst war Sonja meist zu erreichen, und wenn nicht, dann meldete sie sich für gewöhnlich innerhalb weniger Stunden zurück, unabhängig davon, ob es Tag oder Nacht bei ihr war. Aber Lila kam nicht dazu, weiter über das Schweigen ihrer Cousine nachzugrübeln, denn die Tür ging auf, und zwei Frauen betraten den Laden. Es waren englische Touristinnen, die über die Auswahl an Bonbons und Lutschern geradezu in Ekstase gerieten. Mit ebenso viel Begeisterung zeigte Lila ihnen die verschiedenen Sorten von Frau Schmids Bonbons und bot ihnen zusätzlich eine kleine Kostprobe von ihren »Ant-Candies« an, wie sie den Namen schlicht übersetzte.

»*Ants?*« Die eine Frau lachte herzlich und ließ sich ein Sahnebonbon geben. Ameisen?

»*Oh, how delicious*«, meinte sie dann.

Ihre Freundin entschied sich für ein Lavendel-Sahnebonbon, nachdem Lila schnell nachgesehen hatte, dass Lavendel *lavender* auf Englisch heißt. Auch sie war begeistert, und die beiden Frauen erklärten Lila, alles von den Sahnebonbons kaufen zu wollen.

»Aber das ist nur ein äh… *experiment*, ein erster Versuch«, versuchte Lila zu erklären und nahm sich vor, ihr Englisch dringend aufzupolieren.

»*No, it is absolutely perfect*«, widersprachen die Engländerinnen.

Sehr erfreut, aber gleichzeitig ein wenig unsicher verpackte Lila die Ameisenbonbons.

»*Do you have a website?*«, erkundigte sich die eine Engländerin, während die andere die Waren in den Regalen mit Interesse musterte.

Unwillkürlich warf Lila einen Blick durch den kleinen Laden mit seiner altmodischen dunkelbraunen Einrichtung. Beim besten Willen konnte sie sich nicht vorstellen, dass Frau Schmid so etwas Modernes wie einen Internetauftritt hatte, aber ganz sicher wusste sie es natürlich nicht.

»Für Nachfragen kann ich Ihnen meine Adresse geben«, bot sie daher an.

»*That would be wonderful*«, meinte die eine Kundin, und die andere bat Lila, ihr noch zusätzlich vier von den großen Lutschstangen einzupacken.

Die beiden Frauen kauften so viel, dass Lila in den Lagerraum gehen und zwei der großen Plastiktüten holen musste, die dort aufbewahrt wurden. Sie waren weiß und hässlich, und wieder dachte Lila, dass Mariannes himmlische Bonbons besser in schönen Papiertüten mit einem eleganten Logo aufgehoben wären. Sorgfältig packte sie die Großbestellung der Engländerinnen ein, rechnete etwas mühsam an der uralten Kasse den Betrag aus und brachte dann die Tüten um die Vitrine herum zu ihren Kundinnen.

»*Have a lovely day!*«, wünschte sie und hielt ihnen anschließend die Tür auf. Dann breitete sich ein glückliches Lächeln auf ihrem Gesicht aus. Alle ihre Ameisenbonbons waren verkauft!

Yes, hätte sie am liebsten laut gerufen. Von draußen fühlte sie eine wunderbare Brise Frühlingsluft in den Laden strömen und atmete tief ein. Frühling, dachte sie glücklich und holte ihr Handy, um im Internet nachzusehen, wo sie hübsche Papiertüten herbekommen konnte.

***

Durch die Wohnungstür kam Felix in einen schlichten Flur mit einer altmodischen, leicht vergilbten Raufasertapete an den Wänden. Auf der einen Seite hing eine Garderobe mit einer abgenutzten dunklen Jacke und einem langweiligen grauen Mantel, auf der anderen Seite stand ein kleiner beiger Schuhschrank, der ebenfalls bieder wirkte. Darüber hing das Foto einer Familie, die Felix nicht kannte. Weiter vorn im Flur waren zwei Türen, die beide halb geöffnet waren und den Blick in eine abgewohnte Küche und ein schäbiges Bad freigaben.

Was ist das hier?, fragte sich Felix. Das alles sah überhaupt nicht nach Niklas aus, sondern eher nach der Wohnung eines Rentners, der seit Jahren nichts mehr an der Einrichtung gemacht hatte. Niklas hingegen hatte sich schon von jeher für schöne Dinge begeistert und lebte in einer schönen und lichtdurchfluteten Wohnung in der Maria-Louisen-Straße. Langsam machte Felix zwei Schritte nach vorn und schob vorsichtig die Küchentür ganz auf. Doch auch aus der Nähe sah der Raum nicht schöner aus als aus der Ferne. Das Küchenfenster war trüb vor Schmutz, auch der Boden schien schon ewig nicht mehr geputzt worden zu sein. Neben dem Herd befand sich eine altmodische Falttür, wie man sie früher vor Speisekammern oder Ähnlichem hatte, und daran hing eine Schürze mit einem aufgedruckten Apfel. Felix ging hinüber und schob die Falttür auf. Dahinter war eine weitere Tür in die Wand eingelassen, die deutlich stabiler aussah, aber keine Klinke hatte.

Treffer, dachte Felix, und auf einmal wurde ihm klar, was dieser Flur, die Küche und das Bad bedeuteten. Es war nichts anderes als Tarnung, wenn jemand aus dem Treppenhaus in die Wohnung schaute oder sie sogar betrat. Sorgfältig suchte Felix die klinkenlose Tür nach einer Öffnungsmöglichkeit ab, bis er wieder einen Scanner entdeckte. Abermals passte Felix' Fingerabdruck als Schlüssel. Die Tür schwang auf, und Felix ging hindurch, bevor sie sich hinter ihm automatisch schloss.

Er kam in einen großen rechteckigen und schnörkellosen Raum. An den Wänden hingen einige Pläne und Skizzen, darüber hatte jemand 3,66 in großen schwarzen Zahlen direkt auf die unverputzte Wand geschrieben. Es gab zwei Fenster mit blickdichten Jalousien und zwei große Schränke an der Seite. In der Mitte des Zimmers stand ein langgestreckter Schreibtisch, auf dem sich mehrere Monitore, ein Computer, ein Lötkolben und weiterer technischer Krimskrams befanden. Neben dem Computer war noch eine Halterung mit Bildschirm für einen Laptop, aber der Laptop selbst fehlte. Es sah so unordentlich aus, als hätte Niklas eben erst den Raum verlassen. Felix öffnete einen Schrank nach dem anderen. Darin befanden sich – sauber und ordentlich aufgeräumt – Klettergurte, Haken, Seile, Kletteranzüge, Ferngläser und Nachtsichtgeräte. Ganz vorn hing ein Tauchanzug aus Neopren, auf den das Logo *Bleib treu – kehr wieder* aufgeprägt war.

Langsam atmete Felix aus. Bisher hatte er irgendwie noch gehofft, dass Niklas unschuldig war, aber dieses Zimmer schien das Gegenteil förmlich herauszuschreien.

Wer bist du geworden?, fragte Felix laut. Doch eigentlich kannte er die Antwort. Niklas war immer Niklas gewesen und geblieben, unangepasst, unverbogen, stolz und unabhängig. Er, Felix, hatte das scheinbar Richtige gemacht, aber Niklas war einen weitaus geradlinigeren Weg gegangen, selbst wenn er nicht legal war. Langsam schloss Felix die Schranktüren. Niklas hatte ihn sicherlich nicht hierhergeführt, damit er seine Kletterausrüstung bewundern konnte.

Was also dann?, überlegte Felix.

Gründlich musterte er die Karten an den Wänden, die sorgfältig und detailliert gezeichnet waren. Es gab Symbole für Häuser, Bäume und Straßenlaternen, aber keine Straßennamen, sondern nur Abkürzungen, dafür Höhenangaben und Abstände und Markierungen, wo und wie man diese Abstände überwinden konnte.

Felix schloss kurz die Augen. So gern er gewollt hätte, er

konnte eigentlich nicht daran zweifeln, dass es Karten zur Planung von Einbrüchen waren.

In den letzten Jahren hatte er immer wieder Geschichten vom Gentlemandieb gehört, der in der Kunstbranche dafür berühmt war, besonders schöne, wertvolle oder anderswie herausragende Bilder sorgsam zu entwenden, ohne dass dabei jemand zu Schaden kam. Dem Gentlemandieb wurde nachgesagt, über eine überragende Ortskenntnis zu verfügen, egal wo auf der Welt er zuschlug, und meist schon lange wieder verschwunden zu sein, bevor der Diebstahl auch nur entdeckt wurde. Die Diebstähle selbst waren oft mit besonders sportlichen Zugängen zu den Museen und Privathäusern verbunden, die zum Teil fast akrobatisch anmuteten. Das alles passte natürlich zu Niklas, aber das allein hatte Felix nie als Argument gereicht. Schließlich gab es weitaus mehr Menschen, die herausragend gute Parkour-Läufer waren und zudem ohne Sicherung an Hauswänden emporklettern konnten. Aber jetzt, wo er das ganze Equipment sah und dazu die Karten, konnte er eine mögliche Verbindung nicht mehr so leicht von der Hand weisen.

Felix seufzte. Das würde auch erklären, warum Niklas die Rechtsanwältin nur diesen Satz hatte ausrichten lassen, den sie vermutlich selbst nicht verstand. Er wollte sie nicht hineinziehen, oder sie hatte abgelehnt, hineingezogen zu werden.

Und ich?, fragte sich Felix leise. Aber die Entscheidung war schon gefallen, ja, er hatte sie getroffen, und er würde auch dazu stehen.

Weiter ließ Felix seinen Blick durchs Zimmer schweifen. Es gab drei mannshohe Bücherregale, die bis oben hin mit Bänden über Bilder, Maler und Bildhauer vollgestopft waren. Falls Niklas auch nur einen Teil davon gelesen hatte, musste er unglaublich viel über Kunst wissen. Doch auch das brachte Felix nicht weiter, und er ging zum Schreibtisch hinüber. Dort standen sechs Monitore, von denen vier leuchteten. Zwei zeigten den Hauseingang und den Wohnungseingang, einer schien die Situation auf dem kleinen Platz mit den Bäumen vor dem Haus wiederzugeben, und einer zeigte etwas, das Felix nicht gleich zuordnen konnte. Erst nach einer Weile wurde ihm klar, dass es das Gartentor seiner Eltern in Blankenese war.

Verwundert schaute er auf das Bild des geschwungenen schwarzen Eisentors. Direkt daneben erkannte Felix einen Mann mit einem Teleobjektiv sowie mehrere andere Personen. Mit einem Schaudern der Erleichterung dachte er, dass es vorhin eine gute Entscheidung gewesen war, gar nicht erst den Versuch zu wagen, durch das Gartentor auf das Grundstück seiner Eltern zu gelangen.

Aber warum überwachte Niklas das Anwesen?, fragte sich Felix. Eine Weile beobachtete er alle Monitore, doch sie zeigten jeweils immer nur dieselbe Einstellung. Auf dem Platz vor Niklas' Haus konnte Felix Personen vorbeigehen, jemand eine Flasche Schnaps auf einer Bank austrinken und anschließend die leere Flasche hinter sich werfen sehen. Der Mann mit dem Teleobjektiv sowie seine Kollegen vor dem Gartentor seiner Eltern hatten es sich bequem gemacht und sahen nicht so aus, als wollten sie so bald wieder verschwinden.

Hatte Niklas das Gartentor seiner Eltern überwacht, um zu wissen, ob er so das Bild unbeobachtet in den Kofferraum seiner Mutter bringen könnte? Oder hatte er mit jemandem zusammengearbeitet, der die Arbeit machte, während er von hier aus alles kontrollierte? Zwar war in allen Berichten über den Gentlemandieb stets von einem Einzeltäter die Rede gewesen, aber vielleicht stimmte das gar nicht?

Unsicher blickte sich Felix um, so als erwartete er, dass jeden Moment jemand hereinkommen könnte, aber es kam niemand. Also tippte Felix an die Maus, die zum Computer auf dem Schreibtisch gehörte, und der Computer erwachte zum Leben.

Passwort eingeben erschien auf dem Display.

Na herzlichen Glückwunsch, dachte Felix. Woher um alles in der Welt soll ich jetzt Niklas' Passwort nehmen? Felix überlegte einen Augenblick und dachte dann an die alte Zahlen- und Buchstabenfolge, die sie als Jugendliche immer verwendet hatten. Es waren die Anfangsbuchstaben des Satzes *Vater nervt furchtbar und unerträglich*, gefolgt von ihrem Geburtsdatum rückwärts. Felix gab es ein, und zu seiner grenzenlosen Verwunderung passte es tatsächlich. Die Eingabemaske verschwand, und stattdessen erschien auf dem Bildschirm das Letzte, was Niklas sich hatte anzeigen lassen. Enttäuscht sah Felix, dass es nichts anderes als eine Reihe von Standbildern war, die so aussahen, als stammten sie ebenfalls aus den Aufnahmen der Überwachungskameras. Felix setzte sich auf den drehbaren Schreibtischstuhl seines Bruders und starrte auf den Bildschirm. Auf der einen Aufnahme war das Gartentor seiner Eltern mit einer Frau davor zu sehen. Felix vergrößerte das Bild und versuchte, sie zu erkennen, aber sie hatte sich abgewandt, und Felix gelang es nicht, ihr Gesicht auszumachen. Wer war das? Und warum hatte Niklas ausgerechnet dieses Bild betrachtet?

10. Kapitel

Die Welt des Internets hielt zwar keine Webseite von *Mariannes himmlische Bonbons* für Lila parat, aber immerhin die Information, dass sich in der Nähe des Ladens die Filiale einer Firma für Partyzubehör befand, die auch bunte Papiertüten im Sortiment hatten. Also beschloss Lila, mittags dort vorbeizugehen, sich beim Partyladen umzusehen und sich anschließend ein kleines Mittagessen im Sonnenschein zu gönnen. Neben der Kasse lag ein Schild, auf dem eine Uhr mit beweglichen Zeigern unter der Überschrift *Dann bin ich zurück* abgebildet war. Lila genehmigte sich eine Stunde, hängte das Schild an die Tür, schloss hinter sich ab und atmete tief durch. Es war zwar nicht besonders warm, aber wunderbar sonnig, und Lila hatte das Gefühl, gar nicht genug von Sonne und Helligkeit nach dem langen Winter und dem schlechten Wetter auf dem Dorf bekommen zu können. Sie warf sich ihren Pullover um die Schultern, denn nichts auf der Welt würde sie dazu bekommen, sich etwas überzuziehen, wenn nun endlich der Sommer mit Karacho angesaust kam.

Leider erinnerte sie der nächste kalte Windstoß daran, dass doch erst Frühling war. Entschlossen, sich davon in ihrem Wohlgefühl nicht beeinträchtigen zu lassen, ging sie die Straße hinunter und erreichte schließlich den Laden für Partyzubehör, der sich als kleines Schreibwarengeschäft entpuppte, das auch Kostüme und eine Auswahl an Ballons anbot. Außerdem gab es altmodische Füller und Stifte aller Art, dazu eine große Auswahl an verschiedenen Schreibpapieren, Aktenordnern und Kladden, Karten und Geschenkpapiere. In einem Regal entdeckte Lila zu ihrem Entzücken gelbe, rosa, hellblaue und grüne Papiertüten mit weißen Punkten drauf.

Jetzt müsste ich sie nur noch hübsch beschriften lassen, dachte Lila und wandte sich an die Dame hinter der Kasse.

»Sie könnten die Tüten natürlich von Hand beschriften«, antwortete sie auf Lilas Frage, und Lila dachte erschrocken, dass sie wohl kaum selbst alle diese vielen Tüten bemalen konnte, schon gar nicht mit ihrer eher eckigen Handschrift.

»Oder Sie probieren das Stempelset aus, das wir hier haben, bei dem man sich die Schrift selbst zusammenstellen kann.« Aus einem Regal weit hinten holte sie einen eingestaubten Karton. »Ich muss Sie allerdings warnen, es ist ein ziemliches Gefiesel, und wir nehmen es auch nicht zurück, sollten Sie nicht zurande kommen.«

Lila sah sich die Schachtel an, auf der das Versprechen prangte, dass man damit ganz einfach die schönsten Schriftzüge stempeln konnte.

»Ich nehme es«, entschied sie dann – besser als selbst schreiben war das allemal. Sie bezahlte die Tüten und das Set, trat zurück hinaus in den Sonnenschein und blickte sich dann nach einer Essensmöglichkeit um. Schräg gegenüber vom Schreibwarengeschäft waren ein indisches Restaurant mit einer farbenfrohen Dekoration und ein kleiner libanesischer Imbiss, aus dem die Schlange der Hungrigen bis vor die Tür reichte.

Libanesisch habe ich noch nie probiert, sagte sich Lila, ging über die Straße und stellte sich an. Sie hatte genügend Zeit zu überlegen, was sie nehmen wollte, aber als sie dann an der Reihe war, fiel es ihr doch schwer, sich zwischen den vielen Möglichkeiten zu entscheiden.

»Einmal Falafel bitte«, sagte sie schließlich zu dem Mann hinter dem Tresen.

»Sesamsoße, Knoblauch, Zwiebel, scharf?«, kam als Frage knapp zurück.

»Nur Sesamsoße«, bat Lila. Der Mann tat daraufhin gehobelten Kohl, Salat und Kräuter in eine Fladentasche, bettete vier kleine, knusprige Bällchen aus Kichererbsenmehl darauf, gab die helle Soße dazu und wickelte alles geschickt in ein Papier. Lila bezahlte und nahm das längliche Paket entgegen. Es roch so gut und würzig, dass Lila merkte, wie ihr das Wasser im Munde zusammenlief. Also setzte sie sich am Savignyplatz im Sonnenschein auf eine Bank und genoss dort ihr köstliches und nach allem, was sie gelesen hatte, typisch berlinerisches Mittagessen.

Anschließend düste sie zurück zum Laden. Davor wartete schon ein älterer Herr und murmelte vorwurfsvoll etwas von »der Jugend« und »zu langen Mittagspausen«. Mit einem ein klein wenig schlechten Gewissen schloss Lila die Tür auf und versuchte, ihn gleich mit einer Kostprobe milde zu stimmen. Offenkundig wirkte ihre Sorte *Wodka Martini*, denn er gab sich anschließend wieder friedlich und kaufte alle Zitronensorten sowie eine Packung *Gin Tonic*.

»Einen bonbonschönen Tag«, wünschte Lila zum Abschied und machte sich dann daran, den Stempel zusammenzubauen. Aber so ruhig es auch am Morgen gewesen war, so viel war in den nächsten Stunden los, sodass sie gerade mal dazu kam, die ersten vier Buchstaben des Geschäftsnamens zu setzen.

***

Felix starrte auf den Computerbildschirm vor sich. Er hatte schon diverse Dinge ausprobiert, aber er kam einfach nicht weiter. Als Erstes hatte er das Bild der Frau vergrößert, bis es zu pixelig wurde, um etwas zu erkennen, und anschließend wieder verkleinert. Am Ende konnte er immer noch nicht sagen, wie sie aussah, sondern hatte nur die Vermutung, dass sie leicht humpeln könnte, weil sie ihren Fuß auf dem Bild so schief aufsetzte, aber das konnte auch nur an der Aufnahme liegen. Die einzige wirkliche Überraschung hielt der Datums- und Uhrzeitstempel für ihn bereit. Denn die Aufnahme der Frau, die sich Niklas am Computer angesehen hatte, stammte vom Tag vor dem Einbruch in der Kunsthalle.

Also hat sich Niklas schon zu diesem Zeitpunkt dafür interessiert, was am Gartentor unserer Eltern passiert, überlegte Felix. Im Detail schaute er sich die restlichen Bilder auf Niklas' Computer an und fand eine zweite Aufnahme, die möglicherweise von derselben Frau stammte, als sie über den Platz mit den Bäumen bei Niklas ging. Wieder sah ihr rechter Fuß so aus, als humpele sie. Es war auffällig, aber so viel Mühe Felix sich auch gab, er konnte das Gesicht der Frau auch auf diesem Bild nicht eindeutig ausmachen, ja, wenn er ehrlich war, konnte er nicht einmal mit letzter Sicherheit sagen, dass es sich wirklich um dieselbe Person handelte. Trotzdem versuchte er zu verstehen, was sein Bruder gesucht hatte, und starrte so lange auf den Bildschirm, bis er das Gefühl bekam, nicht mehr geradeaus sehen zu können.

Es ist sinnlos, dachte er irgendwann entmutigt. *Wenn Niklas mir nicht noch irgendeinen Hinweis gibt, weiß ich nicht, womit ich anfangen soll.*

Er blickte zur Wand, aber dort hingen unter der Zahl 3,66 nur die Karten, von denen Felix nicht wusste, von welchem Ort sie stammten.

»Ich würde dir ja gerne helfen«, sagte Felix laut in den Raum hinein, »aber ich weiß nicht wie.«

Langsam stand er auf, und ein riesiges Gefühl der Enttäuschung machte sich in ihm breit. Schon einmal hatte er seinen Bruder im Stich gelassen, und jetzt würde er es vielleicht noch einmal tun.

***

Nach Ladenschluss zögerte Lila nicht lange, sondern ging sofort nach hinten in die Bonbonküche. Heute hatte sie so viel verkauft, dass sie einfach Bonbons nachkochen musste. Als Erstes machte sie sich einen starken Espresso, dann schlug sie Frau Schmids Rezeptbuch auf und legte los. Nacheinander stellte sie zuerst Frau Schmids Himbeerbonbons und dann die Vanilledrops her, die bei der Stammkundschaft sehr beliebt waren. Danach kochte Lila eine große Menge von Waldmeisterbonbons und der Sieben-Kräuter-Mischung. Ganz zum Schluss, als es draußen vor dem großen Fenster mit der Milchglasscheibe längst dunkel geworden war, bereitete sie auch noch eine Charge

Ameisenbonbons mit Karamell zu. Die Mischung duftete so köstlich, dass Lila, als die Masse noch heiß aus dem Kegelroller kam, nicht widerstehen konnte und sofort ein kleines Stück probierte.

Oh ist das köstlich, dachte sie begeistert und überlegte, dass man diese Bonbons eigentlich heiß anbieten sollte. Dazu müsste sie einen kleinen Ofen in den Laden stellen und die Karamellbonbons warm und cremig auf weißen Tellerchen servieren, insbesondere da sich das hellbraune Karamell eleganter als die Kakaoflecken in den Sahnebonbons machte. Doch dann musste Lila über sich selbst lachen. Warme Bonbons, serviert auf weißem Porzellan, das ging vielleicht doch etwas weit. Lebhaft konnte sie sich vorstellen, wie Frau Schmid dazu sagen würde: »Ach Kindchen, wir sind hier doch in Berlin und nicht janz weit draußen.«

Also kostete sie nur noch ein weiteres winziges Stückchen und begann dann aufzuräumen. Frau Schmid hatte einen alten, aber tatkräftigen Geschirrspüler, und Lila packte ihn so voll es nur ging; den Rest wusch sie von Hand in dem tiefen Spülbecken ab. Dabei summte sie vor sich hin, denn Frau Schmids altes Radio rauschte fürchterlich, und ihr eigener Handyakku war im Laufe des Abends leer gegangen. Als sie fertig war, sammelte sie den Müll ein und brachte ihn nach draußen. Sie war gerade bei den Tonnen im ersten Hof angekommen, als sie auf einen Mann traf, den sie vorher noch nie gesehen hatte. Er war groß, trug eine Art Collegejacke und hatte eine Kurzhaarfrisur, aber mehr konnte Lila im nächtlichen Halbdunkel nicht erkennen. Also ging sie an ihm vorbei und murmelte nur ein undeutliches »Hallo«.

»Lila?«

Überrascht drehte sie sich um. Die Stimme klang nach

Felix, aber der Mann vor ihr sah nicht so aus. Da, wo Felix schöne blonde Haare gehabt hatte, waren nur Stoppeln zu sehen, und die Kleidung des Mannes fand Lila gelinge gesagt grauenhaft. Aber als sie genauer hinsah, erkannte sie doch seine markanten Gesichtszüge.

»Wie siehst du denn aus?«, fragte sie. »Gehst du auf eine Mottoparty?« Sie warf den Müll in den Container, wo er mit einem gewaltigen Scheppern zu liegen kam.

Ein leises Lachen war die Antwort, das sich wieder ganz nach Felix anhörte. »Nein, das nicht. Was machst du zu später Stunde noch hier?«

»Ich habe Nachschub hergestellt. Möchtest du etwas probieren?«, bot Lila an und strich sich mit dem rechten Unterarm eine Haarsträhne aus dem Gesicht, die sich trotz der anderslautenden Versprechen auf der Haargummi-Packung aus ihrem Zopf gelöst hatte.

»Unglaublich gerne«, erwiderte Felix und begleitete sie nach hinten zur Bonbonküche.

Als sie ins Helle traten, musterte Lila Felix aus den Augenwinkeln, aber sie hatte sich auf dem Hof nicht vertan: Seine Haare waren kurz rasiert, und unter den Augen trug er dunkle Schatten.

»Ist etwas passiert?«, fragte sie besorgt.

»Nicht so wichtig. Ich freue mich, dich zu sehen.« Ein Lächeln machte sich in Felix' Mundwinkel breit. »Hier riecht es übrigens wunderbar.«

»Setz dich doch und mach es dir bequem«, schlug Lila vor, wusch sich rasch die Hände und stellte ihm einen kleinen Teller mit ihren neuen Karamell-Sahnebonbons hin. »Sag mal, was macht dein Friseur eigentlich beruflich?«, fragte sie so ganz nebenbei.

Felix antwortete nicht gleich, und Lila befürchtete für einen Augenblick, ihn beleidigt zu haben, aber dann lachte er schallend los und fuhr sich mit der Hand über die Stoppeln. »Sieht schlimm aus, oder? Das Problem ist wahrscheinlich, dass es kein Friseur war, der mir die Haare geschnitten hat, sondern Paule.«

»Und warum um alles in der Welt vertraust du Paule deine Haare an, wenn es hier an jeder Ecke einen Friseur gibt?«

Felix wollte antworten, doch er hatte sich schon das Bonbon in den Mund geschoben und machte stattdessen nur »hm«. Nach einer Weile murmelte er »köstlich« und nach einem weiteren Augenblick: »Das ist ja wunderbar, du bist echt eine Meisterin.«

Lila errötete. »Das ist vielleicht übertrieben«, wehrte sie höflich ab.

»Nein, es stimmt genau, und dazu bist du noch unglaublich nett und hübsch.« Er sagte es leichthin, aber dennoch bekam Lila rote Wangen vor Freude.

»Wow, und das alles wegen eines einzigen Bonbons.« Sie versuchte, cool zu klingen, aber innerlich freute sie sich krümelig über seine Komplimente. Dazu kam dieser anerkennende Blick aus Felix' schönen Augen, und ihre Knie begannen einen eigentümlichen Wackeltanz.

»Dann stimmst du mir also zu, dass du wirklich eine Meisterin bist?«, neckte Felix sie und blickte ihr einen Augenblick zu lange in die Augen.

Vorsichtig zuckte Lila mit den Achseln, ließ aber seinen Blick nicht los, und zu ihren Wackelknien gesellte sich auch noch ein Kribbeln in ihrem Bauch.

Oh, was für fantastische Augen, dachte sie und vergaß darüber fast den grässlichen Haarschnitt.

Felix' Handy klingelte, aber für einen Augenblick rührte sich keiner von beiden. Dann ging Felix dran. »Hallo Paule«, grüßte er.

Lila wollte nicht lauschen, und gleichzeitig wollte sie doch unbedingt lauschen. Um ihre Unentschiedenheit zu überspielen, machte sie sich an der Arbeitsplatte zu schaffen, obwohl sie da eigentlich schon alles aufgeräumt hatte.

Felix blieb relativ einsilbig am Telefon. Schließlich legte er auf, nachdem er sich herzlich bedankt hatte.

Als sein Blick Lilas kreuzte, konnte sie seinen Gesichtsausdruck nicht deuten. Lag Anspannung darin oder innere Unruhe?

»Wollte *Paule* wissen, ob du seinen Haarschnitt überlebt hast?«, fragte sie ins Blaue hinein.

Felix' Gesicht entspannte sich daraufhin, und er grinste sie an. »Nein, eigentlich wollte er mir nur einen Gruß von seinem Langhaarschneider ausrichten, dass ich mich so bald nicht wieder blicken lassen soll.«

Lila kicherte. »Ich schließe mich dem Wunsch des Langhaarschneiders an.«

»Also ich weiß nicht, was ihr habt.« Felix tat gekränkt. »Das ist doch wenigstens mal ein vernünftiger Vorher-nachher-Effekt.«

»Da hast du recht. Aber sag mal, wo sind eigentlich die Jungs?« Eben erst fiel Lila auf, dass seine beiden quirligen Neffen Felix ja gar nicht begleiteten.

»Die schlafen heute bei Paule«, antwortete Felix. »Deswegen hat er auch angerufen, um mir Bescheid zu geben, dass alles in bester Ordnung ist.«

»Nicht, dass er ihnen auch die Haare schneidet!«, protestierte Lila zum Spaß und dachte dabei an Johnnys süße blonde Locken.

Felix schmunzelte. »So wie ich den Laden kenne, schneiden die Jungs eher *ihm* die Haare. Aber ich glaube, es besteht so oder so keine Gefahr. Sie schlafen schon friedlich, und Paul sitzt an der Arbeit. Und bevor du fragen musst: Das ist Komponieren und nicht Haareschneiden.«

»Habe ich es mir doch gedacht«, meinte Lila und nahm sich auch noch ein Bonbon.

»Dass sie schlafen oder dass er komponiert?«, fragte Felix.

»Nein, dass dein Friseur mit etwas anderem seine Brötchen verdient«, erwiderte Lila und schaltete das Licht über den Arbeitsplatten aus.

Felix lachte. »Und was machen wir jetzt mit dem angefangenen Abend?«

Lila zuckte die Achseln und sah ihn erwartungsvoll an.

»Spaziergang gefällig?«, schlug Felix vor und griff nach einem weiteren Bonbon.

»Ja«, antwortete Lila beschwingt und spürte, dass es absolut nichts gab, was sie jetzt lieber getan hätte.

* * *

Felix war selbst etwas überrascht über seinen Vorschlag, jetzt noch spazieren zu gehen, denn eigentlich war sein Tag nicht gut verlaufen, und er hatte sich einfach nur verkriechen wollen. Auf der Heimfahrt hatte sich Felix, wie um sich selbst zu quälen, durch die Hamburger Presse gearbeitet und sich dabei von Geschichte zu Geschichte schlechter gefühlt. Zwischendrin hatte er über die Bilder der Frau auf der Überwachungskamera nachgegrübelt, was seine Laune auch nicht gerade gehoben hatte. Als er nach Hause kam, lag seine Wohnung im Dunkeln da, und Felix, dem das bisher nie etwas ausgemacht hatte, fühlte sich auf einmal seltsam einsam. Also ging er erst einmal in den Hof und versenkte die Zeitungen in der Papiertonne, wobei er vor Frust hätte toben und heulen können. Just in diesem Moment war Lila aufgetaucht, und Felix hatte das Gefühl, dass sie ihn mit ihrer guten Laune schlicht gerettet hatte.

Jetzt fühlte er sich deutlich besser als noch vor wenigen Minuten, was allein daran lag, dass diese Frau da war, Witze über seine Frisur machte und dabei ihr wunderschönes Lächeln zeigte.

»Ich hole mir nur kurz etwas zum Überziehen«, erklärte sie. »Treffen wir uns vorne am Hoftor?«

Felix nickte, sie verließen gemeinsam die Bonbonküche, und er wartete in der Dunkelheit, bis sie die Küche geschlossen hatte und dann im Hauseingang im ersten Hof verschwunden war. Langsam ging er bis zur Straße vor und blickte in die Auslage von *Mariannes himmlische Bonbons*. Dabei musste er an Niklas denken, der jetzt in aller Einsamkeit in seiner Zelle lag und vielleicht auch gerade nicht schlafen konnte.

Bruder, ich würde dir so gerne helfen, sagte er in Gedanken und fragte sich wieder, was er übersehen haben könnte. Am liebsten hätte er sich mit irgendwem besprochen, aber Niklas hatte nur ihm den Code mitteilen lassen und nicht auch Paul, jedenfalls soweit Felix wusste.

Dieses Rätsel muss ich alleine lösen, dachte Felix und spürte sein Herz wieder schwerer werden. Er machte einige Schritte hin und her, aber da kam Lila schon um die Ecke und strahlte ein solches Wohlbefinden aus, dass tatsächlich etwas davon auf ihn abfärbte und er zu seiner Überraschung wieder freier atmen konnte.

»Hast du einen Wunsch, wohin du gehen möchtest?«, fragte er, doch Lila schüttelte den Kopf. »Ich bin offen für alles«, meinte sie.

Also spazierten sie einfach los. Zuerst schlenderten sie zum Savignyplatz und dann weiter die Knesebeckstraße hinunter. Die Schaufenster in den Geschäften links und rechts waren erleuchtet und warfen ihren Lichtkegel bis auf die Straße. Es war ein schönes Licht, das zusammen mit dem Mondschein am Himmel allem einen wunderschönen silbrigen Glanz verpasste. Entspannt bummelten Felix und Lila die Straße entlang, schauten sich die Auslagen an und betrachteten dann einträchtig die ausgestellten Bücher in einem Buchladen. Dort gab es einen eigenen Bereich nur für Kinderliteratur, und Sekunden später waren sie in ein eindringliches Gespräch darüber verwickelt, welche Bücher sie einst selbst am liebsten gelesen hatten und welcher Schmöker Johnny und welcher Jakob gefallen könnte. Felix war überrascht davon, wie gut Lila die Jungen bereits zu kennen schien, und er hörte ihr gern zu, wenn sie über sie sprach. Ihre Stimme war angenehm, niemals schrill, und er lächelte, als sie einen Witz machte.

»Du wolltest mir noch erzählen, wie du als Konditorin im Bonbonladen gelandet bist«, meinte er, als sie weitergingen und in den Kurfürstendamm einbogen.

»Ach das...« Lila winkte ab. »Ich hatte dir ja schon gesagt, dass das eine lange und nicht besonders spannende Geschichte ist.«

»Aber vielleicht finde ich sie ja spannend?«

»Wenn du Schlafstörungen hast, vielleicht«, gab Lila lapidar zurück, und Felix lachte.

»Dann erzähl mir irgendetwas anderes, was du spannend findest«, schlug er vor.

»Das Leben meiner Cousine Sonja ist aufregend«, überlegte Lila laut. »Sie lebt in Los Angeles.«

»Ehrlich gesagt, finde ich das auch nicht spannender als das Leben einer Konditorin in Berlin«, erwiderte Felix. »Zumal einer, die so köstliche Bonbons herstellen kann.«

Lila stupste ihn von der Seite an. »Felix, ich spreche immerhin von Los Angeles, du weißt schon: der Metropole für Filmkunst.«

»Das habe ich schon verstanden«, meinte Felix liebenswürdig. »Aber deine Bonbons sind auch eine Kunst.«

»Du bist ein Charmebolzen.« Im Licht der Straßenlaterne verdrehte Lila die Augen.

»Nein, gar nicht, ich sage nur die Wahrheit«, protestierte Felix und blickte ihr ins Gesicht. Ihre Augen funkelten tiefblau, und ihr ganzes Gesicht strahlte eine vollkommen unverstellte Heiterkeit aus. *Sie ist so anders als Belly*, ging es ihm plötzlich durch den Kopf. Nichts an ihr wirkte berechnend, und sie schien auch nicht im Vorfeld den möglichen Nutzen von allem zu kalkulieren, was sie tat. Doch bevor Felix noch romantischeren Gedanken nachhängen konnte, knurrte Lilas Magen laut und vernehmlich.

»Warst du das oder ich?«, erkundigte sie sich sofort und presste ihre Hände auf den Bauch.

»Du«, meinte Felix. »Es hört sich an, als hättest du Hunger.«

»Den habe ich auch. Bonbons machen einfach auf Dauer nicht satt«, gab Lila fast kleinlaut zu.

»Dann lass uns etwas essen gehen«, schlug Felix vor.

»Was? Jetzt? Aber es muss doch schon nach elf sein.«

»Ja, und? Das ist vielleicht nicht Los Angeles, aber es ist Berlin!« Felix machte auf dem Absatz kehrt. »Komm hier entlang, ich zeige dir ein Restaurant, in dem es vierundzwanzig Stunden am Tag Frühstück gibt.«

»Du meinst so ein richtiges mit Pancakes und Rührei und gebratenen Würstchen?« Lilas Stimme klang von Wort zu Wort hungriger, sodass Felix ihr den Arm um die Schultern legte und sie zu sich heranzog. »Sag mal, du armes Kind, wie lange hast du denn nichts gegessen?«

»Lange genug, dass ich dich jetzt für ein solches Frühstück lieben werde«, erwiderte Lila und sah zu ihm auf.

»Ehrlich?« Felix blieb stehen. Er warf Lila einen fragenden Blick zu, und sie lächelte ihn von unten herauf an. Als er jedoch weiterhin einfach stehen blieb und keine Anstalten machte weiterzugehen, zog sie an seinem Arm, der immer noch um ihre Schultern lag.

»Komm, Felix«, meinte sie und klang zum ersten Mal etwas ungeduldig. »Lass uns jetzt gleich zu den versprochenen Köstlichkeiten gehen.«

»Du musst echt Hunger haben.« Mit einem Lächeln ließ er ihre Schultern wieder los, griff dafür aber nach ihrer Hand. »Bitte folgen Sie mir, schöne Frau, und ich führe sie zu einem köstlichen Frühstück mitten in der Nacht.« Dabei dachte er, dass Lila wirklich schön war – schön in jedem Sinne.

***

»Wow, schmeckt das gut«, meinte Lila, als sie den ersten Bissen von ihren Pancakes gekostet hatte, die sich unter Bananen, Kokos und süßer Kondensmilch auf dem Teller stapelten. Auf dem Tisch standen außerdem noch ein israelisches Shakshuka mit pochierten Eiern, ein French Toast mit Blaubeerquark und ein englisches Frühstück mit allem Drum und Dran. Die Pancakes schmeckten genau so, wie es sich Lila erhofft hatte, nämlich weich und fluffig und nach einem winzig kleinen Hauch von Backpulver wie auch die Fertigmischungen, die Sonja ihr manchmal aus Amerika schickte.

Felix und sie saßen in einer kleinen Fensternische gegenüber der Bar, und Lila ließ ihren Blick durch den Raum mit seinen blauen und goldenen Tapeten schweifen. Eine Vielzahl von opulenten Leuchtern erleuchtete das ganze Restaurant, während im Hintergrund angenehm entspannter Jazz spielte. Lila genoss das Gemurmel der Stimmen um sie herum und das Gefühl einer berstenden Lebendigkeit, das der taghell erleuchtete Raum und seine Besucher ausstrahlten.

Wie habe ich es so lange nur auf dem Dorf ausgehalten?, fragte sie sich und nahm einen Schluck von ihrem Frozen Erdbeer-Daiquiri. Felix hatte sie aufgezogen, dass das ein echtes Mädchen-Getränk sei, aber es schmeckte wunderbar und war für sie nach dem langen Arbeitstag das Tüpfelchen auf dem i.

»Möchtest du von meinen Pancakes probieren?«, bot sie Felix an, der mit erstaunlichem Appetit dem Rührei, den Würstchen und dem Speck zu Leibe rückte und dazu Gin Tonic trank. Obwohl sie sich noch nicht an seine »Frisur« gewöhnt hatte, hätte sie ihn stundenlang ansehen können. Sie mochte sein Gesicht mit dem Lächeln, das stets seine Augen erreichte und ihn jungenhaft und fröhlich aussehen ließ.

»Ja, gerne.« Er reichte ihr seine Gabel, und sie lud eine fürstliche Portion darauf.

»Lecker«, meinte er, als er gekostet hatte. »Aber nicht so gut wie deine Bonbons.«

»Wird das der neue Maßstab?«, erkundigte sich Lila mit hochgezogenen Augenbrauen, freute sich aber darüber.

»Das ist er schon«, erwiderte Felix entschieden und nahm sich noch ein Würstchen. »Deine Sahnebonbons sind wirklich der Knaller.«

»Vielen Dank, das hört man gerne. Vielleicht tut es meiner alten Firma ja noch leid, dass sie mich rausgeworfen hat«, überlegte Lila laut.

»Sie haben dich rausgeworfen? *Dich?*« Jetzt klang Felix bass erstaunt, und Lila konnte nicht anders, als ihm die Geschichte von Frau Nipperts Unfall zu erzählen und von Frau Ellenhagen, die nicht glauben wollte, dass sie Wolkenschön mit zweitem Namen hieß.

»Wolkenschön?«, hakte Felix nach. Er sprach es ganz weich aus.

»Jaja, ich weiß, meine Mutter...«

»Nein, schhh.« Felix beugte sich vor und legte Lila den Finger auf die Lippen. »Sag nichts. Der Name passt perfekt.« Er lächelte sie an, und sie spürte etwas in sich schmelzen. Jahrelang hatte sie sich immer automatisch für ihren überkandidelten Namen entschuldigt, aber jetzt dachte sie auf einmal, dass ihre Mutter ihn ihr vielleicht wirklich gegeben hatte, um sie mit einer Portion Einzigartigkeit in die Welt zu schicken.

»Er ist auf alle Fälle poetischer als Felix Johann Jakob Wengler«, erklärte Felix nach einem Augenblick, wobei er jeden einzelnen Namensbestandteil hart und markig aussprach.

»Du heißt wie Johnny und Jakob?« Überrascht sah Lila

ihn an, fragte sich aber im nächsten Moment, ob sie den Namen Wengler nicht vor Kurzem in der Zeitung gelesen hatte.

»Ja, lustig nicht wahr?« Er sagte es leichthin, aber sie spürte eine ernste Schwingung dahinter. Doch da sie den Abend nicht belasten wollte, wechselte sie schnell das Thema.

»Wer ist eigentlich Paule?«, erkundigte sie sich und nahm von dem French Toast, der wunderbar schmeckte und genau die richtige Konsistenz hatte: außen knusprig und innen butterweich.

»Paul Ehrlich? Der wohnt auch bei uns im Haus, ist Komponist und spielt wunderbar Klavier«, erwiderte Felix und sah Lila aufmerksamer an, zumindest kam es ihr so vor.

»Ach, er ist das? Ich höre es manchmal, wenn ich abends im Bett liege, und es klingt wirklich toll.«

»So toll wie deine Bonbons?« Felix lud sich von den Baked Beans auf den Teller, und Lila sah ihn prüfend an.

»Sag mal, lobst du die Bonbons jetzt über den grünen Klee, oder haben sie dir wirklich so gut geschmeckt?«

»Lila, sie sind grandios«, erwiderte Felix ernsthaft. »Da kann nicht einmal ein komplettes englisches Frühstück mit Gin Tonic mithalten, und das will etwas heißen.«

»Ich fühlte mich geehrt.« Lila nahm noch einen Schluck von ihrem Erdbeer-Daiquiri. Aber Dankbarkeit für dieses Lob war nicht das Einzige, was sie spürte. Stattdessen dachte sie, wie unglaublich nett und angenehm dieses nächtliche Frühstück war. Noch nie war sie mit einem Mann ausgegangen, an dessen Seite sie sich gleichzeitig so entspannt und aufgeregt, vergnügt und sicher gefühlt hätte. Es war großartig, und sie segelte beschwipst und glücklich durch die späten Abendstunden. Letztendlich hatte ihr Onkel doch recht gehabt: In diesem Moment war sie Frau Ellenhagen tatsächlich dankbar.

***

Über sein Glas hinweg sah Felix Lila an. Sie war charmant und liebenswürdig. Dass sie nett war, hatte er schon gewusst, aber dass sie so witzig sein konnte, war eine neue Entdeckung für ihn. Er lachte gern mit ihr und liebte den leichten und lustigen Ton, der zwischen ihnen herrschte. Dennoch gingen ihm immer wieder ernste Gedanken durch den Kopf, und er musste an die Bilder der Überwachungsvideos denken, die er auf Niklas' Computer gesehen und die ihn überhaupt nicht weitergebracht hatten.

Ich wünschte, ich wüsste, wie ich weitermachen soll, grübelte er und spürte wieder das seltsame Gefühl des Versagens, das er in den letzten Jahren so erfolgreich verdrängt hatte. *Hätte ich mich am Tag unserer Abifeier anders entschieden, wenn ich schon gewusst hätte, was ich jetzt weiß?*, fragte er sich und legte seine Gabel beiseite. Aber nicht einmal darauf hatte er eine Antwort.

»Was denkst du gerade?«, erkundigte sich Lila mitten in seine Überlegungen hinein. Sie klang ehrlich interessiert, aber nicht aufdringlich.

»Wieso?«, stellte Felix eine Gegenfrage, um Zeit zu gewinnen.

»Du hast gleichzeitig ernst, besorgt und noch irgendwie anders ausgesehen.« Lila machte eine Bewegung mit ihrer Hand, die an eine Welle erinnerte. »Es war eine interessante Mischung.«

»Manchmal ist man gefangen in Gedanken, kennst du das?«, fragte er sie, und sie nickte langsam und wirkte auf einmal ebenfalls nachdenklich.

»Manchmal ist man auch gefangen in Situationen und ahnt es nicht einmal«, antwortete sie dann.

»An was genau denkst du?«, erkundigte er sich und stützte sein Kinn in die Hände. Er sah die kleinen Sommersprossen auf ihrer Nase und die gebogene Form ihrer Wimpern über ihren blauen Augen, die auf einmal ernster schauten als zuvor.

Lila lehnte sich auf ihrem Stuhl zurück. »Viele Jahre lang habe ich mich nicht getraut, etwas Neues auszuprobieren. Vor mir selbst hatte ich alle möglichen Rechtfertigungen dafür: Es ist eine sichere Arbeit, ich liebe mein Umfeld, alles ist perfekt, wie es ist. Das waren alles wahre und gleichzeitig unwahre Gründe. Aber in Wirklichkeit hatte ich Furcht davor, mich hervorzuwagen. Und jetzt sitze sich hier und bin froh, dass ich gezwungen wurde, mich zu ändern. Verrückt, nicht wahr?«

»Ja, aber ich verstehe dich nur zu gut.« Felix dachte an die Dinge, hinter denen er sich immer versteckt hatte. Damals, als sein Vater ihn gezwungen hatte, zwischen Niklas und ihm zu wählen, hatte er auch angenommen, dass es sicherer und besser wäre, sich auf die Seite seines Vaters zu stellen. Er hatte Angst gehabt, seine Zukunft zu verlieren und alles, was er machen wollte: Studieren, den Einstieg in die Firma, eine geregelte Zukunft. Niklas war bei Weitem nicht so ängstlich gewesen und hatte ihn und seinen Vater damals trotzig und ablehnend angesehen. Ganz deutlich erinnerte sich Felix noch daran, wie er selbst gezittert hatte, sowohl innerlich als auch äußerlich.

»Es war falsch«, dachte er und merkte auf einmal, dass er es laut ausgesprochen hatte.

Überrascht sah Lila ihn an. »Was?«, erkundigte sie sich.

Doch er antwortete nicht gleich, erst nach einer Weile meinte er leise: »Ich habe einmal eine grundsätzlich falsche Entscheidung getroffen, und jetzt weiß ich, wie sehr ich sie bereue.« Auf einmal sah er die Antwort auf seine stumme Frage von vorhin so klar vor sich, als stünde sie auf dem Tischtuch vor ihm: Ja, mit allem, was er jetzt wusste, würde er sich für Niklas entscheiden. Als ihm das klar wurde, fiel zumindest ein kleiner Teil seiner Last ab, und er lächelte.

»Man kann sich gut mit dir unterhalten, Lila«, sagte er und hatte das Bedürfnis, nach ihrer Hand zu greifen und sie zu drücken, aber gleichzeitig fühlte er irgendwie eine unerwartete Scheu, es zu tun. Daher blickte er sie einfach nur an.

»Obwohl das vielleicht etwas wuchtige Themen für Pancakes und French Toast sind«, antwortete Lila, und ein kleines Lächeln blitzte in ihren Mundwinkeln auf.

»Du meinst, man sollte nur bei Raclette mit einem dicken Käseklumpen im Bauch über so etwas sprechen?« Jetzt lächelte er auch, und es fühlte sich leicht und richtig an.

»Oder bei Rinderrouladen mit Klößen und Rotkohl?«

»Nach der Weihnachtsgans?« Sein Lächeln wurde breiter.

»Also danach kann ich gar nicht mehr denken, geschweige denn reden«, protestierte Lila.

Felix zog den Nasenrücken kraus. »Jetzt haben wir auch ganz ordentlich getafelt, und mir bleibt nur zu fragen, ob du genug zu speisen bekommen hast, schöne Frau?«

»Aber ja, schöner Mann, das war ein hervorragender Tipp mit diesem Restaurant hier.«

Sie lächelte ihn an, und ihm gefiel das Vergnügen, das sie dabei ausstrahlte. Mit ihrer liebenswürdigen Art gelang es ihr scheinbar mühelos, ihn zurück auf die Sonnenseite zu ziehen, und tief in seinem Innern ahnte Felix, dass er drauf und dran war, sich Hals über Kopf in Lila Wolkenschön zu verlieben.

***

Im Laden war es – da die Nachtbeleuchtung im Schaufenster als einzige Lichtquelle diente – ziemlich dunkel, und Lila musste sich bemühen, das Tablett voller Bonbons sicher zur Vitrine zu balancieren, ohne zu stolpern. Felix folgte ihr, und es knarrte, als er auf eine Dielenkante stieg.

»Hierher«, bat Lila und stellte ihr Tablett ab. Die Bonbons dufteten herrlich, besonders der Sahne-Karamell-Geruch ihrer neuen Kreation schien sich in Nullkommanichts im ganzen Geschäft auszubreiten. Daneben lag noch das leichte Rosenaroma in der Luft, was alles zusammen eine wunderbare Mischung ergab.

»Und jetzt?«, fragte Felix und reichte ihr seine Fuhre.

Mittlerweile war es schon sehr spät. Lila fand es unglaublich nett von ihm, dass er ihr trotzdem noch half, die Bonbons aus der Küche herüberzubringen. Alleine hätte sie mehrmals gehen müssen, außerdem machte es einfach mehr Spaß zu zweit. Wenn sie außerdem ganz ehrlich war, hätte sie das auch morgen früh erledigen können, aber irgendwie hatte sie sich nicht von Felix trennen wollen und überlegt, was sie noch tun könnten, um den Abschied noch etwas aufzuschieben ... Den ganzen Heimweg lang hatten sie sich die absurdesten Geschichten erzählt, so als würden sie sich schon seit Ewigkeiten kennen, und dabei gelacht und gekichert. Jetzt standen sie dicht nebeneinander im dunklen Laden, und Lila konnte Felix' Anwesenheit direkt neben sich spüren. Sie spürte, wie ihr Herz vor Aufregung schnell und kräftig schlug.

Behutsam füllte sie die Bonbons in die zugehörigen Gläser und legte dann die Karamell-Sahnebonbons auf die Glasplatte in der Mitte der Vitrine.

»Ich gehe dann jetzt mal«, meinte Felix schließlich und gähnte, rührte sich aber nicht.

»Ja, natürlich. Vielen Dank für deine Hilfe.« Im schummrigen Licht konnte Lila die Farbe seiner Augen nicht mehr erkennen, aber immerhin die Andeutung seines Lächelns.

»Jederzeit wieder.« Felix bewegte sich immer noch nicht, und Lila hatte es ihrerseits nicht im Mindesten eilig, etwas an dieser angenehmen und gleichzeitig aufregenden Situation zu verändern. Sie drehte sich zu ihm und spürte ihr Herz noch schneller schlagen.

»Möchtest du vielleicht noch ein Bonbon für den Heimweg?«, bot sie leise an.

»Du meinst für den langen, langen Weg nach oben?«, erkundigte er sich amüsiert, aber mit so warmer Stimme, dass ihr ein Schauer über den Rücken lief.

Mit gespieltem Ernst antwortete sie: »Denk nur an die vielen Treppenstufen.«

»Oh ja, es wird eine große Herausforderung«, stimmte ihr Felix zu, und seine Stimme ließ eine Gänsehaut über ihre Arme laufen. Lila wollte etwas erwidern, aber ihr fiel nichts ein, also blickte sie ihm einfach nur ins Gesicht.

»Lila«, begann er langsam. »Lila Wolkenschön.« Plötzlich beugte er sich vor und küsste sie. Es war ein ganz zarter Kuss, fast nur wie ein Hauch, aber Lila glaubte noch nie etwas so Angenehmes gefühlt zu haben.

Oh, dachte sie überrascht.

»Gute Nacht«, flüsterte er, dann küsste er sie noch ein weiteres Mal, bevor er verschwand.

Die Ladenglocke bimmelte. Ohne sich zu bewegen, blieb Lila einfach stehen, bis das Bimmeln wieder aufhörte.

Ah, dachte sie dann, verblüfft, überrascht und überwältigt. *So verliebt man sich also in Berlin.*

***

Felix war zugleich müde und sehr wach, als er seine Wohnung betrat. Diesmal machte es ihm nichts aus, dass er allein war, obwohl er auch nichts dagegen gehabt hätte, Lila noch um sich zu haben.

Im Flur und im Wohnzimmer stellte er das Licht an, ging hinüber in sein Schlafzimmer, öffnete dort das Fenster und ließ die kühle Frühlingsluft hereinströmen. Seit dem Kuss gerade eben, der so wunderbar leicht und sanft gewesen war, fühlte er sich geradezu beschwingt. Es war, als habe die Zeit mit Lila ihm einen Teil seiner Last genommen, obwohl sich die Lage im Grunde genommen nicht verändert hatte. Aber ihm gefiel der Gedanke, dass sie ganz in seiner Nähe weilte und er sie morgen wiedersehen würde.

Als er an seinem Nachttisch vorbeikam, sah er dort sein Handyladekabel liegen. *An mein Smartphone habe ich gar nicht mehr gedacht*, bemerkte er überrascht und nahm es aus seiner Hosentasche.

Ob die Rufumleitung schon entdeckt worden war?, fragte er sich und drückte auf den Homebutton. Das war sie nicht, stattdessen fand er Dutzende neue Nachrichten aus der Firma vor, die alle auf sein privates Handy weitergeleitet worden waren. Die Controller hatten die neuesten Zahlen der Firma herumgeschickt; ein Kollege, der offenkundig verpasst hatte, dass Felix nicht mehr dort arbeitete, schickte eine Anfrage bezüglich eines Pumpensystems für einen besonders schwierigen Kunden, ja selbst Frau Händels Ermahnung an alle, sparsamer mit den Ressourcen der Grafikabteilung umzugehen, war auf seinem persönlichen Handy gelandet.

Gerade wollte Felix diese Nachricht löschen, als er auf einmal stutzig wurde. Hiltrud Händel war nicht nur unangenehm, sie war auch ungewöhnlich gutaussehend und ganz besonders eitel und schickte immer ein Foto von sich in den Mails mit, das neben ihrer Signatur als *Persönliche Assistenz der Geschäftsleitung* angezeigt wurde. Wie die meisten seiner Kollegen fand Felix das albern und unpassend, aber als sein Blick jetzt auf das Bild fiel, überkam ihn eine solche Aufregung, dass er fast das Smartphone fallen ließ. Frau Händel hatte nicht nur rötliche Haare, sie humpelte auch! Zwar bemühte sie sich stets, es zu kaschieren, aber jeder im Unternehmen wusste es. War sie etwa die Frau gewesen, die auf den Überwachungsbildern am Gartentor seiner Eltern und vor Niklas' Haus aufgetaucht war? War sie Rotkäppchen?

Felix fuhr sich über die Stoppelhaare und überlegte fieberhaft. Mit seinem rätselhaften Satz von den Märchenfiguren, den Zwergen und dem Wolf hatte Niklas womöglich zwei Dinge zum Ausdruck gebracht: Mithilfe des Namens Schneewittchen hatte er Felix an ihre ehemalige Lehrerin erinnert und zu seiner Wohnung gelotst. Mit Rotkäppchen konnte er jedoch eine Person gemeint haben, um die es in irgendeiner Weise ging. Rotkäppchen – Frau Händel?

Ich muss morgen früh sofort wieder nach Hamburg, entschied Felix und holte tief Luft.

Bevor er das Handy wieder weglegte, entdeckte er auch noch eine Nachricht von Belly.

Felix – Ich gebe Dir noch eine letzte Chance, wenn Du mir dafür ganz genau sagst, was bei Euch gespielt wird. Noch bewerte ich Euch gut, aber das ist deine letzte Möglichkeit!

Felix war sich nicht ganz sicher, ob es Belly hierbei um ihn, die Firma oder beides ging. Diese Mischung kam ihm merkwürdig vor, aber er erkannte an ihrer ungewohnten Verwendung des Ausrufungszeichens, dass es ihr sehr ernst sein musste. Unwillkürlich runzelte Felix die Stirn, dann antwortete er kurz und knapp.

Liebe Belly, vielen Dank für das Angebot. Ich möchte keine weitere Chance – weder zur Bewertung meiner selbst noch der Firma. Alles Gute für Dich! Felix

Er hatte jetzt wirklich anderes zu tun, als über Belly und ihre Vorstellung von der Welt nachzudenken, er wollte nur noch wissen, was es mit Rotkäppchen auf sich hatte. Hiltrud Händel konnte endlich die ersehnte heiße Spur sein. Mit vor Aufregung fast zitternden Händen trat er ans Fenster und blickte hinaus in die Dunkelheit. Alle seine Gefühle gingen durcheinander. Er dachte an Lila und den Kuss gerade eben, er dachte an Frau Händel, ihre rötlichen Haare und ihr Humpeln, an Niklas und seine Söhne, er dachte an die gestohlenen Bilder und Niklas' Wohnung, er dachte an Paule, der so ein treuer Freund war. Nur an Belly dachte er nicht, als er sich viel später ins Bett legte und vor Aufregung keinen Schlaf finden konnte.

11. Kapitel

»Onkel Felix, Onkel Felix, wach schnell auf, heute Nacht ist etwas Furchtbares mit deinen Haaren passiert.« Das war Johnny.

»Schlafwandelst du?«, erkundigte sich Jakob, und seine Stimme klang ebenfalls besorgt.

Felix schlug die Augen auf und blickte direkt in die Gesichter der beiden kleinen Jungen, die sich beunruhigt über ihn beugten. »Wie spät ist es?«, fragte er mit heiserer Stimme.

»Irgendwas mit sechs Uhr«, erwiderte Johnny fröhlich. »Kurz vor oder kurz nach. Paule hat gesagt, wir sollen mal nach dir schauen.«

»Wir haben bei ihm im Wohnzimmer gezeltet«, erklärte Jakob, während sie beide zu Felix ins Bett krochen und sich behaglich neben ihm unter der Decke ausstreckten. »Aber leider ist das Zelt mitten in der Nacht zusammengebrochen, und dann mussten wir doch auf die Couch umziehen.«

»Hier ist es viel bequemer«, erklärte Johnny und kuschelte sich dichter an Felix.

Für einen kleinen Augenblick schloss Felix die Augen, doch dann hatte Johnny auch schon genug Nähe getankt und sprang auf, um auf dem Bett herumzuhüpfen.

»Kommt die komische Frau wieder?«, erkundigte er sich

dabei. »Die, die so doll rumschreien kann?« Dabei klang er eher neugierig als ängstlich.

»Nein, heute nicht«, antwortete Felix und erinnerte sich an die merkwürdige Nachricht von Belly, die er gestern nur mit halber Aufmerksamkeit beantwortet hatte. Über Jakob hinweg griff er nach seinem Handy auf dem Nachttisch und sah auf den ersten Blick, dass sie die Rufumleitung entdeckt haben mussten und er aus der Verbindung zur Firma hinausgeflogen war.

»Kaputt?«, fragte Johnny mitfühlend zwischen einem kleinen und einem sehr hohen Hüpfer.

»So etwas in der Art«, antwortete Felix und legte das Handy wieder zurück. Er war selbst überrascht darüber, wie wenig es ihm ausmachte. Stattdessen tauchte das Bild von Lila vor seinem inneren Auge wieder auf, und er musste lächeln.

»Du siehst fröhlich aus«, meinte Jakob zufrieden. Mit einem warmen Gefühl im Bauch dachte Felix, was für ein lieber Kerl sein großer Neffe doch war.

»Auch wenn deine Haare grau-en-haft aus-sehen.« Bei jeder Silbe sprang Johnny höher. Unwillkürlich strich sich Felix über die Stoppeln. Vielleicht war der Haarschnitt wirklich keine so gute Idee gewesen, aber auf der anderen Seite hatte es keine wirklich brauchbare Alternative gegeben. Außerdem, wer wusste schon, wie furchtbar er ausgesehen hätte, wenn Paule ihm die Haare gefärbt hätte?

»Ich habe Hunger«, erklärte Jakob nach einem Augenblick.

»Was willst du essen?«, fragte Felix und setzte sich auf. Solange Johnny hüpfte, war an Entspannung sowieso nicht mehr zu denken.

»Nutella und Bonbons«, kam Johnny seinen Bruder mit einer Antwort zuvor.

»Aber Paule hat doch extra Müsli gekauft«, hielt Jakob dagegen.

Mit einem Anflug von schlechtem Gewissen dachte Felix, dass sich sein Freund viel besser um die Kinder kümmerte als er selbst.

»Wir haben auch Obst«, fuhr Jakob fort. »Das, was wir gestern mit ihm eingekauft haben, bevor wir Lila besucht haben.«

»Können wir heute wieder zu Lila gehen?«, wollte Johnny wissen und ließ dafür sogar das Hüpfen sein.

»Aber ja«, antwortete Felix und spürte augenblicklich ein Kribbeln der Vorfreude in seinem Bauch. Lila, mit der man so gut lachen konnte, Lila, die so wunderbar küsste, Lila, die …

»Onkel Felix«, riss ihn Johnny aus seinen Träumen. »Du weißt schon, dass du ziemlich doof mit deiner neuen Frisur aussiehst?«

»Na, vielen Dank auch«, antwortete Felix, sprang mit einem Lächeln aus dem Bett, erledigte seine morgendlichen siebenundzwanzig Liegestütze, die Jakob getreulich zählte, und machte sich dann daran, sich und seine Neffen startklar für den Tag zu bekommen.

***

Lila war atemlos, glücklich und aufgeregt, als sie die Tür von Frau Schmids Laden aufschloss. Es war frühmorgens, aber die Vögel sangen schon energisch und frühlingshaft laut, und obwohl Lila nur wenige Stunden geschlafen hatte, fühlte sie sich blendend. Sie konnte sich nicht daran erinnern, je am frühen Morgen so voller Energie und Tatendrang gewesen zu sein. Als Erstes stellte sie das große Licht über der Vitrine an und bemerkte, dass sie nachts im Halbdunkel alle Bonbons in die falschen Gläser gekippt hatte. Einzig die Karamell-Sahnebonbons lagen an der richtigen Stelle auf ihrer Glasplatte.

Mit einiger Belustigung betrachtete Lila die seltsamen Mischungen, die sich jetzt in den Bonbongläsern befanden. Gleichzeitig wanderten ihre Gedanken zurück zu Felix, dem gemeinsamen Abend und dem Kuss, den er ihr zum Abschied gegeben hatte.

Oh, wie wunderbar, dachte Lila und biss sich unwillkürlich auf die Unterlippe. Vom ersten Augenblick an hatte sie Felix gemocht, aber jetzt reichte der bloße Gedanke an ihn, um ihre Knie so weich wie halbflüssiges Karamell werden zu lassen.

Schluss mit Träumen, ermahnte sie sich. Sie griff nach den falsch bestückten Bonbongläsern und machte sich an die mühsame Arbeit, alles wieder richtig zu sortieren. Dabei ertappte sie sich mehrmals, wie sie in die Luft schaute und vor sich hin träumte. Sie musste über ihr aufgeregtes Herz lächeln. *Es ist doch nicht das erste Mal, dass ich mich verliebe, warum fühlt es sich nur so unglaublich packend an?*

Während sie noch über eine Antwort nachgrübelte, stellte sie die richtig sortierten Gläser in die Vitrine, brachte die Rosen nach hinten, wo sie sie, wie von der Floristin empfohlen, anschnitt und anschließend neu in den Vasen arrangierte. Dann nahm sie das Stempelset aus dem Fach unter der Kasse und bemühte sich, den Stempel weiter zusammenzusetzen. Es war tatsächlich eine enorme Fummelei, und Lila musste sich ziemlich konzentrieren, um es überhaupt hinzubekommen. Als sie mit dem Schriftzug fertig war und ihn kontrollierte, merkte sie, dass sie zwei Buchstaben vertauscht hatte. Mit einem Seufzer versuchte sie, sie aus ihrer Fassung zu lösen, aber sie steckten erstaunlich fest. Lila zog und zerrte, bis einer nachgab, wodurch Lilas Hand so unerwartet nach hinten flog, dass sie dabei das ganze Stempelset herunterfegte und sich alle Buchstaben auf dem Fußboden unterhalb der Kasse verteilten.

Mist, dachte Lila und beugte sich hinunter, um alles wieder einzusammeln. Sie kniete noch auf dem Boden, als die Tür aufging und das Glöckchen darüber hell zu bimmeln begann. War das Felix? Lila sprang so rasch auf, dass sie sich den Kopf an der Kasse stieß.

»Au«, machte sie unwillkürlich und rieb sich die schmerzende Stirn.

Aber in den Laden war kein Mann, sondern eine ausgesprochen gutaussehende erdbeerblonde Frau in einem sexy dunkelroten Kleid mit weißen Tupfen und einem passenden Hütchen getreten. Mit etwas Mühe beförderte sie ihren riesigen Rollkoffer über die Schwelle und wandte sich dann Lila zu.

»Sonja?«, fragte Lila ungläubig und lehnte sich unwillkürlich vor.

»Tatata, da bin ich«, antwortete ihre Cousine mit ihrer etwas heiseren, fast rauchig klingenden Stimme.

»Sonja!« Diesmal machte Lilas Stimme vor Begeisterung einen ganzen Satz nach oben, und sie stürzte hinter der Kasse hervor, um ihre Cousine in eine echte Bärenumarmung zu ziehen.

»Ich kann das gar nicht glauben, dass du es wirklich

bist«, meinte sie dann, sah aber wie zur Bestätigung deren blitzende grüne Augen unter den roten Haaren.

»Lass dich bewundern«, meinte sie glücklich, und Sonja drehte sich einmal um sich selbst. Lila konnte gar nicht anders, als ihr Entzücken in lauter kleine Rufe zu verpacken.

»Schau dich doch an! Du siehst toll aus! So ein schickes Kleid!«, rief sie begeistert.

Aber Sonja winkte nur ab und reckte ihre kleine fotogene Nase in die Luft. »Es riecht ja unglaublich gut hier. Bitte, bitte lass mich sofort deine leckersten Bonbons probieren, ich habe mich den ganzen Flug über schon darauf gefreut.«

»Aber natürlich.« Mit einem breiten Lächeln im Gesicht trat Lila sofort hinter die Vitrine und griff nach ihrer kleinen silbernen Zange. »Es gibt Zitrone, Waldmeister, Himbeere, Vanille, Gin Tonic und Wodka Martini und hier meine eigene Lieblingskreation Sahne-Karamell«, bot sie an.

»Deine Lieblingskreation natürlich«, erwiderte Sonja augenblicklich, und Lila spürte ihr Herz hüpfen. Es war typisch für ihre Cousine, das zu nehmen, was Lila auch am liebsten mochte. Auf einem kleinen weißen Tellerchen kredenzte sie ihr das Bonbon und wartete mit Spannung auf die Reaktion.

Sonja schloss die Augen und begann das Bonbon mit offenkundigem Wohlbehagen zu lutschen. »Wunderbar«, meinte sie nach einem Augenblick mit immer noch geschlossenen Augen.

In diesem Moment öffnete sich die Ladentür abermals, und unter Glöckchengeläut erschien Felix zusammen mit Johnny und Jakob. Alle drei starrten Sonja an, die mit geschlossenen Augen mitten im Laden stand und dabei wie ein wahr gewordener Männertraum aussah.

»Hallo«, meinte Johnny, und seine Stimme klang ungewöhnlich ehrfürchtig.

»Oh, hallo«, antwortete Sonja und öffnete ihre Augen wieder. »Wer bist denn du?«

Wieder klang ihre Stimme dabei so, als wäre sie etwas heiser. Lila wusste, dass sie sich immer so anhörte, aber Johnny schien von Sonjas Tonfall und Aussehen förmlich überwältigt, und Lila bemerkte, dass es ihm schier die Sprache verschlagen hatte.

»Ich heiße Johnny«, krächzte er irgendwann, als er sich so weit wieder im Griff hatte.

»Hallo Johnny, liebst du auch Bonbons?«

Johnny nickte. »Natürlich, was ist das denn für eine Frage«, antwortete er dann und runzelte seine kleine Stirn. Mit Zufriedenheit registrierte Lila, dass er sich wieder in sich selbst zu verwandeln schien.

»Und du?«, wandte sich Sonja an Jakob. »Liebst du auch Bonbons?«

Jakob nickte stumm.

Lila sah, dass er nach Felix' Hand griff. »Hallo, guten Morgen«, mischte sie sich ein. »Womit darf ich euch eine Freude machen?«

Innerlich schalt sie sich, dass ihr nichts Witzigeres eingefallen war. Aber irgendwie war sie überwältigt davon, Sonja auf einmal hier zu haben und noch dazu Felix zu sehen, von dem sie in den ganzen letzten Stunden geträumt hatte. Er sah trotz seiner Frisur noch besser, kantiger und attraktiver als in ihrer Erinnerung aus, und ihre Erinnerung war wahrlich schon rosarot gefärbt gewesen. Vorsichtig lächelte sie ihn an, aber zu ihrer Enttäuschung achtete er nur auf seine Neffen.

Johnny schien seinen anfänglichen Schock ganz überwunden zu haben, denn er wandte sich an Lila und bat: »Ich möchte dasselbe haben wie die Frau da.«

Mit einer schwungvollen Armbewegung reichte Lila ihm eines ihrer neuen Bonbons. Fachmännisch roch Johnny erst daran und schob es sich dann in den Mund.

»Lecker«, urteilte er zufrieden.

»Und ihr?«, fragte Lila Jakob und Felix.

»Ich möchte das auch«, antwortete Jakob leise und nahm behutsam sein Bonbon entgegen.

Lila wusste, dass Sonja aufgrund ihrer Verträge gezwungen war, in der Öffentlichkeit stets Denise zu ähneln und sich auch ein Stück weit so zu benehmen. Amüsiert beobachtete sie, wie Jakob aus den Augenwinkeln Sonja immer wieder Blicke aus großen Augen zuwarf. *Ob Felix auch so eingenommen von ihr ist?*, fragte sich Lila plötzlich und fühlte sich auf einmal ein klein bisschen wie das hässliche Entlein neben ihrer wunderschönen Cousine. Doch bevor sie noch darüber ins Grübeln geraten konnte, fragte Jakob Sonja schüchtern: »Bist du die Eisfee?«, und seine Stimme zitterte dabei.

Sonja nickte. »Du kennst mich?«

»Bei uns in der Schule ging es mal um Werbung und Rollen von Männern und Frauen…« Jakobs Worte wurden immer langsamer und erstarben schließlich ganz.

»Da war ich das schlechte Bespiel?«, erkundigte sich Sonja mit einem Lächeln.

Über und über rot stand Jakob da, aber Johnny rettete ihn, indem er sagte: »Also ich finde dich super und Eis sowieso, das passt doch.«

Sonja lachte ihr dunkles, kehliges Lachen. »Du bist ja süß. Lass mich dich auf eine Packung Bonbons einladen. Und deinen Bruder und deinen Papa natürlich auch.«

»Danke«, erwiderte Johnny sofort erfreut.

»Das ist nicht mein Papa«, erklärte Jakob getreulich, und Lila fühlte ihr Herz zu ihm fliegen.

»Ich möchte diese Bonbons«, entschied Johnny und zeigte auf die Glasplatte, die in der Mitte der Auslage stand.

»Du weißt also, was gut ist?« Sonja lächelte ihn an und zwinkerte dann Lila zu. »Siehst du, Lila, keiner kann dir widerstehen.«

Lila biss sich auf die Unterlippe und schielte vorsichtig zu Felix, doch der blickte in diesem Moment auf seine Uhr.

»Um Himmels willen, Jungs, wir müssen los, wir kommen zu spät«, meinte er plötzlich.

Rasch reichte Lila Johnny eine kleine Tüte Karamell-Sahnebonbons über die Vitrine hinweg und machte sich daran, auch noch ein Tütchen für Jakob zu füllen, aber Felix schob seine Neffen schon in Richtung Tür.

»Wir kommen einfach wann anders noch mal wieder«, versprach er hastig und öffnete die Ladentür. »Kommt, Jungs.«

Eilig packte Lila die Bonbons ein und kam dann um die Vitrine herum, um Jakob noch schnell sein Tütchen zuzustecken. Dabei wechselte sie mit Felix einen Blick. Es war ein langer Blick, sie wollte ihn gar nicht loslassen.

»Dir einen schönen Tag«, meinte er leise zu ihr, doch bevor sie noch antworten konnte, lief er schon mit den Jungen an der Hand los.

»Wer war denn das?«, erkundigte sich Sonja, nachdem Lila die Tür hinter ihren Besuchern geschlossen hatte.

»Das waren...«, begann Lila. »Nachbarn«, meinte sie dann einfach nur und fragte sich, warum sich ihr Herz auf einmal so ausgebremst anfühlte.

***

Warum habe ich nicht etwas richtig Nettes zu Lila gesagt?, fragte sich Felix im Zug auf dem Weg nach Hamburg. »Dir einen schönen Tag« – etwas Langweiligeres und Bescheuerteres war ihm wohl nicht eingefallen? Ausgerechnet das, nachdem er die längste Zeit der Nacht an sie und ihre bonbonsüße Art gedacht hatte. Das hätte er ihr mal sagen sollen! Aber dann war da auf einmal diese andere Frau gewesen und hatte ihn völlig aus dem Konzept gebracht.

Felix schaute aus dem Fenster, als der Zug in den Hauptbahnhof einfuhr.

Wenn ich doch nur Niklas helfen und wir alle in unser eigentliches Leben zurückkehren könnten, dachte er sehnsuchtsvoll und fragte sich, was er dann als Erstes machen würde. Auf alle Fälle hätte es etwas mit Lila zu tun, so viel war ihm nach dieser Nacht eindeutig klar.

***

Paul stand vor der Tür zu seiner Dachkammer und hatte die Hand schon auf die Klinke gelegt.

Ich muss einfach nachsehen, was Niklas mir da geschickt hat, beschwor er sich selbst. Aber trotzdem schaffte er es nicht, sich zu überwinden. Es war, als hielte ihn eine unsichtbare Hand zurück.

Paul Ehrlich war – und da passte sein Name sehr gut – ein

durch und durch anständiger Mensch, und sosehr er Niklas auch liebte, sowenig wollte er in diese ganze Kunstraub-Geschichte hineingezogen werden.

»Wenigstens einer muss sauber bleiben«, murmelte er leise vor sich hin und dachte an Johnny und Jakob, die nicht wussten, was sich da über ihren Köpfen zusammengebraut hatte. Sie ahnten ja nicht einmal, wo Niklas wirklich war.

Aber wer durfte schon darüber urteilen, was anständig war?, ging es Paul dann durch den Sinn. Wenn er Niklas im Stich ließe, wäre das auch nicht richtig. Außerdem wusste Paul, dass Niklas ihn selten um etwas gebeten und niemals etwas für das gefordert hatte, was er damals für ihn getan hatte.

Es ist das Mindeste, was ich tun kann, entschied Paul und drückte die Türklinke herunter. Dann holte er tief Luft und betrat seine Kammer. Die Paketrolle auf dem Fußboden war deutlich leichter, als Paul sie in Erinnerung hatte. Er nahm sie mit in sein Wohnzimmer und setzte sich damit aufs Sofa. Mit einem Seufzer zog er ganz langsam das Paketklebeband ab, mit dem der Deckel zugeklebt worden war, aber er zögerte, ihn abzunehmen. Die Rolle sah aus wie eine Transportverpackung für ein Bild. Was sollte er nur tun, wenn in der Rolle das vermisste Bild von Gerhard Richter steckte?

Paul musste sich geradezu zwingen, den Deckel abzunehmen, dann griff er hinein. Heraus zog er ein Stück Papier, das kein Gemälde und auch ansonsten kein Kunstwerk war. Vielmehr sah es aus, als hätte jemand verschiedene Satellitenbilder übereinanderprojiziert und dann auch noch drauf herumgekritzelt. Paul hatte nicht die geringste Ahnung, was das sein sollte, und noch weniger, was Niklas ihm damit sagen wollte. Ich muss mit Felix sprechen, dachte Paul, aber gleichzeitig war er sich nicht ganz sicher, ob das der richtige Weg war. Schließlich hatte Niklas ihm die Rolle geschickt und nicht seinem Bruder. Mit einem Seufzer schob Paul das Papier zurück in die Rolle und legte sie anschließend wieder zurück in die Kammer.

***

»Jetzt erzähl doch mal«, sagte Lila zu Sonja und reichte ihr einen von den beiden Espressi, die sie gekocht hatte. »Wie kommt ein vielgerühmter Eis-Werbestar aus Los Angeles zu mir nach Berlin?«

In einem Zug trank Sonja ihren Kaffee aus und stellte dann das Tässchen ab. »Ach, ich dachte, ich sehe mal nach meiner kleinen Cousine.« Zu gerne ließ Sonja einfließen, dass sie zwei Monate älter und vier Zentimeter größer als Lila war.

»Da bist du einfach mal über den großen Teich gejetted?« Scherzhaft zog Lila die Augenbrauen hoch und nahm ihrerseits einen Schluck Kaffee.

»Um ehrlich zu sein, nicht nur, es gibt auch noch einen anderen Grund. Denise wird ausgemustert, ich bin bald arbeitslos, da brauche ich jetzt auch nicht gerade in L. A. herumzusitzen und frustriert Däumchen zu drehen.«

»Wie bitte?«, fragte Lila und stellte ihre kleine Kaffeetasse mit Schwung ab. »Warum das denn?«

Sonja seufzte: »Die Firma stellt ihre Werbestrategie komplett um. Denise ist ihnen in jeder Hinsicht zu alt geworden und mit ihrem Fünfzigerjahre-Appeal zu sehr aus der Zeit gefallen…«

»Aber du bist doch nicht zu alt!«, protestierte Lila heftig und sah ihre Cousine mit ihrer schneeweißen, makellosen Haut und ihren strahlenden Augen an.

Ein wenig wehmütig lächelte Sonja. »Nach Werbestandards bin ich mit dreißig schon uralt. Außerdem habe ich es schon kommen sehen, ich wusste ja, dass es irgendwann so weit sein würde...«

»Und was machst du jetzt?«, fragte Lila und fühlte eine ganze Welle von Mitleid mit ihrer heißgeliebten Cousine.

»Ich weiß es noch nicht. Im Moment läuft mein Vertrag noch, es sollen noch ein paar Takes gedreht werden. Aber da die ganze Sache mir doch aufs Gemüt geschlagen hat, dachte ich, es wäre eine gute Idee, dich zu besuchen. Und da bin ich. Auf alle Fälle bin ich bereit, dir bei allem zu helfen, was du möchtest: Bonbons zählen, Bonbons essen...«

Lila musste grinsen, denn Sonja schaffte es immer, alles gut klingen zu lassen.

»Aber sag mal: Der Mann gerade eben, war das *der* Mann, von dem du mir geschrieben hast?«, erkundigte sich Sonja und zog eine ihrer hübschen Augenbrauen hoch.

»Welcher Mann?« Lila zog es vor, sich dumm zu stellen, und begann rasch, den Stempelkasten wegzupacken.

»Na, den du gerade hier im Laden mit den Augen förmlich aufgegessen hast? Der mit den zwei kleinen Jungen.«

Lila wusste nicht genau, was sie sagen sollte, also kramte sie weiter herum, doch Sonja schien nicht bereit, sie so leicht vom Haken zu lassen. »Gehe ich richtig in der Annahme, dass das der Mann mit den himmelblauen Augen ist, für den du extra Bonbons kochen wolltest?«

Leicht errötend blickte Lila auf und sah Sonjas liebevollamüsierten Gesichtsausdruck. »Hast du es je erlebt, dass du so voll von den Socken von jemandem warst, dass du kaum noch an etwas anderes denken konntest? Und das, obwohl du dir dabei selbst schon peinlich vorkamst?«

»Natürlich. Ich erinnere mich an einen gewissen Regieassistenten, der mich so aus dem Konzept gebracht hat, dass ich in seiner Anwesenheit tatsächlich zu der kichernden, albernden Denise wurde. Aber leider war es nichts anderes als ein Strohfeuer.« Sonja seufzte. »Für mich gibt es einfach nicht den Richtigen.«

»Wie kommst du denn darauf?« Überrascht schaute Lila zu ihrer Cousine.

Doch Sonja zuckte nur mit den Achseln. »Es ist schwierig bis unmöglich für mich, einen guten Partner zu finden. Ein Teil der Männer möchte Denise haben und kann nicht akzeptieren, dass ich nicht sie bin, der andere Teil möchte mich unbedingt dazu missionieren, jemand ganz anderes als Denise zu werden. Noch nie bin ich jemandem begegnet, der einfach nur *mich* toll fand und so akzeptiert hat, wie ich bin. Unter diesen Umständen bleibe ich lieber alleine.« Sie lächelte leicht wehmütig. »Hat nicht Oscar Wilde gesagt, dass die Liebe zu sich selbst der Beginn einer lebenslangen Romanze ist?«

Natürlich musste Lila sowohl über das Zitat lächeln als auch über die unnachahmliche Art ihrer Cousine, das Ausweglose mit dem Lustigen zu verbinden. »Auf alle Fälle freue ich mich wahnsinnig, dass du nach Berlin gekommen bist.«

»Aber jetzt hast du mir immer noch nicht verraten, wie es zwischen dir und diesem Mann steht.« Sonja konnte sehr hartnäckig sein, und Lila biss sich auf die Unterlippe. Doch bevor sie antworten konnte, wurde die Ladentür geöffnet, und der Zeitungsbote kam herein. Er warf einen kurzen Blick auf Sonja.

»Na, Verstärkung?«, fragte er Lila und zeigte mit dem Daumen auf Sonja.

»Die beste, die es gibt«, erwiderte Lila fröhlich. »Und Sie? Heute spät dran?«

»Wahnsinnig spät, heute ist mir alles schiefgegangen: Erst bin ich ohne meinen Schlüsselbund losgegangen, dann ist mir ein Rad von meinem Wagen kaputtgegangen. Aber kein Problem, jetzt bin ich fertig. Wollte nur fragen, ob ich noch 'ne Packung von den Halspastillen haben kann?« Er schnäuzte sich in sein kariertes Taschentuch.

Lila füllte ein Tütchen und reichte ihm dazu noch eine kleine Probepackung ihrer Ameisenbonbons. Im Tausch legte ihr der Zeitungsbote die neueste Zeitung neben die Kasse.

»Dann noch 'nen netten Tag, die Damen«, wünschte er und steckte die Halspastillen und die Ameisenbonbons ein, bevor er den Laden verließ.

Sonja griff nach der Zeitung und betrachtete die Titelseite. »Schau mal, ist das nicht dein Prinz?«

»Er ist nicht mein Prinz«, widersprach Lila und schaute ihrer Cousine über die Schulter, wofür sie sich ziemlich strecken musste.

Großindustriellensohn auf Abwegen. Ist das die Geschichte hinter dem Gentlemandieb?

»So ein Quatsch«, meinte Lila nach einem Blick auf das unscharfe Foto unter der Schlagzeile. »Felix sieht doch ganz anders aus.«

»Ach so, *Felix*«, meinte Sonja mit einem Funkeln in den

Augen. »Jetzt weiß ich zumindest, wie er heißt. Weißt du was, ich lese den Artikel, und dann erzähle ich dir, ob ein Meisterdieb bei dir ein und aus geht. Gibt es irgendwo ein Bett, in das ich mich dafür legen kann? Ich bin todmüde vom Flug und könnte wahrscheinlich auch im Stehen schlafen, aber ein Bett wäre mir doch deutlich lieber.« Ausgesprochen würdevoll gähnte sie hinter ihrer vorgehaltenen Hand.

»Aber natürlich«, versicherte Lila sofort. »Komm, ich bring dich rüber. Möchtest du vorher noch etwas essen?«

»Nur eines deiner Bonbons«, erwiderte Sonja und stibitzte sich mit ihren Fingern eines aus der Auslage. »Denn die machen wirklich glücklich!«

***

»Haben Sie schon etwas?« Frau Michel, die Felix auf seinem persönlichen Handy anrief, erreichte ihn im Zug auf dem Weg nach Hamburg.

»Ich arbeite daran«, erwiderte Felix, und das war leider wirklich alles, was er mit Fug und Recht behaupten konnte.

»Gut«, meinte die Rechtsanwältin, klang aber nicht zufrieden. »Vielleicht sollten Sie mal wieder ein Fischbrötchen essen«, fügte sie hinzu. Mit ihrer nüchternen, wenig schwingenden Stimme und zu der noch morgendlichen Uhrzeit hörte sich das wie ein vollkommen verrückter Vorschlag an, aber Felix kannte sie nun schon ein wenig und fragte daher: »Könnten Sie mir einen Ort dafür empfehlen?«

»Bei den kleinen Figuren«, erwiderte Frau Michel emotionslos. »Aber der Fisch muss ins Wasser, nicht ins Trockene.«

»Nicht ins Trockene?«, wiederholte Felix.

»Korrekt.«

Falls Felix gehofft haben sollte, dass sie noch etwas hinzufügen würde, das die Sache verständlicher machte, hoffte er vergebens.

»Herr Wengler, noch ein persönliches Wort von mir: Bitte machen Sie Butter bei die Fische, Ihrem Bruder geht es in der Untersuchungshaft nicht gut. Außerdem ist er in eine neue Zelle verlegt worden, die schwer erträglich für ihn ist.«

Felix spürte ein kaltes, unfreundliches Gefühl in seinem Magen. »Ich beeile mich, so gut ich kann«, versprach er.

Doch da hatte die Anwältin schon aufgelegt.

Langsam ließ Felix das Handy sinken, und noch langsamer atmete er aus. Das war ausgesprochen schlecht.

Bei den kleinen Figuren, wiederholte er in Gedanken, aber wieder hatte er nicht die geringste Ahnung, was Niklas damit meinen könnte. Also beschloss er, an seinem Plan festzuhalten und zunächst noch einmal zu der geheimen Wohnung seines Bruders nach Hamburg-Barmbek zu fahren. Jetzt, wo er den Verdacht hatte, dass es sich bei der Frau auf den Fotos um die persönliche Assistentin seines Vaters, Hiltrud Händel, handeln könnte, hoffte er, dort noch weitere Informationen zu finden.

Als er gute zwei Stunden später in Barmbek ankam, stand er so unter Strom, dass es ihm kaum gelang, die Bilder der Überwachungskamera aufzurufen, die Niklas gespeichert hatte. Als er sie jedoch geöffnet hatte, war er sich sicher: Rotkäppchen – das war eindeutig Frau Händel. Aber warum ging sie zum Gartentor seiner Eltern und trieb sich außerdem hier vor Niklas' Haus herum?

Akribisch begann Felix, Video- und Bilddateien auf dem Computer seines Bruders zu durchforsten. Leider war da jedoch nicht viel, und Felix konnte sich nicht vorstellen, dass das alles war, was sein Bruder besaß. Andere vertrauliche Informationen fand Felix ebenfalls nicht, und er wusste immer noch nicht, wo er nach den vermaledeiten kleinen Figuren suchen musste. Dann jedoch kam ihm ein Einfall. Sicherlich hatte Niklas nicht ohne Grund seine Aufmerksamkeit auf Hiltrud Händel gelenkt. Was hatte sie gemacht, seitdem Niklas verhaftet worden war? Felix straffte seine Schultern, setzte sich bequemer hin und rief das Dateienverzeichnis des Computers auf. Er suchte alles ab und fand dabei heraus, dass die Bilder der Überwachungskameras, die auf den Monitoren neben dem Computer angezeigt wurden, auch gespeichert wurden. Felix folgte den entsprechenden Pfaden und sah sich dann die Filme der Überwachungskameras im Schnelldurchlauf an. Vor Niklas' Haus passierte nichts Auffälliges, und auch das Gartentor seiner Eltern lag die allermeiste Zeit vollkommen einsam und verlassen da. Ab und zu flog ein Vogel von links nach rechts, oder ein Eichhörnchen hüpfte durchs Bild, aber ansonsten blieb nur blankenesesche Beschaulichkeit.

Felix gähnte und wäre irgendwann fast eingenickt, während die Bilder vor ihm in einer beruhigenden Monotonie abliefen. Doch plötzlich schreckte er auf. Er stoppte den Film, setzte sich wieder ganz gerade hin und ließ ihn erst dann weiterlaufen – jetzt langsam. Es gab keinen Zweifel: Rotkäppchen war ein weiteres Mal dort am Gartentor gewesen, dem Datum und der Uhrzeit nach, kurz bevor Niklas bei Felix in Malaysia angerufen hatte. Zu diesem Zeitpunkt hatte sie das Tor sogar geöffnet und den Garten betreten, bevor sie aus dem Radius der Überwachungskamera verschwunden war. Noch immer konnte Felix nicht mit letzter Sicherheit sagen, dass es sich bei ihr wirklich um Hiltrud Händel handelte, aber ihre Haltung und ihr abgehackter Gang sprachen absolut dafür. Aufgeregt suchte Felix weiter und landete einen zweiten Treffer. Anscheinend war die Händel abermals nach Blankenese gekommen und trug diesmal sogar einen Gegenstand unter dem Arm. Was aber noch wichtiger war: Diesmal schaute sie direkt in die Kamera. Felix hielt den Film an und speicherte das Bild. Es bestand kein Zweifel mehr. An dem Tag, an dem Niklas in Untersuchungshaft gekommen war, hatte Hiltrud Händel mit einem Gegenstand, den Felix nicht genau ausmachen konnte, zu nächtlicher Zeit den Garten seiner Eltern betreten.

Was jetzt?, fragte sich Felix und sprang auf, um unruhig vor dem Schreibtisch hin und her zu laufen. Niklas hatte eindeutig geahnt, dass irgendetwas verdächtig war an Rotkäppchen, sonst hätte er Felix nicht darauf angesetzt. Felix wiederum war sich jetzt sicher, dass es sich bei Rotkäppchen um Frau Händel handelte, dem Vorzimmerdrachen seines Vaters. Aber was bedeutete das, und wichtiger noch, was hatte es zudem mit den kleinen Figuren auf sich?

Felix warf einen Blick auf seine Uhr und fluchte. Er hatte so viel Zeit mit dem Durchsehen der Aufnahmen von den Überwachungskameras verbraucht, dass er sofort nach Berlin zurückfahren musste, wenn er seine Neffen noch rechtzeitig um sechzehn Uhr von der Schule abholen wollte. Zeit, nach den kleinen Figuren zu suchen, blieb ihm keine mehr.

»Verdammt«, sagte Felix laut. Er war einfach zu langsam, und wenn er sich auch noch halbwegs um die Kinder kümmern wollte, wurde er noch langsamer. Wie hatte Niklas das nur alles gewuppt?

***

»Hallo, Lila!« Paul stieß die Ladentür auf, und die kleine Glocke darüber begann fröhlich zu klingeln. Lila war gerade dabei, den Stempel auszuprobieren und noch letzte Verbesserungen daran durchzuführen.

»Lust auf einen Kaffee?«, fragte sie und stellte das Stempelset beiseite. Dann warf sie ihm einen Blick zu und entdeckte dabei, wie müde und angestrengt er aussah. »Alles in Ordnung bei dir?«

»Ja, danke«, erwiderte er höflich, aber irgendwie hatte sie das Gefühl, dass es nicht stimmte und seine dunklen Schatten unter den Augen mehr als nur reine Überarbeitungssymptome waren. Die Tür ging erneut auf, und fünf japanische Touristinnen strömten in den Laden. Schon auf den ersten Blick waren sie begeistert von dem vielfältigen Angebot an Bonbons und lachten und klatschten in die Hände.

»Oh«, sagte die erste entzückt und wies auf die Lutscher.

»Hmm«, machte die zweite.

»Ah«, meinte die dritte und zeigte auf die Sahnebonbons.

»Sag mal, Lila«, begann Paul, machte dann aber höflich einen Schritt zur Seite, um die Touristinnen dichter an die Vitrine zu lassen.

»Ja?«, fragte sie und wandte ihre Aufmerksamkeit wieder ihm zu.

»Ich wollte dich fragen...« Aber weiter kam er nicht, denn nun entdeckte eine Touristin die kleinen Sets aus verschiedenen Bonbonsorten, die Lila probeweise gepackt hatte, und rief ihre Freundinnen dazu.

»*I would like to buy this*«, sagte die erste. Ihre Freundinnen stimmten zu, sie wollten auch gern genau diese Sets kaufen, und Lila konnte gar nicht anders, als Paul kurz zu vertrösten und die Touristinnen zu bedienen.

»So gerne ich mit dir einen Kaffee getrunken hätte, ich glaube, du hast auch so genug zu tun«, meinte Paul und wich einer Touristin aus, die gerade die Tütchen mit Gin-Tonic-Bonbons hinter ihm im Regal erspäht hatte.

Mit Bedauern hob Lila die Achseln und reichte ihm über die Vitrine hinweg ein Karamell-Sahnebonbon. »Vielleicht könntest du später noch einmal wiederkommen?«

Paul nickte und grüßte zum Abschied.

Auch nachdem sich die Tür hinter ihm schon geschlossen hatte, wurde Lila den Eindruck nicht los, dass er sie etwas hatte fragen wollen. Nur was um alles in der Welt hätte das sein können?

***

»Gerade über die Mauer, dann links, die Treppe am Geländer hoch, Ziel ist der Mülleimer dort drüben.« Jakob beschrieb den Weg, und Felix und Johnny machten sich daran, seinen Anweisungen zu folgen. Es war später Nachmittag, und schon seit mehr als einer Stunde liefen sie jetzt im Park zwischen den Universitätsgebäuden herum, kletterten auf Mauern und Bäume und sprangen an den verschiedensten Stellen wieder herunter. Felix wurde langsam müde, seine Neffen jedoch schienen das Wort Erschöpfung nicht zu kennen. Als er sie von der Schule abgeholt hatte, war das anders gewesen. Beide hatten müde und entmutigt gewirkt, und Johnny hatte in den ersten drei Minuten des Heimwegs mindestens fünfmal gefragt, wann sie denn endlich wieder nach Hamburg fahren und dort in die »richtige Schule« gehen würden.

»Das ist hier auch eine richtige Schule«, hatte Felix ihm

zu erklären versucht, aber Johnny hatte ihm nicht geglaubt und nur die kleinen Schultern hängen lassen. Also war er mit ihnen in den Park zum Parkour-Laufen gegangen, und die schlechte Laune und das Heimweh der Kinder waren, wie er gehofft hatte, wie im Flug vergangen.

Ich kann nicht mehr, dachte Felix jetzt aber trotzdem, rutschte mit seinem linken Fuß an der Mauer ab und schürfte sich sein linkes Schienbein leicht auf.

»Auf den Baum hochklettern, auf der anderen Seite runter und auf diesen komischen Steinhaufen da drüben springen.« Johnny war an der Reihe. Er war nicht ganz so geschickt im Legen einer Route wie Jakob, dafür aber komplett angstfrei, ohne jedwede Scheu auch vor höheren Hindernissen. Jakob stürmte sofort los, und Felix beeilte sich hinterherzukommen. Dabei dachte er an Lila und dass er lieber jetzt bei ihr wäre …

»Kommst du, Onkel Felix?«, rief Johnny ungeduldig. »Hinterher wollen wir noch auf den Spielplatz!«

»Eins nach dem anderen«, sagte Felix und fragte sich unwillkürlich, ob das auch für sein Leben galt. Erst Niklas, dann Lila …

»Ich kann mich nicht …«, begann Jakob, der bereits auf den Baum geklettert war. Es gab ein knacksendes Geräusch, und der Ast, an dem er sich festgehalten hatte, brach ab. Ungebremst stürzte Jakob, Füße voran, auf Felix, der versuchte, ihn aufzufangen, aber von Jakobs Gewicht und der Wucht einfach umgerissen wurde. Beide landeten hart auf dem Boden.

»Jakob«, schrie Johnny erschrocken und stürzte zu seinem Bruder.

»Jakob?«, fragte auch Felix und rappelte sich wieder auf.

Zwar hatte er Jakobs Fall unter anderem mit Einsatz seiner Hände und seines Gesichts deutlich gebremst, aber dennoch war Jakob hart neben ihm auf der Erde aufgeschlagen.

»Aua«, sagte Jakob leise und hob langsam den Kopf.

»Kannst du dich aufsetzen?«, erkundigte sich Felix erschrocken und half Jakob hochzukommen. Jakob blutete aus Schürfwunden an den Händen, an den Knien und einer hässlichen Schramme auf seinem rechten Unterarm. Felix wurde fast flau, als er das sah.

Jakob begann zu weinen. »Papa.«

»Jetzt musst du ihn trösten«, verlangte Johnny von Felix und griff selbst nach Jakobs Hand. »Papa kommt bald wieder«, sagte er in einem Tonfall, wie ihn nur kleine Kinder beherrschen.

Vorsichtig zog Felix Jakob auf seinen Schoß und tastete ihn ab. »Kannst du deine Hände und deine Beine bewegen?«

Langsam bewegte Jakob erst die eine und dann die andere Seite.

»Aua«, meinte er weinend.

»Du weißt, was Papa über das Tapfersein sagt«, erinnerte Johnny seinen Bruder und streichelte ihm unbeholfen über die Schulter.

»Aber Papa ist nicht da«, schniefte Jakob. »Nur wenn Papa da ist, kann man tapfer sein.«

»Ich finde, du bist unglaublich tapfer«, sagte Felix und meinte damit nicht nur die Situation im Moment.

»Du blutest auch«, unterbrach Johnny seine Gedanken plötzlich.

»Wo?«

»Auf deiner Wange.« Johnny zeigte auf die Stelle.
»Nicht so schlimm«, erwiderte Felix, nachdem er sein Gesicht abgetastet hatte. »Aber wir brauchen Pflaster.«

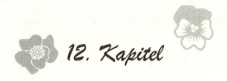

12. Kapitel

»Das gibt's doch nicht«, murmelte Lila halblaut vor sich hin. Ärgerlich schaute sie auf den Löffel in ihrer Hand, von dem die Bonbonmasse seltsam wässrig zurück in die Schüssel tropfte. Was auch immer an diesem späten Frühlingsnachmittag los war, das Bonbonkochen machte völlig unerwartet Schwierigkeiten.

Was ist das nur?, fragte Lila sich. Jetzt hatte sie schon die zweite Mischung angesetzt, und auch die schien nichts zu werden. Die erste Runde war ihr komplett verbrannt, und der verkohlte Geruch lag immer noch in der Luft. Auch die Mixtur jetzt wurde einfach nicht so cremig, wie sie sollte. Verunsichert schaute Lila auf das Rezept von Frau Schmid und die Anmerkungen, die sie sich auf einem Zettel dazugeschrieben hatte, aber sie hatte keinen Fehler gemacht, und die Mengen, die sie verwendet hatte, stimmten.

Mit einem Seufzer goss sie mehr Glucosesirup in die Mischung. Dann gab sie in einem verzweifelten Versuch noch einen Hauch von Malz dazu und ließ das Rührgerät weiterrühren, aber es wurde dadurch irgendwie nicht wirklich besser; stattdessen bildeten sich jetzt auch noch merkwürdige, nicht gerade verlockend aussehende Klümpchen.

Wenn wenigstens Sonja da wäre, dachte Lila sehnsüchtig. Aber Sonja war vorhin nur kurz im Laden aufgetaucht, ausgeschlafen und rosig, und hatte erklärt, in Berlin mal ordentlich shoppen gehen zu wollen. Nicht einmal Felix und die Jungs ließen sich blicken und brachten etwas Chaos in die Bonbonküche, was Lila für etwas gute Laune gerade liebend gerne in Kauf genommen hätte.

So ein Mist, dachte Lila frustriert. Die Mischung vor ihr wurde immer hässlicher, und kurzentschlossen goss Lila sie aus der Schüssel in den Mülleimer.

Was für eine schreckliche Verschwendung, dachte sie bedauernd dabei, aber so hat es keinen Sinn. Sie erinnerte sich daran, was Frau Nippert ihr beigebracht hatte: Wenn etwas gar nicht funktionierte, lieber noch einmal komplett von vorn anfangen.

Genervt biss Lila sich auf die Unterlippe, dann spülte sie die Schüssel aus und begann noch einmal bei null.

Konzentrier dich, verlangte sie von sich selbst. Schließlich brauchte sie wirklich dringend neue Bonbons. Ihre Ameisen- und Sahnebonbons verkauften sich sehr gut, und dazu kam, dass sie die Vorräte der meisten Bonbonsorten schon geplündert hatte und die Menge an Süßwaren im Lagerraum merklich zusammenschmolz. Zum Glück war ihr wenigstens das Karamell gelungen, das sie schon für die Sahnebonbons vorbereitet hatte. Um sich aufzumuntern, naschte Lila einen kleinen Happs davon.

Draußen begann es zu tröpfeln. Durch die geöffnete Tür warf sie einen Blick in den Himmel. Aus großen dunklen Wolken klatschten die Tropfen dick und satt auf die Erde, und die Luft fühlte sich in kürzester Zeit feucht und schwer an.

Auch das noch, dachte Lila, versuchte sich aber nicht

ablenken zu lassen und maß die Grundzutaten sorgfältig an der Arbeitsplatte ab. Von Minute zu Minute verdüsterte sich der Himmel jedoch immer weiter, und es wurde so dunkel, dass Lila entschied, jetzt doch das Licht anschalten zu müssen. Als sie sich in Richtung Schalter umdrehte, riss sie dabei versehentlich die Schüssel mit dem vorbereiteten Karamell mit, sodass sie von der Arbeitsplatte auf den Boden fiel. Warmes Karamell spritzte hoch und traf Lila im Gesicht, in den Haaren und auf der Schürze.

»Oh verdammt«, schimpfte Lila laut. Sie knipste das Licht an und bewunderte dann die Karamellschlieren, die sich überall ausgebreitet hatten.

»Was ist denn hier los?« Genau in diesem Moment trat Sonja durch die Tür. Sie war über und über mit Tüten und Tütchen beladen und sah sich suchend um, bevor sie ihre Last einfach auf dem Fußboden – in sicherer Entfernung von der Karamellkatastrophe – ablud. Währenddessen versuchte Lila krampfhaft, sich das Karamell aus dem Gesicht und den Haaren zu wischen, merkte aber schnell, dass das alles nur noch schlimmer machte und sie jetzt auch noch klebrige Hände bekam.

»Heute funktioniert einfach nichts«, beklagte sie sich bei Sonja.

»Vielleicht, weil du wie ein Bonbonmonster aussiehst?«, erwiderte Sonja mit hochgezogenen Augenbrauen, klang aber genauso fröhlich und aufmunternd, wie Lila es sich nur wünschen konnte.

»Bonbonmonster?«, fragte Lila und erinnerte sich an früher, wo Sonja sie wegen ihrer Begeisterung für Selbstgebackenes wahlweise Kuchen- oder Zuckergussmonster genannt hatte.

»Immerhin war es nicht etwa Waldmeisteraroma, mit dem ich mich bekleckert habe«, meinte sie dann und gab den Versuch auf, das Karamell aus den Haaren zu bekommen. Stattdessen begann sie damit, den Boden aufzuwischen.

»Ja, oder das für diese stark riechende Sieben-Kräuter-Halsmischung.« Sonja zog ihre hübsche kleine Nase kraus.

»Oder das für die Pfefferminzplätzchen.«

»Die riechen in der Tat etwas altbacken«, stimmte Sonja ihr zu, die das Sortiment bereits erstaunlich gut kannte. »Ich gehe erstmal hoch in die Wohnung. Wenn ich all das hier sehe, bringe ich lieber meine Schätze in Sicherheit.« Lila lachte, und Sonja begann, ihre Tüten wieder einzusammeln.

»Abendessen?«, fragte Lila, die sich ihrer Gastgeberpflichten entsann.

»Meinetwegen nicht, aber danke für das Angebot. Ich möchte noch etwas vorbereiten. Außerdem habe ich meinen Kalorienbedarf für heute schon mit Süßigkeiten gedeckt.« Sie lächelte Lila schelmisch zu. »Wenn du allerdings noch eines von diesen leckeren Karamell-Sahnebonbons für mich hast, nehme ich das gerne.«

»Ich mache gerade neue. Also, ich wollte das eigentlich gerade tun.« Etwas unglücklich schaute Lila in die Schüssel zu dem Rest Karamell, der nach dem Absturz noch übrig geblieben war.

»Meinetwegen brauchst du überhaupt nur noch diese Bonbons herzustellen, sie sind einfach großartig«, lobte Sonja und fuhr sich mit ihrer Zungenspitze über die Unterlippe. Lila lachte und dachte dabei an Felix, der ausgerechnet diese Bonbons auch so gelobt hatte. Ihre Ohren begannen zu glühen.

Mit ihrem aufmerksamen Blick und einem Funkeln in den Augen musterte Sonja sie. »Gib es zu, du hast an *den* Mann gedacht«, meinte sie locker, woraufhin sich die Röte von Lilas Ohren sofort über ihr ganzes Gesicht ergoss. Sonja lachte herzlich, kam herüber und gab ihrer Cousine ein Küsschen auf die Wange.

»Warte nur, bis es dich mal erwischt«, gab Lila in gespieltem Ernst zurück und hob drohend den Kochlöffel.

Aber Sonja schüttelte nur den Kopf. »Keine Chance. Der Mann, der mich begeistern kann, muss erst noch gebacken werden.« So gut es mit den ganzen Tüten und Tütchen in Händen ging, umarmte sie Lila.

»Hast du beim Baumarkt eingekauft?«, meinte Lila plötzlich verblüfft, als ihr Blick auf eine große Papiertüte in Sonjas Hand fiel.

Aber Sonja zuckte nur mit den Achseln. »Alle Geschäfte sind hier toll«, erklärte sie lapidar und verschwand dann mit ihrer guten Laune und all ihren Einkäufen.

Draußen fing es an, stärker zu regnen, aber das Geräusch der Regentropfen war eine viel schlechtere Gesellschaft als Sonja. Doch dann dachte Lila an Felix, seine blauen Augen und seine Begeisterung für die Karamellbonbons, und musste lächeln. Für sein und Sonjas Lob lohnte es sich absolut, sich die Mühe mit den Bonbons auch ein drittes Mal zu machen.

Kurze Zeit später fing es plötzlich an, so richtig zu schütten. Der Regen rauschte so laut in der Regenrinne, dass es fast so klang, als habe jemand eine überdimensionale Dusche angestellt.

Gut, dass ich nicht draußen bin, dachte Lila mit einem Schaudern und schloss die Tür. Dann gab sie die dritte Mischung in den Kessel und stellte ihn an. Ein Blick auf Frau Schmids große Küchenuhr an der Wand zeigte ihr, dass sie viel zu lange für diesen ersten Herstellungsschritt gebraucht hatte.

So ein Mist, dachte sie, aber Sonja hatte ihr so eine große Portion guter Laune dagelassen, dass Lila einfach weitermachte und die restlichen Karamellspritzer vom Fußboden beseitigte. Dabei fiel ihr ein, dass Frau Nippert mal etwas über Schwierigkeiten in der Bonbonproduktion aufgrund zu hoher Luftfeuchtigkeit erwähnt hatte. In der Firma war das kein Problem gewesen, dort regierte eine Klimaanlage, aber hier sah das deutlich anders aus, und die Bedingungen erinnerten in der Tat eher an ein Dampfbad als an gemäßigtes Bonbonwetter.

Kurz entschlossen wählte Lila Frau Nipperts Nummer, um sie um Rat zu fragen und außerdem zu hören, ob ihre Bonbons angekommen waren. Dort ging jedoch nur der Anrufbeantworter dran, und Lila blieb nichts anderes übrig, als trotz Regenwetter und den vorangegangenen Malheuren darauf zu vertrauen, dass die gute Berliner Luft – ob feucht oder nicht – die Bonbons zu einem Erfolg machen würde.

Irgendwann schien der Regen vor dem Fenster noch stärker zu werden, und es dauerte einen Augenblick, bis Lila erkannte, dass es nicht Regen war, der gegen das Fenster schlug, sondern jemand, der an die Tür klopfte. Lila dachte an Sonja, düste hinüber und öffnete. Doch davor stand nicht ihre Cousine, sondern zwei klitschnasse Jungen und ein triefender Felix mit einer Apothekentüte in der Hand.

***

»Vielen Dank, dass du uns hilfst«, meinte Felix, zog seine komplett durchweichten Turnschuhe aus und griff nach Johnny, der eine nasse Spur den ganzen Weg nach oben bis in den Flur hinter sich hergezogen hatte und jetzt direkt ins Schlafzimmer stürmen wollte.

»Keine Ursache«, antwortete Lila und half ihrerseits Jakob behutsam, sich aus seinen klitschnassen Sachen zu schälen.

»Wir haben auch bei Paule geklingelt«, ließ Johnny sie wissen und versuchte dabei, sich aus Felix' Griff zu winden. »Aber der ist noch nicht wieder da, und das, obwohl er uns zum Essen einladen wollte...«

»Zieh dir etwas Trockenes an«, unterbrach ihn sein Onkel und wischte sich gedankenverloren mit der Hand über die Wange, worauf seine Wunde wieder zu bluten begann. Mit nasser Hose und einem durchweichten Pulli schlappte er also ins Badezimmer, und Johnny nutzte die Gelegenheit, mit einem nassen Socken, einem triefenden T-Shirt und sicherlich nicht trockenen Boxershorts zu entkommen. Lila hörte ihn im Schlafzimmer singen, wo sich das rhythmische Geräusch von quietschenden Bettfedern dazugesellte.

»Komm, wir verarzten dich erst mal«, schlug sie Jakob vor und pustete leicht über die aufgeschrammte Hand, die er ihr hinhielt.

»Johnny, zieh dir was Trockenes an«, schimpfte Felix, der mit einem Desinfektionsmittel aus dem Bad zurückkam.

»Das mache ich doch. Das geht viel besser beim Hüpfen«, rief Johnny aus dem Schlafzimmer herüber.

Jakob zuckte zusammen, als er die Flasche mit dem Desinfektionsmittel in Felix' Hand sah, und griff nach Lilas Arm.

»Das ist halb so schlimm«, tröstete sie ihn. »Komm, wir verarzten erst mal deinen Onkel.« Felix trug eine hässliche Schramme auf der Wange, die aber zum Glück nicht tief war und von ziemlich glatten Rändern begrenzt wurde.

»Das wird bestimmt gut heilen«, versprach Lila mehr Jakob als Felix, aber Felix lächelte sie trotzdem an. Obwohl sie sich auf Desinfektionsmittel und Pflaster zu konzentrieren versuchte, nahm Lila doch seine Nähe wahr und spürte jede Menge Schmetterlinge in ihrem Bauch hochflattern. Schließlich war er der Mann, der so wunderbar zart küssen konnte.

Mit einer Kompresse aus der Apothekentüte wischte sie das Blut von seiner Wange und reinigte dann die Wunde. »Willst du das Pflaster aufkleben?«, fragte sie Jakob, der all ihren Bewegungen mit einem bangen Blick folgte.

Er nickte und streckte vorsichtig seine Hand nach dem Heftpflaster aus, das sie ihm hinhielt. Felix ging in die Knie, woraufhin aus seiner Kleidung noch mehr Wasser auf den Boden lief, und hielt seinen Kopf leicht schräg. Behutsam brachte Jakob das Pflaster an. Gemeinsam mit Lila bewunderte er anschließend sein Werk. Das Pflaster saß schief und deckte mehr von der Nase als der Wange ab, aber immerhin sah man keine Wunde mehr.

»Sehr gut«, lobte Lila.

Aus dem Schlafzimmer kam ein großer Rumms, gefolgt von Johnnys Ruf: »Alles in Ordnung!«

»Hör auf zu hüpfen und zieh dich um«, ermahnte Felix seinen kleinen Neffen streng, dann reinigte er zusammen mit Lila ganz vorsichtig Jakobs Wunden. Der große Junge weinte und jammerte nicht, aber er hielt Lilas linke Hand fest umklammert. Felix zog ein Pflaster aus der Packung, aber es wurde sofort nass und klebrig in seinen feuchten Händen.

»Komm, ich übernehme das, bevor es hier noch einen Wasserschaden gibt«, bot Lila an, weil Felix auch noch alles volltropfte.

»Danke.« Felix reichte ihr die Packung und verschwand wieder im Badezimmer.

Überallhin, wo Jakob wollte, klebte Lila ein Pflaster, selbst an die Stellen, wo es ihm nur wehtat und man nichts sehen konnte. Sie erinnerte sich daran, wie gut es ihr getan hatte, wenn ihre Tante früher ihre kleineren und größeren Verletzungen ernst genommen hatte.

Johnny tauchte in einem T-Shirt von Felix, das ihm weit über die Knie reichte, und einer ebenfalls viel zu großen Hose aus dem Schlafzimmer auf. In der Hand hielt er einen blauen Flitzstift und bestand darauf, dass sie das große Pflaster auf Jakobs Knie noch mit einem Smiley verzierten. Erst als Lila es gemalt hatte, gab er sich zufrieden.

»Fertig«, meinte dann auch Jakob.

Jetzt sah er aus, als wäre er kopfüber in die Pflasterpackung gefallen, aber ein erstes kleines Lächeln zeigte sich wieder auf seinem Gesicht. Er war sogar bereit, mit Johnny Betthüpfen zu spielen, was Lila als gutes Zeichen wertete.

Einige Zeit später kam Felix zurück. Er hatte sich umgezogen und sah trockener, aber auch verwegen mit dem schiefen Pflaster auf der Wange aus.

»Danke für deine Hilfe!«, meinte er, und seine Stimme ließ einen kleinen Schauer über ihren Nacken und ihre Arme laufen.

»Keine Ursache«, antwortete sie, so locker es ihr gelang, und er machte einen kleinen Schritt auf sie zu.

»Lila«, murmelte er leise, und seine unmittelbare Nähe und der intensive Blick seiner Augen brachten sie so durcheinander, dass sie für eine Millisekunde nicht mehr wusste, was sie eigentlich machen wollte.

»Sag mal, ist das Karamell, das du da im Gesicht und in den Haaren hast?«, erkundigte er sich plötzlich.

Lila wurde rot. »Ein kleiner Unfall in der Bonbonküche.«

»Ich liebe Karamell«, sagte Felix und legte ihr ganz sanft die Hand auf die Schulter. »Ehrlich gesagt, kann man gar nicht genug Karamell um sich haben.«

»Habe ich etwas von Karamell gehört?«, ließ sich Johnny in diesem Augenblick vernehmen und kam auf Socken angeschlittert. Lila und Felix wichen auseinander.

»Karamell mag ich auch«, ließ sich nun Jakob hören und folgte seinen Bruder.

»Aber Onkel Felix, bei dir fehlt noch das Smiley«, urteilte Johnny, stürmte davon, um mit seinem Filzer zurückzukommen. Mit einem auffordernden Blick drückte er ihn Lila in die Hand.

»Soll ich wirklich?«, fragte sie.

»Aber unbedingt«, antwortete Felix, während Jakob und Johnny ihre Zustimmung lauthals bekundeten.

»Also gut.« Lila stellte sich auf Zehenspitzen und malte ganz vorsichtig ein kleines Smiley auf Felix' Pflaster. Dabei nahm sie die kurzen blonden Bartstoppeln auf seinen Wangen und den angenehm warmen Felixgeruch wahr. Just in diesem Augenblick meinte er: »Du riechst wirklich wunderbar nach Karamell.«

»Karamelila«, grinste Johnny breit.

»Eigentlich müsste der Laden auch ›Lilas himmlische Bonbons‹ heißen«, ergänzte Jakob vergnügt.

»Naja, ich helfe doch nur aus«, wiegelte Lila ab, fand aber im Stillen auch, dass das gut klang.

Zu dritt begutachteten sie Lilas Smiley.

»Du siehst aus wie ein Pirat«, meinte Jakob anerkennend zu Felix, und Johnny lachte zustimmend: »Genau! Wie ein gefährlicher Pirat!«

»Aber ich bin gar nicht gefährlich«, widersprach Felix und machte ein schauerliches Gesicht.

Für mein Herz schon, entschied Lila und spürte, dass seit ihrer ersten Begegnung jede Menge Gefühle zum Leben erwacht waren, die sie bis dahin in der hintersten Schicht ihres Herzens sicher verwahrt gewusst hatte.

Ausgerechnet in diesem Moment fiel ihr die Bonbonmasse im Kessel wieder ein, die sie trotz des ganzen Geredes von Karamell tatsächlich ganz vergessen hatte.

»Ich muss sofort los.« Sie düste zur Tür, riss sie auf und lief direkt Paul in die Arme, der gerade, mit zwei großen weißen Papiertüten bewaffnet, bei Felix klingeln wollte.

»Hallo Lila«, grüßte Paul freundlich. »Möchtest du mitessen?« Wie zur Erklärung hob er die Tüten, die er in Händen hielt. Doch dann stutzte er. »Sag mal, ist das Karamell in deinen Haaren? Was habt ihr denn gemacht?«

»Bonbonunfall«, antwortete Lila nur und rannte die Treppe hinunter. Als sie durch den Hof kam, strich sie sich eine Haarsträhne aus dem Gesicht, die sich wie immer aus ihrem Zopf gelöst hatte, und fasste prompt in klebriges Karamell.

Ich muss mir unbedingt die Haare waschen, überlegte sie. Aber noch dringender musste sie sich um die Zuckermasse kümmern. Sie riss die Tür zur Bonbonküche auf, und ein ungewöhnlich malziger Geruch wehte ihr entgegen. Im ersten Moment glaubte Lila erschrocken, dass sie zu spät kam und die Bonbonmasse schon wieder verkohlt wäre, aber zu ihrer riesigen Erleichterung war nichts dergleichen geschehen. Stattdessen hatte die Masse im Kupferkessel einen tiefgoldenen Farbton angenommen. Sie ließ sich noch schlechter verarbeiten als die normale Sahnebonbons-Rezeptur, schmeckte dafür aber geradezu göttlich, als sie aus dem Kegelroller kam.

Während sie die Masse in kleine Stücke teilte, überlegte sie, was auch nur annähernd so gut schmeckte wie dieses herrliche Bonbonvergnügen. *Felix' Kuss ist genauso wunderbar*, dachte sie plötzlich.

Dann jedoch konzentrierte sie sich darauf, die nächste Mischung anzusetzen. Während die Rührmaschine ihre Arbeit tat, ging sie nach oben in Frau Schmids Wohnung, um sich die Haare auszuspülen.

Doch das Badezimmer war besetzt, Sonja schien dort Wurzeln geschlagen zu haben. Es rumpelte mehrfach, und Lila hatte keine Ahnung, was Sonja da tat.

»Alles okay bei dir?«, fragte sie durch die Badezimmertür.

»Mir geht es super«, kam Sonjas Stimme gedämpft zurück. »Ich brauche nur noch ein bisschen.«

»Wie lange ist denn ›ein bisschen‹?«, fragte Lila zurück, die am liebsten jetzt sofort unter die Dusche gesprungen wäre.

»Vielleicht so drei Stunden?« Sonjas Stimme klang dabei vollkommen ungerührt, aber Lila riss die Augen auf. Drei Stunden – Sonja hatte anscheinend in Los Angeles jedes Zeitmaß für einen Badezimmeraufenthalt verloren.

»Kannst du mir dann wenigstens das Shampoo und mein Handtuch herausgeben?«, bat Lila durch die Tür und fühlte sich etwas schräg dabei. Drei Stunden am Stück hatte sie noch nie in ihrem Leben im Bad verbracht, aber sie war schließlich auch keine Werbeikone.

Die Tür ging einen Spaltbreit auf, Sonjas Hand kam hervor und hielt Lila das Gewünschte entgegen.

»Bist du sicher, dass alles bei dir in Ordnung ist?«, fragte Lila ihre Cousine noch einmal, während Bilder von schiefgegangenem Selbstbräuner und Haarfärbekatastrophen durch ihren Kopf gingen.

»Alles super«, erwiderte Sonja fröhlich und schloss mit einem saftigen Knall die Badezimmertür.

Na, herzlichen Glückwunsch, dachte Lila und machte sich daran, ihre Haare am Spülbecken in der Küche auszuwaschen. Anschließend ließ sie sich von Sonja auch noch ihre Haarbürste reichen und bewunderte dabei etwas weiße Farbe an Sonjas Hand, die das Einzige war, was sie von ihrer Cousine sah.

»Malst du dich da drinnen an?«, fragte sie, aber Sonja machte nur ein unbestimmtes Geräusch als Antwort, und so ließ Lila ihre Cousine in Ruhe, zog sich um und ging dann hinüber zu Felix.

Immerhin hatte es komplett aufgehört zu regnen, als sie mit feuchten Haaren durch den Hof ging. Felix öffnete die Tür und gab ihr rasch einen Kuss, während Johnny und Jakob in der Küche laut »Lila, Lila« riefen. Gefolgt von Felix ging sie durch den Flur, wobei er sie ganz sanft am Rücken berührte. Lila hätte sich am liebsten umgedreht und ihn noch mindestens hundertmal geküsst. Aber daran war gerade nicht zu denken, so setzte sie sich in der Küche mit einem Lächeln auf den Platz, auf den Johnny und Jakob zeigten. Felix ließ sich auf den Stuhl neben ihr fallen.

»Vielen Dank für die Einladung«, sagte sie zu Paul und nahm einen gehäuften Teller köstlich duftender Antipasti entgegen.

»Hunger?«, fragte Felix lächelnd, und bei diesem Lächeln allein hätte sie schon fast ihre Gabel fallen lassen können. »Das kommt bei dir abends doch häufiger vor, oder?«

Seine Stimme klang so sanft wie eine Streicheleinheit, und Lila fühlte mit einem Mal ein solches Begehren durch ihre Adern rauschen, dass sie ihn nicht ansehen konnte.

Himmel, dachte sie, *was macht nur Berlin mit mir?* Aber sie war sich nicht sicher, ob das wirklich dieser Stadt und nicht vielmehr diesem Mann neben ihr geschuldet war.

»Ich habe auch Hunger«, sagte Johnny und wickelte erstaunlich geschickt ein paar lange Spaghetti auf seine Gabel auf.

»Aber ich bin satt, kann ich spielen gehen?«, fragte Jakob.

»Ja, klar«, stimmte Felix zu. Schon einen Bissen später entschied Johnny, dass er jetzt auch keinen Hunger mehr habe, und folgte seinem Bruder.

Paul stellte die Teller der Jungen an die Seite. »Iss, so viel du magst, Lila. Wie du siehst, habe ich auch Nachtisch mitgebracht.« Er wies auf eine Auswahl von Tiramisu, Profiteroles und anderen italienischen Köstlichkeiten, die er mitten auf den Küchentisch gestellt hatte.

»Ich liebe Süßigkeiten«, seufzte Lila aus vollem Herzen, und Felix schmunzelte. »Das ist doch fast eine Berufsvoraussetzung, oder?«

»Alles andere wäre ja auch absurd«, ergänzte Paul fröhlich. »Das wäre sonst so, als würde ich keine Musik mögen.«

»Apropos Musik, wie läuft es denn mit deinem aktuellen

Projekt?«, erkundigte sich Felix und legte sich ein Profiterole auf den Teller.

»Frag lieber nicht«, antwortete Paul und winkte ab. »Mir fehlt einfach die Inspiration.«

Mir nicht, dachte Lila unwillkürlich, als sie Felix mit seinem Piratenpflaster von der Seite ansah. Glücklich entschied sie, noch mindestens zehn neue Sorten Bonbons zu kreieren.

* * *

Es war weit nach zehn, als es Felix endlich gelang, die Jungs ins Bett zu locken. Paul war schon gegangen, und Lila hatte angeboten, die Reste vom Abendessen wegzuräumen. Die Küchentür stand offen, sodass Lila hören konnte, wie Felix im Schlafzimmer vorlas. Ganz leise packte sie die Reste des Essens in den erstaunlich leeren Kühlschrank und stellte die Teller in den Geschirrspüler.

Wie prickelndes Brausepulver im Bauch spürte sie die Vorfreude, gleich mit Felix allein zu sein, und das Gefühl wurde noch schäumender, als er in die Küche kam.

»Danke«, sagte er und lächelte sein schönstes Lächeln. Lila war felsenfest überzeugt, noch nie einem so tollen Mann begegnet zu sein. Sie fand ihn so attraktiv, dass ihr Herz gar nicht anders konnte, als in einen ungebremsten Galopp zu verfallen.

»Fast schade, dass du das Karamell abgewaschen hast«, meinte er dann leise und küsste sie erst auf die Wange und anschließend auf den Mund.

Oh, ist das wunderbar, dachte sie.

»Lila«, flüsterte er, und sie schloss die Augen.

Doch bevor er sie noch einmal küssen konnte, öffnete jemand im Flur die Wohnungstür und ließ sie dann mit einem Krachen wieder ins Schloss fallen.

***

»Felix?«, fragte eine Frauenstimme unfreundlich und laut. Direkt danach hörte Felix das stakkatoartige Auftreffen von Schuhen mit Absatz auf seinem Parkett im Flur.

»Belly?«, antwortete er überrascht und deutlich leiser, um die Jungen nicht zu wecken. Langsam ließ er Lila los und machte zwei Schritte in Richtung Tür, bevor er Lilas verwirrten Gesichtsausdruck wahrnahm. Am liebsten hätte er sie sofort wieder in seine Arme gezogen, aber just in diesem Moment stürmte Belly in die Küche. Sie schien wirklich wütend zu sein, und ihr blasses Gesicht war noch bleicher als sonst. Felix wusste, dass seine Ex-Freundin kein gutes Gespür für den räumlichen Abstand zu anderen Personen hatte, aber so, wie sie sich jetzt zwischen Lila und ihn drängte, kam es ihm doch eine Nummer zu extrem vor.

»Hallo«, sagte er ruhig zu ihr. »Was führt dich nach Berlin?«

»Schön und gut, dass sich mein Freund nicht meldet«, zischte Belly überhaupt nicht ruhig zurück. »Aber das ist ja wohl die Härte.«

Fast automatisch schaute Felix zu Lila, die seinen Blick fragend und unsicher erwiderte. Doch Lilas Anwesenheit war offenkundig nicht das, worauf Belly hinauswollte. Stattdessen hielt sie Felix ein Tablet hin, und als er nicht sofort danach griff, bewegte sie es ungeduldig auf und ab.

»Was ist das?«, erkundigte sich Felix irritiert.

»Lies!«, antwortete Belly nur knapp, und ihre Stimme wurde noch eisiger, wenn das überhaupt möglich war.

Irritiert nahm Felix das Tablet entgegen und schaute darauf. Bellys Befehlston war ihm zutiefst unangenehm, aber es war ihm noch unwohler dabei, wenn er überlegte, wie die Situation für Lila sein musste. Doch dann verschwand diese Überlegung aus seinen Gedanken, als er die Schlagzeile einer Online-Zeitung las.

Industriellen-Gattin auf der Flucht.
Eine dramatische neue Wendung im Fall Wengler?

Felix las die Worte zweimal und fühlte dabei eine Welle von Übelkeit aufsteigen. Wo war seine Mutter? Was um Himmels willen hatte sich ereignet? Hektisch überflog er den Artikel und griff sich dabei unwillkürlich an den Hals, aber in der Zeitungsmeldung fanden sich nicht mehr Informationen, nur dass Frau Wengler seit dem Vortag als unauffindbar galt, es aber zum jetzigen Zeitpunkt keinen Hinweis für ein Gewaltverbrechen gab. Erschüttert ließ Felix das Tablet sinken und hatte das Gefühl, sich setzen zu müssen.

»Das ist nicht der einzige Artikel, es gibt noch mehr davon. Abendzeitung, Morgenpost. Möchtest du sie alle sehen?«, fragte Belly. Sie sprach jedes Wort klar und überdeutlich aus, und Felix fragte sich, ob sie überhaupt einen Funken Mitgefühl in ihrem Herzen hatte. Er machte zwei Schritte rückwärts und lehnte sich an den Herd. »Nein, ich möchte sie nicht sehen«, sagte er und bemerkte, wie Lila ihrerseits zwei Schritte weg von ihm machte. Das tat ihm fast körperlich weh.

»Felix, schau mich an«, verlangte Belly, und ihre Stimme

war am absoluten Nullpunkt angekommen. »Wie kommst du dazu?«

»Ich?«, fragte Felix langsam und fragte sich, was um alles in der Welt sie damit meinen konnte. Seine Mutter war verschwunden, aber das hatte mit ihm doch nichts zu tun. Verständnislos sah er zu ihr.

»Wir hatten eine Abmachung«, zischte sie und ging nun ihrerseits auf ihn zu, sodass sie genau zwischen ihm und Lila stand, wie Felix eher unbewusst wahrnahm. Seine Gedanken kreisten um seine Mutter. Hatte ihr Verschwinden etwas mit dem Bild im Kofferraum zu tun?

»Dass du dich nicht mehr an Abmachungen hältst, ist das Letzte«, fuhr Belly ihn an, und Felix sah ihre vor Wut funkelnden Augen und den kalten Ausdruck in ihrem Gesicht.

»Was für eine Abmachung?«, fragte er verwirrt und hatte das Gefühl, dass sein Gehirn einfach zu langsam arbeitete. Aus den Augenwinkeln bemerkte er, wie sich Lila noch weiter von ihm entfernte. Sie sah verstört und unglücklich aus. Er wollte etwas zu ihr sagen, ihr alles erklären, aber er konnte nicht. Unter seinem Schweigen drehte sie sich schließlich ganz um und verließ die Küche.

Einen Augenblick später hörte er die Wohnungstür ins Schloss fallen, diesmal leise und behutsam. *Halt!*, wollte Felix rufen, aber kein Ton kam über seine Lippen.

Belly schien alle diese Schwingungen um sie herum überhaupt nicht mitzubekommen.

»Ich habe Hunderttausende in den Sand gesetzt«, sagte sie vollkommen ungerührt in einem anklagenden Ton. »Ich habe mich auf dich verlassen, und du hast mich betrogen.«

»Was?«, fragte Felix, der an seine Mutter, den Bilderraub

und Lila denken musste. Wie konnte er Belly betrogen haben, wenn er überhaupt nicht mehr mit ihr zusammen war?
»Wieso *betrogen*?«, fragte er verständnislos.

»Wir hatten ausgemacht, dass du mir Bescheid gibst, wenn etwas mit der Firma passiert. Hast du das vergessen? Ich habe dir sogar extra eine Frist eingeräumt, damit du mir alles erklären kannst. Aber du hast mir nur geschrieben, dass du keine weitere Chance möchtest, weder zur Bewertung der Firma noch von dir selbst. Also bin ich davon ausgegangen, dass wieder alles in Ordnung ist, und habe euer Unternehmen als perfekt bewertet. Und das, obwohl ihr den Atlantis-Deal abgesagt habt. Aber dass ihr euren Ruf komplett ruinieren wollt, hast du mir nicht gesagt.«

»Natürlich nicht«, stammelte Felix schockiert. Anscheinend ging es Belly überhaupt nicht um die Beziehung, sondern um finanzielle Angelegenheiten. »Was heißt außerdem, unseren ›Ruf komplett ruinieren‹?«, meinte er dann, und seine Stimme wurde unversehens schärfer. »Bis eben wusste ich nichts von dieser Geschichte, außerdem ist es meine Mutter, die verschwunden ist, und das ist kein ruinierter Ruf, sondern eine Katastrophe.«

»Was für eine billige Ausrede«, zischte Belly ihn an. »Ich muss einen derartigen Fehlgriff bei meinen Analysen verkraften, der mich den Großteil meines Bonus kosten wird, und du sagst mir einfach nur, du hättest nichts davon gewusst?«

Felix war so entsetzt, dass er Belly am liebsten gepackt und geschüttelt hätte. »Belly, das ist meine Mutter, um die es hier geht!« Er schaute wieder auf die Zeitung und fragte sich, wo um alles in der Welt seine Mutter hingegangen sein konnte.

»Du hast dich doch noch nie für sie interessiert«, antwortete Belly verächtlich. »Komm mir jetzt nicht mit dieser Sohnemann-Nummer.«

Felix wurde rot, als er das hörte. Ja, es stimmte: Früher hatte er sich wirklich nicht für seine Mutter interessiert, aber das war gewesen, bevor die Geschichte mit Niklas und seinen Söhnen passiert war und bevor er erlebt hatte, dass seine Mutter auch eine liebevolle Oma sein konnte. Er reichte Belly das Tablet und fuhr sich dann mit der rechten Hand über die Haare. Es fühlte sich seltsam an, und erst mit einer deutlichen Verzögerung fiel ihm wieder ein, dass Paule seine Haare ja abrasiert hatte. Aber das war vollkommen egal, genau wie Bellys Bonus. Wichtig war nur, was mit seiner Mutter und auch mit Lila war.

»Du hast mich so enttäuscht, und außerdem hast du mich noch Geld gekostet«, hielt Belly ihm vor. »Das verzeihe ich dir nie.« Die letzten Worte spie sie fast aus.

Felix blickte sie an – vollkommen aus seinen Gedanken gerissen.

»Es tut mir leid, Belly«, antwortete er, doch schon als er die Worte aussprach, wusste er, dass sie nichts als leere Worthülsen waren. Ganz im Gegenteil: Es tat ihm nicht im Geringsten leid – weder um Belly noch um ihren Bonus. Aus seiner Hosentasche zog er sein Handy und schaute auf die Anrufliste.

»War das dein letztes Wort?«, erkundigte sich Belly.

Er sah auf und entdeckte Wut, Enttäuschung und Hass in ihrem Blick. »Ja«, antwortete er leise, aber ruhig.

Wutschnaubend stürmte Belly in den Flur, und Felix folgte ihr.

»Das wird dir noch leidtun«, zischte sie, als sie die Tür aufriss, aber er schüttelte nur den Kopf. Es gab eine Menge

Dinge, die er zum Teil sehr bereute, aber das Ende ihrer Beziehung würde sicher nicht auf dieser Liste landen. Abfällig warf Belly ihm den Wohnungsschlüssel vor die Füße und rauschte dann hinaus. Mit Karacho wollte sie die Tür hinter sich ins Schloss werfen, aber Felix setzte nach und fing sie im letzten Moment ab. Die Jungen sollten keinesfalls aufwachen, es wunderte ihn sowieso schon, dass Bellys Gekeife sie nicht geweckt hatte. Leise schloss er die Tür, dann lehnte er sich vollkommen aufgewühlt im Flur an die Wand. Er musste seine Mutter finden, und er musste das Rätsel um Niklas lösen. Erneut blickte er auf die Anrufliste. Vor einigen Tagen hatte seine Mutter ihn von einer ihm unbekannten Nummer angerufen. Felix wählte sie, aber niemand antwortete.

Langsam ließ er sich an der Wand nach unten rutschen, bis er auf dem Boden saß.

Das ist alles so schrecklich, dachte er und erinnerte sich mit Magenschmerzen an Lilas letzten verständnislosen Blick. Sie war so ein wunderbar gradliniger und liebenswerter Mensch, aber er wusste nicht, ob sie jemals zu ihm zurückkommen würde.

***

Lila fühlte sich absolut gruselig, als sie durch den langen Flur von Frau Schmids Wohnung ging.

Ich dummes Huhn, beschimpfte sie sich selbst. *Wie konnte ich ihn nur so vollkommen falsch einschätzen? Da habe ich mich Hals über Kopf verliebt, und dann so was!* Bitterkeit, Katzenjammer und Wut kochten zu gleichen Teilen in ihr hoch, und sie hätte sich ohrfeigen können. Doch alle Selbstvorwürfe machten es nicht besser, stattdessen fühlte sie sich nur noch mieser.

Er hat eine Freundin, dachte sie, und ihr Herz ächzte so schwer dabei, dass sie nicht weitergehen konnte. Mit Schaudern erinnerte sie sich an diese grässliche Person, die ihr so blass, kalt und vollkommen frei von jeglichem Mitgefühl erschienen war. Im ersten Augenblick hatte Lila angenommen, dass es sich um eine Verwechslung handeln müsste und sie unmöglich die Freundin von Felix sein konnte. Aber die Frau hatte einen Schlüssel gehabt, und Felix hatte ihr nicht widersprochen, als sie ihn als ihren Freund bezeichnet und von ihrer gemeinsamen Abmachung gesprochen hatte. Kraftlos machte Lila einen weiteren Schritt. Auch ansonsten hatte Felix nichts gesagt, was die Sache auch nur im Entferntesten besser gemacht hätte. Lila spürte, wie ihr die Tränen der Enttäuschung in die Augen traten. Trotzig wischte sie sich über ihr Gesicht, bevor sie langsam weiter den langen, schmalen Flur hinunterschritt.

Im Badezimmer brannte Licht, und auf dem Boden lag zerknülltes Zeitungspapier, das wie mit heller Farbe beschmiert aussah, aber Sonja war nicht da. Lila runzelte die Stirn, stopfte die Zeitung in den Mülleimer und löschte dann das Licht.

»Sonja?«, rief sie und hoffte, dass man ihrer Stimme nichts Auffälliges anhörte. Denn sosehr sie ihre Cousine auch liebte, gerade wollte sie mit niemandem über das reden, was sie eben erlebt hatte.

»Sonja?«

»Ich bin im Bett«, drang Sonjas Stimme durch die geschlossene Tür von Frau Schmids Zimmer, wo Lila sie kurzerhand einquartiert hatte.

»Geht es dir gut?«, erkundigte sich Lila vom Flur aus und war dankbar, dass Sonja anscheinend nicht erwartete, dass sie hereinkam oder sich um sie kümmerte.

»Ja, alles bestens«, kam die Antwort. »Aber du hörst dich nicht gut an, Lila?«

»Bin nur müde«, log Lila und beschloss, direkt ohne Zähneputzen ins Bett zu gehen. Sie ging hinüber in ihr kleines Zimmer, schloss die Tür hinter sich, zog sich aus und kroch unter die Decke.

Ach verdammt, dachte Lila voller Kummer. Auf einmal fühlte es sich so an, als habe jemand das Licht über Berlin ausgeknipst. All die Freude über ihre neuen Bonbonsorten, über ihre Arbeit bei *Mariannes himmlische Bonbons* und über ihre neue Heimat zerstob und rieselte dann als Herzschmerz-Asche herunter.

Ich bin so dumm, dachte Lila noch einmal und fühlte sich derart ernüchtert, dass sie sich nicht vorstellen konnte, jemals wieder lieben, hoffen oder glauben zu können.

***

Felix stand am Wohnzimmerfenster und starrte hinaus in die nächtliche Dunkelheit. In der Hand hielt er sein Handy, aber es fühlte sich ungewöhnlich schwer und klobig an. In den letzten Minuten hatte er auf allen möglichen Wegen versucht, seine Mutter zu erreichen, aber sie war weder an ihr eigenes noch an das Handy gegangen, das Niklas ihr gegeben hatte. Nicht einmal sein Vater war erreichbar gewesen, als Felix sich zähneknirschend dazu durchgerungen hatte, ihn zu kontaktieren. Hilflos ließ er den Kopf hängen. Jetzt war auch noch seine Mutter verschwunden, und er zweifelte nicht daran, dass das etwas mit der Kunstdiebstahlsache seines Bruders zu tun hatte.

Jetzt habe ich auch noch Lila verloren, ging es ihm dann durch den Kopf. Ihm wurde geradezu schlecht, als er daran dachte, und er schleppte sich hinüber zum Sofa und ließ sich drauffallen. Einfach alles hatte er falsch angepackt und nichts zustande gebracht, nicht einmal seinem Bruder hatte er bisher helfen können. Doch auch die schlimmste Selbstanklage machte nichts erträglicher, stattdessen sah er Lilas erst ungläubigen, dann fassungslosen Blick vor sich und schließlich die tiefe Kränkung in ihrem Gesicht, bevor sie sich umgedreht hatte und gegangen war. Er schloss die Augen. Auf einmal wurde ihm klar, dass es ausgerechnet Lilas Lächeln und ihre fröhliche Art gewesen waren, die seine Hoffnung in diesen grässlichen Zeiten aufrechterhalten hatten.

»Sie habe ich auch noch verloren«, flüsterte er entsetzt vor sich hin.

Nebenan rief Johnny laut etwas im Schlaf, und Jakob, selbst schlaftrunken, antwortete beruhigend. Danach war wieder alles still.

Ich muss etwas tun, sagte sich Felix, aber er wusste nicht, was. Er war hier bei seinen Neffen gebunden und konnte nirgends hingehen, um die Dinge wieder ins Lot zu bringen. *Wie soll ich das auch tun?*, fragte er sich mit dem ernüchternden Gefühl, dass ihm Lila wahrscheinlich sowieso nichts mehr glauben würde.

Er beugte sich vor und stützte das Gesicht in die Hände. Dabei spürte er das Pflaster auf seiner Wange und erinnerte sich, wie Jakob es aufgeklebt und Lila es mit einem Smiley verziert hatte. Er hätte in Tränen ausbrechen können. Für ihn war die Beziehung mit Belly mit seiner letzten Nachricht an sie erledigt gewesen, aber offenkundig hatte sie das anders gesehen. Jetzt hatte sie ihm das zerstört, was in den letzten Tagen das Allerwichtigste für ihn geworden war.

Ich kann Lila nicht verlieren, dachte er verzweifelt.

Irgendwann, viel, viel später, kroch er ins Bett, müde, erschöpft und mutlos. Doch gerade als er endlich eingenickt war, trat ihn Johnny versehentlich im Schlaf und weckte ihn wieder auf. Danach konnte Felix nicht mehr einschlafen. Hellwach und gleichzeitig todmüde lag er im Bett, wo sein Ausflug in die Unterwelt der Gefühle von vorn begann.

13. Kapitel

Was hat Lila nur?, fragte sich Sonja und schaute auf ihre Uhr. Es war bereits kurz nach ein Uhr nachts, und schon seit Ewigkeiten wälzte sich ihre Cousine auf der anderen Seite des Flures in ihrem Bett hin und her, was Sonja an dem Quietschen der Bettfedern ausmachen konnte. Einmal hatte es sich sogar so angehört, als schluchze sie laut auf. Doch als Sonja hinübergegangen war und leise in der Dunkelheit von Lilas Zimmer nachgefragt hatte, ob alles in Ordnung wäre, hatte Lila keinen Mucks von sich gegeben.

Sonja beendete die letzte Farbschicht, dann stand sie auf. In Los Angeles war es noch Nachmittag, und ihr Zeitgefühl hatte sich noch nicht auf die Berliner Zeit umgestellt, sodass sie sich wach und fit fühlte. In ihrer engen, dunkelgrünen Sporthose, die eher an Lara Croft als an eine Werbeikone im Stil der Fünfzigerjahre erinnerte, trat Sonja ans Fenster und öffnete es. Nach dem Regen vorhin war die Luft angenehm klar und kühl, und in einiger Entfernung konnte sie jemanden leise Klavier spielen hören. Die Musik klang hauchzart und schien durch die Stille der Nacht zu schweben.

Wie schön, dachte Sonja. In Los Angeles hörte sie so etwas nie, und die Nacht erschien auch nicht so still und friedlich wie hier.

Natürlich konnte man auch in der Filmmetropole in absoluter Ruhe und Abgeschiedenheit in einer der teuren Villen wohnen, aber so erfolgreich war Sonja nicht. Allerdings war sie dafür, dass sie nur Werbung machte, gut im Geschäft. Jetzt brauchte sie jedoch etwas Neues. Auf der einen Seite war Sonja froh, dass ihre Rolle als Eis-Bunny ein Ende fand, auf der anderen Seite sah sie ihre Zukunft alles andere als klar vor sich. Sie liebte Los Angeles und das pulsierende Leben dort, aber sie war keine Schauspielerin. Werbung war für sie erledigt, und sie brauchte, wenn sie in der Stadt des Films erfolgreich bleiben wollte, eine neue Perspektive. In der Hoffnung, sich in einer kleinen Auszeit etwas Neues einfallen lassen zu können, war sie nach Berlin gekommen.

Nachdenklich lauschte Sonja dem zarten Klavierspiel.

Wer da wohl spielt?, fragte sie sich neugierig. Der Gedanke, dass noch jemand außer ihr wach war, gefiel ihr. Sie schloss das Fenster wieder, griff nach einem Sweatshirt und nahm ihre Schuhe. In ihrem detailversessenen Vertrag als Denise stand, dass sie niemals ohne Absätze gesehen werden durfte, weil ihre Waden nicht ganz perfekt waren, aber über das Tragen von kuscheligen Pullovern und militärischen Sporthosen stand dort nichts. Mit einem diebischen Vergnügen zog Sonja das formlose Oberteil über den Kopf. Dann lauschte sie noch einmal an Lilas Tür, aber ihre Cousine schien endlich eingeschlafen zu sein.

Leise trug Sonja die große Tüte vom Baumarkt und ihren Koffer, worin sie alles verstaut hatte, was sie brauchte, bis zur Tür und nahm sich den Schlüssel für *Mariannes himmlische Bonbons* vom Küchentisch. Dann hob sie ihr Gepäck über die Schwelle und zog die Wohnungstür so leise wie möglich hinter sich ins Schloss.

Als sie durch den dunklen Hinterhof ging, begleitete sie die zarte Musik von oben. Mit etwas Mühe sperrte Sonja die Lagerraumtür auf und schaltete das Licht ein. Vor ein paar Tagen hatte Lila sie in einer Nachricht um Rat für eine effektvolle Schaufensterdekoration gebeten, und Sonja hatte daraufhin beschlossen, dass sie genau diese Aufgabe übernehmen würde. Lilas Bonbons waren fantastisch, und jetzt sollte ihre Cousine auch noch das Schaufenster bekommen, das sie verdiente.

***

Paul beendete Chopins *Ballade Nr. 2* und schaute auf seinen Laptop, der neben dem Klavier auf seinem Ständer stand und vorwurfsvoll auf Pauls Entwürfe wartete. Dass er jetzt schon die Stücke spielte, die er damals an der Uni durchexerziert hatte, war der absoluten Verzweiflung geschuldet. Ihm fehlten jegliche brauchbare Einfälle für die elende Filmmusik, und in seiner Not hatte er sich den großen Meistern zugewandt.

Verflixt, dachte er und griff nach dem Notenheft mit den Beethoven-Sonaten. Die spielte er wirklich nur im absoluten Notfall. Er schlug den *Sturm* auf und wollte gerade loslegen, als er auf einmal ein dumpfes Geräusch an seiner Tür hörte. Normalerweise hätte Paul nicht darauf reagiert, aber seit der Sache mit Niklas war er etwas dünnhäutiger geworden und sprang daher sofort auf. Rasch ging er durch sein großes Wohnzimmer in den kurzen Flur und riss die Wohnungstür auf. Direkt davor stand eine rothaarige Frau und schickte sich gerade an, sich umzudrehen.

»Was machen Sie hier?«, fragte Paul, und die Frau schaute

zu ihm auf. Sie hatte eine allerliebste kleine Nase in einem sehr hübschen Gesicht, dazu wunderschöne rotblonde Locken und grüne Augen, zumindest glaubte Paul das in der nächtlichen Treppenhausbeleuchtung zu erkennen.

»Entschuldigen Sie«, antwortete die Frau. »Ich habe Ihr Klavierspiel mitbekommen, es hat mir so gefallen, dass ich hören wollte, woher es kam. Dabei bin ich wohl an Ihre Tür gestoßen.«

Paul hatte schon ihr Aussehen bezaubernd gefunden, aber ihre Stimme schlug ihn förmlich in den Bann. Sie klang leicht heiser und rauchig, dabei aber warmherzig und energisch.

Mit neu erwachtem Interesse sah Paul die Fremde genauer an. Sie trug eine grüne Sporthose zu einem grauen Sweater und dazu überraschenderweise Schuhe mit sehr hohen Absätzen. Ihre Haare waren mit einem breiten Haarband zurückgebunden, und auf ihrer Wange und ihrer Stirn waren zwei helle Streifen.

»Ich glaube, Sie haben da etwas Farbe auf der Wange«, erklärte Paul vorsichtig.

»Oh, ja, das kann sein. Ich habe gerade etwas gestrichen, da kann so etwas schon mal passieren.« Sie lachte, und ihr Lachen gefiel Paul fast noch besser. Wenn er ehrlich war, warf es ihn geradezu um.

»Sie haben so eine schöne Stimme«, meinte er unwillkürlich und errötete leicht.

»Ich?« Sie lachte herzlich. »Ich habe ja schon viel gehört, aber dass jemand ausgerechnet *meine* Stimme schön findet, ist mir noch nie passiert.« Amüsiert blickte sie ihn an, und er sah echte Erheiterung in ihrem Blick.

Eine Frau, die so selbstsicher und unbeeindruckt mit einem Kompliment umging, verunsicherte Paul, gleichzeitig fand er sie unerwartet charmant dabei. »Was haben Sie gestrichen, so mitten in der Nacht?«

»Das erzähle ich Ihnen, wenn Sie mir sagen, was Sie gespielt haben, so mitten in der Nacht.«

»Frédéric Chopin«, antwortete Paul bereitwillig. »*Ballade Nr. 2 F-Dur.*«

»Es ist ein wunderschönes Stück, selbst durch die Wand klingt es noch toll.« Sie sagte es leichthin und strich sich dabei mit der Hand über die Haare. Paul musste sich zusammennehmen, um sie nicht anzustarren.

»Ja, das stimmt. Wenn Sie möchten, spiele ich es Ihnen noch einmal vor«, meinte er und wusste im nächsten Moment selbst nicht, wie er dazu kam, so etwas anzubieten.

Sie lachte. »Was für ein nettes Angebot! Ja, gerne, allerdings weiß ich nicht einmal, wie Sie heißen.« Sie schaute auf das Namensschild über der Türklingel. »Ehrlich?«

Paul errötete. »Mein Name ist Paul. Paul Ehrlich.«

»Ehrlich?« Sie lächelte ihn an, und das zusammen mit dem Umstand, seinen Namen mit ihrer Stimme gesprochen zu hören, ließ seine immerwährende Zurückhaltung schmelzen.

»Ich spiele gerne für Sie, zumal ich sowieso immer um diese Zeit arbeite.«

»Das ist ja lustig, ich bin auch oft nachts wach nach Abendveranstaltungen und so. Allerdings ist es für mich gerade erst nachmittags.«

»Wieso?« Es interessierte Paul wirklich, aber mehr noch wünschte er, dass sie nie zu sprechen aufhören möge. Ihre Stimme klang einfach unglaublich und weckte Dutzende Assoziationen in ihm. Allein in der kurzen Zeit, in der sie sich jetzt hier an der Wohnungstür unterhielten, waren ihm schon zwei mögliche Themen für die Filmmusik eingefallen. In seiner Vorstellung musste die Filmheldin genauso eine Stimme haben wie die Frau vor ihm, und er musste für diese großartige Stimme nur noch die musikalische Untermalung erschaffen.

»Eigentlich lebe ich in Los Angeles, aber gerade bin ich zu Besuch bei meiner Cousine«, erklärte sie und verschränkte ihre Hände.

Unwillkürlich schaute Paul auf ihre schönen Finger. »Wer ist denn Ihre Cousine?«, erkundigte er sich und fragte sich dabei, wer von den normalen Sterblichen in diesem Haus wohl zu dieser sagenhaften Frau gehören könnte.

»Lila Wolkenschön.«

»Ach, die fabelhafte Lila mit ihren großartigen Bonbons«, erwiderte Paul und dachte an die vielen netten Kaffeepausen. Offenkundig traf er damit genau den richtigen Ton, denn die Frau vor ihm schien richtig aufzutauen.

»Lila hat Sie also auch schon mit ihren Karamell-Sahnebonbons bezaubert? Ich finde ihre Sorten großartig, aber...« In diesem Moment klingelte etwas, und sie fischte ihr Handy aus der Tasche ihrer Shorthose. »Das ist mein Timer. Ich muss erst noch mal runter in den Laden und die nächste Farbschicht auftragen.«

»Soll ich Ihnen helfen?«, bot er an und machte einen kleinen Schritt auf sie zu.

»Das würden Sie tun? Helfen und Chopin vorspielen? Dann sind Sie mein Held.«

Das Wort »Held« zusammen mit ihrem unglaublichen Tonfall ließ Pauls Knie weich werden.

»Gerne«, antwortete er. »Ich notiere nur noch schnell etwas.«

So hastig lief Paul durch seine Wohnung, dass er fast über seine eigenen Füße gestolpert wäre. Mit fliegenden Fingern hielt er kurz zwei musikalische Ideen auf dem iPad fest, dann ging er wieder zurück, schlüpfte in seine Schuhe und zog die Tür hinter sich ins Schloss.

Die Frau war schon eine halbe Treppe hinuntergegangen, und er beeilte sich hinterherzukommen. Trotz ihrer hohen Absätze bewegte sie sich schneller und eleganter als er in seinen Budapester Schuhen.

»Sie haben mir noch gar nicht verraten, wie Sie heißen«, fragte er, als er sie schließlich im ersten Stock einholte.

»Sonja«, antwortete sie. Sie sprach ihren Namen weich, fast amerikanisch aus, und Paul fand, dass es wunderbar klang.

»Das ist ein wunderschöner Name, er passt sehr gut zu Ihnen«, sagte er und hielt ihr die Haustür auf. Dann trat er selbst in die klare Nachtluft hinaus und fand sie einfach nur wunderbar erfrischend. Tief atmete er ein. Warum ging er nicht häufiger nachts vor die Tür?

Als Sonja *Mariannes himmlische Bonbons* aufschloss und ihm den Vortritt lassen wollte, kam er jedoch auf einmal ins Stocken. »Sonja, ich weiß ja gar nicht, was Sie anmalen, und ich muss Sie warnen, denn ich weiß nicht, wie geschickt ich bei Malerarbeiten bin.«

»Das macht gar nichts, denn dafür klingt es furchtbar, wenn ich Chopin spiele.« Sie lachte ihn an, und er lächelte zurück, als er den Laden betrat.

***

»Sonja?«, rief Lila laut durch Frau Schmids Wohnung. Draußen vor den Fenstern leuchtete die Morgensonne, aber von Sonja fehlte jede Spur, und was noch seltsamer war, ihr Koffer war ebenfalls verschwunden. Zwar stand ihr Kulturbeutel noch im Bad, außerdem lag ihre Kleidung vom Vortag verstreut auf dem Fußboden von Frau Schmids Schlafzimmer, aber sie selbst war nirgends zu sehen.

Merkwürdig, dachte Lila und schaute auf ihr Handy. Es war kurz nach sieben, aber Sonja hatte ihr auch keine Nachricht geschickt.

Als wäre die Wohnung so groß, dass man sich darin verlaufen könnte, warf Lila sicherheitshalber noch einmal einen Blick in jedes Zimmer, aber Sonja war und blieb verschwunden.

Lila seufzte. Sie fühlte sich müde und gerädert, aber die Arbeit wartete. Viel lieber wäre sie allerdings zurück ins Bett gekrochen und hätte so getan, als hätte die Erde aufgehört, sich zu drehen. Doch sie hatte Frau Schmid versprochen, sie zu vertreten, und da konnte sie kaum schwächeln, nur weil ein Mann, den sie zufällig toll fand, eine Freundin hatte. Es verging jedoch keine Minute, in der sie nicht mit Wehmut, Unglauben oder Frustration an Felix und die grässliche Situation vom Vorabend dachte.

Wie konnte er mich nur so mies belügen?, fragte sie sich und erinnerte sich qualvoll an den Blick seiner blauen Augen, der ihr so ehrlich vorgekommen war. Aber sie hatte sich eben fürchterlich vertan und büßte jetzt für ihre Leichtfertigkeit.

Langsam zog sie sich an. Jede Bewegung erschien ihr mühsam, und sie hatte nicht einmal den winzigsten Appetit auf noch so ein kleines Frühstück, wie sie feststellte, als sie in die Küche kam. Dort erlebte sie die nächste Überraschung: Der Schlüssel von *Mariannes himmlische Bonbons* lag nicht mehr auf dem Küchentisch.

Wie seltsam, dachte Lila, denn sie war sich ganz sicher, ihn gestern Abend genau dorthin gelegt zu haben. Sie hob die Obstschüssel hoch, die mitten auf dem Tisch stand, schaute auf den Fußboden und ging schließlich sogar noch einmal in ihr Zimmer, um dort nachzusehen. Doch so sehr sie auch suchte, er blieb genau wie Sonja verschwunden.

Lila runzelte die Stirn. *Das ist seltsam*, dachte sie, und zu den ekelhaften Gefühlen in ihrer Brust gesellte sich auch noch die Sorge, Frau Schmids Ladenschlüssel verschlampt zu haben. Immerhin gab es einen Ersatzschlüssel für Notfälle, den Frau Schmid in ihrer Kommode verwahrte.

Lila holte ihn, zog dann ihre Schuhe an und ging über den Hof zum Laden. Die Vögel zwitscherten, aber nicht einmal das war dazu angetan, Lilas düstere Laune zu heben. Mit dem Zweitschlüssel schloss sie die Tür zum Lagerraum des Ladens auf. Die Tür hakte etwas, und Lila brauchte recht viel Kraft, um sie aufzuschieben.

Was ist denn da los?, fragte sie sich und wäre als Nächstes fast über Sonjas Koffer gestolpert, der aufgeklappt hinter der Tür auf dem Boden lag und den Weg blockierte. Erst im letzten Moment konnte Lila sich fangen, indem sie sich an der Türklinke festklammerte.

»Sonja?«, fragte sie verblüfft, doch auch jetzt erhielt sie keine Antwort.

Daher sah sich Lila etwas genauer im Lagerraum um und entdeckte zu ihrer großen Verwunderung alle möglichen Pinsel und Farbtöpfchen, die rund um Sonjas Koffer verteilt auf dem Boden standen. Ungläubig schaute Lila auf das Chaos, das tatsächlich sehr nach Sonja aussah, und schüttelte dann langsam den Kopf. Was hatte Sonja hier nur veranstaltet?

Vorsichtig, um nicht doch noch zu stolpern, ging sie um den Koffer herum und betrat den Ladenraum. Als Erstes fiel ihr auf, dass sich – obwohl noch vor halb acht – schon mehrere Personen vor dem Schaufenster drängten.

Erstaunlich, dachte Lila überrascht. Sie ging nach vorn und warf von innen einen Blick über die halbhohe Trennwand in die Auslage. Verblüfft atmete sie erst aus und dann wieder ein, während sie zu verstehen versuchte, was sie da sah. Denn dort, wo sich die langweilige Schaufensterdekoration von Frau Schmid befunden hatte, stand jetzt die schönste Kulisse, die sie sich ausmalen konnte. Vor einem Hintergrund weicher Pastellfarben lag eine Frühlingslandschaft, die so farbenfroh und einladend aussah, dass man am liebsten eingetaucht wäre. Mitten zwischen kleinen Farbtupfern standen freundliche kleine Wichtel aus Porzellan und waren damit beschäftigt, Bonbons zu sortieren, einzuwickeln und in kleine Kästchen zu verpacken. Mithilfe von Lichtern wurde die Ansicht in Abständen in unterschiedliche Farben getaucht, und die verschiedenen Sorten Bonbons, die vor den Wichteln in Schälchen und Schalen standen, wurden jeweils ins Zentrum des Interesses gerückt. Das Herzstück bildete eine Miniatur-Etagere, auf der Lilas Karamell-Sahnebonbons über den Lavendel-Sahnebonbons und den Ameisenbonbons lagen, die zwei Wichtel mit verklärten Gesichtsausdrücken bewunderten. Insgesamt war es eine so bezaubernde Szenerie, dass Lila kaum ihren Blick davon lösen konnte. Den Zaungästen vor dem Fenster schien es ähnlich zu gehen.

Lila fühlte einen riesigen Schwung Dankbarkeit zusammen mit einem Gefühl der Ehrfurcht vor Sonjas künstlerischem Geschick. Denn obwohl das Schaufensterbild wie ein echter amerikanischer Traum wirkte, war es dennoch überhaupt nicht kitschig, sondern scheinbar mühelos gelang ihm das Wichtigste, nämlich die Bonbons perfekt ins Bild zu rücken.

Staunend betrachtete Lila es. Es war so stimmig. Nichts sah unpassend oder falsch aus, stattdessen war Frau Schmids Auslage über Nacht aus einer angestaubten Vergangenheit in ein fröhliches Hier und Jetzt transportiert worden.

Als es an der Ladentür klopfte, tauchte Lila aus ihrem Staunen auf.

»Kann man schon etwas kaufen?«, fragte ein Mann, als sie die Tür aufschloss.

»Ihre Schaufensterdekoration ist absolut bezaubernd«, ergänzte die Frau neben ihm.

»Bitte kommen Sie doch herein.« Lila schaltete das Licht über der Vitrine ein und fühlte sich dabei fast ein wenig wie im Wunderland. Dann machte sie sich daran, die Bonbons abzuwiegen und in Tütchen zu packen, die ihre frühmorgendlichen Kunden aussuchten.

Danach ging es Schlag auf Schlag weiter. So einen Morgen wie heute hatte Lila noch nie erlebt. Es war, als wäre das veränderte Schaufenster der Magnet schlechthin für *Mariannes himmlische Bonbons*. Mit roten Wangen und fliegenden Händen wog Lila Bonbons ab, verpackte und verkaufte, beriet und empfahl und schrieb sich zwischendurch immer wieder auf, was sie dringend nachkochen musste. Um kurz nach zwölf war sie praktisch ausverkauft.

So ordentlich es ihr nur irgend gelang, schrieb Lila auf einen Zettel:

Ausverkauft – aber wir produzieren Mariannes himmlische Bonbons gerade nach! Bis gleich!

Darunter malte sie noch ein kleines Herzchen und hängte den Zettel in die Tür. Anschließend schloss sie ab und lief durch den Hinterhof zur Bonbonküche. Vor Aufregung hüpfte sie mehr, als sie ging, und für einen Augenblick fühlte sie sich einfach nur glücklich und froh. Doch dann fiel ihr Felix und alles, was sich ereignet hatte, wieder ein, und ihr Glücksgefühl erhielt einen saftigen Dämpfer.

Glück im Spiel, Pech in der Liebe, urteilte Lila. Wenn man ihre Arbeit als Spiel bezeichnen konnte, hatte sie eindeutig Glück. *Wenigstens das*, entschied Lila grimmig, doch dann dachte sie an die begeisterten Kunden und den leergekauften Laden, worauf sich ihre Laune wieder etwas hob. Energisch zog sie ihr Zopfgummi fest und machte sich daran, Bonbons für noch mehr Glück nachzukochen.

***

Auf dem Rückweg von der Schule, wo Felix seine Neffen am Morgen abgeliefert hatte, musste er nur einen Blick durch die Ladentür bei *Mariannes himmlische Bonbons* werfen, um sein Herz springen zu lassen. Hinter der Vitrine stand Lila und sah zwar müde aus, lächelte aber, als sie einen Kunden bediente. *Ich muss mit ihr sprechen und alles erklären*, dachte Felix, *vielleicht kann ich die Sache zwischen uns so wieder ins Lot bringen*. Aber dann dachte er an ihren Gesichtsausdruck, als sie gestern gegangen war, und sein Mut verpuffte.

»Entschuldigen Sie, stehen Sie auch an?«, unterbrach eine Frau seine Gedanken.

»Wie bitte?«, antwortete Felix abgelenkt, machte ihr aber sofort Platz, als sie die Tür öffnete und den Laden betrat. Überrascht sah Felix sich um. Was war hier nur los? Erst jetzt fiel ihm auf, dass neben ihm mindestens vier weitere Personen in das kleine Schaufenster sahen. Überrascht ging er hinüber, um ebenfalls einen Blick in die Auslage zu werfen.

Ein einziger Blick auf die liebevoll gestaltete Fantasielandschaft mit den kleinen Wichteln genügte, und Felix verstand augenblicklich, was Niklas mit den »kleinen Figuren« gemeint haben könnte. Was hatte er Felix über Frau Michel ausrichten lassen? Dass er mal wieder ein Fischbrötchen essen sollte bei den kleinen Figuren und dass der Fisch ins Wasser musste und nicht ins Trockene.

Niklas konnte nur auf das *Miniatur Wunderland* in der Speicherstadt in Hamburg angespielt haben, und auf einmal ergab alles einen Sinn für Felix. Der Neoprenanzug, den er in Niklas' Schrank entdeckt hatte und auf den das Logo *Bleib treu – kehr wieder* aufgeprägt war, die kleinen Figuren, das Fischbrötchen. Also wollte Niklas, dass Felix zum Kehrwiederfleet ging, und nicht nur das, er musste sich auch darauf einstellen, dass er dabei nass wurde. Denn der Fisch musste ja ins Nasse und sollte nicht im Trockenen bleiben.

Die Aufregung schoss förmlich durch Felix hindurch, und er entschloss sich, sofort zu handeln. Hastig rannte er die Treppe hinauf zu seiner Wohnung, zog Pauls Hose und

Jacke an und packte seinen Rucksack. Dabei flogen seine Gedanken in die Speicherstadt in Hamburg mit ihren uralten, riesigen Warenlagern aus braunen Backsteinen, wo er vor Jahren endlos viele Stunden mit seinem Zwillingsbruder verbracht hatte. Das Kehrwiederfleet war einer der Kanäle, der die Speicherstadt durchzog. Die mehrstöckigen Lagerhäuser dort waren so angelegt, dass sie auf der einen Seite an eine Straße, auf der anderen Seite ans Fleet und damit ans Wasser grenzten. Felix kannte diesen Teil Hamburgs schon seit Kindertagen, lange bevor er sich zu einem angesagten und schicken Viertel entwickelt hatte. Denn Niklas liebte Wasser, und die beiden Jungen waren Tag für Tag dort herumgeturnt. Damals hatte Felix genau gewusst, wo Kaffee und Gewürze und wo Teppiche gelagert wurden, und er war nicht selten mit Niklas irgendwo hinaufgeklettert, immer mit der Versicherung, dass unter ihnen nur das Wasser wartete, sollten sie abstürzen.

Mit dem Rucksack auf dem Rücken und dem Baseballcap auf dem Kopf schaute er noch einmal kurz durch das Schaufenster in den Laden zu Lila. In diesem Augenblick sah sie in seine Richtung, ihre Blicke begegneten sich, doch dann drehte sie abrupt ihren Kopf wieder weg und schaute auch nicht mehr zu ihm.

Enttäuscht und fast betroffen machte sich Felix auf den Weg, fuhr direkt zum Hauptbahnhof, wo er sich in den nächsten Zug nach Hamburg setzte. *Sie will nicht mit mir sprechen*, dachte er, und sein Magen zog sich schmerzhaft zusammen. Er hatte sie verloren, und der beißende Kummer, den er auch in der Nacht gefühlt hatte, kam unvermindert zurück.

Um sich abzulenken, grübelte er darüber nach, was Niklas

wohl in der Speicherstadt meinen könnte, das zusammen mit den Informationen zu Rotkäppchen ein Ganzes ergeben könnte. Und er dachte an seine Mutter und fragte sich, was sie wohl zu ihrem plötzlichen Verschwinden veranlasst hatte. Wusste sie etwas, was ihm nicht bekannt war?

Warum hat sie sich nicht bei mir gemeldet?, wunderte sich Felix, bis ihm einfiel, dass sie ja seine neue Nummer nicht hatte und die Rufumleitung vom Firmenhandy, über die sie das letzte Mal mit ihm gesprochen hatte, inzwischen abgeschaltet worden war. Bei ihrem letzten Kontakt hatte er schlicht und ergreifend vergessen, ihr seine persönliche Handynummer zu geben, und jetzt war es zu spät. Ob sie diese wenigstens von Rechtsanwältin Michel wusste?

Die Zeit drängte, er musste jetzt wirklich Licht in das Dunkel in der Angelegenheit mit Niklas bringen. Während sich der ICE der Hansestadt näherte, spürte Felix den Druck in seiner Brust zunehmen.

Kurz bevor der Zug in den Hamburger Hauptbahnhof einfuhr, machte er einen Bogen um die Hamburger Kunsthalle und die dazugehörige Galerie der Gegenwart. Felix sah die Gebäude unbewegt und vollkommen unberührt dastehen und fragte sich, wie ausgerechnet dieses harmlose Museum zum Kristallisationspunkt ihrer persönlichen Katastrophe hatte werden können.

Im Hauptbahnhof herrschte großes Gedränge, da zwei ICEs nach Süden ausgefallen waren und sich die Reisenden förmlich auf den Bahnsteigen stapelten. Rasch zog Felix das Baseballcap tiefer in die Stirn und hoffte, dass die nicht besonders formschöne Jacke von Paule, die ihm zudem mindestens eine Nummer zu klein war, ihn möglichst verändert aussehen ließ. Immerhin war die Wunde auf seiner Wange über Nacht so weit geheilt, dass er kein Piratenpflaster mehr brauchte. Er bemühte sich, schnell seiner Wege zu gehen, ohne mit irgendwem zusammenzustoßen, aber vor dem Ausgang in Richtung Bushaltestelle musste er plötzlich abrupt einer Mutter mit Zwillingskinderwagen ausweichen. Dadurch fiel sein Blick auf eine Zeitung im Zeitungsaufsteller. Darauf abgebildet, klar und deutlich, war ein Bild von ihm. Felix war so schockiert, dass er sofort seine Sonnenbrille aus der Jackentasche zog und aufsetzte. Dann blickte er sich um, ob ihn jemand musterte, aber die Menschen um ihn herum eilten nur in den Bahnhof hinein oder hinaus. Langsam ging Felix dichter an den Aufsteller heran.

Diebes-Zwillinge!
Bruder des Kunstdiebs beklaut die Firma des Vaters!

Felix war so erschüttert, dass er stocksteif stehen blieb und sich für einen Augenblick nicht regen konnte.

Ausgerechnet er sollte die Firma bestohlen haben? Das war vollkommen irre. Aber da stand es eindeutig, schwarz auf weiß. Schließlich kaufte Felix ein Exemplar und taumelte geschockt hinüber zur Bushaltestelle. Das Boulevardblatt brannte in seiner Hand, und auf dem Weg zur Speicherstadt las er den dazugehörigen Artikel. Wenn ihm schon beim Anblick der Schlagzeile flau geworden war, bekam die Übelkeit nun die Möglichkeit, sich so richtig auszutoben. In drastischen Worten verdächtigte der Verfasser des Artikels ihn, das Unternehmen seines Vaters im großen Stil und auf perfide Weise bestohlen zu haben. Er habe seine Zugriffsrechte dazu missbraucht, Geld abzuzweigen und ganze Geschäftsbereiche praktisch in den Ruin zu treiben. Wenn die renommierte Familie Wengler einen nicht wiedergutzumachenden Ansehensverlust erlitten hatte, war das im Grunde genommen nur ihm und seinem Bruder zuzuschreiben, fabulierte der Journalist in seinem von der Wortwahl her ausgesprochen farbenfrohen Bericht. Unten war ein Bild seines Vaters abgebildet, das ihn aufrecht und stramm zeigte. Die Bildunterschrift lautete: *Herr Wengler senior kämpft gegen seine Söhne und um sein Lebenswerk.* Felix fragte sich, wie dieses miese Schmierenblatt wohl an das mindestens zehn Jahre alte Firmenportrait seines Vaters gekommen war, denn er konnte sich kaum vorstellen, dass sein Vater ein Interesse hatte, hier überhaupt abgebildet zu werden.

Jetzt sind wir also alle dran, überlegte Felix und dachte voller Mitleid an seine Mutter, seinen Bruder und auch an sich selbst. An der Haltestelle *Auf dem Sande* stieg er aus dem Bus, warf die Zeitung in den Müll und lief am Kehrwieder zum Kehrwiedersteg. So wie Niklas es ihm hatte ausrichten lassen, musste die Stelle, die Felix finden sollte, auf der Wasserseite des großen Lagerhauses liegen, das auch das Miniatur-Museum beherbergte. Da er kein Boot hatte, um das Fleet hinunterzuschippern, musste Felix sein Ziel wohl oder übel von einer der Brücken aus finden, die über das Fleet gespannt waren.

Hoffentlich habe ich alles richtig verstanden, dachte Felix und spürte wieder den kalten, unangenehmen Druck im Magen.

* * *

»Hallo?« Sonja setzte sich auf. Für einen Augenblick hatte sie nicht die geringste Idee, wo zum Teufel sie war. Das war definitiv nicht Los Angeles und auch nicht Frau Schmids Zimmer mit den geblümten Vorhängen. Stattdessen lag sie auf einem bequemen Sofa mit einem weiten Blick bis unter die hohe Decke eines offenkundig ausgebauten Dachgeschosses. Über ihr hing ein Ventilator, doch seine langen Rotorblätter bewegten sich nicht. Sonja drehte ihren Kopf und entdeckte einen mächtigen schwarzen Flügel. Auf einen Schlag kam die Erinnerung wieder zurück.

»Paul?«, rief sie und schlug die weiche Decke zurück, die über ihren Beinen lag.

Kurze Zeit später tauchte Paul aus einem der Nachbarzimmer auf.

»Guten Morgen«, meinte er, und Sonja erinnerte sich an die wunderbare Klaviermusik, die er ihr vorgespielt hatte.

»Bin ich einfach eingeschlafen?« Sie strich sich über die ziemlich verwuschelten Haare.

»Ich glaube, es war zu viel Chopin zu später Stunde, besonders da du ja vorher noch einiges zu tun hattest«, gab Paul liebenswürdig zurück, und Sonja konnte nicht anders, als darüber zu lächeln.

»Vielen Dank für diesen bequemen Schlafplatz«, sagte sie und stand auf.

Vor dem Sofa standen ihre Schuhe, und als sie hineinschlüpfte, wurde sie sofort ein ganzes Stück größer.

»Keine Ursache«, erwiderte Paul. »Ich wollte auch nicht unhöflich sein, dich hier einfach schlafen zu lassen, aber dich zu wecken wäre mir noch unpassender erschienen.«

»Wie nett von dir«, antwortete Sonja und gähnte sehr anmutig hinter ihrer kleinen Hand. »Wie spät ist es eigentlich?«

Paul schaute auf seine Armbanduhr. »Zwölf Uhr siebzehn.«

»Um Himmels willen, schon so spät?« Sofort deutlich wacher, dachte Sonja zuerst an Lila, die sich sicherlich schon Sorgen über ihren Verbleib machte, und dann an ihr spannendes Dekorationsprojekt.

»Ich muss gleich nach unten gehen und nachsehen, wie sich das Schaufenster von *Mariannes himmlische Bonbons* bei Tageslicht macht«, entschied sie und klang fast ein wenig atemlos dabei.

»Ich war schon unten und kann vermelden, dass es ein großartiger Erfolg ist.«

»Wirklich?«, fragte Sonja, während ein tiefes Gefühl von Zufriedenheit sich in ihr ausbreitete. Dann hatten sich ihre Idee, ihre Planung und ihre sorgfältige Umsetzung also gelohnt. »Ich danke dir sehr für deine Hilfe.«

»Es war nicht viel mehr, als Farbeimer zu halten«, wehrte Paul bescheiden ab.

»Das stimmt so nicht«, erwiderte Sonja und fand dabei, wie angenehm es doch war, wenn jemand nicht immer seine Leistungen in den Vordergrund spielte. Zu Hause in L. A. war das nur zu oft ganz anders. »Ich danke dir für die Unterstützung, das wunderbare Klavierspiel und das Nachtquartier auf deinem Sofa.«

Schüchtern lächelte Paul. »Mein Sofa und ich freuen uns jederzeit wieder über Besuch.«

Als die Worte heraus waren, errötete er, und Sonja fand das unglaublich charmant. Sie konnte sich nicht erinnern, jemals schon einem Mann wie Paul begegnet zu sein. Er war zu gleichen Teilen höflich, freundlich, lustig und unaufdringlich.

»Auf Wiedersehen.« Sonja ging zu ihm hinüber und hauchte ihm einen Kuss auf die Wange. »Und noch mal danke für alles.«

»Es war mir ein Vergnügen«, erwiderte er, wobei seine dunkelgrauen Augen so klar schienen wie ein Bergsee.

»*See you soon.*« Mit einem Winken verließ Sonja das Dachgeschoss, um sich wieder in Denise zu verwandeln, denn bis die letzte Aufnahme im Kasten war, musste sie noch die fidele Eisfee geben. *Aber dann bin ich frei*, dachte Sonja, und zum ersten Mal, seit man ihr eröffnet hatte, dass Denises Tage gezählt waren, machte sie dieser Gedanke einfach nur froh.

***

Erst als die Tür hinter Sonja mit einem satten Plopp ins Schloss gefallen war, löste sich Paul aus seiner Starre. Beim besten Willen konnte er sich nicht erinnern, jemals einer so fantastischen Frau begegnet zu sein. Seit sie aufgetaucht war, fühlte er sich leichter und beschwingter als je zuvor. Den ganzen Morgen hatte er schon komponiert, dabei auf jeglichen Kaffee verzichtet und an dem Soundtrack für den Film gebastelt. Nebenbei war ihm noch eine kleine musikalische Idee für einen neuen Schlager gekommen, die er so schnell er konnte auf Papier festhielt. Normalerweise arbeitete er am Computer, aber diese Melodie – die er seither leise vor sich hin pfiff – forderte das gute alte Notenpapier. Gutgelaunt setzte er sich wieder an seinen Schreibtisch und aktivierte seinen Computer. Dann arbeitete er weiter an der musikalischen Untermalung für eine lange und ausgesprochen actionreiche Verfolgungsjagd. Bisher hatte er immer

Mühe gehabt, dafür das richtige Verhältnis von Schlag- zu Streichinstrumenten zu finden, aber auf einmal ging es ihm wie von selbst von der Hand.

»Grandios«, murmelte er vor sich hin, als er eine Phrase fertiggestellt hatte, und fühlte sich für einen Moment ebenso.

***

Dank ihres ungewöhnlichen Berufs war Sonja es gewöhnt, sich jeden Tag stundenlang im Bad aufzuhalten. Dort ließ sie sich all die Schönheitsrituale angedeihen, die sie jung und frisch aussehen lassen sollten. Aber heute fehlte ihr die Geduld dafür. Stattdessen streckte sie Denise im Spiegel die Zunge heraus, trug nur rasch ein wenig Feuchtigkeitscreme, Wimperntusche und Lipgloss auf und brachte ihre Haare in eine präsentable Form. Dann schlüpfte sie in ein dunkelrotes Kleid mit einem weiten, schwingenden Rock, einem eckigen Ausschnitt und großen schwarzen Knöpfen. Dazu zog sie ihre Highheels an.

»Fertig«, sagte sie laut und fordernd zu ihrem Spiegelbild und war überrascht, wie frisch und erholt sie trotz der kurzen Nacht auf dem Sofa aussah.

Das muss am Chopin liegen, entschied sie beschwingt und lief dann entschlossen die Hinterhaustreppe hinunter, um nachzusehen, wie es Lila ging.

***

Indessen wirbelte Lila wie ein Taifun durch die Bonbonküche. Sie konnte sich nicht erinnern, jemals so schnell gearbeitet zu haben. Während sie abwog, mischte und rührte, war sie in Gedanken schon bei der nächsten Sorte, die sie ansetzen wollte, und rechnete im Kopf die notwendigen Zutatenmengen aus. Da ihre Karamell-Sahnebonbons sich am allerbesten verkauften, stellte Lila sie und die Ameisenbonbons als Erstes her. Sie liebte den warmen Geruch, der sich in der Küche ausbreitete, und schaute trotz ihrer Eile immer wieder auf die glänzende Bonbonmasse, die da im Kocher erwärmt wurde.

Einen solchen Erfolg ihrer eigenen Idee hätte sie sich niemals vorstellen können, und es fühlte sich wie das perfekte Kompliment an. Frau Ellenhagen hatte ihr Vertrauen erschüttert, aber jetzt stand sie hier und kochte Bonbons, nach denen sich ihre Kunden die Lippen leckten.

»Ha«, sagte Lila laut, und es war ein kleiner, aber feiner Triumph.

Ich kann also ganz und gar glücklich sein, verlangte Lila von sich, doch sie wusste, dass es da einen Haken gab. Und ausgerechnet dieser Haken schmerzte sehr.

Felix. Nicht einmal für Sekunden konnte sie ihn erfolgreich aus ihren Gedanken verbannen. Sie dachte an sein Lächeln und seine Augen und natürlich auch an seine Küsse, die sich tief in ihre Erinnerung eingegraben hatten. Außerdem musste sie an diese Frau denken, Belly, die anscheinend Felix' Freundin war. Selten in ihrem Leben hatte Lila sich so unwohl gefühlt wie in dem Moment, als diese Furie in die Wohnung gestürmt war und losgelegt hatte. Auch jetzt noch grauste es Lila bei dem Gedanken daran, und sie wusste nicht, was sie eigentlich schlimmer fand: Dass Felix eine Freundin hatte und Lila darüber – wenn auch nicht direkt angelogen – doch zumindest im Dunkeln gelassen hatte. Oder dass er eine so grauenhafte Frau zur

Partnerin gewählt hatte, die sich anscheinend nur für sich selbst interessierte? Bisher hatte Lila Felix für einen herzlichen, entgegenkommenden und gefestigten Menschen gehalten, aber jetzt war sie sich dessen nicht mehr so sicher, und das schmerzte sie heftig. Insgeheim hatte sie die ganze Nacht lang gehofft, dass es eine Erklärung für alles gab. Als sie dann morgens durch das Schaufenster nach draußen geblickt und ihn gesehen hatte, war ihre Hoffnung so plötzlich hochgeschossen wie aufkochende Milch. *Er kommt zu mir*, hatte sie gedacht, und eine riesige Freude hatte sich in ihr ausgebreitet. Doch dann hatte ein Kunde versehentlich einen ganzen Stapel Bonbons heruntergefegt, was sie kurz abgelenkt hatte. Als sie nur wenige Momente später wieder aus dem Schaufenster geblickt hatte, war Felix fort gewesen und auch nicht mehr zurückgekommen. Da wusste sie, dass ihre ganze Hoffnung vergeblich gewesen war. Sie hatte verstanden, dass sie sich geirrt und ihr Herz zu Unrecht einen Spaltbreit für ihn geöffnet hatte.

Schluss jetzt, ermahnte sie sich, *ich habe absolut keine Zeit für Herzschmerz und Liebeskummer*. Dennoch kullerte ihr eine Träne über die Wange und tropfte, bevor sie sie noch daran hindern konnte, in die Mischung für die Sahnebonbons. Trotzig rührte Lila ein weiteres Mal um. Dann ging sie in die Vorratskammer, um noch mehr Zucker zu holen.

Als wolle sie sich um jeden Preis ablenken, steigerte sie ihr sowieso schon beträchtliches Arbeitstempo abermals und flog fast von Gerät zu Gerät, während sie in kürzerer Zeit eine größere Menge Bonbons kochte, als sie selbst je für möglich gehalten hätte.

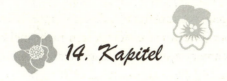

14. Kapitel

Es war Sonja, die die Idee hatte, Nachschub an Zutaten zu besorgen, und sich auch sogleich ans Telefon hängte, um bei Frau Schmids Lieferanten eine Großbestellung aufzugeben. Neben Zucker, Glucosesirup und Malz orderte sie zusätzlich Waldmeisteraroma, Zimt und feines Kakaopulver, Lavendel gerieben und auf Lilas speziellen Wunsch auch Ingwer, Zitronengras und Akazienhonig.

Dann band sich Sonja eine Schürze um und übernahm den Verkauf. Natürlich wusste Lila, dass sie sich in jeder Lebenslage auf ihre Cousine verlassen konnte, aber sie hatte nicht geahnt, welchen Spaß es machte, mit ihr zusammenzuarbeiten. Gemeinsam waren sie das perfekte Team. Während Lila unter Hochdruck eine Bonbonsorte nach der nächsten herstellte und anschließend in Stücke schnitt, prägte oder goss, stand Sonja im Laden, beriet und unterhielt die Kundschaft dabei aufs Beste. Jedes Mal, wenn Lila nach vorn kam, entdeckte sie mindestens ein glückliches Kundengesicht, meistens aber waren es mehrere.

»So ein schöner Laden«, lobte eine Frau. »Ich wohne hier um die Ecke, komisch, dass er mir noch nie aufgefallen ist.«

»Wirklich seltsam«, erwiderte Sonja mit einem kleinen

Lächeln und hielt der Dame ein Bonbon auf einem kleinen weißen Porzellanteller hin. »Möchten Sie vielleicht probieren? Das ist unser absoluter Geheimtipp: Gin-Fizz, das gibt es im Moment nur auf Vorbestellung. Aber wenn Sie eine größere Menge ordern, würden wir Ihre Bestellung natürlich vorziehen«, flunkerte sie und zwinkerte Lila dabei zu.

Amüsiert und leicht gestresst eilte Lila zurück in die Bonbonküche. Sie hatte angenommen, dass um die Mittagszeit der Hype um *Mariannes himmlische Bonbons* abschwellen würde, wenn alle etwas Deftiges essen wollten, aber da hatte sie sich geirrt. Ob es an der Schaufensterdekoration, an den Bonbons oder an beidem lag, es drängten, sich eher noch mehr Menschen als weniger vor dem kleinen Laden.

»Ich glaube, ich muss bei Frau Schmids Lieferanten eine Expresszustellung vereinbaren«, entschied Sonja bei einer Stippvisite in der Bonbonküche und griff nach dem Telefonhörer. Mit ihrer tiefen, leicht heiseren Stimme bequatschte sie den armen Mann so lange, bis er hoch und heilig versprach, noch am Abend zu liefern. Dann orderte Sonja noch einen Schwung Zellophantütchen.

»Da muss ein neues Logo her«, sagte sie zu der atemlosen Lila, die gleichzeitig glücklich und einen Hauch überwältigt von dem unerwarteten Erfolg war.

»Das habe ich auch schon überlegt.« Lila erzählte Sonja von ihren Mühen mit dem Stempel und ihren eigenen Vorstellungen für ein neues Logo. »Vielleicht könnte man beides im gleichen Stil gestalten?«

»Gute Idee«, stimmte Sonja zu, griff nach dem nächsten Tablett fertiger Bonbons und sauste wieder nach vorn in den Laden.

»Danke!«, rief Lila ihr hinterher, aber nur eines von Sonjas typisch perlenden Lachen war die Antwort.

Als einige Zeit später die nächste Charge fertig wurde, beschloss Lila, dem Kupferkessel und sich eine kleine Pause zu gönnen. Also nahm sie ein Tablett voller fertiger Karamellen und trug es durch beide Höfe nach vorne in den Verkaufsraum, wo Sonja gerade eine weitere Bestellung notierte. Mittlerweile versprach sie jedem Kunden, der eine größere Menge abnahm, auch noch einen Lutscher dazu.

»Aber Sonja, ich habe keine Ahnung, wie man diese Lutscher macht«, protestierte Lila erschrocken, als sich eine kurze Lücke im Kundenstrom auftat.

»Keine Sorge, ich habe im Lager noch vier Schachteln davon gefunden, und wenn die leer sind, gibt es eben etwas anderes dazu.« Sonja war um keinen Rat verlegen und wirkte so, als habe sie nie etwas anderes gemacht.

»Wow, ich wusste gar nicht, dass du so geschäftstüchtig bist«, sagte Lila anerkennend.

»Ja, was glaubst denn du, wie ich all die Jahre ohne Ausbildung in der Werbebranche überleben konnte?« Sonja warf Lila einen Blick zu, und Lila wurde schlagartig klar, dass sie denselben Fehler wie viele andere gemacht und ihre Cousine unterschätzt hatte. Augenblicklich fühlte sie ein schlechtes Gewissen, aber ihre Cousine lachte nur, als könne sie Lilas Gefühle lesen, zog sie an sich und gab ihr einen Kuss auf die Wange. »Ab jetzt glaubst du einfach, dass ich eine Heldin bin, okay?«

»Versprochen«, versicherte Lila sofort und legte ihre Hand aufs Herz.

»Ich schließe mich an«, sagte eine tiefe Männerstimme,

die sich als Pauls entpuppte, der gerade den Laden betrat. In Händen trug er zwei leuchtend bunte Blumensträuße, einmal mit weißen, einmal mit rosa angehauchten Rosen in der Mitte.

»Den wunderschönen Damen aus dem wunderschönen Laden einen wunderschönen Tag anlässlich dieser wunderschönen neuen Schaufensterdekoration«, meinte er liebenswürdig und reichte Lila und Sonja je ein Gesteck. Unwillkürlich musste Lila an den Frühlingsblumenstrauß denken, den Felix ihr geschenkt hatte, und sie überkam das Gefühl, jetzt so langsam über sich selbst ärgerlich werden zu müssen. Schließlich konnte sie sich von dieser treulosen Socke nicht jede Sekunde dieses großartigen Tages verderben lassen.

»Paul hat auch geholfen«, erklärte Sonja ihrer Cousine und wies mit der Hand auf das Schaufenster. »Wir sollten ihm also als Dankeschön die größte Packung Bonbons schenken.«

»Aber das ist doch nicht nötig, ich habe nur geringfügige Hilfsarbeiten erledigt«, protestierte Paul höflich, und Lila bemerkte, dass er rote Ohren bekam, als er ihre Cousine ansah. »Ich wollte mich nur erkundigen, ob ich den Damen vielleicht etwas zu essen bringen dürfte? Ich wollte mir gerade selbst etwas holen, und der verdiente Ansturm hier lässt sicherlich keine Pause zu.«

»Das wäre ausgesprochen nett. Es wäre sogar das netteste Angebot, das ich seit Langem gehört habe«, antwortete Sonja mit einem flirtenden Unterton.

Überrascht blickte Lila zu ihrer Cousine. Was war denn da los? Aber ihr blieb keine Zeit, Sonja und Paul zu beobachten, denn es gab einfach zu viel zu tun. Mit einem Lächeln begrüßte sie ihren nächsten Kunden. »Ich wünsche Ihnen einen bonbonschönen Tag! Was darf ich Ihnen heute anbieten?«

* * *

Felix schaute auf die hohe Backsteinmauer vor sich. Es fiel ihm schwer, sich zu konzentrieren, weil er überall Lilas Gesicht zu entdecken meinte. War da etwas Blaues, dachte er unwillkürlich an das fröhliche Blau ihrer Augen. War da etwas Braunes – und braun gab es in der Speicherstadt reichlich –, erinnerte er sich an ihre hellbraunen Haare, die sich meistens in einem von Auflösung betroffenen Zopf befanden.

Ach Lila, dachte er und spürte etwas, das sich ähnlich wie Heimweh anfühlte.

Jetzt nicht, ermahnte er sich dann und versuchte angestrengt, sich wieder auf das Wesentliche zu fokussieren, nämlich das Lagerhaus vor ihm. Er sah die Luken zu den Speicherböden mit ihren altertümlichen Kranvorrichtungen, die schon vor über hundert Jahren die Lasten hinaufgezogen hatten, und daneben die Fenster, die seit jeher etwas Licht in die großen Lagerräume gelassen hatten. Aber sosehr er sich auch bemühte, er fand nichts Auffälliges an der Hauswand.

Was willst du mir zeigen, Niklas?, fragte er sich stumm und mit zunehmender Verzweiflung. Doch als er keine Antwort fand, legte er schließlich seine Arme auf das Brückengeländer, stützte sein Kinn darauf und blickte hinunter ins Wasser, das langsam und träge unter ihm vorbeifloss. Mit der Zeit hatte es die Farben der umflossenen Gebäudeanteile ausgeblichen und verändert. Ganz genau konnte man so erkennen, wie hoch das Wasser bei Flut reichte. Wie im gesamten Hafengebiet ließ die Tide auch in der Speicherstadt das Wasser steigen und fallen.

Plötzlich hielt er inne. 3,66 hatte in Niklas' Wohnung mit großen Lettern an der Wand gestanden. Er hatte nichts damit anfangen können, doch auf einmal fiel es ihm wie Schuppen von den Augen. 3,66 war keine magische Zahl, sondern entsprach der Höhe des Tidenhubs in Hamburg, also dem Unterschied der Wasserhöhe bei Ebbe und Flut. Warum war er nicht sofort darauf gekommen? Wie elektrisiert zog Felix sein Handy aus der Tasche und ließ sich die Gezeitentabelle von Hamburg anzeigen. Eineinhalb Stunden noch, bis der Tiefstand des Wassers erreicht wäre. Während der Ebbe konnten keine Barkassen und Touristenboote die Fleete befahren, ohne das Risiko einzugehen, auf Grund zu laufen. In dieser Zeit war also wasserseitig niemand in der Nähe, der ihn beobachten würde.

Genial, dachte Felix und spürte einen Schwung Hochachtung für seinen Bruder. Was auch immer Niklas tat, er machte es richtig. Um sich nicht verdächtig zu machen, beschloss Felix, in der Zwischenzeit einen kleinen Spaziergang zu machen. Er mischte sich unter die Touristen, die in Scharen in die Speicherstadt strömten, und ging mit ihnen die Wege ab, die er schon als Junge gelaufen war.

Dabei versuchte er, ruhig zu bleiben, doch sein Mund fühlte sich zunehmend trocken an. Während er Schritt für Schritt ging und dabei immer wieder in das dunkle Wasser des Brooksfleet starrte, dessen Pegel langsam absank, musste er erneut an Lila denken. Das Wasser floss, so wie es das im unendlichen Kreislauf der Gezeiten seit Ewigkeiten tat, und Felix spürte plötzlich den tiefen Kummer, sie verloren zu haben. Er dachte daran, wie sie am Morgen den Kopf zur Seite, weg von ihm, gedreht hatte, und die Erinnerung daran schmerzte wie ein Dorn, der sich bei jeder Bewegung tiefer eingrub.

Ich will sie aber nicht hergeben, dachte er. Doch er wusste nicht, was er tun sollte, um das Geschehene ungeschehen zu machen, genauso wenig wie bei Niklas. Dann jedoch fiel ihm ein, dass sein Bruder sich trotz allem an ihn gewandt hatte, und dieses unverdiente Vertrauen von Niklas setzte Kreativität, Mut und Willenskraft in Felix frei.

Seine Angst zu versagen nahm ab, und er konnte es kaum erwarten, bis der Ebbetiefstand erreicht war. Als es nach seiner Uhr endlich so weit war, ging Felix zurück zu der Personenbrücke am Kehrwiederfleet. Der Wasserstand war dort jetzt sichtbar niedriger als zuvor, sosehr er sich dennoch auch bemühte, konnte Felix immer noch nichts entdecken, was Niklas gemeint haben könnte.

Also muss ich unter der Brücke an der Hauswand schauen, entschied er. Ungeduldig wartete er auf einen ruhigen Moment ohne Zuschauer, dann schwang er seine Beine über das altmodische Brückengeländer und ließ sich ganz langsam an den metallenen Streben der Brücke hinab. Plötzlich rutschten seine Füße ab. Er konnte sich nur noch mit den Händen festhalten, während seine Beine frei über dem Wasser baumelten, das wenige Meter weiter unten dahinfloss. Jetzt abzustürzen wäre zwar nicht tödlich, aber sicherlich alles andere als angenehm. Felix keuchte vor Anstrengung, als er sich krampfhaft mit den Händen festhielt und sich dann langsam – Schwung für Schwung – nach vorn zum Fundament der Brücke hinhangelte, wo er auf einem Steinpfeiler wieder Halt unter den Füßen fand.

»Puh«, machte er unwillkürlich, himmelfroh, dass er immer noch seine täglichen Liegestütze machte, sonst hätte er nie im Leben eine Chance gehabt, es bis zum Pfeiler zu schaffen. Über ihm ging jemand über die Brücke, was Felix an einem dumpfen Laufgeräusch erkannte, aber er stand jetzt darunter dicht an der Kaimauer und war für den Passanten über sich unsichtbar.

Ich sollte mich beeilen, entschied Felix dennoch und suchte mit den Augen die Umgebung ab. Plötzlich sah er es. Es war nicht mehr als eine kleine Klappe in der Wand des alten Hauses direkt neben der Brücke. Sie war höchstens zehn Zentimeter groß und fiel auch nur auf, weil sie nicht so algenbesetzt war wie die Luken ringsherum. Felix' Herz, das sich nach seiner Hangelpartie gerade wieder beruhigt hatte, begann erneut schneller zu schlagen. Das musste die Stelle sein, dachte er und biss sich vor Aufregung auf die Lippe. Sorgfältig musterte er die gemauerte Wand vor sich und hielt Ausschau nach Vorsprüngen und Unregelmäßigkeiten, auf die er sich stützen könnte.

Zuerst fand er nicht genügend Haltepunkte, um den Weg bis zu der Klappe meistern zu können, doch dann fiel ihm wieder ein, wie Niklas beim Klettern gerne in einer eleganten Bewegung die Füße gewechselt hatte, um mehr Spielraum zu gewinnen.

Das mache ich jetzt auch, dachte Felix, schwitzte aber Blut und Wasser dabei. Doch es gelang ihm tatsächlich, und langsam, ganz langsam kletterte er hinüber, bis er bei der kleinen metallenen Klappe angekommen war. Direkt darunter ragte ein Stein aus dem Mauerwerk, und Felix fand bequem darauf Halt, als er jetzt die Klappe nach einer Öffnungsmöglichkeit absuchte. Doch es gab keinen Griff, kein Schlüsselloch, nichts, was darauf schließen ließ, dass sich diese kleine Luke aufklappen lassen würde. Vorsichtig fuhr er mit dem Zeigefinger der rechten Hand die Ränder der Klappe ab. Am oberen rechten Rand fühlte er einen schmalen Riegel, der sich anders und glatter anfühlte als der Rest. Langsam und behutsam strich er mehrmals darüber, und mit einem ganz leisen Plopp sprang die Klappe auf. Felix griff hinein und zog einen einzigen, wasserdicht verpackten Gegenstand heraus.

Es war Niklas' Laptop.

***

Den ganzen Tag schon fühlte sich Paul wie ausgewechselt. Er war so fröhlich wie schon lange nicht mehr und hatte das Gefühl, dass ihm die ganze Welt zu Füßen lag. Er liebte diese Empfindung von Leichtigkeit, die ihn beim Komponieren begleitete und nicht einmal bei so banalen Tätigkeiten wie Aufräumen und Einkaufen von ihm wich. Dabei war er sich absolut darüber im Klaren, dass es etwas mit der rotblonden Frau zu tun haben musste, die sich so unverhofft in sein Leben gelacht hatte. Bei allem, was er tat, sagte oder schrieb, begleitete sie seine Gedanken.

Pauls Telefon klingelte, und er nahm ab. »Einen wunderschönen, großartigen Tag!«

»Paule?« Es war Felix am anderen Ende, der ausgesprochen irritiert ob dieser überschäumenden Begrüßung klang.

»Ja, ich bin es«, murmelte Paul und bedauerte es für

einen Augenblick, dass Felix offenbar seine Lebensbegeisterung gerade nicht teilen wollte. Aber wie sollte er auch?, dachte Paul dann und nahm sich sofort zurück. »Was gibt es?«, fragte er in einem deutlich sachlicheren Tonfall.

»Kannst du gerade sprechen?«, erkundigte sich Felix, und Paul spürte auf einmal eine leichte Beunruhigung, denn Felix hörte sich irgendwie anders an als sonst.

»Ja. Kann ich etwas für dich tun?«

»Du könntest die Jungs abholen und so lange auf sie aufpassen, bis ich wieder da bin.«

Paul überlegte keine Sekunde, bevor er zustimmte.

»Danke«, sagte Felix und klang für einen kleinen Augenblick etwas ruhiger, bevor seine Stimme wieder ernster wurde. »Hast du heute schon Zeitung gelesen?«

Paul, der nichts anderes gemacht hatte, als nonstop zu komponieren, verneinte.

»Falls du es noch tust, es stimmt natürlich nicht, was da steht.« Jetzt klang Felix' Stimme geradezu bitter, und Paul, der nicht die geringste Ahnung hatte, was die Zeitungen geschrieben haben könnten, fühlte eine Beklemmung in Brusthöhe.

»Ich werde nichts glauben«, versprach er, und Felix verabschiedete sich. Nachdem er aufgelegt hatte, hielt Paul das Telefon für einen Augenblick noch in der Hand.

Gingen diese unangenehmen Zeitungsgeschichten noch weiter? Mit einem Seufzer rief er am Computer die Homepage des größten Boulevardblattes seiner Heimatstadt auf. Ein Blick auf die Schlagzeile reichte, um sein Mitgefühl mit Felix aufflammen zu lassen, aber er wusste nicht, wie er seinem Freund in dieser Angelegenheit helfen sollte. Es war unglaublich ungerecht, dass Felix jetzt auch mit in Niklas'

Geschichte hineingezogen wurde. Für einen Augenblick erwog er, Felix von der Sendung seines Bruders zu erzählen, aber dann entschied er sich dagegen. Niklas hatte es ihm anvertraut und anscheinend nichts gegenüber Felix verlauten lassen, da wollte Paul Felix' Leben auf keinen Fall noch komplizierter machen.

***

»Sie könnten die Bonbons auch mit der Geschmacksrichtung Waldmeister kombinieren«, schlug Sonja dem Kunden vor. »Zitronengelb und waldmeistergrün, das passt optisch gut zusammen und ist auch geschmacklich eine sehr angenehme Kombination.«

»Zitrone und Waldmeister?«, überlegte der Kunde und nickte dann nach einem Augenblick.

Sonja füllte die gewünschten Sorten in ein Tütchen und dachte dabei, dass sie selbst in diesem Laden keine Entscheidungsschwierigkeiten hatte, sie konnte einfach alles essen. Sie band eine kleine rosa Schleife um das schlichte Zellophantütchen und nahm sich dabei fest vor, heute noch mehr Etiketten für *Mariannes himmlische Bonbons* zu bestellen.

Außerdem hatten sie für die neuen Sorten nur handgeschriebene und kopierte Zettelchen mit den Inhaltsstoffen. Auch dafür musste eine professionellere Lösung her.

»Bitte schön.« Mit einem strahlenden Lächeln reichte Sonja dem Kunden seine Bonbons und nahm das Geld entgegen. Nie im Leben hätte sie gedacht, dass ausgerechnet Bonbons zu verkaufen ihr so viel Spaß machen würde. Es war fast noch besser, als Bonbons zu essen.

»Beehren Sie uns bald wieder«, sagte sie zum Abschied, bevor sie den nächsten Kunden mit einem »Bonbonschönen guten Tag« begrüßte. Das hier war toll und definitiv besser, als hungrig, übermüdet und gelangweilt zum hundertsten Mal Denise so zu spielen, dass das Eis in ihrer Hand besonders gut zur Geltung kam.

***

Felix blickte auf die großen Ziffern an der Wand. Er war in der geheimen Wohnung seines Bruders in Barmbek, und vor ihm auf dem Schreibtisch lag der an die Stromversorgung angeschlossene und aufgeklappte Laptop von Niklas. Mit demselben Passwort wie bei Niklas' Desktoprechner hatte Felix auch hier den Passwortschutz aufheben können, aber anders als beim Computer war der größte Teil der Festplatte auf dem Laptop zusätzlich verschlüsselt. Felix zweifelte nicht daran, dass hier das Herzstück von Niklas' Tätigkeit, was auch immer es genau war, verborgen lag. Sorgfältig suchte er den Teil der Festplatte ab, auf den er Zugriff hatte, und fand schließlich einen Ordner mit dem Namen *Rotkäppchen*. Darin lagen einige Bild- und Videodateien sowie ein Dossier, das Niklas in knappen Sätzen zusammengetragen hatte. Mit der Hand fuhr sich Felix über den Nacken und begann zu lesen. Unter einem Datum von vor gut drei Wochen und einer Liste von dazugehörigen Audio- und Videodateien hatte Niklas in einer Textdatei Folgendes notiert:

Rotkäppchen hat zum Gespräch gebeten. Ich dachte erst, es wäre ein Versehen, aber sie rief immer wieder an und meinte, sie hätte etwas für mich. Wollte sich nicht in der Firma treffen, habe ihr daher als Treffpunkt die Außenalster genannt. Sie hat den genauen Ort gewählt – geschickt, denn er war nicht einsehbar. Das hat mich stutzig gemacht, genauso wie die Tatsache, dass sie eine Menge über mich zu wissen schien. Habe nachgeforscht. Sie hat ein Detektivbüro auf mich angesetzt: Vossler und Linker. Gutes Büro, aber nicht perfekt. Die haben ein paar alte Sachen gefunden, und ich habe seitdem einige falsche Fährten für sie ausgelegt.

Rotkäppchen redete über unsere Familie und meine Beziehung zu meinem Vater. Ich hatte kein gutes Gefühl dabei. Fragte sie, was sie wollte, bekam aber keine Antwort. Habe Treffen abgebrochen.

Zwei Tage später hatte er weitergeschrieben:

Rotkäppchen hat mir hier in Barmbek aufgelauert. Jetzt wird es unangenehm. Keinesfalls kann ich riskieren, dass sie hier herumschnüffelt. Vage hat sie wieder ein Geschäft vorgeschlagen, aber ich bin nicht schlau aus ihr geworden. Mag die Frau nicht. Werde ab jetzt von allem Audio- und Videoaufzeichnungen machen. Befürchte Übles, muss Felix befähigen, hier Zutritt zu bekommen, wenn nötig. Muss über O.W. einen Fingerabdruck von ihm besorgen. Muss außerdem sichere Alternative für J+J finden.

Johnny und Jakob, dachte Felix mit einem flauen Gefühl im Magen. Also hatte Niklas hier schon geahnt, dass es eng werden könne.

Schon am nächsten Tag hatte Niklas weitergeschrieben:

> Abermals Treffen mit Rotkäppchen an der Außenalster. Sie hat mir gesagt, dass mein Vater einen Gerhard Richter möchte und dafür bereit wäre, mir zu verzeihen (ihre Worte). Das erscheint mir absurd, nach allem, was war. Ich glaube ihr nicht und denke, dass sie lügt. Außerdem werde ich das Gefühl nicht los, dass sich hinter ihrem Gerede etwas anderes verbirgt. Habe begonnen, sie zu überwachen. Dazu war ich nachts in der Firma, und jetzt wacht an ihrem Computer ein kleiner Spion (genaue Lokalisation siehe beiliegende Bilddatei). Aber leider arbeitet er nur vor Ort, und ich kann keine automatische Datenübertragung davon starten, ohne mich in Gefahr zu bringen. Die Firma verfügt über ein sauberes Abwehrsystem. Muss Felix initiiert haben, kann nicht glauben, dass der alte Choleriker so weit denkt.

Felix hielt inne. Niklas hatte recht, er war es gewesen, der die Sicherheit in der Firma auf den neuesten Stand hatte bringen lassen. *Wie kann es nur sein, dass er mich nach all den Jahren noch so gut kennt?*, fragte sich Felix. Er sah sich die Bilddatei an und fand die Übersichtsskizze eines Computers mit einer Markierung.

> Habe Rotkäppchen klipp und klar gesagt, dass ich den Richter nicht beschaffe. Dann hat sie gesagt, dass sie wisse, dass ich der Gentlemandieb bin. Jetzt wird es eng. Habe zusätzlich Überwachungskameras in Vaters Büro zu Hause und am Gartentor Blankenese angebracht. Will wissen, was da läuft.

Zwei Tage später:

> Ich hätte es mir denken können. Rotkäppchen hat was mit dem Alten (siehe Videobeweis anbei). Verstehe aber immer noch nicht, was sie eigentlich von mir will. Habe versucht, mit Vater direkt zu sprechen, konnte aber nicht zu ihm vordringen. Rotkäppchen möchte sein Sprachrohr sein, sagt sie. Muss unbedingt mit O.W. sprechen, mein Gefühl wird immer schlechter in der ganzen Sache. Habe versucht, Felix persönlich zu kontaktieren, aber es ist mir nicht gelungen, er ist immer auf Reisen.

Der saure Geschmack in Felix' Mund kippte ins Bittere. Sein Vater hatte eine Affäre mit seiner persönlichen Assistentin? War das der Grund dafür, dass seine Mutter gegangen war? Felix zog sein Handy aus der Tasche, um abermals zu versuchen, sie zu anzurufen. Doch dann fiel ihm ein, dass es vielleicht keine optimale Idee war, das von hier aus zu machen.

Wie kann Vater nur etwas mit Frau Händel haben?, fragte er sich stattdessen. Sie ist doch das Grauen persönlich, und er hätte sich schütteln können vor Ablehnung. Gutaussehend, das war sie, aber menschlich…

Konzentrier dich, ermahnte sich Felix. Das alles war nicht der Grund, warum er hier war. Wichtiger war, was dann geschehen war. Wollte sein Vater wirklich ein Gerhard-Richter-Bild haben? Das klang so unwahrscheinlich, dass Felix es genau wie Niklas nicht glauben konnte. Und warum um alles in der Welt sollte Frau Händel das »Sprachrohr« sein? Felix pflichtete Niklas bei, auch er glaubte kein Wort davon, und genau wie sein Bruder fühlte er mit jedem Satz, den er las, die zunehmende Bedrohung. Das hier war nicht gut, überhaupt nicht gut. Felix öffnete die College-Jacke von Paule und zog sie aus, um mehr Luft zu bekommen. Aber er ahnte dabei, dass es nicht die Jacke war, die es ihm heiß werden ließ.

Niklas' letzter Eintrag war nicht datiert.

Habe das Gefühl, ich müsste R. besser überwachen, um herauszufinden, was sie plant, aber habe gerade keine Zeit, denn ich kann mein anderes Projekt nicht mehr stoppen, da ist alles geplant und vorbereitet. Konnte in der Firma nicht an den Spion. Bin ab morgen in Frankreich – zum Glück nur kurz.

Mit diesen Worten endeten die Aufzeichnungen, und Felix schloss kurz die Augen. Warum Frankreich? Was hatte Niklas genau in Frankreich gemacht? Und wenn er ein Alibi für den Einbruch in der Kunsthalle hatte, warum spielte er es dann nicht aus? Nervös rief Felix die Audiodateien auf und hörte sie eine nach der anderen an. Aber sie belegten nur, was Niklas schon zusammengefasst hatte. Rotkäppchen bestand darauf, dass er ein Bild von Gerhard Richter aus der Kunsthalle entwendete, und als er ablehnte, betonte sie immer wieder, dass sie doch wüsste, dass er der Gentlemandieb sei. Niklas sagte fast nichts bei den Gesprächen, nur als sie Felix erwähnte, fiel er ihr barsch ins Wort.

Loyal bis ins Mark, dachte Felix mit einem seltsamen Gefühl von Scham und Dankbarkeit seinem Bruder gegenüber. Er stand auf und ging hin und her, um den Druck in seinem Magen loszuwerden.

Wie kann ich dir das nur je vergelten?, überlegte er mit Gedanken an seinen Bruder.

Indem ich das hier jetzt schnell und gut zu Ende bringe, antwortete er sich dann selbst, setzte sich wieder hin und öffnete die gespeicherte Videodatei. Man sah seinen Vater und Rotkäppchen in einer sehr eindeutigen Situation im Arbeitszimmer seines Vaters in Blankenese.

Ich will's gar nicht wissen, dachte Felix, schloss die Datei sofort wieder und stützte den Kopf in die Hände. Wenn Rotkäppchen die Geliebte seines Vaters war, konnte das auch erklären, warum sie durch das Gartentor bei seinen Eltern gegangen war. Aber nichts davon bewies irgendetwas, und vor allem war nichts davon dazu angetan, Niklas aus der Untersuchungshaft zu befreien.

***

Zum ersten Mal seit ihrer Ankunft in Berlin hatte Lila an diesem Abend genug von Bonbons. Für eine kleine Weile wollte sie sie nicht mehr sehen, kochen oder verpacken müssen. Aber wenn sie an die leergekaufte Vitrine vorn im Laden und die lange Liste der Bestellungen dachte, die Sonja aufgenommen hatte, konnte sie gar nicht anders, als weiterzumachen.

Draußen vor der Bonbonküche hatten es sich Sonja, Paul und die Jungs in den allerletzten Strahlen der Abendsonne auf Gartenstühlen bequem gemacht, die Paul von seiner Dachterrasse geholt hatte. Sie spielten Flaschendrehen, sprangen aber immer gleich auf, wenn Lila auch nur die geringste Hilfe beim Tragen der Zutaten, beim Verpacken oder Probieren der Bonbons benötigte. Doch jetzt wurde es langsam kühl, außerdem fand Lila, dass die vier genug für sie getan hatten. Paul hatte alle mit Essen versorgt, die beiden Jungs hatten gute Laune und Chaos verbreitet und ein wunderschönes Schild für den Laden gemalt, auf dem *Für heute geschlossen, morgen geht's weiter* stand, und Sonja war sowieso einfach wunderbar gewesen.

»Feierabend für euch«, sagte Lila entschieden und trat mit einem Teller noch warmer Blaubeerbonbons vor die Tür. »Vielen Dank für eure Hilfe, ich weiß gar nicht, was ich ohne euch gemacht hätte.« Sonja rutschte zur Seite, und Lila setzte sich neben ihre Cousine. *Oh, es tut so gut, zu sitzen und die Beine auszustrecken*, dachte sie mit einem Gefühl des Wohlbehagens.

»Das haben wir wirklich gerne für dich getan«, antwortete Sonja fröhlich und legte Lila den Arm um die Schultern. »Aber was machen wir denn jetzt mit dem angefangenen Abend? In Los Angeles könnten wir ausgehen und die Nacht zum Tag machen.«

»Au ja, das klingt super, ich bin dabei«, meinte Johnny sofort, und auch Jakob schien sehr einverstanden mit dieser Abendplanung.

Paul lachte. »In Berlin ginge das auch, aber so wie ich die Lage einschätze, backe ich jetzt erst einmal Pfannkuchen für hungrige Jungs, und dann schauen wir, ob wir das Zelt im Wohnzimmer noch mal aufbauen können.«

»Ein Zelt im Wohnzimmer?« Nun klang auch Sonja sehr neugierig.

»Komm doch mit«, lud Paul sie ein.

Lila sah den vorsichtig fragenden Blick, den er Sonja dabei zuwarf, und musste lächeln. Ein Mann, der Pfannkuchen buk und ihre Cousine so liebevoll ansah, musste einfach aus reinem Gold sein.

»Ja, komm doch, Eisfee«, meinte Jakob, und Johnny hüpfte herüber, setzte sich auf Sonjas Schoss und legte ihr seinen kleinen Arm vertrauensvoll um den Hals. »Du musst kommen, Sonja, hörst du?«, verlangte er.

Lila beobachtete die Szene, und ein tiefes Wohlgefühl breitete sich in ihr aus. *Was für nette Menschen*, dachte sie. *Wenn jetzt auch noch Felix...* Doch sie unterbrach sich abrupt. Schluss, ermahnte sie sich streng.

»Lila, bist du auch dabei?«, riss Sonja sie aus ihren Überlegungen.

»Ich bleibe besser hier«, antwortete Lila. »Ich muss noch aufräumen und alles startklar für morgen machen. Und wenn ich mich irgendwie aufraffen kann, wäre es auch noch gut, wenn ich wenigstens noch eine oder zwei Sorten kochen würde.«

»Schade«, meinte Jakob.

»Du kannst ja nachkommen«, erklärte Johnny und zog an Sonjas Hand. »Paules Pfannkuchen sind nämlich wirklich toll.«

Ein wenig neidisch blickte Lila den vieren hinterher, als sie abzogen. Am Torbogen drehte sich Johnny noch einmal um und winkte ihr zu. Lila winkte zurück. Dann ging sie zurück in die Bonbonküche, in der es so aussah, als hätte eine Bombe eingeschlagen.

***

Als Felix einige Zeit später Pauls Küche betrat, platzte er mitten in eine ausgelassene Runde.

»Felix«, schrie Johnny hocherfreut und sprang ihm sofort auf den Arm.

»Hallo Felix«, grüßte auch Jakob, und Felix beugte sich mit Johnny auf dem Arm zu ihm hinunter und drückte seinen großen Neffen an sich.

»Wo warst du?«, erkundigte sich Jakob, und sein Gesicht war ein einziges Fragezeichen.

»Hast du uns etwas mitgebracht?«, übertönte Johnny seinen Bruder und strich dabei über die Stoppeln auf Felix' Kopf. »Huh, das piekst«, lachte er dann.

Felix ließ ihn herunter und ging dann vor den beiden Jungen in die Knie. »Ich musste arbeiten, leider habe ich euch nichts mitgebracht.«

»Schade, ich mag Geschenke«, erklärte Johnny unbeirrt.

»Das nächste Mal«, versprach Felix den Jungen rasch und hoffte, dass er dieses Versprechen würde halten können. Seit er das Dossier über Hiltrud Händel gelesen hatte, war ihm flau, und er hatte das Gefühl, hilflos immer tiefer in etwas verstrickt zu werden, gegen das er sich nicht wehren konnte. Unwillkürlich seufzte er und blickte dann in Pauls fragendes Gesicht. Er stand wieder auf.

»Hallo Paule«, sagte er, klopfte seinem Freund auf die Schulter und drehte sich dann zu der Eisfee um, die er bei *Mariannes himmlische Bonbons* gesehen hatte und die zu seiner Überraschung jetzt hier mit am Küchentisch saß und ihn fröhlich anblickte.

»Entschuldigung, ich hätte mich gleich vorstellen sollen. Felix, Onkel der beiden Racker hier.«

»Wir sind aber keine Racker«, protestierte Johnny sofort und umfasste Felix' Hosenbein, sodass er fast gestolpert und hingefallen wäre, als er der Eisfee die Hand gab.

»Sonja, freut mich«, antwortete sie schlicht. Ihre bloße Anwesenheit und ihre Verbindung zum Laden unten reichten, dass Felix auf einmal eine riesige Sehnsucht nach Lila verspürte.

»Komm, setz dich doch«, meinte Paul und berührte ihn am Arm. »Du siehst müde aus.« Felix ließ sich auf einen Stuhl fallen, und die Jungs kamen zu ihm herüber und lehnten sich an ihn an.

»Aber wir wollen doch das Berliner Nachtleben ausprobieren und herausfinden, ob es hier so wild wie in Los Angeles ist«, erklärte Jakob, und die Eisfee lachte.

»Was? Jetzt?«, fragte Felix und sah seinen Neffen erstaunt an. Dieser Plan riss ihn tatsächlich für einen Augenblick aus seinen Sorgen und seiner Sehnsucht. »Es ist doch eher Zeit fürs Bett.«

»Du hörst dich schon an wie Papa«, maulte Johnny und zog einen Flunsch.

»Nein, das tut er nicht«, widersprach Jakob ungewohnt heftig, »Felix klingt ganz anders.«

»Felix, Papa?«, erkundigte sich Sonja vorsichtig.

»Wir sind Zwillinge«, antwortete Felix nur, als ob das alles erklären könnte. Zu seiner Erleichterung fragte sie nicht weiter.

»Aber mit deinem neuen Haarschnitt siehst du Papa gar nicht mehr ähnlich«, überlegte Jakob laut.

»Aber dein Kopf fühlt sich lustig an.« Johnny streckte sich und legte seine kleine Hand auf Felix' Haarstoppeln. »Wie ein Igel.«

»Ein Igel in der Küche?«, fragte Paul und stellte einen Teller mit einem warmen Pfannkuchen vor Felix, der ganz vergessen hatte, dass man ja auch essen musste. Jetzt stürzte er sich förmlich darauf.

»Also ich finde, dass Felix mehr wie ein hungriger Wolf

als wie ein Igel aussieht«, überlegte Jakob mit einem breiten Grinsen.

Felix feixte zurück, bemühte sich aber, etwas langsamer zu essen.

»Wir sind aber schon fertig«, maulte Johnny, als Paul Felix einen weiteren Pfannkuchen auftat. »Bauen wir jetzt das Zelt?«

Mit einem fragenden Blick sah Paul zu Felix, der nur verständnisvoll nickte. »Wenn die Pflicht ruft... Ich esse hier noch auf.«

»Komm, Eisfee«, forderte Johnny und winkte sie zu sich.

»Die Eisfee heißt Sonja«, korrigierte ihn Paul sanft, und Felix blickte überrascht zu seinem Freund. Was war denn das für ein neuer Tonfall? Aber bis auf seine roten Ohren sah Paul aus wie immer, als er Felix die Platte mit den Pfannkuchen hinstellte und dann mit den Jungs und Sonja hinüber ins Wohnzimmer ging.

***

Es dauerte lange, bis die Jungs endlich einschliefen. Unversöhnlich hatten sie darauf bestanden, im Zelt zu nächtigen, aber dann war es ihnen an dieser Stelle erst zu unbequem, dann drückte es dort, und es wurde eine anstrengende Runde für Felix, bis die beiden Brüder endlich an ihrem selbstgewählten Schlafplatz einschlummern konnten.

Paul und Sonja standen in der Küche und räumten friedlich auf, aber Felix fühlte sich irgendwie als Störfaktor, als er zu ihnen trat.

»Ich gehe noch eine Runde spazieren«, schlug er daher vor.

»Natürlich«, erwiderte Paul. »Jakob und Johnny schlafen ja sowieso hier bei mir.«

Die Freunde sahen sich an. Felix hatte so viel auf dem Herzen, das er Paul gerne erzählt hätte, aber gerade ging es einfach nicht; und Paul sah auch nicht so aus, als wolle er seinen Damenbesuch besonders schnell loswerden.

»Bis dann«, meinte Felix, unterdrückte einen Seufzer und ging.

Schon auf der Treppe schien der magische Schutz von Pauls Umgebung nachzulassen, und all die düsteren Gedanken, die Felix seit Barmbek gehabt hatte, kamen mit Macht zurück.

Nichts als Scherben um mich herum, dachte er. Vorhin hatte er seine Mutter wieder nicht erreichen können und nur Frau Michel informiert, dass sie ihr unbedingt seine Nummer geben sollte, wenn sie sich bei ihr melden sollte.

Als er die Haustür öffnen wollte und dabei wie immer durch das Türglas schaute, sah er auf einmal auf der anderen Straßenseite unter der Straßenlaterne eine Gestalt mit einem Teleskopobjektiv stehen. Felix erstarrte. Langsam ließ er die Türklinke wieder los. Also kamen sie nun auch hierher und lauerten ihm auf. Unsicher machte er einen Schritt rückwärts. Das Licht im Treppenhaus erlosch, und jetzt konnte Felix besser nach draußen schauen, ohne Angst haben zu müssen, entdeckt zu werden. Doch auf den zweiten Blick war es kein Teleskopobjektiv mehr, das der Mann auf der anderen Straßenseite in Händen hielt, sondern eine eckige, silbern glänzende Tüte und ein Hundespielzeug, das aus einem Stück Seil zu bestehen schien und lang und kräftig war. Der Mann beugte sich hinunter, richtete sich wieder auf und warf dann das Spielzeug. Ein mittelgroßer Hund, den Felix vorher nicht bemerkt hatte, lief los und brachte das Spielzeug zurück.

Ich werde schon paranoid, dachte Felix erschrocken und erkannte auf einmal klar, dass von dem strahlenden Geschäftsmann, der er gewesen war, praktisch nichts mehr übrig geblieben war. *Ich bin ein Wrack und sehe schon Dinge, die gar nicht da sind.*

Trotzdem ließ er Vorsicht walten, verzichtete auf den Spaziergang und nahm stattdessen den hinteren Ausgang, der über drei Stufen in den Hof zu den Mülltonnen führte. Felix schloss die Tür hinter sich und setzte sich dann auf die mittlere Stufe. Er fühlte sich niedergeschlagen und hilflos, seit er zwar Niklas' Computer, nicht aber einen Schlüssel für die Freilassung seines Bruders gefunden hatte. Jetzt nahmen die unangenehmen Gefühle noch weiter zu, und plötzlich wurde Felix klar, woran das lag. Lila. Er war hier in ihrer unmittelbaren Nähe, der Eingang zum Lagerraum war kaum mehr als drei Schritte weit weg, aber trotzdem schien sie so weit entfernt von ihm, als lebte sie auf einem anderen Planeten.

Lila, dachte Felix sehnsüchtig, *ich muss mit dir sprechen*. Er stand auf, doch dann setzte er sich wieder hin. Vielleicht hatte sie aus welchen Gründen auch immer das Hamburger Käseblatt gelesen und glaubte, was da geschrieben worden war. Dann war er in ihren Augen sicherlich erledigt, besonders wenn sie ja schon heute Morgen nichts mehr von ihm hatte wissen wollen. Und die Vorstellung, dass sie vielleicht nicht einmal mehr mit ihm reden würde, wenn er es versuchte, war so gruselig, dass ihm ganz schlecht wurde. Doch er vermisste sie. Er sehnte sich nach ihrem Lächeln, ihrer lustigen und liebevollen Art, den Haarsträhnen, die sich immer aus ihrem Zopf stahlen, am meisten aber nach ihrem Blick, mit dem sie ihn angesehen hatte, als wäre er ein wirklich besonderer Mensch in ihrem Leben.

* * *

Lila fühlte sich müde und ausgelaugt, als sie zwei Tabletts hochnahm, um sie hinüber in den Laden zu bringen. Tapfer hatte sie tatsächlich noch zwei weitere Sorten Bonbons gekocht und dann mit Frau Nippert telefoniert, die begeistert von ihren neuen Kreationen war, aber trotzdem noch hundert und einen weiteren Vorschlag gehabt hatte, was Lila alles probieren könnte. Doch auch Frau Nipperts überschwängliches Lob hatte es nicht geschafft, Lila ganz aus ihrem Tief zu holen.

Im Hof war es still, heute erklang kein Klavierspiel. Langsam balancierte Lila ihre Tabletts zum Laden und hatte sie gerade behutsam vor der Lagerraumtür abgestellt, um aufzuschließen, als sie auf einmal eine Gestalt auf den Stufen direkt daneben sitzen sah. Im ersten Moment erschrak sie so fürchterlich, dass sie unwillkürlich ihre Hand hob, um eine mögliche Gefahr abzuwehren. Doch dann erkannte sie Felix, der vornübergebeugt dasaß und sie anscheinend nicht kommen gehört hatte.

Ihr Herz machte ein Satz und fing dann an, wie verrückt zu schlagen. *Felix*. Lilas Wut darüber, dass er ihr nicht die Wahrheit gesagt hatte, und ihr Kummer, der ihr diesen großartigen Tag heute in Grautöne gekleidet hatte, verpufften, und sie machte unwillkürlich einen Schritt auf ihn zu. Er schien sie jedoch immer noch nicht zu hören, und als Lila ihn jetzt betrachtete, verstand sie auch, wieso. Felix weinte.

Seine Schultern zuckten, und er hatte das Gesicht in den Händen vergraben.

»Felix«, sagte sie leise, aber in der Stille der Nacht kam es ihr unendlich laut vor.

Ruckartig schoss Felix' Kopf in die Höhe, und im nächsten Moment sprang er auf.

»Lila?«, fragte er mit einer belegten, ja fast heiseren Stimme. Er machte einen Schritt nach vorn, blieb dann aber stehen und wischte sich mit dem Ärmel über die Augen. Diese Geste, die Lila auch schon bei Johnny gesehen hatte, rührte sie, und sie spürte ihr Herz noch weiter auftauen.

»Bitte, geh nicht, auch wenn du nicht mehr mit mir sprechen möchtest«, bat er leise und flehentlich.

»Aber du bist es doch, der nicht mit mir sprechen möchte! Außerdem hast du eine Freundin«, erwiderte Lila und klang unendlich traurig dabei.

»Aber...« Felix machte zwei Schritte auf sie zu und streckte seine Hand aus, als wolle er sie berühren, doch er tat es nicht. Stattdessen blieb er einfach vor ihr stehen.

»Ich dachte, du willst mich nicht mehr sehen«, sagte er so leise, dass es fast nur ein Hauch war. »Und ich habe keine Freundin, das war ein Missverständnis.«

Ein Missverständnis, dachte Lila und spürte, wie das Blut ein wenig schneller durch ihre Adern floss.

»Wirklich!«, betonte er. »Ich würde dir gerne alles erzählen, wenn du dir das anhören würdest? Wir kennen uns erst so kurz, aber ich habe mich in dich verliebt...«

Lila schwieg, aber seine Worte echoten in ihren Ohren. *Ich habe mich in dich verliebt.*

Sie fühlte Hoffnung und Angst. Beide Gefühle waren stark, und fast als ob sie sich irgendworan festhalten müsste, ging sie zur Lagerraumtür und schloss sie auf. Dann hob sie die Tabletts auf.

»Darf ich mitkommen?« Seine Stimme klang so fragend und bittend, dass der Rest von Lilas negativen Gefühlen dahinschmolz.

»Ja«, antwortete sie.

»Hier, lass mich dir helfen.« Vorsichtig nahm er ihr die Tabletts ab und trug sie durch das Lager in den Verkaufsraum. Nachdem sie das Licht über der Vitrine angestellt hatte, stellte er die Bonbons behutsam neben der Kasse ab und wandte sich ihr dann ganz zu. Kurz zögerte er, dann begann er zu erzählen. »Ich habe einen Zwillingsbruder...« Er berichtete davon, wie sie zusammen aufgewachsen waren und wie ihr Leben so dahingeplätschert war, bis ihre Beziehung an der ersten großen Stromschnelle zerschellt war.

Während sie zuhörte, spürte Lila, wie sie sich entspannte. Obwohl die Geschichte, die Felix ihr erzählte, alles andere als schön war und manchmal geradezu erschreckend klang, hatte sie doch von Satz zu Satz immer mehr das Gefühl, ihn besser zu verstehen. Ohne seinen Erzählfluss zu unterbrechen, setzte sie sich irgendwann auf den Fußboden und lehnte sich mit dem Rücken an ein Regal. Felix tat es ihr gleich, nur dass er die Vitrine als Rückenstütze verwendete. Der Laden mit seinem angenehm süßen Geruch und dem nicht zu hellen Licht legte sich wie ein Kokon um sie beide. Sie saßen so dicht beieinander, dass sich ihre Beine hätten berühren können, gleichzeitig aber weit genug auseinander, dass Felix Raum hatte zu erzählen und Lila, sich ihr Bild zu machen. Er beschrieb Niklas' Anruf in Malaysia und wie daraufhin sein ganzes Leben vollkommen aus dem Ruder gelaufen war. Am Schluss erklärte er, wie er jetzt mit leeren Händen dastand und nicht weiterwusste.

»Glaubst du mir?«, fragte er dann, und in diesem Satz schien seine ganze Seele zu liegen.

Lila musste nicht lange abwägen. »Ja«, antwortete sie, und zum ersten Mal an diesem Abend kam ein Anflug von Felix' strahlendem Lächeln wieder zum Vorschein. Er beugte sich vor. »Danke«, sagte er leise.

»Was willst du jetzt tun?«, fragte sie nach einem Augenblick.

»Ich weiß es nicht«, antwortete Felix, legte den Kopf in den Nacken und lehnte ihn an die Vitrine. »Schon seit Stunden zermartere ich mir das Hirn, aber ich komme nicht weiter. Ich weiß, dass Niklas Codes und Rätsel liebt, aber diesmal überfordert er mich, und ich wünschte, er könnte einfach sagen, was er von mir will.«

»Warum tut er das nicht?«, erkundigte sich Lila vorsichtig, der das auch als das Einfachste erschien. Sie stellte ihre Beine auf und umfasste ihre Knie.

»Aus irgendeinem Grund scheint er es seiner Anwältin nicht sagen zu können, aber ich weiß nicht, warum.«

»Vielleicht, weil es illegal ist?«, überlegte Lila laut, und Felix nickte. »Das habe ich mir auch schon überlegt.«

»Also musst du das Rätsel alleine lösen«, schloss sie und dachte plötzlich an Sonja. Für ihre Cousine würde sie auch versuchen, Himmel und Hölle in Bewegung zu setzen.

»Aber wie?« Seine ganze Verzweiflung schien sich in diesen zwei Worten zu konzentrieren.

Lila überlegte. Dann stand sie auf und holte zwei von

den Bonbons, die sie herübergebracht hatte. »Eine neue Sorte: *Mojito*«, erklärte sie und reichte ihm eines. »Vielleicht hilft uns die Minze beim Denken.«

Er griff danach, und als sich ihre Hände dabei berührten, ging es Lila durch und durch. Ihr Herz, gerade noch ruhig, schlug wieder so, als wolle es einen neuen Geschwindigkeitsrekord aufstellen.

Entspann dich, ermahnte sie sich selbst, spürte aber, wie ihr wärmer wurde. Sie musste nur Felix anschauen, und ein ganzer Schwarm an Schmetterlingen in ihrem Bauch stob in die Luft. In den vergangenen Stunden hatte sie sich gesagt, dass sie auch prima ohne ihn auskommen könnte, aber wenn er jetzt so dicht neben ihr saß, erschien ihr das nur noch schwer vorstellbar. Sie lutschte an ihrem Bonbon und schmeckte den sauren Geschmack, der genauso fruchtig-herb geworden war, wie sie beabsichtigt hatte.

»Hm, das Bonbon ist köstlich«, lobte Felix nach einem Augenblick und schaute ihr etwas zu lange in die Augen.

»Kleine Idee, große Wirkung«, antwortete sie lässig, ohne seinen Blick loszulassen, aber das Gefühl von Verliebtheit rauschte mit aller Macht durch ihre Adern. Sie sah seine Augen, die verheilende Wunde an seiner Wange, seinen schönen Mund...

Plötzlich hielt sie inne. Was hatte sie gerade gesagt? Eine kleine Idee? »Hat dir Niklas nicht irgendeinen Tipp gegeben, wo sonst noch etwas sein könnte, und sei es noch so klein?«, fragte sie eindringlich.

Felix setzte sich kerzengerade auf. »Du hast recht!« Für einen Augenblick sah es so aus, als wolle er direkt aufspringen. »Niklas hat etwas von einer Art Spyware geschrieben, die er in der Firma angebracht hat.«

»Was hat er damit gemeint?«, fragte Lila und spürte die zarte Hoffnung, die sich auf einmal wie von selbst in dem kleinen Laden ausbreitete.

»Ehrlich gesagt, ich weiß es nicht genau. Es kann keine Kamera sein, denn das Ding ist im Computergehäuse angebracht. Aber ...«

»Wäre es eine Möglichkeit?«, fragte sie vorsichtig. Sie sahen sich an.

»Ja«, meinte er, und das Lächeln in seinem Gesicht wurde immer breiter. Doch dann verschwand es wieder. »Es gibt nur die Schwierigkeit, wie ich drankommen soll. Als Niklas das alles notiert und geplant hat, war ich noch der Managing Director der Firma, aber jetzt habe ich nicht einmal mehr eine Zugangskarte.«

Er stand auf, machte zwei Schritte in die eine, dann einen in die andere Richtung und setzte sich anschließend wieder hin, diesmal direkt neben Lila. Sie wandte sich ihm zu, und wie von selbst fanden sich ihre Hände.

»Was bräuchtest du außer der Zugangskarte noch?«, fragte sie und fühlte, wie sich sein Brustkorb direkt neben ihr mit jedem Atemzug hob und senkte. Er atmete schnell und aufgeregt.

»Einen durchdachten, wasserfesten Plan«, antwortete er dann.

Bei diesen Worten musste sie an das nasse Fleet denken, von dem er ihr erzählt hatte, an die überschäumende Fantasie von Jakob und Johnny und an Felix' zielstrebige Art. »Das sollte doch kein Problem sein, oder?«

Er wandte seinen Kopf, und sie schauten sich direkt in die Augen. »Das sollte ich wirklich schaffen.« Auf einmal wirkte er ganz verändert, entschieden und sicher. »Danke«, meinte er dann und sah sie wieder mit seinem typischen Felix-Blick an, der ihr Herz hüpfen ließ.

»Wofür?«, fragte sie, ohne seinen Blick loszulassen.

»Dafür, dass du mich angehört hast«, antwortete er. »Und dafür, dass du die richtigen Fragen gestellt hast.«

»Von Herzen gern geschehen.« Und Lila tat etwas, was sie am Morgen noch für vollkommen unmöglich gehalten hatte. Sie ließ die Pläne Pläne und Bonbons Bonbons sein, beugte sich vor und küsste Felix.

»Oh, Lila«, murmelte er und küsste sie zurück.

»Wie soll der Plan denn jetzt aussehen?«, fragte sie nach einer Weile. Wenn sich alle Planungsphasen so wunderbar anfühlten, wollte sie nie, nie wieder etwas anderes tun.

15. Kapitel

»Guten Morgen, Frau Wenckerbach«, sagte Felix höflich zu seiner ehemaligen Assistentin, als sie ganz früh am Morgen aus dem Haus trat. In Händen hielt er eine riesige Schachtel Pralinen.

»Mein Gott, Herr Wengler«, antwortete sie aufgescheucht. »Haben Sie mich aber erschreckt.« Sie hielt ihre Handtasche und eine Tüte in den Händen und musste erst umgreifen, um die angebotene Hand zu schütteln.

»Ich wollte Sie nicht erschrecken, bitte entschuldigen Sie«, erklärte er höflich und lächelte sie freundlich an.

»Sie sehen ja ganz verändert aus«, meinte sie nach einem Augenblick. »Ich hätte Sie fast nicht erkannt.« Für einen Augenblick wirkte es fast so, als wolle sie dichter herangehen, um zu überprüfen, ob er es wirklich war, aber dann errötete sie nur und fasste ihre Handtasche fester.

»Ich wollte kurz mit Ihnen sprechen und Ihnen diese Pralinen als Dankeschön überreichen, schließlich haben wir beide unglaublich viele Projekte großartig zusammen gemeistert.« Nun schaute Felix sehr ernst, als er ihr die große Schachtel überreichte. Abermals musste sie erst ihre Tüte und ihre Handtasche in die andere Hand verlagern, bevor sie danach greifen konnte, und Felix sah in ihrer geöffneten Handtasche ihren Schlüsselbund mit der Zugangskarte liegen.

»Danke«, meinte sie dann überrascht. »Das wäre doch nicht nötig gewesen.«

»Doch absolut. Außerdem haben Sie ja längere Zeit mit mir zusammengearbeitet und wissen sicherlich, dass die Dinge, die über mich in der Zeitung geschrieben wurden, gelogen sind.«

»Gelogen?« Sie wirkte angenehm berührt, das aus seinem Mund zu vernehmen, aber schien gleichzeitig nicht ganz sicher, ob sie ihm glauben konnte.

»Ich würde es Ihnen gerne beweisen, aber Sie wissen ja, wie das bei Rufmord ist: Man kann sich kaum dagegen wehren.« Er wählte seine Worte mit Bedacht, und an ihrem Gesicht sah er, dass er einen Treffer gelandet hatte. »Sie erinnern sich ja sicherlich noch, damals die Kampagne gegen meinen Vorgänger...« Mehr musste er nicht sagen.

»Ja, das war schlimm«, meinte sie dann und nickte.

»Tja, ich wünschte, es wäre jetzt anders«, erklärte er mit einem Lächeln, und diesmal lächelte sie vorsichtig zurück.

»Stellen Sie sich vor, der Atlantis-Deal wurde abgesagt«, platzte es plötzlich aus ihr heraus.

»Nicht zu fassen.« Felix schüttelte den Kopf, als habe er auch gerade erst davon erfahren und stünde immer noch unter Schock. »Könnten Sie mir das Memo zeigen, mit dem das in der Firma bekannt gemacht wurde?« Er fragte scheinbar locker dahin, schielte aber aus den Augenwinkeln auf ihre Handtasche. Sie war eine großartige Assistentin und hatte nur eine Schwachstelle: Sie war ganz unassistentenhaft unordentlich. Und wie er erwartet hatte, musste sie auch erst nach ihrem Firmenhandy suchen.

»Moment«, meinte sie, war aber durch die große Schachtel Konfekt zu sehr behindert, um an ihre Handtasche zu kommen.

»Darf ich Ihnen helfen?«, bot Felix an, und mit einem dankbaren Nicken reichte sie ihm ihre Tüte und die Pralinenschachtel. Dann durchsuchte sie ihre Handtasche, doch sosehr sie auch schaute und wühlte, sie fand das Handy nicht. Errötend sah sie ihn an.

»Ich könnte auch noch Ihre Tasche für Sie halten«, bot Felix an.

»Danke.« Sie gab sie ihm, bevor sie auf der Suche nach ihrem Handy in die Taschen ihres Mantels griff. Felix hielt ihre Handtasche so, dass sie hinter der großen Schachtel Konfekt versteckt war.

Niklas macht mich wirklich noch zu einem Kriminellen, dachte er, als er nach ihrem Schlüsselbund mit der Zugangskarte griff. In einer blitzschnellen Bewegung zog er die Karte aus der Plastikhalterung und schob sie mit den Fingern in seinen Ärmel. Mittlerweile hatte Frau Wenckerbach auch ihre Manteltaschen ohne Erfolg durchsucht. »Ich muss das Handy auf meinem Schreibtisch im Büro liegen gelassen haben.« Es schien ihr furchtbar peinlich, aber Felix winkte nur ab und gab ihr die Handtasche, ihre Tüte und die Pralinen zurück. »Das kann ja mal passieren.« Dabei erinnerte er sich lebhaft, wie sehr ihn das früher immer geärgert hatte, wenn ihr so etwas passiert war.

»Dann vielleicht ein anderes Mal«, schlug er vor, und sie nickte, offenkundig froh, dass er ihr keine Vorhaltungen machte.

»Aber danke für Ihre Mühen! Ich hoffe, Sie sitzen jetzt an einer angenehmen Stelle.«

»Ich bin Herrn Volkert zugeteilt worden«, antwortete sie nicht gerade erfreut.

»Oh«, meinte er mit einem Stirnrunzeln. »Das tut mir wirklich leid zu hören, ich hoffe, Sie werden schnell wieder von dort versetzt.«

Also hatte man sie mitbestraft und ganz aus seiner ehemaligen Abteilung entfernt.

»In diesem Fall wünsche ich Ihnen viel Glück«, verabschiedete er sich so formvollendet, als stünde er in Anzug und Krawatte vor ihr und nicht mit schräg abrasierten Haaren in irgendwelchen alten Sportklamotten, die er unten aus dem Schrank gekramt hatte. »Falls ich jemals wieder in der Firma zu tun haben sollte, werde ich ganz sicher Ihre Versetzung rückgängig machen.«

»Ich danke Ihnen, Herr Wengler«, sagte sie und lächelte ihn über die große Pralinenschachtel hinweg an.

Er erwiderte ihr Lächeln, dann bog er um die Hausecke. Kaum war sie außer Sicht, lief er los. Er musste sich wahnsinnig beeilen, um alles erledigt zu haben, bis sie entweder in der Firma ankam oder – schlimmer noch – unterwegs bemerkte, dass ihre Zugangskarte fehlte. Aber so wie er sie kannte, würde Letzteres wahrscheinlich nicht passieren.

Bitte verzeih, dass ich dich so hinters Licht geführt habe, dachte er und nahm sich fest vor, das eines Tages wieder in Ordnung zu bringen.

Jetzt aber sprang er auf einen E-Scooter, den er sich zuvor geliehen hatte. So schnell er konnte, fuhr er quer durch die Stadt. Immerhin regnete es nicht, sondern nieselte nur, doch als er den Scooter in der Nähe der Firma parkte, war er vom Nieselregen trotzdem ziemlich durchnässt.

Die Firmenverwaltung seines Vaters war in zwei schnörkellosen, funktionsorientierten Bauten untergebracht. Schon seine Tante hatte dieses Gebäude errichten lassen, seitdem war nur am vorderen Teil die Fensterfront der Eingangshalle vergrößert worden, ansonsten hatte sich äußerlich nichts verändert. Die Gebäude standen hintereinander, und das hintere hatte nur einen einzigen, von einem Pförtner bewachten Eingang, den Felix keinesfalls benutzen konnte. Doch ausgerechnet dort, im obersten Stock, residierte sein Vater und damit auch Frau Händel. Zu Felix' Glück waren die beiden Gebäude unterirdisch durch den Keller mit dem Lagersystem verbunden, und genau diesen Umstand machte er sich zunutze. Er nahm den unauffälligen Kellerseiteneingang des Vorderhauses und zog dort die Zugangskarte seiner Sekretärin durch den Scanner. Die Tür öffnete sich.

Wie Felix damals selbst angeordnet hatte, wurde sein Zutritt selbstverständlich erfasst, und wenn er Pech hatte, würde es früher oder später auch irgendwem auffallen, dass eine Assistentin den Keller betreten hatte, wo sie nichts verloren hatte.

Hoffentlich bin ich bis dahin über alle Berge, dachte Felix. Er schloss die Kellertür hinter sich und zog einen alten Blaumann aus dem Rucksack, den Lila und er im Lagerraum von Frau Schmid gefunden hatten. Rasch streifte er ihn über und zog dazu seine Handschuhe an, dann steckte er Pauls Brille in die Brusttasche des Blaumanns, falls er noch zusätzliche Tarnung benötigen sollte. So angezogen lief er durch den Keller hinüber zu dem anderen Gebäude. Hier gab es eine weitere Tür mit Scanner, abermals zog Felix die Zugangskarte durch. Auch diese Tür ließ sich damit öffnen und gab den Weg ins Treppenhaus frei. So früh am Morgen war es noch komplett leer, und Felix rannte so schnell er konnte nach oben. Zwischen dem zweiten und dritten Stock bereute er kurz, nicht noch mehr Sport gemacht zu haben.

Naja, in Gefängnissen gibt es ja reichlich Sportangebot, dachte er zynisch, während er sich zwang, schnellstmöglich weiterzulaufen.

Am Ende der Treppe holte er tief Luft und betrat das oberste Stockwerk. Vorsichtig blickte er sich um. Erfreulicherweise war es auch hier noch still, nur hinten in der Kaffeeküche hörte er Geklapper. Rasch lief er den Gang entlang, direkt zum Büro von Frau Händel. Erst lauschte er an ihrer Tür, aber als er zu seiner Beruhigung kein Geräusch vernahm, drückte er vorsichtig die Klinke hinunter. Doch die Tür war abgeschlossen, hier würde er nicht weiterkommen.

Abermals blickte sich Felix um. Alles war ihm so vertraut und gleichzeitig so fremd, als hätte er nicht vor wenigen Tagen hier noch gearbeitet. Er ging bis zu der nächsten Tür. Nervös biss er sich auf die Unterlippe, denn sein ganzer Plan hing davon ab, dass sein Vater nicht daran gedacht hatte, den Code zu seinen Räumen nach Felix' plötzlicher Entlassung zu ändern. Rasch gab Felix die Zahlenfolge ein, und tatsächlich funktionierte der Code noch. Mit eiligen Schritten durchmaß Felix das riesige Büro seines Vaters und öffnete dann die Verbindungstür zu Frau Händels Zimmer. Ihr Büro sah wie eine Miniaturausgabe von dem seines Vaters aus, es gab genau wie nebenan einen Zugang zu dem Balkon, der wie auf allen Stockwerken einmal rund um das Gebäude lief, und ein weiteres großes Fenster daneben. Aber Felix ließ sich nicht von den Äußerlichkeiten ablenken, sondern ging sofort zu dem Mahagonischreibtisch, der ebenfalls dem seines Vaters glich. Das Gehäuse von Frau Händels Computer stand in einem eigens dafür in den Schreibtisch eingelassenen Fach. Rasch zog Felix den Rechner nach vorn und öffnete dann das Gehäuse mit einem kleinen Schraubenzieher so schnell und so routiniert, als habe er nie etwas anderes gemacht.

Vielleicht sollte ich bei Niklas anheuern, dachte er, als er einen Blick auf die Steckverbindungen des Computers erhaschte und das kleine hellrote Teil sah, das unauffällig dort untergebracht war. Mit einer gewissen Befriedigung zog Felix es ab und verstaute es in dem Futteral, das er speziell dafür mitgebracht hatte. Gerade als er das Gehäuse wieder zugeschraubt und zurückgeschoben hatte und den Rückweg antreten wollte, gab es ein klapperndes Geräusch an der Tür. Erschrocken machte sich Felix hinter dem Schreibtisch so klein wie irgend möglich. Keine Sekunde später ging die Tür auf, und Hiltrud Händel kam in den Raum geschossen. Wie immer hinkte sie, und ebenfalls wie immer versuchte sie, ihre Einschränkung durch besonders zielstrebige Bewegungen zu kaschieren.

Mit Schwung warf sie ihre Handtasche auf den Schreibtisch, hinter dem Felix hockte, und stürmte dann durch die offene Verbindungstür in das Büro seines Vaters. Felix ahnte, dass ihm nur Sekunden blieben, um zu verschwinden. Quer durch Frau Händels Büro zu laufen traute er sich nicht, da sie ihn dabei garantiert aus dem Nebenzimmer sehen würde. Der Rückweg über das Büro seines Vaters war ihm ebenfalls verbaut.

Felix warf einen fast panischen Blick umher. Frau Händels Büro hatte nur diese beiden Türen, und er konnte keine

Sekunde länger hinter dem Schreibtisch ausharren, ohne Gefahr zu laufen, dort von ihr entdeckt zu werden.

Daher blieb ihm kein anderer Ausweg als der Balkon. Ohne lange nachzudenken, öffnete Felix die Terrassentür, stolperte hinaus, zog die Tür notdürftig hinter sich zu und lief dann so schnell es ging den Balkon entlang, bis er um die Ecke biegen konnte. Dort kletterte er über die Balustrade und ließ sich hinab.

Verdammt hoch hier, dachte er, als er an der Hauswand zwischen dem Balkon über sich und dem darunter Halt zu finden versuchte. Mit dem rechten Fuß konnte er eine kleine Unebenheit ertasten, verlagerte rasch sein Gewicht dahin und ließ sich dann nach vorn fallen, sodass er auf dem Balkon im Stockwerk darunter landete. Es war ein unangenehm harter Aufprall, und er spürte einen kurzen scharfen Schmerz im rechten Knie.

Egal, sagte er sich und humpelte auf diesem Balkon einmal rund um das Gebäude, bis er ein Büro fand, in dem schon jemand arbeitete. Rasch zog er Pauls Brille auf und klopfte von außen an die Balkontür. Erschrocken blickte der Mann am Schreibtisch auf. Felix bedeutete ihm, die Tür zu öffnen.

»Arbeitsschutz«, sagte er streng, als der Mann ihm tatsächlich aufgemacht hatte. »Sie dürfen keine Pflanzen auf dem Fensterbrett stehen haben, das wissen Sie doch wohl, oder?«

»Wie bitte?«, antwortete der Mann verunsichert. Er schien eine Vorliebe für Kakteen zu haben, denn das ganze Fensterbrett stand voll damit.

»Neue Betriebsverordnung«, ranzte Felix ihn an und hoffte dabei, dass der Mann ihn mit seiner Brille, mit seinem merkwürdigen Haarschnitt, der halbverheilten Wunde auf seiner Wange und in dem Blaumann nicht erkennen würde.

»Sie haben bis um 11.30 Uhr Zeit, die Pflanzen zu entsorgen«, blaffte er weiter und beeilte sich, das Büro des Mannes zu durchqueren. Paules Brille war ziemlich stark, und er musste zweimal nach der Türklinge fassen, bis er sie erwischte.

»Ja, aber ...«, protestierte der Mann, doch da war Felix schon aus der Tür.

***

»Vielleicht noch eine Spur von echter Vanille oder Tonkabohne in die Sahne geben und etwas Muscovadozucker dazu verwenden, aber wirklich nur ganz wenig.« Frau Nippert klang am Telefon ausgesprochen fröhlich, und Lila lauschte mit Begeisterung den Verbesserungsvorschlägen ihrer alten Lieblingskollegin. Mit ihren vielen Ideen hatte Frau Nippert früher die Kollegen in der Süßwarenfabrik regelmäßig in den Wahnsinn getrieben, aber Lila konnte sich nichts Besseres vorstellen.

»Ich dachte auch an etwas exotischere Geschmacksnoten«, erklärte sie und malte mit der Hand eine Bewegung in die Luft, als wolle sie da Geschmäcker hinzeichnen.

»Vielleicht so etwas wie Matcha?« Frau Nippert war sofort Feuer und Flamme.

»Oder Veilchen-Sahne oder Rosen-Zimt?«, schlug Lila vor.

»Das hört sich wunderbar an«, antwortete Frau Nippert entzückt. »Ich habe übrigens gehört, dass es in unserer guten alten Firma drunter und drüber gehen soll. Sie suchen wohl neues Personal.«

»Also ich komme garantiert nicht zurück«, erwiderte Lila und blickte sich in dem kleinen Laden um, den sie bereits so liebgewonnen hatte.

»Das hatte ich schon befürchtet«, meinte Frau Nippert. »Aber soll ich was sagen: Ich auch nicht.« Sie lachte verschwörerisch, und Lila musste schmunzeln.

»Ich finde Berlin großartig«, erklärte Lila und lächelte bei dem Gedanken an diese tolle Stadt und an Felix, doch dann konzentrierte sie sich sofort wieder auf das, was Frau Nippert sagte. Denn sie hatte noch ein paar Ideen, wie Lilas Bonbons noch spannender schmecken konnten.

* * *

Auf dem Rückweg von Hamburg nach Berlin fühlte Felix eine seltsame Mischung aus bleierner Schwere und berauschender Euphorie. Er hatte es geschafft und hoffentlich nun die nötigen Informationen besorgt. Zwar hatte er sich dafür einiger strafbarer Vergehen schuldig gemacht, und es stand außer Frage, dass die Firma diesen unerlaubten Zutritt zur Anzeige bringen würde, wenn er bemerkt, nachverfolgt und er als Täter identifiziert werden würde. Aber vielleicht hatte er auch einfach Glück.

Je näher er seinem Zuhause kam, desto mehr nahm Felix' Hochgefühl zu, wobei ihm klar war, dass das vor allem an Lila lag. Glücklich dachte er an ihr Lächeln, das die Sonne scheinen ließ, ihre unverstellte Herzlichkeit, ihr unaufgesetztes Verständnis für sein Leben, ihre Fähigkeit, mitten in der Nacht packende Pläne zu schmieden.

Die letzten Meter bis zu seinem Haus lief er fast, und als er zu *Mariannes himmlische Bonbons* kam, ging er als Erstes dort hinein. Der Laden war gepackt voll, aber Felix drängelte sich einfach vor, bis er sehen konnte, wie Lila gerade Sahnebonbons abwog und den Kunden vor ihr anlächelte. Doch das war nichts gegen das Lächeln, das sie ihm schenkte, als sie ihn entdeckte.

Und?, schien ihr Mund zu fragen.

Er hob den Daumen, und sie strahlte ihn als Antwort an.

»Danke«, murmelte er, aber sie lachte nur, glücklich und froh.

Wäre ich nicht schon so heillos verliebt, wäre das garantiert in diesem Moment passiert, dachte er und verabschiedete sich.

Mit eiligen Schritten ging er hinauf in seine Wohnung und setzte sich an seinen Schreibtisch. Er hatte Niklas' Laptop ebenfalls mitgebracht und schloss jetzt den Spion an. Der Computer erkannte das kleine Teil sofort und begann, die gespeicherte Information herunterzuladen. Das dauerte so lange, dass Felix genug Zeit blieb, sich etwas Frisches anzuziehen und einen Kaffee aufzusetzen. Die alte Sportkleidung warf er in den Müll, dann setzte er sich an Niklas' Computer. Auf dem Desktop war ein neuer Ordner erschienen, der *Projekt R* hieß. Felix öffnete ihn und fand eine Unzahl von Screenshots. Anscheinend hatte Niklas' Spion wieder und wieder Bilder davon angefertigt, was Frau Händel sah, wenn sie auf ihren Bildschirm schaute. Das war genial, denn auf diese Weise konnte Felix auf einen Blick sehen, an was sie gearbeitet hatte.

Einfach, dachte er fröhlich. Doch schon kurze Zeit später war er sich nicht mehr so sicher, denn es schien sich um Abertausende von Screenshots zu handeln, und er wusste ja nicht einmal, wonach er suchte. Nur eines war ihm schnell klar: Mit jedem Bildschirmbild mochte er Hiltrud Händel noch weniger. Ihre übergriffige Art sprach aus jeder E-Mail, jedem Memo und jeder Notiz, die er durchlas.

Langsam schlürfte Felix seinen Kaffee, während er zwei Kündigungen, etliche Demütigungen höherer und niederer Angestellter und einen endlosen Kleinkrieg mit dem Facility Management durchforstete, aber da war nichts, aber auch gar nichts, das irgendwie mit Niklas oder dem Bilderdiebstahl in Verbindung gebracht werden konnte.

Felix klickte sich von Bild zu Bild, sein Kopf wurde nach der Aufregung und der schlaflosen Nacht immer schwerer, bis er schließlich – Kaffee hin oder her – neben dem Laptop einschlief.

* * *

»Vielen Dank, die Dame, beehren Sie uns bald wieder.« Sonja reichte der Kundin ein kleines Päckchen über die Vitrine hinweg, und die beiden Cousinen lächelten sich an.

»Das hat sehr gut geklappt«, meinte Lila zufrieden. Zum ersten Mal hatten sie eine neue Art der Verpackung ausprobiert, die sie sich ausgedacht hatten. Statt nur ein Zellophantütchen zu benutzen, legten sie es nun zusätzlich in weißes Papier, schlugen es ein und banden ein dunkelrosa Band so darum, dass aus den Enden eine Schlaufe wurde, mit der man das Päckchen an der Hand oder am Unterarm tragen konnte. Auf das Papier drückten sie einen Stempel, der in einem wunderschönen tiefen Weinrot *Mariannes himmlische Bonbons* anpries.

»So können wir in aller Ruhe auf die neuen Etiketten warten«, meinte Sonja zufrieden, bevor sie sich der nächsten Kundin zuwandte.

»Also, ich finde, es wird immer besser«, urteilte Lila entzückt und ging in den Lagerraum, um Nachschub zu holen. Sie hatte das Gefühl zu schweben, besonders seit Felix ihr gerade signalisiert hatte, dass alles geklappt hatte, war ihre Laune auf einem absoluten Hoch angekommen.

»Ich sollte Berliner-Weiße-Bonbons mit Waldmeister anbieten«, meinte sie fröhlich, als sie zurückkam. In ihrer strahlenden Laune genoss sie es noch mehr als sonst, neben Sonja zu arbeiten.

»Berliner was?« Abgelenkt blickte Sonja auf.

»Na, du weißt schon: Berliner Weiße, das Getränk.«

»Schon mal gehört, aber noch nie probiert«, antwortete Sonja und nahm die Bonbons entgegen, die Lila ihr reichte.

»In dieser Stadt Berliner Weiße nicht zu kennen ist eine Bildungslücke, die wir schleunigst schließen sollten«, mischte sich Paul ein, der gerade den Laden betreten hatte. »Bitte entschuldigt, dass ich mich so unhöflich einschalte«, erklärte er, aber Sonja lächelte ihn nur an, und Lila sah aus den Augenwinkeln, dass sie ganz rote Wangen bekam.

»Lila, deine Cousine und Kollegin kennt dieses Berliner Kulturgut nicht. Darf ich sie für ein spätes Mittagessen entführen, damit sie es probieren kann?«, erkundigte sich Paul und zwinkerte Lila zu.

»Aber natürlich, das ist eine großartige Idee.« Lila hörte ihren eigenen Bauch neidvoll knurren.

»Ich bin damit aber gar nicht einverstanden«, mischte

sich nun ein älterer Herr ein, der als Nächster an der Reihe war. »Genau bei der charmanten Dame in Rot wollte ich einkaufen. Sie können sie also nicht einfach entführen.«

»Von einer Entführung kann nicht die Rede sein«, antwortete Sonja lachend. »Aber ich werde Sie noch bedienen, bevor ich losziehe und diese Stadt in allen ihren Formen und Farben kennenlerne.«

»Na, besser nicht in allen Formen und Farben«, ließ sich nun ein weiterer Kunde vernehmen. »Berlin hat auch seine hässlichen Ecken.«

»Das stimmt, aber diese hier ist sicherlich eine der schönsten«, lobte der ältere Herr. »Ich muss das wissen, denn ich bin Restaurantkritiker.«

»Wunderbar«, meinte Sonja. »Wenn Sie erst Lilas Karamell-Sahnebonbons probiert haben, dann möchten Sie garantiert Bonbonkritiker werden.«

Lila lachte. »Jetzt übertreib mal nicht.« Aber die Komplimente und die Begeisterung, die ihre Bonbons auslösten, machten sie froh.

Bei *Mariannes himmlische Bonbons* war es jetzt genauso schön, wie sie es sich erträumt, und noch schöner, als sie es je zu hoffen gewagt hatte.

***

»Wollen Sie Ihre Kinder gar nicht mehr abholen?« Felix war von dem Klingeln seines Handys aus dem Tiefschlaf gerissen worden.

»Doch, natürlich«, antwortete er und unterdrückte krampfhaft ein Gähnen.

»Haben Sie etwa geschlafen?« Die Stimme der Frau am

anderen Ende der Leitung klang schnippisch und nicht gerade begeistert.

»Geschlafen? Ich? Wie kommen Sie denn auf so etwas.« Felix gab sich alle Mühe, ordentlich empört zu klingen.

»Naja, man liest ja so einiges in der Zeitung, nicht wahr?«

Jetzt war Felix hellwach. Wenn die Dame in der Schule solche spitzen Andeutungen machte, hatte sich die Wengler-Geschichte bis hierher herumgesprochen. Das war sehr, sehr schlecht. »Ich bin gleich da«, versprach er und machte sich sofort auf den Weg.

Johnny und Jakob saßen auf einer Bank im Eingangsbereich der Schule und sahen überhaupt nicht betrübt aus. Ganz im Gegenteil, sie wirkten sogar ausgesprochen unternehmungslustig. Rasch meldete Felix seine Neffen bei der Aufsicht ab, die ihm einen neugierig-prüfenden Blick zuwarf.

»Aus Hamburg kommen Sie?«, fragte sie spitz, aber Felix zog es vor, darauf nicht zu antworten.

»Auf Wiedersehen«, sagte er nur, dabei wusste er aber genau, dass seine Neffen morgen hier nicht wieder herkommen würden und am Tag danach sicherlich auch nicht.

Auf keinen Fall werde ich riskieren, dass sie auf so unangenehme Weise auch noch in die ganze Sache hineingezogen werden, dachte er. *Aber was soll ich den ganzen Tag mit ihnen machen?* Zu Hause tat er daher etwas, was er bisher immer vermieden hatte. Er zeigte seinen Neffen, dass er nicht nur über einen Fernseher, sondern auch über eine Playstation verfügte.

»Waaaas? Warum zeigst du uns das erst jetzt?«, fragte Johnny regelrecht empört.

»Weil ich nur so langweilige Spiele wie Autorennen und Fußball habe«, erwiderte Felix.

»Langweilig?«, fragten Johnny und Jakob wie aus einem Munde.

»Spinnst du?«, meinte Johnny vorwurfsvoll.

»Du bist so alt, Onkel Felix«, meinte auch Jakob ungewöhnlich abfällig. »Nur alte Menschen finden so etwas langweilig.« Johnny schien ganz der Meinung seines Bruders zu sein, und sie waren beide vollkommen zufrieden, dass Felix sie mit der Playstation alleinließ und den Laptop, an dem er arbeitete, mit ins Schlafzimmer nahm. Während aus dem Wohnzimmer lautes Gejohle und Gejauchze kam, konzentrierte sich Felix wieder auf die Screenshots. Er war ganz hervorragend darin, sich auch bei Lärm konzentrieren zu können. Gerade in diesem Augenblick war dieses Talent Gold wert.

***

»Hier hängen meine Lieblingsbilder von Rembrandt«, erklärte Paul, und Sonja schaute sich mit Interesse in dem großen Saal der Gemäldegalerie um. Nach dem Mittagessen hatten sie kurzerhand beschlossen, noch eine andere Berühmtheit in Berlin zu besuchen, und waren daher in das imposante Museum in der Nähe des Potsdamer Platzes gegangen. Besonders das Porträt mit dem Namen *Junge Frau an geöffneter Obertür* gefiel Sonja ungemein,, und sie blieb eine ganze Weile davor stehen, um es genauer zu betrachten.

»Wie gut Rembrandt das Wesen dieser Frau erfasst hat«, sagte sie leise zu Paul.

»Ja, nicht wahr?« Paul lächelte, und ein Blick des Einverständnisses ging zwischen ihnen hin und her.

Sonja schaute wieder zurück auf das Bild, aber gleichzeitig fühlte sie eine unglaubliche Freude aufsteigen. Paul behandelte sie wie den denkenden, fühlenden Menschen, der sie war. Er schien sie nicht für Denise zu halten und das Bedürfnis zu empfinden, sie als Dummchen zu bevormunden. Gleichzeitig war er selbst so bescheiden, so überhaupt kein Hansdampf in allen Gassen, von denen es in der Filmmetropole nur so wimmelte.

»Was die Porträtierte wohl gefühlt hat? Neugierde, Interesse, Freude, Sorge?« Sonja schaute der Fremden auf der Leinwand in die Augen, deren Konterfei Rembrandt für alle Zeit bewahrt hatte.

»Vielleicht auch mehreres zugleich?«, überlegte Paul. »Auf alle Fälle ist es auch eines meiner Lieblingsbilder. Man meint die Frau zu kennen, aber gleichzeitig ist sie auch über alle Vorstellungen erhaben.«

Nachdenklich stimmte Sonja ihm zu. Seit Jahren war sie nicht mehr in einem Museum gewesen, wenn man mal von dem Eiscreme-Werbespot absah, den sie im Getty Center in Los Angeles gedreht hatte. Jetzt erst merkte sie, wie sehr ihr das gefehlt hatte.

Wie gut, dass ich hier bin, dachte sie. Die Gemäldegalerie in Berlin gefiel ihr ausgezeichnet, sie mochte die hellen, hohen Säle, die in ihrer Schlichtheit genügend Raum ließen, damit die Kunstwerke sich entfalten konnten.

»Wollen wir weitergehen?«, erkundigte sich Paul und zeigte in die Richtung des nächsten Saals. »Oder möchtest du lieber eine Pause machen?«

»Meinetwegen können wir uns gerne noch ein paar Bilder anschauen«, antwortete Sonja fröhlich und entschied dann, dass sie als Erstes, wenn Denises Vertrag ausgelaufen war, alle ihre High Heels wegwerfen würde.

Es war fast, als könne Paul ihre Gedanken lesen, denn genau in diesem Moment bot er ihr seinen Arm an. Sie lächelte ihn an, und gemeinsam gingen sie zu den Bildern von Frans Hals.

***

»Beehren Sie uns bald wieder!«, verabschiedete Lila ihren letzten Kunden und schloss direkt hinter ihm ab. Es war nach neunzehn Uhr, und schon wieder war der Laden fast komplett ausverkauft. Lila konnte es kaum glauben. Ihre Glückssträhne hielt an, und mit einem prickelnden Erfolgsgefühl schaute sie sich um. Heute Nachmittag hatte ihr die Floristin von gegenüber neue Rosen vorbeigebracht, und zusammen mit Sonjas charmanter Schaufensterdekoration sah der ganze Laden so wunderbar einladend aus wie ein Traum.

Vergessen war der Umstand, dass Lila viel zu wenig geschlafen und den ganzen Tag hart gearbeitet hatte. Vergessen war alle Müdigkeit und die Mühen vom Bonbonkochen.

Diese Stelle ist mein Lottogewinn, dachte Lila glücklich. Fast noch glücklicher wurde sie, als sie daran dachte, dass sie jetzt gleich zu Felix hochgehen könnte. Sie beugte sich vor, um die Kasse abzuschließen, als es an die Tür klopfte. Lila sah auf und entdeckte Johnny und Jakob davor. Sofort lief sie hinüber und öffnete ihnen.

»Hallo, Lila«, grüßte Jakob fröhlich und hüpfte über die Schwelle in den Laden.

»Wir sind gekommen, um dich einzuladen«, erklärte Johnny und kam direkt hinter ihm her. »Wir haben selbst gekocht.«

»Was? Ihr beide habt gekocht?« Lila sah sie voller gespielter Ungläubigkeit an, und Johnny grinste begeistert zurück.

»Ja, Onkel Felix arbeitet schon seit Stunden und hat so Dinger in den Ohren, dass man überhaupt nicht mit ihm sprechen kann. Da haben wir das Kochen selbst übernommen, und es gibt sogar mehrere Gänge«, erklärte Jakob ernsthaft. »Kommst du?«

»Ja, aber gerne. Ich könnte mir nichts Besseres vorstellen.«

»Sehr gut«, antwortete Johnny mit seinem Zahnlückenlächeln zufrieden, und auch Jakob sah erfreut aus. Sie nahmen Lila in ihre Mitte und erlaubten ihr nur noch kurz den Laden abzuschließen, bevor sie mit ihr die Treppe zu Felix' Wohnung hinaufstiegen.

Dort herrschte ein sagenhaftes Chaos. Rote Fußabdrücke, die sich beim genaueren Hinsehen als Tomatenflecke entpuppten, verzierten den gesamten Flur. Daneben klebte etwas Grünes, das Lila beim besten Willen nicht identifizieren konnte. Auf dem Küchenfußboden lagen ungekochte, zerbrochene Nudeln, und irgendwer hatte Pfeffer und Salz ausgestreut.

Aber der Tisch war liebevoll und kunterbunt gedeckt, und Jakob reichte ihr eine orange, trübe, leicht sprudelnde Flüssigkeit in einem Glas.

»Was ist denn das?«, fragte sie interessiert.

»Ein Apristief«, erklärte Jakob stolz. »Wir haben sogar einen Sekt für euch im Schrank gefunden und es selbst gemixt.«

»Wow«, meinte Lila und besah sich die Mischung. »Was ist denn da alles drin?«

Doch bevor Jakob noch antworten konnte, fragte eine tiefe, warme Stimme hinter Lila: »Ihr habt was?«

Lilas Herz machte sofort einen Satz nach oben. Am liebsten hätte sie das Glas einfach fallen gelassen und sich selbst Felix an den Hals geworfen, aber vernünftigerweise drehte sie sich einfach nur um und sah ihn an. Seine Haare wuchsen schief und ungleichmäßig nach, unter den Augen hatte er dunkle Ringe, aber sein Lächeln war so ansteckend und felixhaft, dass Lila sofort weiche Knie bekam.

»Da sind nur leckere Sachen drin«, versprach Jakob, und Johnny reichte Felix eine Kaffeetasse. »Probier mal.«

»Aber wie Kaffee sieht das nicht aus?«, erkundigte sich Felix mit hochgezogenen Augenbrauen.

»Das ist doch unser Drink«, antwortete Johnny ungeduldig und sprach »Drink« wie Ding aus.

»Wir sind nicht an die Weingläser gekommen, und du hast uns ja nicht gehört, als wir gerufen haben«, erklärte Jakob leicht vorwurfsvoll.

»Ach so.« Pflichtschuldig wollte Felix sofort einen Schluck nehmen.

»Halt«, unterbrach ihn Johnny. »Erst anstoßen!«

Er und Jakob holten ihre eigenen Gläser und stießen mit einem sehr ernsthaften Gesichtsausdruck an.

»Aber ihr trinkt keinen Sekt?«, erkundigte sich Felix bei seinen Neffen mit einer Stimme, die irgendwo zwischen Beunruhigung und Amüsement schwankte.

»Bist du verrückt? Kinder dürfen doch keinen Alkohol trinken«, entgegnete Johnny und sah ihn empört an.

»Du hast echt nicht so viel Ahnung von Kindern, Onkel

Felix, oder?«, erkundigte sich Jakob liebevoll, und die beiden Jungen kicherten anscheinend bei der Vorstellung, dass Felix ihnen Sekt erlauben würde.

Dann aber geleiteten sie die Erwachsenen an den Tisch, wo es aussah, als wäre kurz zuvor ein Mixer explodiert.

»Bitte, du sitzt hier«, erklärte Jakob Lila und zeigte auf einen Platz. Lila setzte sich. Zu ihrer Freude wurde Felix direkt gegenüber platziert.

»Wo ist eigentlich Paule?«, fragte Felix. »Wolltet ihr ihn nicht auch einladen?«

»Doch, aber der ist noch mit Sonja unterwegs«, erklärte Jakob. »Zumindest hat er das gesagt, als wir ihn angerufen haben.«

»Tatsächlich?«, fragte Felix überrascht.

»Ja, klar. Paule ist sooo in sie verliebt«, ergänzte Johnny und lachte über sein ganzes kleines Gesicht.

»Wie kommst du denn darauf?«, erkundigte sich Felix, und auch Lila blickte mit Interesse zu dem kleinen Orakel. Dass zwischen Sonja und Paul die Chemie stimmte, hatte sie auch schon bemerkt, aber dass die beiden »sooo verliebt« waren?

»Das sieht man doch«, beschwor Jakob, wobei er Pauls verzückten Gesichtsausdruck nachmachte.

»Wenn er Sonja nur ansieht, schaut er immer so«, ergänzte Johnny und schielte dabei gewaltig.

»Sehr lustig.« Felix' Gesichtsausdruck wurde noch belustigter.

»Aber genug von solchem Erwachsenenkram, jetzt kommt die Vorspeise«, kündigte Jakob vielversprechend an.

Zusammen mit Johnny ging er zum Herd, wo er Nudeln aus einem Topf auf vier Teller gab. Anschließend goss

Johnny aus einem zweiten Topf grüne Soße darüber, wobei ein Großteil der Soße nicht auf den Nudeln, sondern auf dem Fußboden landete. Bei Johnnys erstem Kleckern machte Felix noch eine Bewegung, als wolle er aufspringen, doch dann wandte er sich Lila zu, und die beiden lächelten sich an.

»Spaghetti mit Pesto«, erklärte Jakob feierlich, als er und Johnny die Teller zum Tisch balancierten.

»Das sieht aber köstlich aus«, lobte Lila und nahm noch einen Schluck von dem selbstgemixten Sektgetränk, das sich als lauwarme und pappsüße, aber zu ihrer Überraschung trotzdem ziemlich leckere Angelegenheit entpuppte.

Jakob und Johnny wünschten einen guten Appetit, und dann ging es los. Die Nudeln waren viel zu lange gekocht und ausgesprochen glitschig, sodass es eine echte Kunst war, sie auf die Gabel zu bekommen. Felix war der Erste, dem eine Fuhre abrutschte, die statt in seinem Mund mit einem satten Platsch wieder in der Soße auf seinem Teller landete.

»Hahaha, Onkel Felix«, amüsierten sich die Jungs, als er sich die grünen Spritzer aus den Augen wischte, ohne sich im Geringsten bewusst zu sein, dass sie selbst ebenfalls schon ganz grün aussahen. Auch Lilas T-Shirt sah am Ende der Vorspeise nicht mehr so makellos aus wie davor, und sie bemühte sich, die schlimmsten grünen Flecken mit der Serviette zu kaschieren, die neben ihrem Teller lag.

»Und jetzt die Hauptspeise«, verkündete Johnny, als sie aufgegessen hatten.

Als Hauptspeise gab es abermals Nudeln, diesmal Fusilli in einer Fertigsoße auf Tomatenbasis. Felix und Lila wechselten einen amüsierten Blick.

»Tut mir leid, dass es noch mal Nudeln sind«, entschuldigte sich Jakob und reichte den Parmesan herum. »Zu Hause kochen wir viel bessere Sachen, aber Felix hat ja nix da.«

Felix machte ein betretenes Gesicht, aber sein jüngerer Neffe kam ihm sofort zu Hilfe.

»Wieso? Was Besseres als zweimal Nudeln gibt's doch überhaupt nicht. Nudeln machen schließlich glücklich.«

»Stimmt«, pflichtete Lila ihm bei und fing einen Blick von Felix auf, der sie auch glücklich machte. »Ich finde, ihr habt ganz toll gekocht.«

»Das finde ich aber auch«, stimmte Johnny ihr ernsthaft zu, und Felix lachte und wuschelte ihm durch die Haare. Dann erzählten die Jungs aus der Schule, wie anders es hier als in Hamburg war, und Lila versuchte, von Felix zu erfahren, wie der Erfolg seiner Mission aussah.

»Klein«, antwortete Felix nur, lächelte sie aber an.

»Was ist klein?«, erkundigte sich Jakob mit seinen Luchsohren sofort.

»Der Rest von meinem Hunger«, flunkerte Felix geschmeidig und streichelte unter dem Tisch Lilas Bein, sodass ihr ganz heiß wurde.

»Dann gibt es jetzt Nachtisch«, trompete Johnny erfreut.

»Im Wohnzimmer«, verkündete Jakob.

»Ein ganzes Drei-Gänge-Menü an zwei Orten«, lobte Felix, während er abermals über die Innenseite von Lilas Bein strich.

»Du kannst schon mal rübergehen, Lila«, schlug Jakob vor, der nicht die geringste Ahnung hatte, was sich unter dem Tisch abspielte.

»In Ordnung«, antwortete Lila, obwohl sie am allerliebsten genau da geblieben wäre, wo sie war.

Vorsichtig lief sie im Slalom um die größten grünen und roten Flecken auf dem Küchenfußboden und im Flur. Sie hatte gerade das Wohnzimmer betreten, als hinter ihr in der Küche Johnnys und Jakobs Stimmen, die über die Aufteilung des Nachtisches verhandelten, lauter wurden. Lila konnte nicht anders, als über diese typische geschwisterliche Uneinigkeit zu lächeln. Doch dann kam Felix hinter ihr her, zog sie in seine Arme, küsste sie, und sie konnte an nichts anderes mehr denken.

»Oh Lila! Das wollte ich schon den ganzen Tag tun«, murmelte er, während er durch ihre Haare strich.

Ich auch, dachte Lila, sagte aber nichts, um die wunderbaren Küsse nicht zu unterbrechen.

»Es hat alles geklappt«, murmelte er zwischen zwei Küssen, und Lila brauchte etwas, bis sie verstand, was er gesagt hatte.

»Das ist so schön«, antwortete sie dann, bevor sie ihn abermals zurückküsste. »Kannst du damit...« Doch weiter kam sie nicht, denn in diesem Moment schepperte es gewaltig in der Küche, gefolgt von einem entsetzten Schrei, der mehr wie ein Quieken klang.

»Oh, da muss ich hin«, entschied Felix, ließ Lila los und stürzte hinüber in die Küche, wobei er an der Schwelle vom Wohnzimmer zum Flur noch fast auf einem Soßenfleck ausrutschte.

Lila, deren Herz immer noch schneller pochte, ging durch das Wohnzimmer in der Erwartung, dass er gleich wiederkommen würde. Sie setzte sich auf das Sofa, das sich als herrlich bequem erwies. Unwillkürlich gähnte sie und dachte, dass sie vielleicht doch zu viel Nudeln gegessen hatte, so müde, wie sie sich trotz allen Herzklopfens gerade fühlte.

Vielleicht liegt es auch daran, dass ich einfach viel zu wenig geschlafen habe, überlegte sie dann und machte es sich noch etwas gemütlicher. Sie fand, dass das Sofa angenehm nach Felix duftete, und kuschelte sich in die Sofakissen. Felix kam immer noch nicht zurück, stattdessen wurden die Stimmen in der Küche abwechselnd immer wieder lauter und leiser.

Vielleicht könnte ich mich auch einen Augenblick ausruhen, dachte sie dann und legte ihren Kopf zurück.

Wie gemütlich, wie behaglich waren ihre letzten Gedanken, dann war sie eingeschlafen.

***

»So geht es doch«, meinte Felix flehentlich.

Es war fast unmöglich, mit Johnny und Jakob eine Lösung für die Frage zu finden, wie viel Eis jeder bekommen sollte.

Halbherzig nickten seine Neffen. Das Eis auf den Tellern war bereits halb geschmolzen, und Felix sehnte sich danach, das hier zu Ende zu bringen.

»So ist es wirklich gut«, meinte er und griff kurzentschlossen nach zwei Tellern.

»In Ordnung«, gab Jakob nach, klang aber nicht ganz überzeugt.

»Naja«, machte Johnny grummelig.

Felix war immer wieder überrascht, mit welcher Heftigkeit sich die beiden streiten konnten. Er konnte sich nicht daran erinnern, sich je mit Niklas so gezofft zu haben, aber oft war ja auch Paule da gewesen, der wie ein Friedensstifter zwischen ihnen gewirkt hatte. *Und der ist jetzt in Sonja verliebt und mit ihr unterwegs*, überlegte Felix und musste schmunzeln. Paul war so friedlich und höflich, dass er sich bei Angelegenheiten, die das andere Geschlecht betrafen, meistens gehörig selbst im Wege stand, aber offenkundig war die Eisfee energisch genug, um ihn aus der Reserve zu locken.

Ich bin auch verliebt und glücklich, dachte Felix und freute sich bei dem Gedanken, dass keine zehn Meter von ihm entfernt Lila im Wohnzimmer war.

Mit den Eistellern in der Hand gingen die Jungen und er hinüber ins Wohnzimmer, wo sich ihnen ein Bild des Friedens bot. Selbst Johnny und Jakob, die gerade noch heftig gestritten hatten, verstummten ehrfürchtig. Lila lag halb sitzend auf dem Sofa und schlief so ruhig, dass sich ihre Entspannung sofort auf alle anderen übertrug.

»Psst«, machte Felix unnötigerweise, denn Jakob und Johnny waren ja schon still.

»Sie schläft auf unserem Sofa«, flüsterte Johnny. »Hat sie kein Bett?«

»Kann ich dann ihr Eis haben?«, erkundigte sich Jakob, der seine Aufmerksamkeit eher auf die praktischen Gesichtspunkte richtete.

»Aber das ist ungerecht«, protestierte sein kleiner Bruder sofort. Doch bevor der nächste Streit ausbrechen konnte, schob Felix Jakob und Johnny sofort wieder zurück in die Küche.

»Ihr dürft beide so viel Eis essen, wie ihr mögt, wenn ihr dafür still seid. Einverstanden?«

Jakob und Johnny nickten stumm. Dunkel erinnerte sich Felix, dass es bei Niklas ein farbcodiertes Ernährungssystem gegeben hatte. Aber dann dachte er daran, dass sein Bruder in der U-Haft sicherlich ganz andere Sorgen hatte.

Zeit für den Spion, beschloss er, wozu er sofort den Laptop in die Küche holte, um weiter die Screenshots durchzusehen.

Und während Johnny und Jakob tatsächlich Berge von Eiscreme vertilgten, ging Felix unermüdlich Bild für Bild durch. Da muss etwas sein, sagte er sich selbst, um seine Motivation hochzuhalten und sich von der schieren Menge an Daten nicht erschlagen zu lassen.

Als Felix die Jungs schließlich für innerlich schockgefrostet hielt, waren sie immerhin willens, ohne weitere Diskussionen ins Bett zu gehen. Dort las Felix ihnen noch etwas vor und hielt dann ihre Hände, bis beide eingeschlafen waren. Dann ging er zurück in die Küche, räumte notdürftig auf und nahm den Laptop mit hinüber ins Wohnzimmer. Lila hatte sich auf dem Sofa gedreht und die Beine angezogen, schlief aber weiterhin ganz ruhig. Felix holte eine Decke für sie und breitete sie vorsichtig über sie. Dann öffnete er Niklas' Laptop und fuhr mit dem *Projekt R* fort.

Zeig mir, was du weißt, verlangte er, und es war, als wolle das Programm diesmal tatsächlich seiner Aufforderung Folge leisten, denn der nächste Screenshot ließ Felix aufrecht sitzen.

Offenkundig hatte Frau Händel zum Zeitpunkt dieser Aufnahme ein verschlüsseltes E-Mail-Programm aufgerufen. In der Firma hatten sie selbstverständlich die Möglichkeit, vertrauliche Informationen verschlüsselt zu versenden, aber das Programm, das Frau Händel jetzt verwendete, war ein anderes als das offizielle Firmenprogramm.

Aufgeregt wechselte Felix zum nächsten Screenshot, und sein Verdacht erhärtete sich. Anscheinend hatte Frau Händel per Mail Kontakt zu einem Spezialisten für Kunstdiebstahl aufgenommen. Felix spürte eine Welle von Adrenalin durch sich hindurchgehen.

Also hat Niklas mit seiner Vermutung recht, dass die Händel falschspielt, dachte er. Langsam klickte er sich weiter. Hiltrud Händel hatte nicht nur die Detektei Vossler und Linker damit beauftragt, Niklas zu beschatten, sondern auch dem Kunstdieb ein hohes Honorar dafür in Aussicht gestellt, wenn er zwei Bilder von Gerhard Richter aus der Hamburger Kunsthalle entwendete.

Bingo, dachte Felix, als er einen Blick in die Mail mit der Einigung über das Honorar warf. In dieser Mail verlangte Frau Händel zudem, dass Niklas' Fingerabdrücke oder seine DNA auf der Beute sein mussten, wenn sie beides zuvor zur Verfügung stellte.

Sie will Niklas wirklich voll reinreiten, überlegte Felix mit einigem Befremden und fragte sich dann, warum sie wohl so einen Hass auf seinen Bruder entwickelt haben könnte. Dass sie eine Affäre mit seinem Vater hatte, war keine Erklärung, zumal Niklas im Leben seines Vaters überhaupt keine Rolle mehr spielte.

Damit musste sich dann wohl das Gericht beschäftigen, beschloss Felix irgendwann befriedigt, stellte eine Sicherungskopie von allem her und wartete dann ungeduldig auf den nächsten Morgen, um Rechtsanwältin Michel anrufen und sie von seiner Entdeckung in Kenntnis setzen zu können.

16. Kapitel

Es war mitten in der Nacht, als Sonja und Paul nach Hause kamen.

»Darf ich dich noch auf einen Gin Tonic zu mir einladen?«, fragte er sie vorsichtig an der Hofdurchfahrt.

Sonja überlegte einen Augenblick, dann stimmte sie zu. Gemeinsam stiegen sie die breite Treppe mit dem kunstvoll geschnitzten Treppengeländer hinauf.

»Du hast es schön hier«, meinte sie, als Paul seine Wohnung aufschloss und ihr die Tür aufhielt. »Unten antik, hier oben modern.«

Paul lächelte. »Das passt doch zu mir.«

»Was? Du bist unten antik und oben modern?« Sonja lachte und zog ihren taillierten dunkelblauen Mantel aus.

»Vielleicht eher umgekehrt«, antwortete Paul und wurde rot. Rasch, um es zu überspielen, nahm er ihr den Mantel ab.

Aber anscheinend hatte Sonja es trotzdem gesehen, denn sie lachte noch lauter. »Du bist wirklich witzig, Paul«, sagte sie und gab ihm im Vorbeigehen einen Kuss auf die Wange.

Paul spürte, wie sein Herzschlag sich beschleunigte. Um sich wieder zu fangen, ging er rasch zu der alten Kommode hinüber, die als Hausbar und Ablage für allerlei Dinge diente, und goss Gin in zwei kunstvoll geschliffene Gläser ein. Dann holte er aus der Küche Eiswürfel und Tonic Water und füllte die Gläser auf.

»Bitte«, sagte er zu Sonja, die ans Fenster getreten war und in die Nacht hinausblickte. Sie drehte sich zu ihm um und lächelte ihn an. Und plötzlich hatte Paul das Gefühl, dass alles gut war.

»Was denkst du gerade?«, fragte er, als sie mit ihren Gläsern anstießen.

»Dass Berlin eine tolle Stadt ist. Und du?«

»Dass ich schon unglaublich viel Glück im Leben hatte«, erwiderte Paul bescheiden.

»Inwiefern?« Sonjas Stimme klang interessiert, warm und lebendig.

Er blickte ihr lange in die Augen, und sie erwiderte seinen Blick.

»Zum Beispiel bin ich dir begegnet. Und vor Jahren hat mein bester Freund mir das Leben gerettet.«

»Ehrlich?« Es klang überrascht, aber nicht sensationslüstern.

»Nicht direkt, aber im übertragenen Sinne schon.« Paul dachte an den Tag, der gleichzeitig so verhängnisvoll für Niklas und so befreiend für ihn gewesen war.

»Willst du es mir erzählen?«

»Ja, gerne.« Außer mit Felix hatte Paul noch nie mit jemandem darüber gesprochen, und er fühlte sich, als hätte Niklas dadurch niemals seine gerechte Anerkennung erhalten.

»Wollen wir uns setzen?«, schlug Paul vor, woraufhin Sonja voranging und auf dem Sofa Platz nahm. Paul setzte sich neben sie, aber nicht zu nah, weil er das Gefühl hatte, dass die Geschichte Platz brauchte.

»Ich war achtzehn, hatte gerade meine Abiturprüfungen abgelegt und sollte bei der Abifeier ein Stück von Rachmaninov spielen«, begann er. »Warum ausgerechnet dieses, weiß ich nicht mehr, ich erinnere mich nur noch, dass ich vor Angst schon Tage vorher nicht mehr richtig schlafen konnte. Damals war ich gefangen in einem Käfig aus Vorstellungen, den meine Eltern um mich errichtet hatten.« Er beschrieb die fixe Idee seiner Eltern, dass er trotz seines massiven Lampenfiebers Konzertpianist werden sollte. »Es war entsetzlich, ich weiß auch nicht, warum ich mich nicht stärker dagegen gewehrt habe, aber irgendwie konnte ich es nicht«, erklärte er und spürte, wie allein bei der Erinnerung seine Hände feucht wurden. Auch wusste er noch, wie er sie damals krampfhaft immer wieder an seiner Frackhose abgewischt hatte, denn seine Eltern hatten auch noch auf diesem absurden Kleidungsstück bestanden.

»Ich stand an der Seite der Bühne und dachte nur, ich kann das nicht. Übergeben vor Aufregung hatte ich mich schon häufiger, aber diesmal war es noch schlimmer. Ich glaubte wirklich, ich müsste tot umfallen, wenn ich erst an diesem Flügel säße.« Paul sah zu Sonja. »Du musst mich für verrückt halten«, meinte er dann.

»Nein, keinesfalls«, erwiderte sie mit einem Lächeln. »Das ist doch nachvollziehbar.«

»Auf alle Fälle stand ich dort und dachte, die Welt geht unter, aber das tat sie nicht. Stattdessen passierte etwas ganz anderes. Meine besten Freunde zu der Zeit – und immer noch – waren Zwillinge. In diesem Moment absoluter Finsternis ging der eine Zwilling hinter der Bühne an mir vorbei und lächelte mich an. Einfach so. Ich weiß noch, wie ich dachte: Warum grinst der denn jetzt auch noch? Aber er sah mich nur an und sagte dann leise: ›Genieß den Augenblick, denn gleich passiert etwas.‹ Also ging ich mit zitternden Knien auf die Bühne, als mein Name aufgerufen wurde, und musste mich am Flügel festhalten, um mich überhaupt verbeugen zu können. Dabei entdeckte ich meine Eltern, die mit erwartungsvollen Gesichtern in der ersten Reihe hockten. Direkt daneben saßen die Eltern der Zwillinge.«

Paul merkte, dass er mit dem Glas in der Hand große, dramatische Armbewegungen gemacht hatte, und wurde rot, aber Sonja sah ihn nur nachdenklich an und bat: »Erzähl doch weiter.«

Paul hätte sie dafür küssen können. »Hinter der Bühne war ein scheußlicher dunkelgrüner Vorhang. Als ich so dasitze und mir keine einzige Note mehr einfällt, öffnet er sich auf einmal. Dahinter kommt ein Bild zum Vorschein, ein großes, berühmtes Bild, *Oswald* von Gerhard Richter, ein Bild, das eigentlich in der Hamburger Kunsthalle hängt. Und über diesem Bild hing ein Banner: *Freiheit für Paul! Muss er nur eine Note spielen, wird das Bild sofort zerstört.*«

Paul dachte an diesen Moment und konnte wieder das fühlen, was er damals gefühlt hatte. Einen Funken Hoffnung. Während das Damoklesschwert heruntersauste und nicht ihn, sondern Niklas traf, saß er an diesem Flügel und fühlte sich tatsächlich wirklich frei, zum ersten Mal in seinem Leben.

»Und dann?« Sonja fragte behutsam.

»Es gab einen Tumult. Alle möglichen Leute sprangen auf, der Schuldirektor verlor vollkommen die Nerven und schrie herum wie ein Wahnsinniger. Schließlich rief jemand die Polizei. ›Es war mein Sohn‹, sagte der Vater der Zwillinge zu den eintreffenden Polizisten. ›Ich weiß es genau.‹ Seine Frau stand aschfahl daneben und bat immer wieder: ›Sei doch still.‹ Aber das war der Vater meines Freundes nicht, und mein Freund kam in Untersuchungshaft. Nur ganz kurz, aber es war trotzdem entsetzlich. Später wurde er aus Mangel an Beweisen freigelassen, weil man keine verwertbaren Spuren am Tatort fand.«

Paul dachte an Niklas und wie blass und schmal er vor dem Tor am Holstenglacis ausgesehen hatte, als er ihn abgeholt hatte.

»Mein Freund hat mehr verloren als nur die kurze Zeit in der Untersuchungshaft, auch seine Familie, die ihn im Stich gelassen hat, und den Kontakt zu seinem Zwillingsbruder, der sich auf die Seite des Vaters gestellt hat«, erklärte Paul.

»Warum hat dein Freund es überhaupt gemacht?«, fragte Sonja nach einem Augenblick.

»Das habe ich ihn auch gefragt. Er meinte, dass er mir helfen wollte. Eigentlich war sein Plan gewesen, das Bild im Tumult herunterzuholen, zu verstecken und bei Gelegenheit zurückzubringen. Aber er hatte nicht mit seinem Vater gerechnet, der sofort mit dem Finger auf ihn gezeigt und somit jede weitere Aktion unmöglich gemacht hat. Aus irgendeinem Grunde hatte der Vater sich von dem Fehlverhalten seines Sohnes so provoziert gefühlt, dass er vor Wut seine Sinne nicht mehr beisammen hatte.« Auf einmal müde strich sich Paul über die Augen.

»Und du?«, fragte Sonja.

»Ich habe nie mehr öffentlich gespielt.«

»Außer für mich?« Sie fragte es auf eine nette Weise.

»Für einzelne Personen und kleine Gruppen schon, aber ich habe nicht mehr bei großen Veranstaltungen gespielt.

Aber ich könnte etwas für dich spielen, was ich noch für niemanden gespielt habe«, bot er an.

»Was ist es denn?«

»Ein Lied, das ich *Hollywood in Berlin* genannt habe.« Paul stand auf, setzte sich an seinen Flügel, legte die Hände auf die Tasten und begann zu spielen. Die Töne perlten durch den Raum und breiteten sich mit Leichtigkeit aus. Paul spielte sanft, vorsichtig, und dennoch klang seine Melodie voller Tiefe und gleichzeitig so beschwingt und zart wie eine Streicheleinheit.

Als er fertig war, sah er zu Sonja. »Sagt es dir zu?«, fragte er vorsichtig und meinte damit viel mehr als nur die Musik.

»Ja, sehr«, antwortete sie, und ihre Stimme hörte sich noch etwas heiserer an als sonst. Langsam stand sie auf, kam mit wenigen beschwingten Schritten zu ihm an den Flügel und küsste ihn. Doch diesmal nicht auf die Wange, sondern auf den Mund, und Paul wusste augenblicklich, dass es genau richtig war.

***

»Ich habe Schneewittchen, Rotkäppchen und die kleinen Figuren gefunden«, erklärte Felix ohne große Vorrede am Telefon und ging in die Küche. Dort rutschte er fast auf einem grünen Fleck aus, den er gestern beim Saubermachen übersehen haben musste. In der Tat sah es in der Küche immer noch ziemlich schlimm aus, aber das war Felix im Moment vollkommen gleichgültig, denn hier konnte er wenigstens in Ruhe mit der Anwältin seines Bruders telefonieren.

»Sehr gut«, antwortete sie mit ihrer emotionsarmen Stimme. »Ist es etwas Brauchbares? Kann ich es sehen?«

»Ich denke schon. Soll ich es Ihnen vorbeibringen?«, fragte Felix und überlegte, ob sie dann gemeinsam sofort nach Holstenglacis fahren könnten.

»Aktuell sollten Sie wohl besser nicht aus dem Haus gehen. Haben Sie heute denn noch gar nicht in die Zeitung geschaut?«

Das hatte Felix in der Tat noch nicht. Das Einzige, was er die halbe Nacht angeschaut hatte, war Lila gewesen, bis sie irgendwann in den frühen Morgenstunden zu seinem übergroßen Bedauern gegangen war, um frische Bonbons zu kochen. Jetzt brauchte er lediglich an die wunderbaren Stunden mit ihr zu denken, um sofort vollkommen abgelenkt zu sein.

»Herr Wengler?«, riss ihn die Rechtsanwältin aus seinen Erinnerungen.

»Was haben Sie gerade gesagt?« Felix versuchte, sich auf das Telefonat zu konzentrieren, was ihm aber gar nicht so leichtfiel, denn er musste nur daran denken, wie sich Lilas Haut anfühlte oder ihre Hände auf seinem Gesicht…

»Ich sagte, es wäre also besser, ich hole das Material so schnell wie möglich bei Ihnen ab«, wiederholte Frau Michel nüchtern, die ja nichts von Felix' romantischen Abschweifungen ahnen konnte.

»In Ordnung, ich gebe Ihnen noch die Adresse«, schlug Felix vor.

»Unnötig«, erwiderte Frau Michel knapp. »Ich weiß genau, wo Sie wohnen, genau wie die meisten Zeitungsleser im Übrigen jetzt auch.«

Felix legte auf und trat ans Fenster. Vorsichtig schaute er hinaus. Tatsächlich: Vor dem Haus standen zwei Bildreporter mit ihren Kameras. *Oh nein*, dachte Felix entsetzt.

Das war aller Verliebtheit zum Trotz nicht gerade ein guter Start in den Tag.

***

Lila fand den Tag strahlend schön, und sie fragte sich, ob das eigentlich jedem verliebten Menschen auf der Welt so ging. Als sie den Laden tagfein machte, sang sie vor sich hin und summte, als sie ihn aufsperrte. Der Frühling hatte die Stadt jetzt ganz und gar verzaubert, die Bäume wurden von Tag zu Tag grüner und der Sonnenschein heller und kräftiger. Falls noch irgendetwas nötig gewesen wäre, um Lila zu beflügeln, so war es das strahlende Wetter.

Ihr erster morgendlicher Kunde war der freundliche Zeitungsbote.

»Guten Morgen«, grüßte er. »Mich haben schon mehrere Leute nach den Bonbons gefragt, die Sie mir neulich verkauft haben. Wenn das so weitergeht, stehen *Sie* bald in der Zeitung.« Er reichte ihr ein zusammengefaltetes Exemplar über die Vitrine hinweg, das Lila mit einem Lächeln entgegennahm, bevor sie es ungelesen zur Seite legte.

»Es ist in der Tat wie ein Frühlingsmärchen«, antwortete sie.

Die Bonbons, der Laden, Felix, sie wusste nicht, was das größte Glück davon bedeutete. Ja, mittlerweile war sie Frau Ellenhagen nicht nur dankbar, sie war geradezu ekstatisch, dass sie sie damals gefeuert hatte.

»Probieren Sie doch meine neue Sorte Sahne-Veilchen«, schlug sie dem Zeitungsboten vor und reichte ihm eine Kostprobe des cremig hellen und leicht violett angehauchten Bonbons.

»Na, Veilchen, das klingt ja schon speziell«, erwiderte er nach einem Augenblick zögernd. »Mir sind Ihre gewöhnlichen Sorten doch lieber.«

Lila, für die jeder neue Geschmack ein Abenteuer und eine Mutprobe war, fühlte sich von dieser ersten nicht gerade positiven Rückmeldung leicht enttäuscht und bereute ihren spontanen Entschluss, die neue Sorte, die sie erst im Morgengrauen kreiert hatte, gleich unter die Leute zu bringen.

Doch ihre Enttäuschung legte sich sofort wieder, als die Polizistin kam und über das Veilchenaroma geradezu ins Schwärmen geriet. Danach blieb Lila keine Zeit mehr, sich über Sinn und Unsinn von Blumengeschmack in Karamellen Gedanken zu machen, ja, sie hatte nicht einmal einen Moment, auch nur einen einzigen Blick in die Zeitung zu werfen, denn es wurde voll und voller, und sie kam kaum hinterher, die süßigkeitsfreudigen Menschen mit Bonbons zu versorgen. Irgendwann zwischen zwei besonders anspruchsvollen Kunden fragte sie sich fast verzweifelt, wo Sonja denn blieb, bis ihr wieder einfiel, dass es eigentlich einfach nur unglaublich nett von Sonja war, ihr zu helfen. Trotzdem vermisste sie sie schon jetzt wahnsinnig, und Lila nahm sich fest vor, sie zu einem möglichst langen Aufenthalt zu überreden.

Erst um die Mittagszeit wurde es einen Augenblick lang etwas ruhiger, sodass Lila zumindest Nachschub aus dem Lager holen konnte. Doch kaum war sie hinten, bimmelte das Glöckchen schon wieder, und sie eilte nach vorn, um zu sehen, ob es nicht vielleicht Felix war. Den ganzen Morgen schon brannte sie darauf, ihn wiederzusehen, und hatte mehr als einmal Anstalten gemacht, den Laden kurz zu schließen, um zumindest für einen einzigen Kuss kurz nach oben zu laufen. Aber bei dem nicht abreißenden Strom von

Kunden, die sich sozusagen die Klinke in die Hand gaben, war es schlicht unmöglich gewesen. Da hatte Lila es bereut, frühmorgens schon wieder von ihm weggegangen zu sein. Schließlich war es mit ihm ganz wunderbar gewesen, und Lila spürte, wie ihr angenehm heiß wurde, wenn sie nur daran dachte.

Doch zu ihrer Enttäuschung war es nicht Felix und auch nicht Sonja, Paul oder sonst jemand, den sie kannte, der den Laden betreten hatte, sondern ein Mann in einem beigen Trenchcoat, der sich gründlich im Geschäft umsah.

»Einen bonbonschönen Tag«, grüßte Lila.

»Hallo«, erwiderte der Mann mit einer wenig sympathisch klingenden Stimme. »Sind Sie die Eigentümerin dieses Ladens?«

Unwillkürlich runzelte Lila die Stirn. »Nein, ich arbeite nur hier.«

»Könnte ich dann bitte die Eigentümerin sprechen?« Der Mann schien die unangenehme Angewohnheit zu haben, sein Gegenüber beim Sprechen zu fixieren, als wolle er es festnageln.

»Bedaure, das geht gerade nicht, sie ist verreist. Kann ich ihr vielleicht etwas ausrichten?«

»Hm, nun ja.« Der Mann nahm eine Packung Zitronenbonbons aus dem Regal, betrachtete sie von allen Seiten und stellte sie anschließend wieder zurück. Dann wandte er sich Lila wieder ganz zu und fixierte sie mit seinem stechenden Blick.

»Sie kennen bestimmt die Leute hier aus dem Haus gut, oder?«

Lilas Falten auf der Stirn wurden tiefer. »Ich weiß nicht, worauf Sie hinauswollen.«

Er zog ein Foto aus der Tasche. »Haben Sie diesen Mann schon einmal gesehen?« Es war eine alte, unscharfe Aufnahme, aber Lila erkannte Felix sofort.

»Wer sind Sie?«, fragte sie den Mann, wobei ihre Stimme schärfer klang als beabsichtigt.

»Sie kennen ihn also?«, hakte der Mann sofort nach. »Kauft er hier regelmäßig ein?«

»Wer sind Sie?«, erkundigte sich Lila abermals und fragte sich, ob der Mann vielleicht Polizist war. Aber zeigten die nicht immer sofort ihren Ausweis? Oder war das nur beim *Tatort* so?

Der Mann griff nach einer Packung Waldmeisterbonbons. »Habe ich das nicht gesagt? Entschuldigen Sie bitte. Ich schreibe für das Morgenblatt. Wir bringen spannende Berichte zu Themen, die die Menschen wirklich interessieren. Möchten Sie mir vielleicht etwas über diesen Hausbewohner sagen?«

Zu Lilas grenzenloser Erleichterung ging in diesem Moment die Tür auf, und eine Frau mit einem kleinen Mädchen kam in den Laden. Das Kind juchzte laut, als es die vielen Bonbons sah. Über die Vitrine hinweg reichte der Mann Lila eine Visitenkarte, die sie nur widerwillig entgegennahm.

»Vielleicht rufen Sie mich an, wenn Sie etwas wissen oder hören? Es winkt auch eine Belohnung.«

»Ich überlege es mir«, versprach Lila rasch und warf die Visitenkarte hinter dem Tresen direkt in den Mülleimer. »Möchten Sie die Bonbons nehmen?«

Aber der Mann schüttelte nur den Kopf, stellte die Packung zurück und verließ den Laden, nachdem er Lila einen weiteren seiner durchdringenden Blicke zugeworfen hatte.

Mit zitternden Händen wandte Lila sich an die Frau mit

dem kleinen Mädchen. »Einen bonbonschönen Tag, was kann ich für Sie tun?«

Während sie ihnen mehrere Sorten Bonbons zeigte, dachte sie voller Verunsicherung an Felix. Sie musste ihn dringend warnen... Das Ganze machte sie so nervös, dass sie zweimal versehentlich nach den falschen Bonbons griff.

So unbeschwert wie möglich versuchte sie, ihre nächsten Kunden zu bedienen, aber ihr Gehirn arbeitete auf Hochtouren. Warum hatte dieser Journalist ein Foto von Felix gehabt, und warum wusste er, dass Felix hier wohnte?

In einer Sekunde zwischen zwei Kunden schlug sie die *BZ* auf, die der Zeitungsbote ihr morgens dagelassen hatte. Sie musste nur einen Blick auf die Schlagzeile und das Bild darunter, das ihr Haus zeigte, werfen, um Bescheid zu wissen.

Um Himmels willen, dachte Lila, *ich muss mit ihm sprechen*. Doch dann kam eine ganze Reisegruppe aus Korea, und es war nicht daran zu denken, die Arbeit auch nur fünf Sekunden zu unterbrechen.

* * *

Felix hatte sich etwas mehr Euphorie bei Frau Michel versprochen. Den ganzen Vormittag lang hatte er mit seinen Neffen Playstation gespielt, immer in der Hoffnung, dass sie vielleicht heute schon Niklas abholen könnten. Aber als er jetzt in ihr ernstes Gesicht sah, war er sich nicht mehr so sicher.

»Reicht das nicht, um Niklas freizubekommen?«, fragte er, nachdem sie die entsprechenden Screenshots zu Rotkäppchen gesichtet und die Audio- und Videodateien angesehen hatte.

Mit einer knappen, zackigen Bewegung schüttelte sie den Kopf.

»Aber hiermit können wir doch zeigen, dass jemand anderes beauftragt worden ist«, sagte Felix und fühlte sich unangenehm ausgebremst.

»Nein, hiermit kann Herr Wengler lediglich versuchen nachzuweisen, dass Frau Händel jemanden zu einer Straftat angestiftet hat, in der Absicht, sie ihm zur Last zu legen. Außerdem halte ich es für wahrscheinlich, dass diese illegal beschafften Screenshots überhaupt nicht als Beweismittel vor Gericht zugelassen werden. In jedem Fall beweisen sie nicht, dass er die Bilder nicht doch gestohlen hat. Theoretisch könnte das alles hier ja auch fingiert sein.«

Mit diesen wenigen Worten zertrümmerte Frau Michel Felix' Hoffnungen.

Ernüchtert fuhr er sich über die Haarstoppeln. »Was können wir dann machen?«, fragte er nach einem Augenblick. Anscheinend hatte die Verzweiflung, die ihm in den letzten Stunden eine Pause gegönnt hatte, nur auf eine Gelegenheit gelauert, um mit ungebremster Energie erneut zuzuschlagen.

»Entweder brauchen wir ein Alibi für die Tatzeit«, meinte die Rechtsanwältin schnörkellos.

»Was es nicht gibt.« Frustriert schüttelte Felix den Kopf.

»Oder Sie müssten noch ein zweites Mal helfen«, antwortete Frau Michel trocken.

Felix fuhr sich mit den Fingern über die Augen. »Und wie?«

»Wissen Sie, wo die Bilder sind?«

* * *

»Lila hat wahrscheinlich schon eine Vermisstenanzeige aufgegeben«, sagte Sonja im Spaß, ließ sich aber trotzdem dazu hinreißen, Paul noch einen weiteren langen Kuss zu geben. Bei all seiner Schüchternheit und Bescheidenheit hatte er sich nun wahrlich nicht als ein Kind von Traurigkeit entpuppt, und sie dachte mit einem kribbelnden Schaudern an die wunderbaren gemeinsam verbrachten Stunden. Kurz war es auch nicht gewesen, schließlich war es schon später Nachmittag. Zeit aufzustehen, entschied sie und stieg aus dem Bett.

»Oh, du schönste aller Frauen«, summte er ihr hinterher, und Sonja griff nach einem Kissen, das sie in seine Richtung warf. Paul lachte, und es klang so entspannt und glücklich, dass es Sonja mehr freute als das blumigste Kompliment. Sie konnte sich nicht erinnern, je einem so tollen Mann begegnet zu sein.

Ehrlich, setzte sie in Gedanken hinzu und lächelte dann im Bad ihr verdutztes Spiegelbild an. Dort machte sie sich kurz frisch und ging zurück ins Schlafzimmer. Paul saß noch im Bett, hatte seine Brille auf der Nase und blickte ernst auf sein Handy.

»Schlechte Nachrichten?«, erkundigte sich Sonja.

Er blickte auf und lächelte sie so an, dass sie einfach nicht anders konnte, als zu ihm hinüberzugehen. »Nur der Regisseur von dem Filmprojekt, für das ich arbeite, hat gewechselt.«

»Wer ist es jetzt?«, fragte Sonja und kuschelte sich wider bessere Absichten doch noch einmal an Paul.

»Der Name sagt mir nichts«, antwortete er und nannte ihn ihr.

Sonja lachte. »Alfonso, den kenne ich über ein paar Ecken. Ein ganz netter Kerl.«

»Wirklich?« Paul sah ungläubig zu ihr.

»Ja wirklich, ich habe sogar seine Handynummer. Soll ich ihn anrufen?«, bot sie an.

Paul sah sie an, als wäre sie das siebte Weltwunder. »Sonja, du bist unglaublich!«

Und Sonja wusste, dass das der Satz war, gesprochen auf genau die richtige Art, den sie schon immer hatte hören wollen.

»Jetzt muss ich aber wirklich gehen«, sagte sie fröhlich. »Gleich schließt *Mariannes himmlische Bonbons* wieder, und ich habe Lila noch keinen Strich geholfen.«

»Gib mir den letzten Abschiedskuss…«, sang Paul leise in ihre Haare hinein, und mit einem Lächeln folgte Sonja seiner Bitte.

»Jetzt aber wirklich«, betonte sie dann. Schweren Herzens riss sie sich von ihm los, ging durch die Wohnung, öffnete die Eingangstür und stolperte fast über die Zeitung, die der Bote wie immer getreulich bis ins Dachgeschoss getragen und dort vor vielen, vielen Stunden abgelegt hatte.

»Paul, die Zeitung ist da«, rief sie und hob sie auf. Sie wollte sie ihm gerade ins Schlafzimmer bringen, da hielt sie inne. Auf der Titelseite waren zwei Gemälde abgebildet, die sie sofort erkannte, ohne sie je vorher gesehen zu haben, weil sie sie vor Kurzem sehr gut beschrieben bekommen hatte. Daneben stand:

Verzweifelte Suche nach den gestohlenen Kunstwerken.

Sonja machte zwei Schritte zurück in die Wohnung, schloss die Tür und überflog den Artikel. Es ging um den Diebstahl in der Hamburger Kunsthalle und eine Prämie, die ausgelobt worden war, sollten die Bilder unversehrt zurückgebracht werden. Dunkel erinnerte Sonja sich, dass sie direkt nach ihrer Ankunft in Berlin schon einmal etwas darüber gelesen hatte. Damals hatte es sie nicht weiter beschäftigt, aber jetzt – mit Pauls Geschichte frisch in ihrem Gedächtnis – fügte sich alles auf einmal zu einem Ganzen zusammen: Pauls Freund, sein Diebstahl als Abistreich, jetzt der erneute Einbruch in der Kunsthalle und die geflüsterten Andeutungen, die Paul gemacht hatte. Während sie weiterlas, ging sie zurück zu Paul ins Schlafzimmer.

»Da bist du ja wieder«, meinte er erfreut und kam auf sie zu. Als er vor ihr stand, blickte sie auf und schaute ihm direkt in die Augen.

»Mein Liebster«, sagte sie ernst und legte ihm die Hand auf den Arm. »Ich glaube, jetzt braucht dein Freund deine Hilfe.«

* * *

Direkt vor Felix' Tür traf Lila zu ihrer großen Überraschung auf Sonja und Paul. Paul trug eine braune Papprolle in Händen und Sonja das breiteste Lächeln im Gesicht. Beide strahlten eine so unglaublich wohlige Beschwingtheit aus, dass Lila automatisch lächeln musste. Wenn es Verliebtheit war, die Sonja so strahlend aussehen ließ, gab es vielleicht doch den richtigen Mann für ihre Cousine? Und ihre eigenen Gefühle von Verliebtheit und Glück wurden augenblicklich noch stärker, und sie konnte kaum erwarten, Felix jetzt gleich zu sehen, schlechte Nachrichten in der Zeitung hin oder her.

Als Paul klingelte und Felix die Tür öffnete, hätte sie ihn am liebsten auf der Stelle von oben bis unten abgeküsst.

Doch dann entdeckte sie Felix' unglücklichen Gesichtsausdruck und spürte eine Welle von Mitleid aufwallen.

»Was ist denn passiert?«, erkundigte sie sich sofort, aber Felix antwortete nicht, sondern lud alle nur mit einer Handbewegung ein hereinzukommen. »Jungs, wir haben Besuch!«, rief er, aber seine Stimme klang dabei nur halb so schwungvoll wie sonst.

»Paule, bist du das?«, fragte Johnny aus dem Wohnzimmer. »Weißt du, was es hier gibt? Eine Playstation! Komm her und schau dir das an.«

»Die Jungen haben schon quadratische Augen, aber ich kann nichts machen, wir können nicht aus dem Haus.« Mit einem Hauch von Verzweiflung hob Felix die Schultern und schloss dann hinter Lila, Sonja und Paul die Tür.

»Deshalb sind wir hier«, erwiderte Paul ernsthaft, bevor er ins Wohnzimmer schaute und dort von den Jungen mit großem Gejohle begrüßt wurde.

»Ist die Eisfee auch da?«, hörten sie Jakob fragen.

Bis in den Flur konnten sie daraufhin Johnny kichern hören: »Damit ihr euch wieder so angucken könnt.«

Paul schimpfte spaßhaft »nanana«, aber mit einem Lächeln folgte Sonja ihm ins Wohnzimmer, wo sie genauso begeistert begrüßt wurde wie er.

»Oh, Felix«, sagte Lila, als sie beide alleine im Flur zurückblieben. Sie berührte ihn am Arm und dachte dabei an die unerfreuliche Schlagzeile und den aufdringlichen Journalisten des Boulevardblattes, der vorhin bei ihr im Laden aufgetaucht war. Jetzt fühlte sie nicht mehr nur Mitleid, sondern auch Besorgnis, besonders da Felix auf einmal so niedergeschlagen und mutlos wirkte, gar nicht mehr so begeistert und euphorisch wie nach seiner Rückkehr aus Hamburg.

»Heute war jemand bei mir, der Informationen über dich haben wollte«, berichtete sie ihm vorsichtig.

»Was hast du ihm gesagt?« Seine Stimme klang hart und fast ein wenig abweisend.

»Dass ich nichts weiß«, entgegnete sie und strich ihm ganz zart über seine Wange.

»Ach Lila, es war alles vergeblich. Endlich habe ich Niklas' Rätsel gelöst und dachte, dass ich damit etwas in Händen hätte, um ihn aus der U-Haft zu bekommen. Aber die Anwältin meinte, dass es nicht reicht. Was soll ich jetzt nur tun?«

Offenkundig hatte Paul, der aus dem Wohnzimmer zurückgekommen war, die beiden letzten Sätze noch gehört. »Vielleicht ist es an der Zeit, dass wir alle zusammen helfen«, schlug er vor.

»Aber wie?«, fragte Felix, und seine Mutlosigkeit klang so überwältigend, dass Lila sie fast greifen konnte.

»Indem wir alles offenlegen, was wir wissen, und dann zusammen einen Plan schmieden.« Paul sprach es wie einen vernünftigen Vorschlag aus, und Felix zauderte nur für einen winzigen Augenblick. »Ja«, stimmte er dann zu.

Zu dritt gingen sie in die Küche, wo immer noch ein reges Chaos herrschte, während aus dem Wohnzimmer Rufe laut wurden, aus denen man schließen konnte, dass Sonja nicht nur ins Spiel eingestiegen, sondern auch am Gewinnen war.

Paul, Felix und Lila setzten sich an den großen Küchentisch, und Felix begann zu erzählen. Er fing mit dem Anruf an, den er von Niklas in Malaysia bekommen hatte, berichtete von den Rätseln, die er über Frau Michel erhalten hatte, und was er daraufhin hatte herausfinden können. Auch beschrieb er den Anruf seiner Mutter, ihr Problem mit dem Gemälde in ihrem Kofferraum, und schilderte schließlich, dass er sie nicht mehr erreicht hatte. Den größten Teil kannte Lila schon, dennoch hörte sie aufmerksam zu und versuchte, etwas auszumachen, das sie bisher übersehen haben könnten. Felix' Stimme, die sich manchmal nüchtern, oft aber auch sorgenvoll anhörte, füllte den Raum.

»Es könnte also sein, dass eines der Bilder aus der Hamburger Kunsthalle bei meinen Eltern in der Garage liegt, im Kofferraum des Autos meiner Mutter. Doch ich weiß es nicht sicher«, schloss Felix seinen Bericht. »Ich bin allerdings überzeugt davon, dass Niklas die Bilder nicht gestohlen hat.«

»Warum denkst du das?«, erkundigte sich Paul interessiert, und Felix holte Niklas' Laptop herüber und las ihnen vor, was sein Bruder über Hiltrud Händel und ihren perfiden Plan notiert hatte, und fuhr mit dem fort, was er selbst in den Screenshots von ihrem Computer und in den Aufnahmen der Überwachungskameras gefunden hatte.

»Du hast recht. Ich glaube auch nicht, dass Niklas den Einbruch in der Kunsthalle begangen hat«, erklärte Paul daraufhin entschieden. »Trotzdem müsste man abklären, was sich da im Kofferraum bei euren Eltern verbirgt. Außerdem solltest du dir das hier ansehen.« Er legte die Papprolle, die er die ganze Zeit in der Hand gehalten hatte, auf den Küchentisch.

»Was ist das?«, fragte Felix.

»Ich weiß es nicht«, antwortete Paul ehrlich. »Ich weiß nur, dass Niklas es mir aus Frankreich geschickt hat.«

»Frankreich«, murmelte Felix leise vor sich hin.

»Was wollte er dort machen?«, fragte Paul, aber Felix zuckte nur die Achseln.

»Ich habe nicht die geringste Ahnung, aber es hört sich für mich so an, als hätte er dafür schon einen festen Plan gehabt, den er nicht mehr stoppen konnte.«

»Könnte er diesen Plan durchgezogen und anschließend Paul die Rolle geschickt haben?«, überlegte Lila laut, und die beiden anderen nickten langsam.

»Was ist denn drin?«, erkundigte sich Felix schließlich mit Blick auf die Rolle.

»Kein Gemälde, nur ein Papier. Aber ich weiß nicht, was das sein soll«, antwortete Paul, öffnete die Rolle, zog den großen Bogen Papier heraus und legte ihn vor Felix auf den Küchentisch. »Weißt du, was das ist?«

Angespannt schaute Lila zu Felix.

»Ja, ich weiß, was das ist«, antwortete Felix nach einem Moment und blickte hoch. Lila sah, wie sein Gesichtsausdruck sich veränderte und er auf einmal wie jemand schaute, der etwas gefunden hat, nach dem er lange gesucht hatte. »Das ist der Grund, warum Niklas kein Alibi hat.«

***

Als Felix auf das große Blatt Papier seines Bruders schaute, das so aussah, als hätte man darauf mehrere Lagen von GPS-Daten übereinanderprojiziert, bekam er auf einmal das Gefühl, dass damit das letzte Puzzleteil seinen Platz fand. Es war so einfach, und Felix fragte sich, warum er da nicht gleich darauf gekommen war. Niklas war wirklich nicht in die Kunsthalle Hamburg eingestiegen, das hatte der Rädelsmann von Frau Händel erledigt. Aber Niklas war tatsächlich der Gentlemandieb! Zur Zeit des Einbruchs in die Kunsthalle war er irgendwo anders eingestiegen und konnte daher kein Alibi präsentieren. Felix stand auf, denn diese simple Erkenntnis regte ihn so sehr auf, dass er unmöglich länger sitzen bleiben konnte. Unruhig ging er in der Küche auf und ab, während die verschiedensten Gedanken durch seinen Kopf schossen. Er kam kaum hinterher, den anderen zu erklären, was er dachte.

»Was wissen wir?«, begann er. »Einige Zeit vor dem Einbruch in der Hamburger Kunsthalle hat Frau Händel alias Rotkäppchen Kontakt zu Niklas aufgenommen.« Paul und Lila nickten, und Felix fuhr fort. »Niklas hat sich in der Folge von ihr verfolgt und bedroht gefühlt, aber er hat nicht gewusst, wann, wo und wie sie zuschlagen würde. Allerdings ist er – zu Recht, wie wir jetzt wissen – davon ausgegangen, dass sie ihm wirklich schaden wollte, ohne dass er ihr Motiv dafür kannte.«

Vor Aufregung lief Felix fast gegen den Herd und bremste erst im letzten Moment, dann drehte er sich wieder zu den beiden anderen um, die ihm mit ihren Blicken folgten. »Gleichzeitig hatte Niklas noch ein anderes Problem: Frau Händel hat ihn überwachen lassen, und er wusste zu keinem Zeitpunkt, wie erfolgreich sie damit war und was sie wirklich über ihn in Erfahrung bringen konnte. Zwar hat er sich bemüht, falsche Fährten für ihre Detektive zu legen, aber sie hat mehrfach betont, dass sie wisse, dass er der Gentlemandieb sei. Das bedeutet, dass sie wirklich etwas herausbekommen haben muss. Niklas wusste nicht und wir somit auch nicht, ob sie ihren Verdacht auch belegen kann oder ob sie das einfach nur so dahingesagt hat, um ihn aus der Reserve zu locken.«

Felix setzte sich wieder auf seinen Stuhl, und Paul reichte ihm ein Glas Wasser, das er für ihn eingegossen hatte. Doch Felix rührte das Wasser nicht an, beugte sich vor und stützte die Ellenbogen auf den Tisch. »Warum ist Niklas also trotzdem an dem anderen Ort eingebrochen?«, fragte er. »Warum hat er das getan, obwohl er doch wusste, dass die Händel hinter ihm her war?«

»Vielleicht musste er das aus irgendwelchen Gründen tun, die wir nicht kennen?«, rätselte Paul. »Geldnot, andere Verpflichtungen?«

Felix sah zu ihm und nickte dann langsam und traurig. »Ich wünschte, ich hätte ihm das alles ersparen können.«

»Natürlich wünschst du dir das, mir wäre es ja auch das Liebste, aber es war Niklas' eigene Entscheidung«, hielt Paul ruhig dagegen.

»Außerdem hilfst du jetzt ja«, ergänzte Lila und legte ihre Hand auf Felix' Arm. Mit seiner Hand griff er nach ihrer und hielt sie ganz fest.

Nach einem Moment sprach er weiter. »Das Einzige, was Niklas also zu seinem Schutz hatte tun können, war, die Beweise so vorzubereiten, dass ich sie im Notfall finden könnte, und Paul das Papier zu schicken, das in Wirklichkeit eine Karte ist.«

»Was ist denn auf dieser Karte verzeichnet?«, erkundigte sich Paul, während er Lila und sich auch etwas zu trinken eingoss.

»Ich denke, diese Karte zeigt, wo er die Beute aus seinem tatsächlichen Diebstahl versteckt hat«, meinte Felix.

»Ach wirklich?« Paul klang gleichzeitig erstaunt, erleichtert und bestürzt.

Ohne Lilas Hand loszulassen, stützte Felix seinen Kopf

in die andere Hand. »Jetzt wird mir klar, dass Niklas sich in einer absoluten Zwickmühle befindet: Frau Händel hat es so eingefädelt, dass er verdächtigt wird, in der Kunsthalle eingestiegen und zwei bedeutende Bilder gestohlen zu haben. Dafür sitzt er in Untersuchungshaft und kommt nicht heraus. Zwar war er es nicht, aber er kann diese falsche Verdächtigung nicht widerlegen, denn in der Zeit des Einbruchs in der Kunsthalle ist er selbst woanders eingebrochen. Und er weiß nicht – und wir auch nicht –, ob Frau Händel ihn so erfolgreich hat überwachen lassen, dass sie davon Wind bekommen hat und von seinem tatsächlichen Einbruch weiß.«

»Wenn sie das tut, dann hat sie ihn in der Zange«, meinte Lila erschüttert.

»Genau«, antwortete Felix. »Sie kann die Bilder aus der Hamburger Kunsthalle auftauchen lassen, auf denen auch noch Niklas' Fingerabdrücke oder seine DNA aufgebracht wurde, oder sie kann ihn für seinen tatsächlichen Einbruch verpfeifen.«

Jetzt ließ Felix doch Lilas Hand los, um seine Stirn in beide Hände zu legen.

»Was können wir da tun?«, erkundigte sich Lila und lehnte sich auf ihrem Stuhl zurück.

»Ich muss den auf dieser Karte verzeichneten Ort ausfindig machen, um die Beute von Niklas zu finden und zurückzugeben«, antwortete Felix seufzend und nahm die Hände wieder von seinem Gesicht.

»Aber damit wäre sein Diebstahl ja nicht ungeschehen gemacht«, wandte Paul ein.

»Das stimmt. Aber ich habe mal gelesen, dass bei Kunstdiebstählen oft nicht weiterermittelt wird, wenn die Kunstgegenstände unversehrt zurückgebracht wurden und niemand zu Schaden gekommen ist. Mit der Rückgabe könnten wir den einen Teil von Niklas' Zwickmühle beseitigen, und Frau Händel könnte Niklas, was seinen tatsächlichen Einbruch angeht, nicht mehr schaden, sofern sie überhaupt davon weiß.«

»Das ist gut«, antwortete Paul und klang mit einem Male so motiviert, als wolle er sofort loslegen.

Aber Felix bremste ihn. »Allerdings müssten gleichzeitig auch die gestohlenen Bilder aus der Kunsthalle wiederauftauchen, und das möglichst ohne Niklas' Fingerabdrücke oder DNA daran ...« Er hob beide Hände und ließ sie dann wieder fallen.

»Kann man die DNA denn nicht entfernen?«, fragte Lila nach einem kleinen Augenblick.

»Doch, es ist wohl schwierig, aber machbar. Aber es kommt noch eine andere Schwierigkeit hinzu. Wenn Frau Händel mitbekommt, dass ich in Blankenese nach den Bildern aus der Kunsthalle suche, gibt sie vielleicht der Polizei wegen genau dieser Bilder einen Tipp, und die Polizei findet die Bilder, bevor Niklas' Fingerabdrücke und DNA davon entfernt wurden.«

»Dann wäre es besser, wenn jemand anderes in Blankenese sucht, den Frau Händel nicht verdächtigt«, meinte Paul, und Felix nickte langsam und bedächtig.

»Ich könnte das machen«, bot Lila an.

Felix starrte die Frau an, in die er sich verliebt hatte. Er sah ihr zugewandtes Gesicht, ihre leicht abstehenden Ohren und die Haarsträhne, die sich aus ihrem Pferdeschwanz gelöst hatte. Das, was sie gesagt hatte, war mehr, als er sich hatte erhoffen können. Wenn sie so etwas anbot, dann musste sie ihn wirklich, wirklich mögen. Für einen Augenblick wurde Felix ganz warm ums Herz, und er konnte gar nicht anders, als sich hinüberzubeugen und sie zu küssen. Doch dann setzte sein Verstand wieder ein. »Aber das kann ich unmöglich von dir verlangen! Du weißt, dass du dich damit unter Umständen strafbar machst?«

»Manchmal muss man für die Menschen, die man liebt, ein Risiko eingehen«, erwiderte Lila schlicht, und Felix spürte zum ersten Mal seit Frau Michels Besuch, wie ein Lächeln in sein Gesicht zurückkehrte. Konnte es wirklich sein, dass er so ein Glück mit dieser Frau neben ihm hatte?

»Trotzdem müssen wir vorsichtig sein. Denn sollte sich Frau Händel irgendwie aufgescheucht fühlen, könnte sie der Polizei noch einen Tipp wegen seines Einbruchs geben, falls sie davon weiß«, überlegte Paul laut, und Felix' Lächeln erlosch.

»Das bedeutet also, dass das Diebesgut von Niklas' Einbruch und die Bilder aus der Kunsthalle möglichst gleichzeitig zurückgegeben werden müssten«, schloss Felix und klang so ernüchtert, als hätte man ihm kurz vor dem Ziel gesagt, dass er gar nicht am Rennen teilnehmen durfte.

»Das ist schwierig, aber nicht unmöglich, oder?«, fragte Lila.

Felix sah sie an und hob fragend die Achseln: »Aber wie?«

»Zum Glück sind wir ja drei, das schaffen wir gleichzeitig«, meinte Lila unerwartet entschieden. »Ich helfe. Du auch, Paul?«

Paul nickte, auch wenn er ein bisschen blass um die Nase war. »Wir bekommen das hin. Lila sucht in Blankenese, du hilfst ihr, und ich räume in der Zeit Niklas' Versteck«, schlug er vor.

»Das ist unglaublich toll von euch, dass ihr bereit seid zu helfen«, meinte Felix und fühlte eine überwältigende Dankbarkeit seinem Freund und Lila gegenüber. Doch dann erschien ein Runzeln auf seiner Stirn. »Freu dich nicht zu früh, Paul, es geht hier immerhin um Niklas' Versteck.« Er wies auf das Blatt Papier mit der Karte auf dem Tisch. »Es liegt ganz oben in einem alten, innen wahrscheinlich halb verfallenen Lagerhaus am Rande der Speicherstadt. So wie ich Niklas kenne, muss man dafür mindestens trittsicher sein, vielleicht auch richtig klettern.«

Nun wurde Paul noch blasser. »Oh nein«, flüsterte er. »Ich will Niklas ja wirklich helfen, aber das kann ich nicht. Ich habe doch so furchtbare Höhenangst.«

»Aber ich kann das«, sagte plötzlich eine entschiedene Stimme hinter ihnen. Felix, Paul und Lila blickten auf.

Sonja stand in der Küchentür. Sie sah überzeugt und energisch aus, überhaupt nicht mehr so wie Denise. »Ich werde gehen, Niklas' Diebesgut holen und anschließend entsorgen.«

»Aber es muss zurückgegeben werden, du kannst es doch nicht einfach wegschmeißen«, antwortete Felix entgeistert.

»Das werde ich auch nicht. Vergiss nicht, ich komme aus Hollywood. Ich erledige das schon richtig.«

17. Kapitel

Nachdem das entschieden war, begannen sie mit der konkreten Planung. Als Erstes beschlossen sie, dass es das Beste wäre, wenn Paul und Sonja die Jungen zu Nini bringen und die beiden über Nacht dort bleiben würden. Sie wussten, dass das unter Umständen für Nini schwierig werden könnte, aber sie hofften, dass es trotzdem irgendwie klappen würde. Falls Jakob und Johnny es merkwürdig fanden, so plötzlich zu ihrer Oma abgeschoben zu werden, ließen sie es sich nicht anmerken. Stattdessen waren sie Feuer und Flamme, eine Fahrt nach Hamburg zu unternehmen, und düsten sofort ins Schlafzimmer, um ihre Übernachtungssachen zu packen. Währenddessen überlegten Paul und Lila im Wohnzimmer, wie sie alle unbemerkt von den Journalisten aus dem Haus gelangen könnten, und Felix studierte mit Sonja in der Küche Niklas' Karte und ging mit ihr alle Eventualitäten durch.

»Ich denke, du musst irgendwo hochklettern«, sagte er zu ihr und musterte dabei ihr makelloses Werbeikonen-Gesicht.

»Kein Problem«, antwortete sie unbeeindruckt. »Ich habe zwar reichlich Bonbons genascht, aber mein Gewicht ist immer noch auf Denise-Niveau. Also kann ich mich hochziehen, Klimmzüge und all solche Dinge schaffe ich auch. Du kannst dich auf mich verlassen. Das Einzige, was mir fehlt, sind vernünftige Schuhe.«

In diesem Punkt konnte Lila ihr aushelfen, sodass Sonja ihren Koffer mit allem packte, was sie eventuell benötigen würde, und einem Paar rosa Turnschuhen obenauf.

»Das wird schon«, meinte sie optimistisch zu Felix.

Inzwischen hatten Paul und Lila zwei Tabletts mit Bonbons vorbereitet. Rasch verwandelte sich Sonja in eine filmreife Denise und lieh ihrer Cousine eines der charmanten Fünfzigerjahre-Kleider der Eisfee. Lila schlüpfte hinein. Da sie nicht so schlank wie Sonja war, ließ sich der Reißverschluss zwar nicht ganz schließen, trotzdem sah sie toll aus. Mit den Bonbontabletts bewaffnet, traten Lila und Sonja aus dem Laden und gingen auf die draußen wartenden Journalisten zu.

»Hier eine Gratis-Kostprobe«, sagte Lila und bot mit großem Bohei ihre Bonbons an.

»Macht ihr auch viele schöne Bilder von *Mariannes himmlische Bonbons?*«, fragte Sonja mit ihrer heiseren Stimme und sorgte dafür, dass definitiv alle Journalisten nur auf die Bonbons und sie schauten.

Aus den Augenwinkeln bemerkte Lila, wie Felix und Paul zusammen mit den Jungen das Haus verließen und unbemerkt um die Ecke bogen.

Mit dem Ellenbogen gab sie Sonja einen kleinen Schubs, die mittlerweile dazu übergegangen war, in den höchsten Tönen von den verschiedenen Bonbonsorten zu schwärmen.

»Also vergesst uns nicht und berichtet reichlich über die Bonbons«, meinte Lila, bevor die beiden Cousinen rasch zurück zu *Mariannes himmlische Bonbons* liefen.

Dort klatschten sie sich ab und zogen sich dann im Lagerraum rasch um. Anschließend – jetzt vollkommen unauffällig gekleidet – folgten sie Felix, Paul und den Jungs, die in einer Tiefgarage in der Nähe schon auf sie warteten. Paul hielt Sonja die Beifahrertür von seinem Wagen auf, und sie setzte sich. Mit einem Lächeln hob sie beide Daumen in Lilas und Felix' Richtung, während Paul auf der Fahrerseite einstieg und den Motor anließ. Johnny und Jakob winkten wie wild von der Rückbank, als die vier abfuhren.

»Jetzt wir«, entschied Felix, und Lila hörte aus seiner Stimme zwar Sorge, aber auch Hoffnung heraus. Er hatte einen unauffälligen Carsharingwagen aufgetrieben, mit dem sie gemeinsam nach Hamburg fuhren. Unterwegs griff Felix nach Lilas Hand. Ausführlich beschrieb er ihr jedes Zimmer in der Villa seiner Eltern und alle möglichen Verstecke, die ihm dort einfielen. Ihr Plan besagte, dass er Lila zum Haus begleiten und Schmiere stehen würde, während sie alle Räume durchsuchte. Sollte Frau Händel auftauchen, würde er Lila warnen, und sie würden gemeinsam verschwinden, bevor die grässliche Assistentin seines Vaters Wind von der Suchaktion bekam.

»Und dein Vater?«, erkundigte sich Lila.

»Freitagabend? Der wird in der Firma sein«, gab Felix ungerührt zurück, bevor er wieder dazu überging, Details aus dem Wohnhaus seiner Eltern zu beschreiben.

»Das muss ja ein Schloss sein«, erklärte Lila irgendwann, als Felix das fünfte Badezimmer beschrieb.

»Es ist schon groß«, gab Felix unumwunden zu.

»Ich kann mir gar nicht vorstellen, wie es ist, so ein riesiges Zuhause zu haben«, sagte Lila und fragte sich, wofür man sieben Gästezimmer brauchen könnte.

»Es hat sich auch nicht besonders wie zu Hause angefühlt«, erwiderte Felix nüchtern, und Lila dachte an das kleine Haus ihrer Tante und ihres Onkels, das für sie der behaglichste und sicherste Ort der Welt gewesen war. Eines Tages wollte sie auch ein eigenes, richtiges Zuhause haben.

Längere Zeit lang sagte keiner von beiden etwas, dann begann Felix wieder, Zimmer um Zimmer zu beschreiben, während Lila überlegte, wie viele Verstecke es wohl in so einem riesigen Haus geben konnte.

»Wir brauchen schon etwas Glück«, sagte sie.

»Ich hatte schon Glück mit dir«, entgegnete Felix, griff nach ihrer Hand und küsste sie. Für einen Augenblick wichen Sorgen und Anspannung aus seiner Stimme, und er wirkte ganz ruhig.

Doch dann erreichten sie Hamburg, und Lila spürte mit jedem Meter ihre Unruhe zunehmen. In einer schmalen Nebenstraße der Elbchaussee parkten sie das Auto und stiegen aus.

Hand in Hand gingen Felix und Lila einen Fußgängerweg zum Elbufer hinunter, liefen ein kleines Stück flussabwärts an der dunklen Elbe entlang und stiegen dann ein schmales Sträßchen von unten bis auf halbe Höhe wieder hinauf. Mittlerweile war es stockfinster und auch ziemlich kalt. Lila stellte fest, dass nicht nur sie fröstelte, sondern dass sich auch Felix' Hand immer kühler anfühlte. Der Weg wurde enger und uneben, sodass Lila aufpassen musste, um nicht zu stolpern.

»Hier ist es«, sagte Felix irgendwann leise.

Vor sich entdeckte Lila eine imposante Gartenmauer, die vollkommen mit Efeu überwachsen war.

»Hier müssen wir rüber«, flüsterte Felix. »Am Gartentor stehen, wenn wir Pech haben, die Journalisten, und hier ist der einzige Bereich, der nicht von der Alarmanlage erfasst wird.«

»Woher weißt du das?« In der Dunkelheit blickte Lila fragend zu ihm auf, aber er legte ihr nur die Hand um die Schultern. »Keine Sorge, das wird funktionieren. Wie, glaubst du, sind Niklas und ich sonst hier früher unbemerkt rein- und rausgekommen?« Er warf einen Blick umher und half Lila dann mit einer Räuberleiter auf die Gartenmauer zu klettern, bevor er sich selbst hinaufzog.

»Und jetzt?«, fragte Lila, der es sehr hoch hier oben vorkam.

»Einfach springen, der Rasen unten ist weich«, antwortete Felix.

Ich muss ja verrückt sein, dachte sie, aber da griff Felix schon nach ihrer Hand, und gemeinsam sprangen sie hinunter. Die Landung war in der Tat recht weich, aber sofort kam Lila ein anderer Gedanke.

»Gibt es hier einen Hund?«, fragte sie besorgt.

»Nur einen Wachdienst, aber ich hoffe, dass der uns nicht bemerkt«, gab Felix zurück, und Lila spürte ein ganz unangenehmes, kaltes Unwohlsein in der Magengegend. Was tat sie hier nur? Spät am Abend lief sie durch einen fremden, parkähnlichen Garten, um in einem fremden Haus, von dem sie nur eine vage Vorstellung hatte, nach gestohlenen Bildern zu suchen? Am Ende hielt man *sie* noch für eine Einbrecherin.

Ihre Schritte kamen ins Stocken, aber dann riss sie sich zusammen und stolperte weiter hinter Felix her, der sich erstaunlich sicher in der Dunkelheit bewegte.

»Ich möchte nicht die Haustür nehmen, wir sollten also versuchen, ein offenes Fenster zu finden«, flüsterte er ihr zu, was nicht dazu angetan war, Lila zu mehr Entspannung zu verhelfen.

Ausgerechnet ich, wo ich doch immer so brav bin, dachte sie halb vorwurfsvoll, halb entsetzt. Aber sie lief weiter schräg hinter ihm her, bis er urplötzlich stehen blieb, und sie von hinten auf ihn prallte.

»Da«, sagte er, und sie spähte in die Richtung, in die er in der Dunkelheit wies.

Aus einem hellerleuchteten Zimmer im Erdgeschoss trat ein Mann nach draußen auf die Terrasse. Das Geräusch seiner festen Schritte drang bis zu ihnen herüber. Doch dann kam noch ein zweiter Laut dazu, und Lila brauchte einen Augenblick, bis sie erkannte, dass es ein schweres Keuchen war. Die Gesichtszüge des Mannes konnte sie auf die Entfernung nicht ausmachen, aber sie sah, wie er auf einmal stehen blieb, in die Knie ging und dann nach vorn kippte.

Augenblicklich sprintete Felix los. »Vater?«

»Niklas?«, antwortete der Mann mühsam.

»Nein, ich bin es, Felix.«

»Ich brauche mein Nitro-Spray. Schnell. Es liegt auf dem Tisch«, keuchte der Mann, und Lila lief kurzerhand an ihm und Felix vorbei in das Zimmer, aus dem Felix' Vater gekommen war. Es war ein Arbeitszimmer gigantischen Ausmaßes, das größer war als das gesamte Erdgeschoss ihrer Tante und ihres Onkels. Dort, mitten auf einem überdimensionierten Schreibtisch, lag tatsächlich eine kleine rote Sprühdose mit einem weißen Deckel. Lila griff schnell danach, bevor sie wieder nach draußen lief. Felix stützte seinen Vater, der seine rechte Hand auf die Brust gepresst hielt.

Lila reichte ihm das Spray, und Felix zog den Deckel ab, bevor er die Dose seinem Vater weitergab. Der griff danach, ohne Lila anzusehen oder zu beachten. Mühsam sprühte er sich zwei Hübe in den Mund.

»Ich rufe besser den Notarzt«, entschied Felix und versuchte, sein Handy aus der Tasche zu ziehen.

»Kein Notarzt!«, protestierte sein Vater und klang trotz seiner angegriffenen Stimme scharf und bestimmend. »In einer Minute geht es wieder, und ich will auf keinen Fall, dass diese Journaille hier auch noch einen Krankenwagen zu sehen bekommt.«

Er stützte sich auf Felix' Arm und stand dann ganz langsam wieder auf. Als er sich vollkommen aufgerichtet hatte, sah Lila, wie groß er war. Groß, streng und eindrucksvoll. Seine Schmerzen schienen langsam nachzulassen, und seine Gesichtszüge, vorher noch verkrampft, entspannten sich wieder. Trotzdem bemerkte Lila, dass er das Spray weiter fest umklammert hielt.

Empört schüttelte er Felix' Hände ab.

»Was willst du hier?«, herrschte er seinen Sohn in einem donnernden Tonfall an, und Lila dachte, dass auch die größte Villa keine Entschädigung für einen derartigen Erzeuger darstellte.

»Ich muss mir dir reden«, antwortete Felix. Lila konnte sein Gesicht nicht sehen, aber sie war überrascht von seiner Stimme. Er klang selbstbewusst, sehr zielstrebig, ja fast hart. Eine ganze Weile maßen sich die beiden Männer mit Blicken.

»Also gut«, gab Herr Wengler senior dann nach. »Was willst du?«

***

»Hier entlang«, meinte Sonja und zog Paul mit einer Hand eine alte morsche Treppe hinauf, während sie in der anderen Hand die Taschenlampe und die Karte hielt.

»Ich glaube, es geht eher da lang«, erwiderte er und zeigte nach unten.

Sonja schüttelte den Kopf. »Nein, aber wenn es dir zu sehr vor dieser morschen Treppe graut...« Weiter kam sie nicht, denn genau in diesem Moment gab die Treppenstufe, auf der sie mit einem Bein stand, nach, und sie trat ins Leere.

Paul versuchte, sie festzuhalten, stellte sich dabei aber so ungeschickt an, dass sie um ein Haar beide abgestürzt wären.

»Entschuldigung«, murmelte er, als sie sich wieder gefangen hatten.

»Paul, du wartest besser unten und leuchtest mir«, schlug Sonja vor, der die morsche Treppe weniger Sorge bereitete als Mr. Vertigo an ihrer Seite, der alles noch viel komplizierter machte, als es sowieso schon war. Dabei war bisher alles ziemlich gut verlaufen. Nini hatte sich nicht nur als reizende Person, sondern auch als wunderbare Großmutter entpuppt, die gerne bereit war, auszuhelfen und die Jungen für einige Stunden zu hüten. Das war nicht die einzige Überraschung gewesen, die ihr Haus für Paul, die Jungen und Sonja bereithielt. Denn nicht nur die Mutter der Jungs war dort gewesen, sondern auch Frau Wengler, die bei der Schwiegermutter ihres Sohnes Unterschlupf gefunden hatte, so wie sie es mit Niklas für Notfälle schon vor Längerem vereinbart hatte. Liebend gern blieben die Jungen bei Nini, ihrer Mutter und »Oma W«, sodass Sonja und Paul beruhigt in die Speicherstadt weiterfahren konnten.

Doch hier in diesem großen Lagerhaus wurde es zunehmend schwierig. Zumindest die oberen Stockwerke waren komplett baufällig, und Sonja hatte nur einen Rundblick von unten gebraucht, um zu verstehen, warum Niklas' Zeichnung so kompliziert ausgesehen hatte.

Zum einen hatte er die genauen GPS-Daten verschleiern wollen, an denen sich das Gebäude befand, zum anderen hatte er den genauen Weg in dem mehrstöckigen Haus aufgezeichnet, den sie nehmen mussten, und der war vertrackt.

»Ich gehe da jetzt alleine hoch«, erklärte Sonja fest.

»Aber ich würde dir gerne helfen«, meinte Paul mit einer Stimme, die sich eher so anhörte wie: *Ich möchte möglichst schnell weg hier.*

Sonja lachte. Es gefiel ihr, dass Paul trotz seiner Angst versuchte, ihr beizustehen, und es gefiel ihr auch, dass er nicht versuchte, den Helden ohne Hirn zu spielen.

»Leuchte mir mit der Taschenlampe, das hilft mir am meisten«, sagte sie daher.

»Also gut«, erwiderte Paul dankbar. »Du bist ganz schön mutig, Sonja«, fügte er hinzu, als er die alte morsche Treppe wieder hinunterstieg.

Sonja gefiel die Anerkennung, die in seinen Worten und seiner Stimme lag.

Aber jetzt muss ich mich konzentrieren, ermahnte sie sich. Denn der Weg, den Niklas vorgegeben hatte, war alles andere als einfach, und auch wenn sie Klimmzüge und ohne Ende Sit-ups machen konnte, musste sie dennoch schauen, dass sie heil beim Versteck ankam und genauso heil hinterher wieder hinunterfand. Sie leuchtete noch einmal auf die Karte, bevor sie sie faltete und hinten in ihre Hose steckte.

Dann richtete sie ihre Taschenlampe nach vorn und ging weiter.

Dicht über ihrem Kopf flogen Fledermäuse, die sich offenkundig von den Eindringlingen aufgescheucht fühlten oder von ihren nächtlichen Beutezügen heimkamen. Alle paar Meter blieb Sonja stehen, um sich zu orientieren und zu überlegen, wie sie genau gehen wollte. Das Mauerwerk hatte den Zahn der Zeit ziemlich unbeschadet überstanden, aber die Bodenbretter und Balken der Treppe waren ganz schön angegriffen. Immer wieder musste Sonja Löchern ausweichen, die sich urplötzlich vor ihr im Boden auftaten, oder einen Weg um morsche und splitternde Stellen finden.

»Alles okay?«, fragte Paul von unten.

»Ja«, antwortete sie automatisch, obwohl ihr genau in diesem Moment klar wurde, wo sie letztendlich langmusste. Um an Niklas' Versteck zu kommen, musste sie einmal über den großen Querbalken dort oben klettern, der das Lagerhaus durchmaß und das einsame Relikt des obersten Stockwerks darstellte.

Sonja schluckte. Das war dann doch heftiger, als sie angenommen hatte.

Aber wenn Niklas da mindestens zweimal drübergegangen ist, wird mich der Balken auch tragen, versuchte sie, sich selbst zu beruhigen.

»Paul, was wiegt Niklas?«, rief sie nach unten.

»Keine Ahnung, vielleicht fünfundachtzig Kilogramm?«, kam die Antwort zurück.

Fünfundachtzig Kilogramm, da ist noch viel Spielraum, entschied Sonja, bevor sie die Taschenlampe in den Mund nahm und ihre Arme ausstreckte, um sich auf den Balken zu ziehen, der sie hoffentlich zu Niklas' Versteck und nicht in den sicheren Tod führen würde.

***

»Niklas wurde in eine Falle gelockt, und ich will wissen, was du darüber weißt«, verlangte Felix. Er stand vor seinem Vater, der auf einem Sessel Platz genommen hatte. Lila war an der Terrassentür hinter einer Gardine stehen geblieben und beobachtete nun unbemerkt von Herrn Wengler senior die Situation. Felix war nicht mehr der nette Nachbar und der liebevolle Onkel, den sie kennengelernt hatte, stattdessen war er jemand, der unbedingt und um jeden Preis etwas wollte. Für einen Augenblick konnte sich Lila vorstellen, warum er in seinem Beruf so viel Erfolg gehabt hatte, denn auch wenn er nicht so schroff und herrisch wie sein Vater klang, so hatte er eindeutig denselben eisernen Willen.

»Ich weiß nichts darüber«, schoss sein Vater zurück. »Das Einzige, was ich weiß, ist, dass dein Bruder ein notorischer Dieb und Lügner ist, das ist alles.«

»Niklas mag ein Dieb sein, aber er ist kein Lügner«, erwiderte Felix eisig. »Aber das war nicht meine Frage. Meine Frage lautet, was du darüber weißt, dass man Niklas gelinkt hat.«

Sein Vater schwieg.

»Weißt du es? Es mag für mich ohne Belang sein, mit wem du dein Bett teilst, Vater, auch wenn ich finde, dass man kaum schlechteren Geschmack beweisen konnte, als du es getan hast, aber...«

Sein Vater versuchte, ihn zu unterbrechen, aber Felix

wehrte das mit einer schroffen Handbewegung ab. »Noch mal: Ich will wissen, was du über das kranke Spiel weißt, das Niklas in Untersuchungshaft gebracht hat?«

Sein Vater blickte einen Augenblick lang zur Wand, bevor er sich wieder seinem Sohn zuwandte.

»Ich weiß nicht, wovon du sprichst. Wie kannst du es im Übrigen wagen, hier aufzutauchen und mir so unverschämte Fragen zu stellen?«, gab er ärgerlich zurück und schien mit jedem Wort mehr zu seiner eigentlichen Kraft zurückzufinden.

»Weil du sonst alles vor Gericht, in der Presse oder sonst wo wiederfinden wirst«, drohte Felix. »Du glaubst, dass das, was im Moment los ist, schon schlimm ist? Warte nur, bis die Aasgeier sich darauf stürzen, dass die Geliebte des Vaters den Sohn auf perfide Weise ins Gefängnis bringen wollte. Dann ist der Ruf deiner Firma für immer ruiniert. Jetzt könnten wir ihn vielleicht noch retten, aber so ...«

»Was redest du denn da, bist du irre?«, brauste Herr Wengler auf, aber für einen Augenblick sah Lila so etwas wie den Hauch einer Unsicherheit über sein Gesicht huschen. Offenkundig bemerkte es Felix auch, denn er hakte sofort ein.

»Weißt du es doch?« Felix' Stimme war nun so kalt wie Eis, und er machte einen Schritt auf seinen Vater zu, den selbst Lila hinter ihrem Vorhang als einschüchternd empfand.

»Drohst du mir etwa?«, fuhr sein Vater auf.

»Nein, Vater, ich will nur wissen, was du weißt.« Felix, der bis dahin gestanden hatte, setzte sich nun auf einen Sessel gegenüber von seinem Vater. »Am liebsten möchte ich ganz normal mit dir sprechen. Aber ich will ganz genau und bis ins letzte Detail erfahren, was los ist. Wenn ich das Gefühl bekomme, dass du nicht kooperierst oder dass du nur einen Hauch Schuld daran trägst, was Niklas gerade durchmacht, dann lasse ich die Höllenhunde los.« Aus seiner Hosentasche zog Felix einen kleinen Memorystick, den er zwischen sie beide auf einen kleinen niedrigen Couchtisch legte.

»Weißt du, was da drauf ist?«

Sein Vater schüttelte langsam den Kopf, ohne Felix auch nur für einen Moment aus den Augen zu lassen.

»Der Beweis, dass Frau Händel einen Auftragsdieb angeheuert hat, der in die Hamburger Kunsthalle einbrechen, zwei Bilder stehlen und mit Niklas' Fingerabdrücken und seiner DNA versehen sollte. Unter Umständen sind diese Bilder hier in diesem Haus.«

»Wie bitte?«, fragte sein Vater und erblasste.

»Du weißt es also nicht?« Falls Felix' Stimme noch härter hätte werden können, klang sie jetzt wie Diamant.

»Nein, ich... ich habe in der Zeitung etwas über die gestohlenen Bilder gelesen und natürlich erfahren, dass Niklas in Untersuchungshaft gekommen ist, aber ich...«

Felix beugte sich vor, und nach einem Augenblick des Kräftemessens wich sein Vater langsam zurück.

»Ich weiß nur, dass deine Mutter verschwinden sollte«, flüsterte er. »Es war der Plan von Hiltrud.« Herr Wengler ließ sich bis zur Lehne zurücksinken und sah auf einmal so alt aus, wie er war.

»Ach, so ist das?« Felix' Stimme klang ganz geschmeidig, aber das konnte Lila nicht täuschen und seinen Vater offenkundig auch nicht, dessen Hände sich in den Armlehnen des Sessels verkrallten.

Felix' nächste Frage kam wie ein Blitz und traf seinen

Vater mitten ins Gesicht. »Warum sollte meine Mutter verschwinden?«

»Nach all den Jahren... Wenn ich mich einfach hätte scheiden lassen, wäre die Hälfte des Vermögens an deine Mutter gegangen. Die Hälfte meiner Firma! Niemals. Da wäre ich lieber tot.«

»Also hast du die gute Hiltrud damit beauftragt, einen absolut wasserdichten Plan zu entwerfen, wie du deine Ehefrau loswerden könntest, ohne ihr auch nur einen Cent zu zahlen?«, fragte Felix emotionslos.

Felix' Vater antwortete nicht gleich, und Lila spürte eine wahre Woge von Mitleid mit Felix. Wie furchtbar musste es sich anfühlen, wenn man so etwas erfuhr?

»Das verstehst du nicht, es ist ja nicht deine Firma, die du so liebst wie dein eigenes Kind...«, erwiderte sein Vater plötzlich unerwartet aggressiv.

»Die du sogar mehr liebst als dein Kind«, gab Felix zurück und klang für einen Augenblick bitter und zynisch. »Also, jetzt erzähl mir die Wahrheit. Wie war der Plan?«

»Ich weiß es nicht, ich wollte die Details nie wissen. Hiltrud dachte, es wäre gut so... Es hat ja auch so geklappt, deine Mutter ist verschwunden...« Zum ersten Mal schien etwas wie eine echte, tiefe Unsicherheit in die Stimme seines Vaters zu treten, aber sie schien Felix nicht im Mindesten zu erweichen.

»Niklas war also das Bauernopfer. Eigentlich ganz clever. Nur dass Niklas noch cleverer war und alles dokumentiert hat. Es gibt jede Menge Beweise gegen deine Hiltrud, und ich bezweifle, dass du selbst ohne Strafe davonkommen wirst, und sei es nur der immense Schaden für das Ansehen der Firma, wenn das alles herauskommt.«

Felix' Vater schien zu schrumpfen, doch dann kam ihm anscheinend ein Einfall, und er richtete sich wieder auf. »Mir kann nichts passieren. Ich wusste nichts von alledem, ich war und bin nicht in Hiltruds Plan verwickelt. Aber wie wäre es, du lässt die Beweise verschwinden, Felix? Dann bist du eines Tages mein Alleinerbe und bekommst alles, was mir gehört. Du kannst wieder in der Firma anfangen, kannst deine Position zurückbekommen, ich verdopple sogar dein Gehalt.«

Felix starrte seinen Vater an. »Kennst du nur die Loyalität zu deiner Firma und deinem Geld? Das würde ich niemals tun. Schon einmal hast du mich dazu gebracht, zwischen dir und Niklas zu wählen, und dummerweise habe ich mich damals auf deine Seite gestellt. Du kannst dir nicht vorstellen, wie sehr ich mich seitdem dafür gehasst habe. Erinnerst du dich noch? Wir waren alle drei in Holstenglacis in diesem kleinen, engen Besprechungszimmer, und ich dachte, du würdest dich bemühen, Niklas freizubekommen, nachdem du ihn durch dein Verhalten bei der Abifeier überhaupt erst dorthin gebracht hattest. Stattdessen hast du ihm gesagt, dass er für dich gestorben sei. Dann hast du dich mir zugewandt und mir erzählt, wie du mein Leben zerstören würdest, wenn ich auch nur noch eine Sekunde mit meinem missratenen Bruder verbringen würde. Sehr plastisch hast du ausgemalt, wie ich nicht nur finanziell am Ende wäre, sondern du auch dafür sorgen würdest, dass ich hier niemals beruflich einen Fuß auf den Boden bekommen würde. Du hast mir gedroht und mich dann gefragt, auf welche Seite ich mich stellen wollte. Ich habe gewählt – aber mich falsch entschieden. Diesen Fehler werde ich nicht wiederholen.« Felix sprang auf und machte ein paar Schritte durch den Raum, bevor er sich wieder seinem Vater zuwandte.

Lila musste sich an die Fensterscheibe hinter sich lehnen. Das war ja grauenhaft. Welcher Vater tat seinen Söhnen so etwas an?

»Was willst du dann?«, fragte sein Vater.

»Ich will, dass du oder Frau Händel oder wer auch immer die aus der Hamburger Kunsthalle gestohlenen Bilder zurückbringt.«

»Ich weiß nichts davon. Warum sollte ausgerechnet ich etwas mit diesen Bildern zu tun haben?«, protestierte sein Vater.

»Dann frag Hiltrud«, erwiderte Felix eiskalt. »Ich denke, sie weiß genau, wo sie sind, eines liegt vielleicht sogar im Kofferraum von Mutters Wagen in der Garage.«

»Felix, das ist Irrsinn.«

»Ruf sie, Vater, und frag sie. Du wolltest deine rechtmäßige Ehefrau um ihr Geld betrügen und hast dafür deinen eigenen Sohn in Untersuchungshaft gebracht. Das musst du wieder in Ordnung bringen.« Felix' Stimme blieb absolut unnachgiebig, und nach einem Augenblick lenkte sein Vater ein.

»Hiltrud...«, rief er laut.

Kurze Zeit später ging die Tür auf, und Hiltrud Händel kam ins Zimmer. Sie trug ein ausgefallenes, weit ausgeschnittenes Negligé, das ihre hübschen Gesichtszüge betonte, aber bis zu ihren Füßen reichte. »Hasi?«, fragte sie. Doch dann entdeckte sie Felix und blieb wie angewurzelt stehen. Sicherheitshalber zog sich Lila noch ein wenig weiter hinter die Gardine zurück.

»Was macht *der* denn hier?«, fragte Frau Händel entgeistert und machte eine Handbewegung in Richtung von Felix.

»Er hat gesagt, dass du die beiden Bilder aus der Kunsthalle hast. Stimmt das?« Herrn Wenglers Stimme klang erstaunlich ruhig und freundlich.

»Wie kommen Sie denn auf so eine absurde Idee?«, zischte Frau Händel Felix scharf an, aber sie riss sich sofort wieder zusammen, humpelte rasch zu Herrn Wengler hinüber, setzte sich neben ihn auf die Armlehne des Sessels und legte ihm die Hand auf die Schulter. »Hasi, das ist ja absolut verrückt«, zwitscherte sie und kuschelte sich an ihn an.

»Das habe ich ihm auch gesagt«, knurrte Herr Wengler senior. »Siehst du, Felix, das ist Unsinn.«

Felix schien vollkommen unbeeindruckt. »Ich möchte, dass Sie die Bilder aus der Hamburger Kunsthalle zurückgeben«, erklärte er dann ganz ruhig. »Außerdem will ich, dass Sie alles Weitere vernichten, was Sie gegen meinen Bruder in der Hand haben.«

»Pah«, machte Frau Händel, und ihr Tonfall schwankte zwischen Gurren und Keifen. »Das ist lächerlich. Hasi, wirf den unverschämten Kerl hinaus. Die ganze Welt weiß schließlich, dass er im Atlantis-Deal das Geld vom Übernahmekonto abgezweigt hat.«

»Wie bitte?« Felix' Stimme wurde eisig. »Haben *Sie* der Presse diesen Unsinn erzählt?«

»Du Armer«, flötete Frau Händel Herrn Wengler senior sanft zu und ignorierte Felix' Worte. »Ausgebeutet bis aufs Blut von der eigenen Famil...«

»Halt«, unterbrach Felix sie. »Ich habe das Geld vom Übernahmekonto nicht genommen, aber die Zeitungen haben das berichtet. Irgendwer muss es sich also ausgedacht haben, doch es kann nur jemand gewesen sein, der die Interna des Deals kannte. Haben *Sie* also der Presse diese Lügen gesteckt?«

Frau Händel drehte ihren Kopf zur Seite, als hätte sie es nicht nötig zu antworten, gleichzeitig sah sie so aus, als würde sie sich am liebsten Herrn Wengler auf den Schoss setzen.

»Wie dumm von Ihnen«, zischte Felix sie plötzlich an. »Damit haben Sie vor allem der Firma Wengler geschadet, und das ist die eine Sache, die mein Vater niemals verzeihen kann. Nicht wahr, Vater?«

Herr Wengler, der sich in seinem Sessel nach hinten gelehnt hatte und damit beschäftigt war, Frau Händels Hand zu tätscheln, fuhr auf. »Was sagst du?«

»Frau Händel ist auch noch für die schlechte Presse verantwortlich. Die Lügengeschichten sollten Niklas, meine Mutter und mich treffen, aber sie haben vor allem dir und dem Unternehmen geschadet.«

»Wie bitte? Die Presse wurde aus unserem Hause gefüttert?« Felix' Vater sprang auf und warf seine Geliebte dabei fast von der Armlehne. »Ist das wahr, Hiltrud?«, donnerte er, und Lila sah, wie die Angesprochene blass wurde.

»Außerdem hat sie die Bilder aus der Hamburger Kunsthalle stehlen lassen, um die Tat Niklas in die Schuhe zu schieben und unsere Mutter als Mittäterin darzustellen«, zählte Felix auf.

Herrn Wenglers Gesicht begann rot anzulaufen. »Stimmt das, Hiltrud?«

Frau Händel erhob sich ebenfalls. »Aber *du* wolltest doch alle loswerden. Erst sollte nur deine Frau gehen, schließlich wolltest du, dass alle verschwinden. Du hast gesagt, dass das die einzige Chance für *uns* wäre.« In einer großen Geste fasste sie sich an den Hals und sah so aus, als würde sie gleich in Tränen ausbrechen.

Langsam drehte Herr Wengler sich zu ihr. »Hiltrud, du hast mir geschworen, dass die Firma keinen Schaden nimmt, und jetzt höre ich das?«

Hinter der Gardine schluckte Lila schwer. War es das, was Felix' Vater am meisten interessierte?

»Hasi, was hätte ich denn machen sollen? Ich brauchte doch einen Plan, denn ich liebe dich«, gab Frau Händel zurück und streckte ihre Hände mit der Handfläche nach oben in seine Richtung. »Denk doch nur, wie herrlich wir uns das Leben jetzt machen.« Sie ging zu ihm hinüber, griff nach seiner Hand und hob sie an ihre Wange. »Das kann man doch alles wieder in Ordnung bringen.«

»Hast du die Presse gefüttert?«, wiederholte Herr Wengler und erinnerte Lila unwillkürlich an einen Dackel, der sich in ein Hosenbein verbeißt.

»Hasi, das ist doch unwichtig. Wichtig ist nur, dass wir jetzt zusammen sind. Nur du und ich und die Firma, die wir beide lieben.« Von unten blickte Frau Händel ihn an.

»Schweig!«, zischte Herr Wengler senior sie plötzlich an, und Lila befürchtete für einen Moment, dass er sie schlagen würde. »Es ist *meine* Firma. Nur meine, verstehst du?« Dann wandte er sich an seinen Sohn. »Was willst du, Felix?«

»Die Bilder aus der Hamburger Kunsthalle müssen zurück. Sofort. Irgendjemand von deinen Geschäftsfreunden wird schon einen Schlüssel für die Kunsthalle haben. Aber vorher entfernt ihr Niklas' Fingerabdrücke und alle sonstigen Spuren, die auf ihn hindeuten, und vernichtet auch alles andere, was ihr über ihn habt. Und dann werdet ihr beiden nie wieder etwas gegen meine Mutter, Niklas oder mich unternehmen. Sonst...«

»Ja, was?«, fragte Frau Händel mit erhobenem Kinn.

»Sonst wandern alle Beweise für euer unredliches Tun und euer Geständnis von gerade eben direkt an die Staatsanwaltschaft.«

»Welches Geständnis?«, fuhr Frau Händel auf. »Das ist doch lächerlich. Hasi, wirf deinen Sohn hinaus, er wird zu unverschämt! Niemand wird diesem Lügner noch glauben. Die ganze Welt weiß, dass deine Söhne Diebe und Lügner sind.«

»Nun, ich war so frei, unsere kleine Unterhaltung aufzunehmen.« Felix hielt ein Handy hoch, und Hiltrud Händel machte einen Satz nach vorne, um es ihm zu entreißen.

»Auf einer Mailbox natürlich. Da kommen Sie nicht dran, selbst wenn Sie das Handy zerstören.« In Felix' Stimme lag tiefe Verachtung. »Außerdem gibt es noch eine Zeugin, die ebenfalls alles mit angehört hat.«

Auf seine Worte hin kam Lila hinter ihrem Vorhang hervor.

»Wer ist das?«, fragte Felix' Vater bass erstaunt.

»Das ist meine Freundin«, erwiderte Felix ruhig. »Die Frau, der ich mein restliches Leben treu und loyal zur Seite stehen will. Das heißt, wenn sie das auch möchte.«

Sein Vater schnaubte, aber Lila hörte, dass er allen Kampfeswillen verloren hatte.

»Also, ich wiederhole, die Bilder kommen in den nächsten Stunden zurück. Alle beide, ohne Fingerabdrücke.«

»Niemals«, zischte Frau Händel, wandte sich Herrn

Wengler zu, legte ihm ihre Hände auf die Schultern und blickte ihm tief in die Augen. »Hasi, wir können es noch schaffen, noch ist nichts verloren. Niemand wird der Aufnahme glauben, wenn wir sagen, dass wir eigentlich über etwas ganz anderes gesprochen haben. Aber wenn du jetzt nachgibst, dann bekommt deine Frau die Hälfte von allem, was deins ist, vielleicht sogar einen Teil der Firma. Alles, was du dir aufgebaut hast, ist dahin.« Bei jedem Wort wurde Frau Händels Stimme lauter und schriller.

Lila sah, wie Herr Wengler sich immer mehr hin- und hergerissen fühlte. Sein Gesicht verfärbte sich erst blass, dann rot, während Frau Händel weiter aufzählte, was er alles verlieren würde. Er schien zu schwanken, und es dauerte einen Augenblick, bis Lila klar wurde, dass er tatsächlich schwankte.

»Dann rufe ich jetzt die Polizei.« Felix hob sein Handy.

»Die Polizei, hier? Niemals. Du tust, was er sagt, Hiltrud«, entschied sein Vater, und seine Worte klangen endgültig.

Plötzlich stöhnte er laut auf, griff an seine Brust und brach neben dem Sessel zusammen.

»Hilfe«, rief Lila unwillkürlich und stürzte nach vorn.

Sofort wählte Felix den Notruf, während Frau Händel neben Herrn Wengler in die Knie ging. Er röchelte mit geschlossen Augen.

»Die Bilder müssen sofort zurück«, waren die letzten Worte, die er noch klar und verständlich sagte, bevor er das Bewusstsein verlor.

***

»Ist alles in Ordnung da oben?«, rief Paul. Ihm war es überhaupt nicht recht, dass er Sonja die Arbeit machen lassen musste und nicht selbst wie ein Held über den Abgrund balancierte. Aber ihm wurde schon schlecht, wenn er nur daran dachte, wie es sich dort oben wohl anfühlte. Also versuchte er, wenigstens den Strahl seiner Taschenlampe ruhig zu halten und Sonja so beizustehen. Aber er konnte sie nicht genau sehen und wusste nicht immer sicher, wo sie sich im Moment befand. Ab und zu hörte er sie fluchen, aber das beruhigte ihn auch nicht. Vorsichtig schielte er hoch, und sein Herz blieb fast stehen. Sonja, seine Sonja, bewegte sich über den Balken, der freischwebend in mindestens zehn Meter Höhe einmal quer durch das Gebäude führte. Paul hielt die Luft an. Um ihn herum war es totenstill, nur zwei Fledermäuse glitten praktisch lautlos durch die Dunkelheit.

»Wenn sie runterfällt, muss ich sie wenigstens auffangen«, dachte Paul, während er zusah, wie sie zuerst langsam, dann mit zunehmender Sicherheit etwas schneller über den Balken kroch, als ginge es nicht links und rechts direkt in die Tiefe. Seine Sorge um sie gewann so sehr die Überhand, dass er, ohne weiter über seine eigenen Befindlichkeiten nachzudenken, die alte morsche Treppe hinaufstieg und sich auf dem kaputten Boden in Position brachte, um Sonjas Fall wenigstens abmildern zu können, wenn sie abstürzte.

Aber nichts dergleichen geschah. Stattdessen konnte Paul beobachten, wie sie Meter für Meter meisterte und schließlich, eine gefühlte Ewigkeit später, auf der anderen Seite ankam. Paul amtete tief durch, bevor das Geräusch von abbröckelndem Mauerwerk an sein Ohr drang und er das

Gefühl bekam, hier und jetzt einen Herzinfarkt zu erleiden. Doch weder riss der Balken aus der Mauer, noch brach Paul zusammen, stattdessen hörte er kurz darauf Sonjas Triumphgeheul, und er konnte gar nicht anders, als vor Erleichterung fast in Tränen auszubrechen.

»Alles okay?«, rief er nochmals, doch ihre rasche Rückkehr über den Balken war Antwort genug. Sie wirkte fast beschwingt, als sie sich langsam von dem Balken heruntergleiten ließ und sich an den Abstieg über die alten Treppenbretter machte. Über der Schulter trug sie eine schwarze Transporthülle, und als er zu ihr hochleuchtete, lächelte sie von oben herunter.

»Ich habe die Beute vom Gentlemandieb«, erklärte sie triumphierend. Die Treppe machte einen Bogen, und schließlich befand sie sich nur noch etwa einen halben Stock über ihm, wie er an ihren Schritten hören konnte.

Genau in diesem Moment gab jedoch das alte Holz unter ihr nach, und sie krachte durch die Bodenbretter direkt auf Paul, der noch seine Arme auszustrecken versuchte, um sie aufzufangen, was ihm aber nicht mehr gelang. Gemeinsam gingen sie in einer Wolke von jahrzehntealtem Staub, Bretterstücken und morschem Holz zu Boden.

»Huch«, stöhnte sie auf und schob ein Brett zur Seite.

»Hallo«, antwortete er, hustete einmal kurz und strich ihr dann über die Wange.

»Danke fürs Auffangen«, erklärte sie, schob den ganzen Holzmüll zur Seite und ließ sich in seine Arme fallen. Paul hielt sie, so fest er konnte, unendlich erleichtert, dass alles gut gegangen war. »Das hast du alles nur für Niklas getan«, murmelte er.

Sonja löste sich aus seiner Umarmung, stand auf und

griff nach der Hülle, die bei ihrem Sturz von ihrer Schulter gerutscht war.

»Und jetzt?«, fragte Paul und erhob sich ebenfalls, wenn auch etwas schwerfälliger. Er griff nach seiner Taschenlampe, die er fallen gelassen hatte.

»Jetzt verschwinde ich natürlich mit der Beute«, erwiderte Sonja und zog eine Augenbraue hoch. »Das habe ich ja alles für Niklas getan.«

»Wie bitte?«, fragte Paul und fühlte sich völlig verwirrt. »Wo willst du denn hin?«

Sonja machte ein paar kleine Schritte, als wolle sie hinüber zu der morschen Treppe gehen. »Es war wirklich schwierig für uns, das alles einzufädeln. Niklas und ich haben ewig überlegt, wie es gehen könnte. Erst musste Lila Felix und dann ich dich kennenlernen, dann musstest du Niklas' Karte bekommen, aber nicht verstehen, was sie bedeutet, schließlich musste ich als Heldin auftauchen...« Sie ließ den letzten Satz in der Luft hängen, und Paul war so schockiert, dass er nicht wusste, was er denken oder fühlen sollte. Hatte er sich vielleicht gerade den Kopf angeschlagen? War sonst irgendetwas passiert, was er nicht mitbekommen hatte? Das Ganze war ein eingefädeltes Komplott zwischen Sonja und Niklas?

»Das ist jetzt nicht dein Ernst?«, krächzte er heiser und entsetzt.

Fassungslos blickte er zu Sonja, aber sie brach nur in schallendes Gelächter aus. »Das war ein Witz, das hast du doch nicht etwa geglaubt? *Du* hast doch gesagt, ich hätte das für Niklas getan.«

Paul schluckte. Sie kam die wenigen Schritte zu ihm zurück und blickte ihm in die Augen. »Ich habe Niklas noch nie im Leben gesehen, und bis vor Kurzem wusste ich nicht einmal, dass es ihn gibt.«

»Aber warum hast du es dann gemacht...«

»Ja, was glaubst denn du, warum ich das alles hier tue? Doch nicht etwa für Niklas und auch nicht für Felix, sondern für dich. Wenn wir das hier beendet haben, bist du frei von moralischer Schuld Niklas gegenüber.«

Paul ließ sich durch den Kopf gehen, was sie gerade gesagt hatte. So hatte er es noch nie gesehen, aber jetzt, als Sonja es aussprach, erkannte er, dass sie recht hatte. Immer hatte er sich in Niklas' Schuld gefühlt, aber jetzt hatte sie ihn mit ihrem Mut und ihrer Entschlossenheit freigekauft.

»Danke«, sagte er überwältigt und küsste sie.

Einen Augenblick später drehte Sonja den Kopf und blickte sich um. »Was machst du eigentlich hier oben? Du hast doch Höhenangst!«

* * *

Hiltrud Händel rang die Hände, kämpfte mit den Tränen und schien wirklich erschüttert.

Wenige Schritte von ihr entfernt bemühten sich der Notarzt mit zwei Rettungsassistenten um Felix' Vater. Sie klebten EKG-Elektroden auf seine Brust, und der Notarzt spritzte ihm drei Medikamente, bevor der eine Rettungsassistent eine Infusion anschloss und sie ihn dann gemeinsam auf eine Trage hoben.

»Fährt jemand von Ihnen mit?«, fragte der Notarzt in die Runde, aber Felix schüttelte nur den Kopf, und Lila machte eine ablehnende Handbewegung.

»Ich...«, begann Frau Händel.

»Sie haben noch etwas zu tun«, unterbrach Felix sie zwar leise, aber unerbittlich. »Dann können Sie zu ihm.«

Frau Händels Unterlippe begann zu zittern, aber Felix hatte kein Mitleid mit ihr. Die Rettungsassistenten hoben die Trage mit Herrn Wengler senior hoch und trugen sie aus dem Raum.

»Ich möchte einen Beweis, dass beide Bilder unversehrt und frei von Spuren wieder bei ihrem rechtmäßigen Besitzer eingetroffen sind.« Felix' Stimme hörte sich immer noch streng an, aber nicht mehr so scharf.

»Wie soll der Beweis denn aussehen?« Frau Händel schien überhaupt nicht mehr aggressiv, stattdessen klang sie wie jemand, dem klar wurde, dass er komplett auf Sand gebaut hatte.

»Das ist mir gleich, mir ist nur wichtig, dass es sofort passiert. Ich gebe Ihnen ein paar Stunden Zeit. Haben wir uns verstanden?«

Hiltrud Händel nickte und humpelte weg. Doch dann fiel ihr offenkundig noch etwas ein, und sie drehte sich abermals zu Felix um. »Wenn Ihr Vater ausfällt, sind Sie der bevollmächtigte Geschäftsführer der Firma.«

»Ich glaube nicht«, widersprach ihr Felix. »Vergessen Sie nicht, mir wurde gekündigt.«

»Das hat sich sicherlich erübrigt.« Frau Händels Stimme klang wieder ruhiger. »Einer muss das Ruder in der Hand halten. Ihre Mutter kann das nicht.«

Und Felix verstand, dass es ihr bei allem, was grauenhaft an ihr war, tatsächlich um seinen Vater und damit auch um die Firma gegangen war. Vielleicht war das auch der Grund gewesen, warum sein Vater ihr so sehr vertraut hatte.

»Ich werde mich darum kümmern«, versprach er leise,

drehte sich dann aber zu Lila um, die still neben ihm gewartet hatte. »Ich danke dir«, flüsterte er ihr zu.

»Und jetzt?«, fragte sie.

»Jetzt verschwinden wir, bevor hier noch mehr Kameras auftauchen.«

Hand in Hand rannten sie durch den riesigen Garten und kletterten dann gemeinsam über die Mauer.

»Endlich frei«, sagte Felix, als sie auf der anderen Seite hinuntersprangen, und er konnte sich nicht erinnern, sich je besser gefühlt zu haben.

* * *

Die Polizisten der Davidwache waren Kummer gewöhnt. Niemand tat seinen Dienst an der Reeperbahn, ohne sich dann und wann zu fragen, wie viele Betrunkene, Spinner und aggressive Vergnügungssüchtige man im Laufe seines Dienstlebens eigentlich noch sehen wollte. Doch in dieser Schicht gab es mal eine erfreuliche Abwechslung, und die diensthabenden Polizeibeamten würden sich zweifelsohne bis in alle Ewigkeit an die Frau erinnern, die als Reinkarnation von Marylin Monroe mit weißblonden Haaren, einem weit ausgeschnittenen Trägerkleid und einer großen Sonnenbrille bei ihnen hereingeschneit war und ihnen ein in Frankreich als gestohlen gemeldetes Gemälde im Wert etlicher Millionen auf den Tisch geknallt hatte. Sie selbst hatte dabei vollkommen unbeeindruckt gewirkt, so als hätte sie nicht die geringste Ahnung, was sie da in Händen hielt.

Mit einem breiten amerikanischen Akzent hatte sie gehaucht: »Das habe isch im Park hint'r einer Bank gefuuunden«, wobei sie das »u« ganz allerliebst in die Länge gezogen hatte.

Dann – bevor die Polizisten sie noch weiter anstarren konnten – hatte sie ihnen eine zuckersüße Kusshand zugeworfen und war wieder gegangen.

Sie hatten sie nicht aufgehalten, und das Letzte, was sie von ihr sahen, waren ihre rosa Turnschuhe. Die hatten zwar nicht richtig zum Rest ihrer Kleidung gepasst, und ihre Waden waren auch nicht ganz perfekt gewesen, aber das war vollkommen gleichgültig, denn das war seit Jahren eindeutig der kurioseste Besuch auf der Wache gewesen.

* * *

»Wow, was ist denn das?«, fragte Lila und schaute nach oben in den Himmel über Hamburg. Felix hatte ihr seinen Arm um die Schultern gelegt und folgte ihrem Blick.

Über ihren Köpfen begann ein riesiges Feuerwerk, das mit farbigen Feuersternen, lilafarbenen Bukettsternen und anderen prachtvollen Effekten den Hamburger Frühlingsdom beleuchtete.

»Ist das schön«, flüsterte Lila und bewunderte die Farbenpracht, während sie am verabredeten Treffpunkt in Sankt Pauli, der Hochburg der Nachtschwärmer, auf Sonja und Paul warteten.

»Ein Feuerwerk zu unserer Belohnung, das ist doch was«, erklärte eine leicht heisere Stimme direkt hinter ihnen.

Sofort drehte sich Lila um und fand sich ihrer Cousine gegenüber, die ein dunkelblaues Sechzigerjahre-Kleid trug und sich wieder in die rotblonde Denise verwandelt hatte.

»Geschafft«, meinte Sonja fröhlich.

»Alles abgeliefert?«, fragte Lila und warf ihrer Cousine die Arme um den Hals. »Du bist eine Heldin.« Fest drückte sie sie an sich und spürte, dass sich jetzt erst die ganze Aufregung des Abends Bahn brechen durfte.

Mit dem breitesten Lächeln im Gesicht erwiderte Sonja Lilas Umarmung und meinte dann: »Der Monster-Muskelkater kommt erst morgen.« Dann umarmte sie auch Felix, bevor sie sich wieder an Paul anlehnte.

»Sonja ist wirklich eine Heldin«, erklärte der stolz und strahlte dabei fast noch mehr als sie.

»Ich danke euch allen dreien«, sagte Felix mit unendlich großer Erleichterung in der Stimme und sah vom einen zum anderen. »Ihr wart alle großartig, das werde ich euch nie vergessen.«

»Ich werde es auch nicht vergessen«, entgegnete Sonja munter. »Irgendwann muss ich mal eine Kletterstunde bei deinem Bruder nehmen. Wer so eine elegante Route durch so unwegsames Gebiet legen kann...«

»Das kannst du machen, wenn wir wieder zurück sind«, meinte Paul und küsste Sonja auf ihre kleine, hübsche Nasenspitze.

»Ihr fahrt weg?«, fragte Lila erstaunt.

»Sonja kennt den neuen Regisseur des Films, für den ich arbeite, und sie hat mir versprochen, mich ihm vorzustellen«, berichtete Paul und sah dabei rundum glücklich, froh und zufrieden aus.

»Also fliegen wir nach Los Angeles«, erklärte Sonja. »Dort werde ich noch ein letztes Mal Denise spielen. Aber wir kommen zurück, versprochen! Ich glaube, ich könnte gar nicht mehr ohne *Mariannes himmlische Bonbons* leben, selbst wenn ich wollte.« Sie lachte fröhlich und küsste dann ihre Cousine auf beide Wangen. »Du siehst glücklich aus«, flüsterte sie Lila ins Ohr.

»Ich bin es auch«, erwiderte Lila. »Aber ich werde dich vermissen.«

»Bald sind wir wieder da, versprochen«, sagte Sonja und drückte Lila noch einmal fest an sich.

Dann griff sie nach Pauls Hand, und einen Augenblick später waren die beiden im Getümmel verschwunden.

»Und wir?«, fragte Lila und fühlte einen Stich der Wehmut, dass sich ihre Cousine so unerwartet verabschiedete, just nachdem sie sich so wunderbar an ihre Gegenwart gewöhnt hatte.

»Wir bleiben von jetzt an für immer zusammen«, schlug Felix vor und schaute Lila in die Augen, während über ihnen der Goldregen vom Himmel fiel.

»Das ist eine ausgezeichnete Idee«, antwortete sie und hatte das Gefühl, dass sie sich an diesem Mann nie sattsehen würde.

»Ich liebe dich, Lila Wolkenschön«, flüsterte er und küsste sie dann so, wie Lila in ihrem ganzen Leben noch nie geküsst worden war.

Gerade als das Feuerwerk zu seinem glanzvollen Höhepunkt kam, dachte Lila auf einmal, dass sie jetzt wusste, wie Felix' Küsse schmeckten: Genau wie die Liebe selbst schmeckten sie wie Karamell.

***

Der Mann, der am Vormittag das riesige alte Gebäude am Holstenglacis Nr. 3 verließ, war blond, groß und schlank. Hinter ihm ging seine Anwältin, die ebenfalls blond war, deren Äußerlichkeit sich aber vor allem durch eine absolut ausdrucksarme Mimik auszeichnete. In der Hand hielt sie eine Zeitung, auf der die folgende Schlagzeile abgedruckt war:

Wieder zu Hause!
Die gestohlenen Bilder der Hamburger Kunsthalle sind zurück.

Darunter stand etwas kleiner etwas von einem Irrtum der Ermittlungsbehörden und davon, dass der bisherige Tatverdächtige von jedem Verdacht reingewaschen worden sei.

Wie jemand, der sehr lange Zeit in absoluter Dunkelheit verbracht hatte, beschirmte der Mann seine Augen, als er sich nun umsah. Aber er musste nicht lange schauen, denn sofort stürzten sich zwei kleine, ebenfalls blonde Jungen auf ihn.

»Papa«, riefen sie, und ihre Stimmen klangen dabei so laut und glücklich, dass mehrere Passanten auf ihrem Weg zur gegenüberliegenden Hamburg Messe stehen blieben und sich nach ihnen umdrehten. Aber der große blonde Mann hatte keinen Blick für irgendetwas anderes als seine Söhne. Er ging vor ihnen auf die Knie, schloss beide fest in die Arme und hielt sie, so als wolle er sie nie wieder loslassen.

»Du glaubst nicht, was wir alles erlebt haben«, begann der kleinere Junge zu erzählen und befreite sich aus der väterlichen Umarmung. »Wir haben im Wohnzimmer gezeltet und die Eisfee kennengelernt und natürlich auch Lila und die Bonbons, und wir haben auf Onkel Felix' Bett gehüpft, obwohl da eine Frau wie verrückt geschrien hat, und wir waren auf Reisen, aber jetzt sind wir wieder zurück.«

»Ja, jetzt seid ihr wieder da«, sagte der Mann und drückte die Jungen abermals ganz fest an sich.

»Gehst du bald wieder weg?«, fragte der größere Junge und klang dabei wie jemand, der riesige Angst hat, aber trotzdem ganz tapfer sein möchte.

»Nein«, antwortete der Mann. »Das war das letzte Mal.«

Erneut beschirmte er seine Augen und nahm dann seine Söhne je an eine Hand. Zusammen mit ihnen ging er zu einem zweiten Mann hinüber, der in einiger Entfernung mit einer Frau an seiner Seite stand und wartete. Er umarmte ihn, und der andere legte ihm die Hand auf die Schulter, und sie lächelten sich an.

Dann drehte sich der Mann um und ging mit seinen Söhnen in Richtung U-Bahn.

»Was wollen wir denn heute machen?«, fragte er und klang dabei absolut frei und vollkommen glücklich.

* * *

»Hallo?«, fragte Lila. »Hallo?« Das altmodische Telefon hinter der Kasse von *Mariannes himmlische Bonbons* hatte zum ersten Mal geläutet. In der Leitung rauschte und knackte es mächtig, aber plötzlich konnte Lila Frau Schmids Stimme klar und deutlich hören.

»Kindchen, wie läuft's in der Hauptstadt? Ick wollt nur ma nach Ihn'n und meen'n kleenen Laden hören. Is' allet soweit jut?«

»*Mariannes himmlische Bonbons* geht es wunderbar«, antwortete Lila mit dem besten Gewissen und blickte auf die vielen neuen Sorten, die vor ihr in der Vitrine standen, und die noch längere Liste der Vorbestellungen. »Wie geht es Ihnen?«

»Meene Schwester und ick sind uff Santa Lucia. Einfach nur herrlich hier. Ick hab zu meener Schwester jesagt, hier bleib ick für immer.«

»Ehrlich? So schön?« Lila konnte sich Frau Schmid mit ihrem großen Hut am Strand bestens vorstellen.

»Ja! Ick würd' ja wirklich bleiben. Woll'n Se den Laden haben?« Sie lachte fröhlich, und Lila verspürte auf einmal einen heftigen Anflug von Herzklopfen. »Sie würden mir *Mariannes himmlische Bonbons* verkaufen?«

»Aber ja, wenn Se denn woll'n?« Frau Schmid hörte sich immer fröhlicher an.

Ohne eine Sekunde zu überlegen, antwortete Lila: »Ich will.«

»Dann ist das abgemacht«, erklärte Frau Schmid und lachte. »Besten Dank, Nachfolgerin.«

»Ich danke Ihnen«, erwiderte Lila Wolkenschön Schmidt und konnte dabei ihr Glück kaum fassen. *Ich bekomme mein eigenes Bonbongeschäft*, dachte sie mit einem strahlenden Lächeln. Das war mehr, als sie zu hoffen gewagt hatte, das war ein richtiger, echter, wahrgewordener Traum.

Epilog

Meine Tante hat einen Sinn für Schokolade, blumige Namen und Bonbons. Als Meeresbiologin mit Schwerpunkt Polarbiologie ist sie außerdem eine Eisspezialistin allererster Güte und hat Lila so zu ihrer bisher erfolgreichsten Kreation inspiriert: dem Eisbonbon.

Wie Lila es herstellt, weiß keiner so genau, aber sie schafft es, Bonbons mit einem eiskalten, wunderbar cremigen Karamellkern zu produzieren, die bei *Mariannes himmlische Bonbons* in einer speziell dafür angefertigten kleinen Eistruhe präsentiert werden. Darüber hängt ein Foto von mir, aber nicht mehr als Denise, sondern einfach als Sonja, wie ich vergnügt ihre Eisbonbons esse. Allerdings bräuchte es diese Werbung eigentlich nicht, denn die Eisbonbons sind auch so meistens ausverkauft. Die Kunden reißen sie Lila förmlich aus den Händen, besonders seitdem sie damit in der Zeitung war und auf den To-do-Listen englischer und japanischer Berlin-Reisender aufgetaucht ist. Oftmals kommt Lila kaum dazu, genügend nachzuproduzieren, und wir beide rotieren im Laden nebeneinanderher. Ich helfe ihr immer noch, das heißt, wenn ich in Berlin bin. Regelmäßig verbringen Paul und ich auch Zeit in Los Angeles, wo ich gerade mein erstes Drehbuch über den Gentlemandieb verkauft habe. Paul gefällt es erstaunlich gut in Kalifornien und findet es dort viel leichter, die Musikwünsche der Produzenten und Regisseure umzusetzen, wenn er mit ihnen von Angesicht zu Angesicht sprechen kann. Ich liebe es auch nach wie vor, in sein Gesicht zu schauen, und kann mir immer noch keinen wunderbareren Menschen denken als diesen charmanten, liebenswürdigen und unendlich liebenswerten Mann.

In Berlin starren sich Lila und Felix weiterhin so grenzenlos verliebt an, dass man kaum hinschauen kann. Felix arbeitet wieder im Wengler-Unternehmen, im Moment leitet er es sogar in Vertretung seines Vaters, der sich noch von seinem Herzinfarkt erholen muss. Trotzdem schafft es Felix irgendwie, regelmäßig in Berlin zu sein und Zeit mit Lila zu verbringen. Dann gehen die beiden mitten in der Nacht frühstücken und machen andere Dinge, die niemand der wunderbaren, aber kreuzbraven Lila zugetraut hätte. Wie Felix das mit seinem Zeitplan schafft, weiß ich nicht, aber ich glaube, es hat etwas damit zu tun, dass seine Mutter ihm jetzt als persönliche Assistentin unter die Arme greift und sich in dieser Tätigkeit als absolutes Naturtalent entpuppt hat. Von Hiltrud Händel hingegen haben wir nie wieder etwas gehört.

Johnny und Jakob wohnen wieder bei Niklas in Hamburg. Aber jedes zweite Wochenende kommen sie alle zusammen nach Berlin, was man vor allem am Lärmpegel im Haus erkennt.

Lila liebt es, wenn sie da sind, und nimmt sie regelmäßig mit in die Bonbonküche, auch damit Niklas genug Zeit hat, an seinem Buch über Kunst und Kunstdiebstahl zu schreiben. Und Lila? Lila Wolkenschön Wengler-Schmidt strahlt das Glück förmlich aus, denn sie hat alles gefunden, was sie sich je gewünscht hat: Felix, ihr eigenes Zuhause und den schönsten Bonbonladen der Welt.

Weite Lavendelfelder, warmer Sommerwind und der süße Duft von Macarons – manchmal braucht man einen Umweg über die Provence, um zu erkennen, dass das Glück schon um die Ecke wartet!

416 Seiten. ISBN 978-3-7341-0790-0

»Mathilde ist aus dem Fenster gestürzt!« Als Penelope vom Unfall ihrer Großmutter erfährt, lässt sie in Berlin alles stehen und liegen und reist in die Provence, um für sie da zu sein. Sich ganz um jemand anderen zu kümmern kommt ihr gerade recht, denn wenn es eines gibt, womit sie sich nicht beschäftigen will, ist es ihr eigenes Leben. Mit vollem Elan stürzt Penelope sich deshalb in die Arbeit in Mathildes kleiner Pension, wo sie sich bald nicht nur zwischen einer alten und einer neuen Liebe entscheiden muss, sondern auch an die Idylle ihrer sorglosen Kindertage erinnert wird. Zwischen weiten Lavendelfeldern und französischen Desserts fragt sie sich, wann sie verlernt hat glücklich zu sein. Was Penelope nicht ahnt: Die Sterne der Provence stehen günstiger für sie, als sie denkt …

Lesen Sie mehr unter: **www.blanvalet.de**

Blühende Mandelbäume und die Spätsommersonne Kaliforniens – der perfekte Ort, um das Glück zu suchen und die Liebe zu finden!

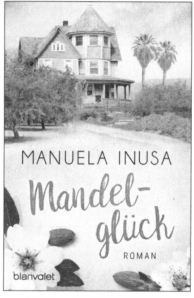

380 Seiten. ISBN 978-3-7341-0789-4

Sophie hat das ländliche Kalifornien für ein Leben in der Großstadt hinter sich gelassen. Doch dann erbt sie unerwartet die Mandelfarm ihrer Großmutter Hattie, wo sie als Kind viele wunderbare Sommer verbrachte. Sie beschließt, ihren Job zu kündigen und die Farm zu übernehmen – doch nicht nur der Duft der Mandelblüten weckt Erinnerungen an vergangene Tage, auch ihre ehemals beste Freundin Lydia und ihre Jugendliebe Jack tragen dazu bei, dass Sophie sich bald wieder wie Zuhause fühlt. Und dann gibt es noch die weisen Worte ihrer verstorbenen Großmutter, die Sophie immer dann helfen, wenn sie nicht weiterweiß – und sie vielleicht sogar zum großen Glück führen.

Lesen Sie mehr unter: **www.blanvalet.de**